高阳作品系列

红顶商人

高 阳 著

三联书店

图书在版编目(CIP)数据

红顶商人/高阳著 . – 北京:生活·读书·新知
三联书店,2001.8
 (高阳作品系列)
 ISBN 7 – 108 – 01575 – 7

 Ⅰ. 红… Ⅱ. 高… Ⅲ. 长篇小说 – 中国 – 当代
Ⅳ .I247.5

中国版本图书馆 CIP 数据核字(2001)第 030686 号

本书中文简体字版由联经出版事业公司授权出版。

责任编辑◎薛松奎
封扉设计◎海 洋
出版发行◎生活·讀書·新知三联书店
 (北京市东城区美术馆东街 22 号)

邮 编	100010	
经 销	新华书店	
印 刷	北京京海印刷厂	
版 次	2001 年 8 月北京第 1 版	
	2001 年 8 月北京第 1 次印刷	
开 本	850×1168 毫米 1/32 印张 13.125	
字 数	283 千字 图字 01 – 2001 – 0094	
印 数	00,001 – 10,000 册	
定 价	20.00 元	

一

　　"禀大帅，"戈什哈向正在"饭后一局棋"的曾国藩请个安
说，"浙江的差官求见。请大帅的示：见是不见？"

　　曾国藩正在打一个劫，这个劫关乎"东南半壁"的存亡，非
打不可，然而他终于投子而起。

　　"没有不见之理。叫他进来好了。"

　　那名差官穿着一身破破烂烂的行装。九月底的天气，早
该换戴暖帽了，而他仍是一顶凉帽，顶戴是亮蓝顶子，可知是
个三品武官。

　　"浙江抚标参将游天勇，给大帅请安。"那游天勇抢上两
步，跪下去磕头，背上衣服破了个大洞，露出又黄又黑的一块
皮肉。

　　"起来，起来！"曾国藩看他那张脸，仿佛从未洗过似的，内
心老大不忍，便吩咐戈什哈说，"先带游参将去息一息，吃了饭
再请过来说话。"

　　"回大帅的话，"游天勇抢着说道，"卑职奉敝省王抚台之
命，限期赶到安庆，投递公文，请大帅先过目。"

　　"好，好！你给我。你起来说话！"

　　"谢大帅！"

　　游天勇站起身来，略略退后两步，微侧着身子，解开衣襟，

取出一个贴肉而藏的油纸包,厚甸甸的,似乎里面装的不止是几张纸的一封信。

那油纸已经破裂,但解开来看,里面的一个尺把长的大信封却完好如新。曾国藩接到手里,便发觉里面装的不是纸,是一幅布或绸。翻过来先看信面,写的是:"专呈安庆大营曾制台亲钧启"。下面署明:"王有龄亲笔谨缄"。

再拆开来,果不其然,是一方折叠着的雪白杭纺。信手一抖,便是一惊,字迹黑中带红,还有数处紫红斑点,一望而知是血迹——王有龄和血所书的,只有四个海碗大的字:"鹄候大援",另有一行小字:"浙江巡抚王有龄谨率全省数百万官民百拜泣求"。

曾国藩平生修养,以"不动心"三字为归趋,而此时不能不色变了。

大营中的幕友材官,见了这幅惊心动魄,别具一格的求援书,亦无不动容,注视着曾国藩,要看他如何处置?

曾国藩徐徐卷起那幅杭纺,向游天勇说道:"你一路奔波,风尘劳苦,且先休息。"

"是,多谢大帅。"游天勇肃然答说,"卑职得见大帅,比什么都安慰,种种苦楚,这会都记不起来了。只求大帅早早发兵。"

"我自有道理。"看他不愿休息,曾国藩便问他浙江的情形,"你是哪天动身的?"

"卑职是九月二十从杭州动身的。那时余杭已经沦陷。"游天勇答道,"看样子,现在杭州已经被围。"

"杭州的城池很坚固。我记得《一统志》上说,是十个城门。"曾国藩念道:"'候潮'听得'清波'响,'涌金''钱塘'定'太平’。宋仁宗的时候,处士徐仲晦,愿子孙世世不离钱塘,说是永无兵燹之灾。想来杭州可以守得住。”

他念的那两句诗,游天勇倒是听过,是拿杭州的十个城门,候潮门、清波门等等缀成诗句。至于什么宋朝人的话,他就莫名其妙了。只是听语气,说杭州守得住便无发兵之意,游天勇大为着急,不能不说话。

“杭州的城坚固,倒是不错。不过守不长久的。”

“喔,”曾国藩揸开五指,抓梳着胡须问,“这是什么道理?你倒说来我听听。”

“杭州存粮不足。”

杭州虽称富足,但从无积米之家。浙西米市在杭州东北方一百里处的长安镇,杭州的地主,每年所收租谷,除了留下一家食米之外,都运到长安镇待价而沽,所以城里无十日之粮。这年春夏,青黄不接之际,米价大涨,而杭州经过上年二月间的一番沦陷,劫掠一空,留下来的百姓,艰苦度日,哪里来的钱购粮存贮?本来是想等新谷登场,好好作一番储粮的打算,谁知兵败如山,累累满野,都便宜了太平军。

“唉!”曾国藩深深叹息,“在浙东的张玉良、李定太,如果肯拼命抵挡一阵就好了。”他接着又问,“守城最要紧的是粮食丰足。王抚台难道就不想办法?”

“王抚台也在极力想办法,去年就出告示,招商采买,答应所过地方,免抽厘税。不过路上不平靖,米商都不敢来。”游天勇说,“卑职动身的时候,听说王抚台预备请胡道台到上海去采办粮食军火,也不知运到了没有。”

“哪个胡道台?”曾国藩问,“是胡元博吗?”

“不是。是胡雪岩。”

"喔,喔,是他!听说他非常能干?"

"是!胡道台很能干的。杭州城里,大绅士逃的逃,躲的躲,全靠胡道台出面,借粮借捐维持官军。"

曾国藩点点头,默想了一下杭州的形势,随又问道:"钱塘江南岸呢?现在浙江的饷源在宁绍,这条路总是畅通的吧?"

"是。全靠这条路。不过——"

"你说!有什么碍口的?"

"回大帅的话,过钱塘江,萧山、绍兴、宁波一带,都归王大臣管,他跟王抚台不和。事情——"游天勇略微摇一摇头,说不下去了。

王大臣是指钦命团练大臣王履谦。曾国藩亦深知其人,并且曾接到他来信诉苦,说绍兴、宁波两府,每月筹饷十万两银子解送省城,而王有龄未发一卒渡江。现在听游天勇的话,似乎事实并非如此。但不论谁是谁非,将帅不和,兵民相仇,总不是好兆。浙江的局势,真个令人灰心。

"你下去休息。"以曾国藩的地位,若有所处置,自不须跟游天勇明说,更不必向他作何解释,只这样吩咐,"你今晚上好好睡一觉,明来取了回信,即刻赶回杭州去复命。公文、马匹、盘缠,我会派人给你预备。"

"是!"游天勇站起身来请个安,"多谢大帅。"

跑上海、安庆的轮船,是英商太古公司的四明号,船上的买办叫萧家骥,原是上海的富家子,生就一副喜欢搜奇探秘的性格,最初是因为好奇,拜了古应春做老师学英文。再由他的"师娘"七姑奶奶而认识了"舅舅"尤五——他跟着七姑奶奶的孩子这样叫,因而与漕帮也有了渊源。但是,他跟胡雪岩一样,是一个深懂"门槛"里的内幕,却是个在"门槛"外面的"空子"。

为了曾国藩派李鸿章领兵援沪,四明号接连跑了几趟安庆。到得事毕,已在深秋,萧家骥方得抽空去看古应春。

古应春很得意了,先跟胡雪岩合做丝茶生意,很发了点财。及至江浙局势大变,丝茶来路中断,改行经营地皮,由于逃难的富室大族,纷纷涌向上海租界,地价大涨特涨,财源越发茂盛。而且近水楼台,选地鸠工购料都方便,所以在新辟的二马路上,造了一所极精致的住宅。一家三口——七姑奶奶生了个儿子,倒用了上十口的下人。

他们师弟的感情一向深厚,自然先谈些旅途情况之类的闲话。说不到几句,听得七姑奶奶的声音,接着便出现在他们面前,浓妆艳抹,一张银盆大脸,白的格外白,红的格外红,加以首饰炫耀,更令人不可逼视。

"师娘要出门?"萧家骥站起身来招呼。

"是啊,有两个远道来的亲戚,去见见上海的市面。逛逛洋行兜兜风。"

"这么冷的天去兜风?"古应春打断她的话笑道:"你在发疯!"

古应春就爱捉他妻子话中的漏洞,七姑奶奶听惯了不理他,只管自己往下说:"中午请客人吃番菜,下午去看西洋马戏。晚上还没有定,要不要在一起吃饭?"

"不必了! 晚上回家吃饭。这两天蟹好,我去弄一篓蟹来。"

"对!"七姑奶奶大为高兴,"今年还没有好好吃过一顿蟹。"接着又叹口气道:"遭劫! 兵荒马乱,蟹的来路都断了。

这个年头,做人真没味道。"

"好了,好了,不要不知足了!"古应春说,"你住在夷场上,不忧穿、不忧吃,还说做人没有味道,那么陷在长毛那里的人呢?"

"就为的有人陷在长毛那里,消息不通,生死不明,叫人牵肠挂肚,所以说做人没有味道。"说着,便是满脸不欢。

"顾不得那么多了。"古应春用劝慰的语气说:"你们去逛逛散散心,晚上回来吃蟹。"

七姑奶奶没有再说什么,低着头走了。

古应春亦不免黯然,"局势很坏。"他摇摇头,"杭州只怕就在这几天完蛋。"

"胡先生呢?"萧家骥问道:"不晓得在杭州怎么样?"

"没有信来。"古应春忽然流下两滴眼泪,"这么一个好朋友,眼看他失陷在里面,也不晓得将来还有没有见面的日子?这两天晚上跟你师娘谈起来,都是一整夜睡不着觉。"

"吉人天相!"萧家骥劝慰他说,"我看胡先生,不管他的相貌、性情、行为,都不像是遭劫的人。再说,以胡先生的眼光、心思,又哪里会坐困愁城,束手无策?"

这几句话很有用,古应春想了好一会,点点头说:"我也怎么样都看不出他是短命相。"

在古家吃了饭,师弟二人,同车而出。古应春将他送到了船公司,自己便到他的做地产的号子里,派"出店老司务"去买蟹。还特别关照:只要好,价钱不论。

有这一句话,事情就好办了。那老司务也很能干,到内河码头上等着,等到一只嘉兴来的船,载来十几篓蟹,眼明手快,先把住一篓好的不放手,然后再谈价钱。

"五钱银子一个,大小不论。这一篓三十二个,格外克己,算十五两银子。"

"十五两银子,还说克己?"

"要就要,不要拉倒。你要晓得,蟹在嘉兴不贵,这一路到上海,是拿性命换来的。难道不值五钱银子一个?"说着,就要来夺回他的货色。

老司务哪里肯放,但是也不能照数付价。摸出十二两现银,塞到货主手里。此人不肯接,软磨硬吵,十四两银子成交。

将蟹送到古家,七姑奶奶刚好回家。拿蟹来看,只见金毛紫背,壮硕非凡,取来放在光滑如镜的福建漆圆桌上,八足挺立,到处横行。那老司务看着,不由得就咽唾沫。

七姑奶奶本性厚道,也会做人,当时便对老司务说,"买得多了,你拿几个带到号子里,跟同事分着尝尝。"说着便从篓子里拎了一串出来,恰好五尖五团,整整十个,就手递了过去。

老司务却不肯要,无奈七姑奶奶执意要大家分尝,只好带了回去。然后亲自下厨,指挥厨子用紫苏蒸蟹,接着又开箱子找出一套银餐具,小钳子、小钉锤,做得极其玲珑可爱。

正在吃得热闹的当儿,只见人影幢幢,有人声,也有脚步声——七姑奶奶天不怕、地不怕,就怕见这种情形,一下子吓得手足发软、脸色苍白。因为她家在她六岁的时候,遭过一阵火灾,当时的情形就是如此,快三十年了,印象不消,余悸犹在。

"不要这样子,"她又气又急地喊,"你们在乱什么?"

一句话没有完,只见男仆扶进一个人来。七姑奶奶越发惊心,但总算还好,一眼瞥见古应春是好好的。他抢上几步,亲手揭开门帘,不断地喊:"扶好,扶好!"又抽空向里说了句,自是对七姑奶奶而发:"快叫人搬一张藤靠椅来!"

惊魂初定的七姑奶奶问道:"谁啊?"

不知从哪里闪出来一个萧家骥,接口说道:"胡先生!"

"哪个胡先生?"

"还有哪个? 小爷叔!"

七姑奶奶一听心就酸了。急急往门口迎了出去,正好男仆扶着胡雪岩到门口,灯光映照,哪里还认得出来?

"是小爷叔?"

"七姊!"满脸于思、憔悴异常的胡雪岩勉强笑了笑,露出一嘴森森的白牙,"是我。"

"真的小爷叔?"七姑奶奶双泪交流,"怎么弄成这个样子?"

"这时候哪里有功夫说话?"古应春不耐烦地催促:"还不快搬藤椅来?"

七姑奶奶赶紧回身指挥丫头,搬来一张藤椅,铺上褥子。男仆们七手八脚地将胡雪岩扶着躺下,她这时才发觉,胡雪岩一条腿受伤了。

"快请医生来! 拿姜汤!"古应春一叠连声地吩咐:"熬粥!"

事出突兀,七姑奶奶乱了枪法,倒是萧家骥比较镇静:"师父,你让胡先生先坐定了再说。"

胡雪岩那边坐定下来,已有丫头端来一碗红枣姜汤,他一面喝,一面喘气,手在发抖、腿在抽筋,那副样子看在七姑奶奶眼里,视线立刻就模糊了。

"这是虚极了!"古应春对他妻子说,"这时候还不能多吃东西。你把那枝老山人参拿出来。"

这是因为胡雪岩已经两个月没有吃过一顿饱饭。坐只小船一路逃出来,由于身上带着公事,不敢露面,昼伏夜行穿过一个接一个的"长毛窝",沿途也不容易弄到食料。就算有,也不能尽情饱餐,因为肠胃太弱,骤饱之下,无法消化。相传每年冬天开施粥厂,头一天总有几个穷汉因为过于贪心而胀死。七姑奶奶也懂这个道理,急急去取了那枝出自大内、珍藏已久的吉林老山人参来,让胡雪岩嚼咽而食,扶保元气。

"小爷叔,"七姑奶奶望着他那条受伤的腿说:"我看看你的伤口。"

说着,就要伸手去捧他的脚。胡雪岩急忙往里一缩。伤是在嘉兴附近为长毛盘问时,一句话不对劲被砍了一刀。无医无药,在荒郊野庙胡乱找了些香火掩敷,从小褂子上撕了些布条扎紧。如今正在溃烂,血污淋漓,肮脏不堪,所以胡雪岩不愿让她沾手,"七姊,你不要动它。"胡雪岩说一句便喘气,停了一下又说了两个字:"我饿!"

"我晓得、我晓得!粥在熬了。"七姑奶奶想到一个办法,"我先弄些东西来给小爷叔吃。"

她亲自入厨,舀了一碗现成的鸡汤,撇去浮油,撕一块脯子肉剁成肉泥,倒在汤里。然后取一块米粉做的奶糕,在鸡汤中捣碎泡化,成了一碗"糯糊",亲手捧给胡雪岩。

一闻见香味,胡雪岩先就忍不住连连咽着唾沫,接到手里恨不得一下子吞进肚里,但他想到,过于露出"馋相",会伤他们夫妻的心,所以不得不强自抑制着,装得斯文从容地,一匙一匙舀着吃。

一大碗糯糊吃得光光,实在意犹未足,便用无可奈何的声音说道:"七姊,五脏庙还在造反。"

"小爷叔,"古应春劝他,"等下再吃!"

"喔!"胡雪岩点点头,但脸上是异常失望的神色。

七姑奶奶大为不忍,但也不能不顾他的肠胃,随即说道:"这样吧,弄点吃不坏的东西来吃。"

于是装了几盘零食、松子、杏仁、蜜枣、金橘饼之类,为他"煞馋"。而就在这个时候,伤科医生到了,检视伤口,认为相当严重,总要半个月才能行动。

"这,这办不到,"胡雪岩很着急地说,"至多三五天,我一定要回去。"

"什么?"七姑奶奶急急问道,"小爷叔,你还要回去? 回杭州?"

"是啊! 杭州城里,多少张嘴都朝天张大了在等我。"

"小爷叔是受王抚台的重托,特为到上海来买米的。"古应春向七姑奶奶解释:"这是救命的事,小爷叔确是不便耽搁。我已经派人去请五哥来商量了。不过,"他转脸向伤科医生问道:"先生,无论如何要请你费心。不管用什么贵重药,总要请你想个法子,让我们这位小爷叔,三五天以内,就能走动。"

"真的。"这时的七姑奶奶也帮着恳求,"郎中先生,你要做做好事。我们这位小爷叔早到一天,杭州城里就能多活好些人。这是阴功积德的大好事。郎中先生,你一生看过的病人,没有比这位再要紧的。"

最后这句话很有力量,伤科医生大为动容。将他的伤口左看右看,攒眉咂嘴了好半天,说出一句话来。

"办法是有,只怕病人吃不起痛苦。"

"不要紧!"胡雪岩咬一咬牙说,"什么痛我都不在乎。只要早好!"

"说说容易。"伤科医生大摇其头,"看你的样子,人是虚弱到了极点。痛得利害,人会昏过去。等我想想。"他转脸问道:"古先生,你不是认识外国医生?"

这一说,提醒了古应春。悔恨不迭——只为胡雪岩的模样,令人震惊,一时昏瞀,竟想不起请西医,如今倒不便"另请高明"了。

"是吗!"他只好先回答了再说。

"外国医生的看法来得慢,不过他们有两样药很管用,你能不能去要点止痛药来。"

"这,"古应春面有难色,他知道西医跟中医不同,不曾诊视过病人,不肯随便给药。而且止痛的药也不止一种,有外敷、内服,"要哪一种止痛药,总得有个药名才好。"

"药名就说不出来了,叽哩咕噜的洋文,弄不清楚。"伤科医生略停一下,下了决心,"算了! 耽误时候,也不是一回事,我先动手。"

于是他从药箱里取出一个布包,一打开来,雪亮耀眼,是几把大小不同的刀钳。然后用新棉花擦拭伤口,运刀剜去腐肉,疼得胡雪岩满头大汗。古应春和七姑奶奶心惊肉跳,也陪着他淌汗,同时还得故作镇静,想出话来安慰病人。七姑奶奶像哄小孩似地,不断地说:"不疼、不疼,马上就好了。"

毕竟好了,敷上止血定痛的"降香散",包扎妥当。伤科医生自己也大大地舒了口气,"总算还好,没有变成破伤风。"他说,"'金疮出血太多,其脉虚细者生。'如今千万要好好照料,疏忽不得。"

接着他又说了许多禁忌,不能劳动,不能生气,不能大说大笑。还要"忌口",咸、酸、辣和热酒、热汤都不能喝,连热粥也在禁忌之列。

"糟了!"七姑奶奶说,"刚喝了一大碗热鸡汤。"

"喝也喝过了,提它干什么?"古应春说,"以后小心就是了。"

等伤科医生一走,古应春要改请西医来看。七姑奶奶不赞成,胡雪岩也表示不必,因为他自觉清楚已经减轻,证明这位伤科医生有些手段,自不宜更换医生。

"我精神好多了。"胡雪岩说,"办大事要紧。五哥怎么还不来?"

"今天是他一个徒弟续弦,在吃喜酒,我已经派人去追了。小爷叔,"古应春说,"有事你先分派我。"

"好!"他探手入怀,掏摸了好半天,才掏出一个油纸包,递了给古应春。

打开油纸包,里面是惊心动魄的王有龄的两通血书,一通致闽浙总督庆端,乞援以外,更望设法督催一直逗留在衢州的李元度,带领所募的湘勇,往杭州这方面打,好牵制长毛,减轻杭州的压力。

还有一通是给江苏巡抚薛焕的,要求筹饷筹粮,同时附着一件奏稿,托薛焕代缮拜发。其中详叙杭州被围绝粮,归咎于驻在绍兴的团练大臣王履谦,勾结劣绅,把持地方,视省城的危急,如秦人之视越。更骇人听闻的是,居然唆使莠民戕害命官——九月廿四,长毛窜陷钱塘江南岸,与杭州隔水相望的萧山,绍兴知府廖宗元派炮船,迎头拦击,众寡不敌,官军败退。王履谦和萧绍一带的百姓,平时就与官军不和,猜忌甚深。这时以为炮船通敌,回来是替长毛带路,王履谦便下令包围活捉,格杀不论。

廖宗元得报,知道这纵非诬陷,也是极严重的误会,赶紧亲自出城弹压。暴民一声呼啸,将廖宗元从马上拉下来痛殴,王履谦袖手旁观,默赞其事。由这一番内讧,替敌人制造了机会。长毛长驱猛扑,兵不血刃而陷绍兴。长毛进城的前一天,王履谦携带家眷辎重,由绍兴逃到宁波,经海道逃到福建,而杭州的粮道,也就此断了。王有龄自然要参劾王履谦,措词极其严厉,甚至有"臣死不瞑目"的话,可以想见他对王履谦怨恨入骨。

"这两封血书,"古应春问道,"怎么样处置?"

"都送薛抚台——"

"好。"古应春不等他话完,就要起身,"我连夜送去。"

"这倒不必。明天一早送去好了,我还有话。"

"是! 你说。"

"我要托你面见薛抚台。"胡雪岩虽然气弱,但低微的语声中,仍然显得很有决断:"米,我自己想办法。运米的船,回头要问五哥,能够不麻烦官府最好。不过,他要替我派兵护运。"

"这条路通吗?"

"有一条路好走,你不明白。五哥知道,等他来了再说。"胡雪岩又说:"还有几首诗,也请你送给薛抚台。你说我因为腿伤,不能当面去见他,要问杭州惨状到什么样子,请他看这几首诗就知道了。"

一面说,一面又在衣襟中摸索半天,才掏出几张极皱的纸。古应春摆在桌上抹平了细看,标题叫"辛酉杭城纪事诗",作者名叫张荫榘。一共是十二首七绝,每首都有注解,看到第五首,古应春念道:

雍容铃阁集簪裾,九月秋清气象舒;无数妖氛惊乍逼,十

13

门从此断军书。

诗下的注解是："九月二十六日，贼以数十万众围城，十门紧闭，文报从此不通，居民如笼中鸟，釜中鱼。"

古应春念到这里，屈指数了一下："今天十一月初五，围了四十天了。"

"四十天不算多。无奈缺粮已久，围到第十天就人心大乱了。"胡雪岩叹口气说："你再看下去。"

接下去看，写的是：

十面城门十面围，大臣谁是识兵机？国人望岁君胡胄，传说张巡整队师。

注是："十月初六日，张军门玉良援到，大获胜仗。即派况副将文榜于下午入城见王中丞有龄，请城内连夜移兵出扎，便可与张军门联络，以通粮道。饶军门从旁阻之云：'明日总来得及。'不料伪逆李秀成连夜筑成木城，于是饷道与张营隔绝。而十城隔濠，亦遍筑土城。当张军门令况副将入城见中丞，以灭贼自任，百姓延颈觇伺，均言贼必扑灭。"

看完这首诗和原注，古应春问道："饶军门是谁？"

"饶廷选。这个人因为救过广信府，靠沈夫人出了大名，其实没用。"胡雪岩叹口气说："我劝过王雪公多少次，说他因人成事，自己胆子小得很。王雪公不听我的话。救杭州就靠这个机会。错过这个机会，神仙来都没救了。"

"张玉良呢？"古应春又问，"这个人大家都说他不行，到底怎么样？"

"你再往下看。下面有交代。"

诗中是这样交代：

桓侯勇健世无双，飞炮当前气肯降？万马不嘶军尽泣，将星如斗落长江。

"怎么？阵亡了？"

"阵亡了。"胡雪岩摇摇头，"这个人也耽误了大事，嘉兴一败，金华、兰溪又守不住，杭州就危险了。不过，总算亏他。"

"诗里拿他比做张飞，说得他很好。"

"他是阵亡殉国的，自然要说得他好。"胡雪岩黯然说道："我劝王雪公暂且避一避。好比推牌九摇摊一样，这一庄手气不顺，歇一歇手，重新来过。王雪公不肯，他说他当初劝何根云，守土有责，决不可轻离常州。现在自己倒言行不符，怎么交代得过去？"

"看起来王雪公倒是忠臣。"

"忠臣？"胡雪岩冷笑："忠臣几个钱一斤？我看他——"

语声哽咽欲绝。古应春从未听胡雪岩说过什么愤激的话，而居然将"忠臣"说得一文不值，可以想见他内心的沉痛悲愤。只是苦于没有话可以安慰他。

"先吃饭吧！"七姑奶奶说，"天大的事，总也得吃饱了才好打主意。而且小爷叔真的也饿了。"

"提到杭州，我哪里还吃得下饭？"胡雪岩泪汪汪地抬眼，"你看最后那两首诗。"

古应春细细看了下，颜色大变。七姑奶奶不免奇怪，"怎么了？"她问，"说的什么？"

"你听我念！"古应春一个字一个字地念。

剜肉人来非补疮，饥民争啖事堪伤；一腔热血三升血，强作龙肝凤脯尝。

"什么？"七姑奶奶大惊问道："人吃人？"

古应春不即回答，一个字一个字地念着注解："兵勇肆掠，居民鸣锣捕获，解送凤山门王中丞常驻之处。中丞询实，请王命尽斩之。尸积道旁，兵士争取心肝下酒，饥民亦争脔食之。'食人肉'，平日见诸史乘者，至此身亲见之。"

就这一段话，将厅前厅后的人，听得一个个面无人色，七姑奶奶连连摇头："世界变了！有这样的事！"

"我也不大相信。小爷叔，真有其事？"

"不但真有其事，简直叫无足为奇。"胡雪岩容颜惨淡地喘着气说："人饿极了，什么东西都会吃。"

他接下来，便讲杭州绝粮的情形——这年浙西大熟，但正当收割之际，长毛如潮水般涌到，官军节节败退，现成的稻谷，反而资敌，得以作长围久困之计。否则，数十万长毛无以支持，杭州之围也就不解而自解了。

杭州城里的小康之家，自然有些存粮，升斗小民，却立刻就感到了威胁，米店在闭城之前，就已歇业。于是胡雪岩发起开办施粥厂，上中下三城共设四十七处，每日辰、申两次，每次煮米一石，粥少人多，老弱妇孺挤不到前面，有去了三四次空手而回的。

没有多久，粥厂就不得不关闭。但官米还在计口平卖，米卖完了卖豆子，豆卖完了卖麦子。有钱的人家，另有买米的地方，是拿黄金跟鸦片向旗营的八旗兵私下交换军粮。

又不久，米麦杂粮都吃得光光，便吃药材南货，熟地、米仁、黄精，都可以代饭。枣栗之类，视如珍品，而海参、鱼翅等等席上之珍，反倒是穷人的食料。

再后来就是吃糠、吃皮箱、吃钉鞋——钉鞋是牛皮做的、吃浮萍、吃草根树皮。杭州人好佛，有钱人家的老太太，最喜欢"放生"。有处地方叫小云栖，专养放生的牛羊猪鸭，自然一扫而空了。

"杭州城里的人,不是人,是鬼。一个个骨头瘦得成了一把,望过去脸上三个洞,两个洞是眼睛,一个洞是嘴巴。走在路上,好比'风吹鸭蛋壳',飘飘荡荡,站不住脚。"

胡雪岩喘口气,很吃力地说,"好比两个人在路上遇着,有气无力在谈话,说着、说着,有一个就会无缘无故倒了下去。另一个要去扶他。不扶还好,一扶头昏眼花,自己也一跟斗栽了下去,爬不起来了。像这样子的'倒路尸',不晓得有多少?幸亏是冬天,如果是夏天,老早就生瘟疫了。"

"那么,"七姑奶奶急急问道:"府上呢?"

"生死不明。"胡雪岩垂泪说道:"早在八月里,我老娘说是避到乡下好。全家大小送到北高峰下的上天竺,城一关,就此消息不知。"

"一定不要紧的。"七姑奶奶说,"府上是积善之家,老太太又喜欢行善,吉人天相,一定平安无事。"

"唉!"古应春叹口气,"浩劫!"

这时已经钟打八点,一串大蟹,蒸而又冷,但得知素称佛地的杭州,竟有人吃人的惨状,上上下下,谁都吃不下饭。七姑奶奶做主人的,自不能不劝,但草草终席,塞责而已。

吃饱了的,只有一个闻信赶来的尤五,吃他徒弟的喜酒,自然奉为上宾。席间听得胡雪岩已到的消息,急于脱身,但仍旧被灌了好些酒,方得离席。此时一见之下,酒意去了七八分,只望着胡雪岩发愣。

"小爷叔,怎么弄成这个样子?"

"五哥,你不要问他了。真正人间地狱,九死一生,现在商量正事吧!"

"请到里头来。"七姑奶奶说,"我替小爷叔铺排好了。"

她将胡雪岩的卧室安排在古应春书斋旁边的一间小屋。裱糊得雪白的窗子,生着极大的火盆,一张西洋铜床铺得极厚的被褥。同时又预备了"独参汤"和滋养而易于消化的食物,让他一面吃、一面谈。

实际上是由古应春替他发言,"五哥,"他说,"杭州的百姓都要活活饿死了。小爷叔是受王抚台的重托,到上海来办米的,越多越好,越快越好。"

"浙江藩库发了两万银子,现银没法带,我是空手来的。"胡雪岩说,"我钱庄里也不知道怎么样?五哥,这笔账只好以后再算了。"

"钱小事,"古应春接口说道,"我垫。"

"也用不着你垫,"尤五接口说道,"通裕庄一千石米在仓里,另外随时可以弄一千石,如果不够,再想办法。米总好办,就是怎么样运法?"

"运河不通了,嘉兴这一关就过不去。"胡雪岩说,"只有一条路,走海道经鳖子门。"

鳖子门在海宁,是钱塘江入海之处,在明朝是杭州防备倭患的第一门户。尤五对运河相当熟悉,海道却陌生得很,便老实说道:"这我就搞不清楚了。要寻沙船帮想办法。"

沙船帮走海道,从漕米海运之议一起,漕帮跟沙船帮就有势不两立的模样。现在要请他跟沙船帮去打交道,未免强人所难。胡雪岩喝着参汤,还在肚子里盘算,应该如何进行,古应春却先开口了。

"沙船帮的郁老大,我也有一面之识。事到如今,也说不得冒昧了。我去!"

说着,就站起身来。尤五将他一拉,慢条斯理地说:"不要忙,等我想一想。"

胡雪岩依然非常机敏,看出尤五的意思,便挣扎着起身。七姑奶奶赶紧一面扶,一面问:"小爷叔,你要啥?"

胡雪岩不答她的话,站起身,叫一声:"五哥!"便跪了下去。

尤五大惊,一跳老远,大声说道:"小爷叔、小爷叔,你这是为啥?折煞我了。"

古应春夫妇,双双将他扶了起来,七姑奶奶要开口,他摇摇手说:"我是为杭州的百姓求五哥!"

"小爷叔,你何必如此?"尤五只好说痛快话了:"只要你说一句,哪怕郁老大跟我是解不开的对头,我也只好去跟他说好话。"

他跟郁老大的确是解不开的对头——郁老大叫郁馥华,家住小南门内的乔家浜,以航行南北洋起家,发了好大一笔财。本来一个走海道,一个走运河,真所谓"河水不犯井水",并无恩怨可言,但从南漕海运以后,情形就很不同了。尤五倒还明事理,大势所趋,不得不然,并非郁馥华有意想承揽这笔生意,打碎漕帮的饭碗。但他手下的小弟兄,却不是这么想。加以沙船帮的水手,趾高气扬,茶坊酒肆,出手阔绰,漕帮弟兄相形见绌,越发妒恨交加,常起摩擦。

有一次两帮群殴,说起来,道理是漕帮这面欠缺。但江湖事,江湖了,郁馥华听信了江苏海运局中几个候补佐杂的话,将尤五手下的几个弟兄,扭到了上海县衙门。知县刘郁膏是江苏的能员,也知道松江漕帮是"百足之虫,死而不僵",不愿多事。同时古应春在上海县衙门也算是吃得开的,受尤五之托,去说人情。两下一凑,刘郁膏大事化小,小事化无,传了尤五到堂,当面告诫一番,叫他具了"不再滋事"的切结,将人领了回去。

这一下结怨就深了。在尤五想,连县大老爷都知道松江漕帮不好惹,网开一面,郁馥华反倒不讲江湖义气,不想想大家都是"靠水吃水",一条线上的人。既然如此,两不往返。尤五特地召集所属码头的头脑,郑重宣布:凡是沙船帮的一切,松江漕帮,不准参预。有跳槽改行到沙船帮去做水手的,就算"破门",从今见面不认。

郁馥华自己也知道做错了一件事,深感不安,几次托人向尤五致意,希望修好。尤五置之不理,如今却不得不违反自己的告诫,要向对方去低头了。

"为小爷叔的事,三刀六洞,我也咬一咬牙'顶'了。不过这两年,我的旗号扯得苔足,一时无法落篷。难就难在这里。"

"五哥,你是为杭州的百姓。"胡雪岩说,"我腿伤了,没办法跟郁老大去办交涉——话说回来了,出海进鳖子门这一段,不要紧。一进鳖子门,反有风险,郁老大作兴不肯点头。只有你去托他,他要卖你一个交情,不肯也得肯。至于你说旗号扯得太足,落不下篷,这也是实话。我倒有个办法,能够让你落篷,不但落篷,还让你有面子,你看怎么样?"

"小爷叔,你不要问我,你说怎么样,就怎么样。其实我也是说说而已。真的没有办法也只好硬着头皮去见郁老大。"

"不会让你太受委屈。"胡雪岩转脸说道:"老古,我请你写封信,写给何制台——"

"写给何制台?"古应春说,"他现在不知道躲在哪里?"

"这难道打听不到?"

"打听是一定打听得到的。"尤五接口说道,"他虽然革了职,要查办,到底是做过制台的人,不会没人晓得。不过,小爷叔,江苏的公事,他已经管不到了,你写信给他为啥?"

"江苏的公事他虽管不到,老长官的账,人家还是要买的。"胡雪岩说,"我想请他交代薛抚台或者上海道,让他们出来替五哥跟郁老大拉拉场。"

"不必,不必!"尤五乱摇双手,"现任的官儿,我跟他们身份不配。这种应酬,场面上尴尬得很,多一事不如少一事。"

古应春倒觉得胡雪岩的话,大有道理,便道:"冤家宜解不宜结,如有地方大员出面调停,双方都有面子,应该顺势收篷了。"

"这还在其次,"他接下来讲第二个理由:"为了小爷叔的公事,郁老大的沙船是无论如何少不了的。不过风险太大,就算买五哥你的面子,欠他的这个情,将来很难补报。有官府出面,一半就等于抓差。五哥,你的人情债不就可以轻得好多?"

"老古的话,一点不错。"胡雪岩连连点头,"我正是这个意思。"

既然他们都这样说,尤五自然同意。于是胡雪岩口述大意,古应春代为执笔,写好了给何桂清的信,约定第二天一早分头奔走,中午都得办妥。至于运米的细节,要等尤五跟郁馥华言归于好以后才谈得到。

安顿好了两拨客人,七姑奶奶上床已交半夜子时了。向丈夫问起胡雪岩的公事,听说其中有写信给何桂清的这一段周折,当时就"跳"了起来。

"这是什么时候?还容得你们'城头上出棺材,大兜大转'！且不说杭州城里的老百姓,都快饿死光了,光是看小爷叔这副样子来讨救兵,就该连夜办事。"她气鼓鼓地说,"真正是,看你们男子汉,大丈夫,做事怎么这样子娘娘腔?"

古应春笑了,"你不要跟我跳脚,你去问你哥哥!"他说:"不是我劝,五哥跟郁老大的过节还不肯解呢!"

"等我去!"七姑奶奶毫不迟疑地,"等我去跟五哥说。"

不用她去,尤五恰好还有私话要跟妹夫来说,一开门就遇见,见她满脸不悦的样子,不由得诧异。

"怎么? 跟哪个生气?"

古应春一听这话,赶紧拦阻:"七姊,你跟五哥好好说。五哥有五哥的难处,只要你讲得有道理,五哥会听的。"

"好,我就讲道理。五哥,你进来坐,我请问你一句话,是小爷叔的交情要紧? 还是什么制台、抚台的面子要紧?"

"你问这话啥意思?"

"自然有讲究。你先回了我的话,我再讲缘故给你听。"

"当然小爷叔的交情要紧。"

"好!"七姑奶奶脸色缓和下来了,"我再问一句,杭州一城百姓的命,跟我们漕帮与郁老大的过节,五哥,你倒放在天平上称一称,哪一方来得重?"

尤五哑然,被驳得无话可说。古应春又高兴,又有些不安。因为虽是娘舅至亲,到底要保持一份客气,有些话不便率直而言。现在有了"女张飞"这番快人快语,足以折服尤五,但又怕她妻子得理不让人,再说下去会使得尤五起反感,希望她适可而止。

七姑奶奶长了几岁,又有了孩子,自然亦非昔比。此时声音放得平静了:"依我说,小爷叔是想替你挣面子,其实主意不大高明。"

"这样说,你必有高明主意?"古应春点她一句:"倒不妨慢慢说给五哥听一听,看看行不行得通?"

"要做官的出来拉场,就有点吃罚酒的味道,不吃不行——"

"对!"尤五一拍大腿,大为称赏,"阿七这话说到我心里了,小爷叔那里我不好驳,实实在在是有点这样的味道。"

"江湖事,江湖了。"七姑奶奶又有些慷慨激昂了,"五哥,你明天去看郁老大,只说为了杭州一城百姓的性命,小爷叔的交情,向他低头,请他帮忙。这话传出去,哪个不说你大仁大义?"

尤五凝神想了一下,倏然起身,一句话不说就走了——他要跟妹夫说的私话,就是觉得不必惊动官府,看看另外有更好的办法没有? 这话,现在也就不必再说了。"

一到小南门内乔家滨,老远就看到郁家的房子,既新且大。郁馥华的这所新居,落成不久,就有小刀会起事为刘丽川头尾盘踞了三年。咸丰五年大年初一,江苏巡抚吉尔杭阿由法国海军提督辣尼尔帮忙,克复了上海县城,郁馥华收复故居,大事修葺,比以前更加华丽了。

尤五还是第一次到郁家来,轻车简从,无人识得。他向来不备名帖,只指一指鼻子说:"我姓尤,松江来的。"

尤五生得劲气内敛,外貌不扬,衣饰亦朴素得很。郁家的下人不免轻视,当他是来告帮求职的,便淡淡地说了句:"我们老爷不在家,你明天再来。"

"不,我有极要紧的事,非见你家老爷不可。请派人去找一找,我就在这里立等。"

"到哪里去找?"郁家的下人声音不好听了。

尤五是极有涵养的人,而且此来既然已下了降志以求的决心,亦就容易接受委屈,便用商量的语气说道:"既然如此,你们这里现成的条凳,让我坐等,可以不可以?"

郁家门洞里置两条一丈多长的条凳,原是供来客随带的跟班和轿夫歇脚用的,尤五要坐,有何不可?尽管请便就是。

这一坐坐了有个把时辰,只见来了一辆极漂亮的马车,跨辕的俊仆,跳下车来,将一张踏脚凳放在车门口,车厢里随即出来一名华服少年,昂然入门。

这个华服少年是郁馥华的大儿子郁松年,人称"郁家秀才"——郁馥华虽发了大财,总觉得子侄不得功名,虽富不贵,心有未足,所以延请名师,督促郁松年下帷苦读。但"场中莫论文",一直连个秀才都中不上,因而捐银五万,修葺文庙。朝廷遇有这种义举,不外两种奖励,一种是饬令地方官为此人立牌坊褒奖,一种是增加"进学",也就是秀才的名额。郁馥华希望得到后一种奖励,经过打点,如愿以偿。

这是为地方造福,但实在也是为自己打算。学额既已增加,"入学"就比较容易。郁松年毕竟得青一衿。秀才的官称叫做"生员",其间又有各种分别,占额外名额的叫做"增生",但不论如何,总是秀才。称郁松年为"郁家秀才",表示这个秀才的名额,是郁家斥巨资捐出来的,当然有点菲薄的意味在内。

但是郁松年倒非草包,虽不免纨袴习气,却是有志于学,彬彬有礼。当时已经在下人一片"大少爷"的招呼声中,进入屏门,忽然发觉有异,站定了,回身注视,果然看到了尤五。

"尤五叔!"他疾趋而前,请了个安,惊喜交集地问,"你老人家怎么在这里?"

"我来看你老人家,"尤五气量甚宽,不肯说郁家下人的坏话,"听说不在家,我等一等好了。"

"怎么在这里坐?"郁松年回过脸去,怒声斥责下人:"你们太没有规矩了,尤五爷来了,怎么不请进去,让贵客坐在这里?"

原来答话的下人,这才知道自己"有眼不识泰山"。自家主人跟尤五结怨,以及希望修好而不得的经过,平时早就听过不止一遍。如今人家登门就教,反倒慢客,因此而得罪了尤五,过在不宥,说不定就此敲碎了绝好的一只饭碗,所以吓得面无人色。

尤五见此光景,索性好人做到底了,"你不要骂他,你不要骂他。"他赶紧拦在前面,"管家倒是一再邀我进去,是我自己愿意在这里等,比较方便。"

听得这一说,郁松年才不言语,"尤五叔,请里面坐!"他说,"家父在勘察城墙,我马上派人去请他回来。"

"好的,好的! 实在是有点要紧事,不然也不敢惊动你老人家。"

"尤五叔说哪里话? 请都请不到。"

肃客入厅,只见华堂正中,悬一块蓝底金字的扁额,御笔四个大字:"功襄保赤"。这就是郁馥华此刻去勘察城墙的由来——当上海收复时,外国军舰在浦江南码头开炮助攻,从大南门到大东门的城墙,轰坏了一大片。朝廷以郁家巨宅曾为刘丽川盘踞,郁馥华难免资匪之嫌,罚银十万两修复城墙,而经地方官陈情,又御赐了这一方匾额。如今又有长毛围攻上海的风声,郁馥华怕自己所修的这段城墙,不够坚固,万一将来由此攻破,责任不轻,所以连日勘察,未雨绸缪。

听郁松年说罢究竟,尤五趁机安了个伏笔,"令尊一向热心公益,好极、好极!"他说,"救人就是救己,我今天就是为了这件事来的。"

"是!"郁松年很恭敬地问道:"尤五叔是先吩咐下来,还是等家父到了再谈?"

"先跟你谈也一样。"于是尤五将胡雪岩闯关乞粮的情形,从头细叙。谈到一半郁馥华到家,打断了话头。

"尤五哥,"郁馥华是个中号胖子,走得上气不接下气,又喘又笑地说,"哪阵风把你吹来的。难得,难得!"

"无事不登三宝殿,有件事来求你,正跟你们老大谈。"

郁松年接口提了一句:"是要运粮到杭州——"

郁馥华脑筋极快,手腕极其圆滑,听他儿子说了这一句,立刻就猜想到一大半。急忙打岔说:"好说,好说!尤五哥的事,总好商量。先坐定下来。多时不见,谈谈近况。尤五哥,你的气色好啊,要交鸿运了!"

"托福、托福。郁老大,今天我来——"

"我晓得,我晓得。"郁馥华不容他谈正事,转脸向他儿子说道:"你进去告诉你娘,尤五叔来了,做几样菜来请请尤五叔,要你娘亲手做。现成的'糟钵头'拿来吃酒,我跟你尤五叔今天要好好叙一叙。"

尤五早就听说,郁馥华已是百万身价,起居豪奢。如今要他结发妻子下厨,亲手治馔款客,足见不以富贵骄人,这点像煞不忘贫贱之交的意思,倒着实可感,也就欣然接受了盛情。

摆上酒来,宾主相向而坐。郁馥华学做官人家的派头,子弟侍立执役,任凭尤五怎么说,郁松年不敢陪席。等他执壶替客人斟满了，郁馥华郑重其事地双手举杯，高与鼻齐，专敬尤五，自然有两句要紧话要交代。

"五哥，"他说，"这几年多有不到的地方，一切都请包涵。江海一家，无分南北西东。以后要请五哥随处指点照应。"说着，仰脸干了酒，翻杯一照。

尤五既为修好而来，自然也干了杯，"郁老大，"他也照一照杯，"过去的事，今天一笔勾销。江海一家这句话不假，不过有些地方，也要请老大你手下的弟兄，高抬贵手！"

"言重、言重！"郁馥华惶恐地说了这一句，转脸问道："看福全在不在？"

尤五也知道这个人，是帮郁馥华创业的得力助手。如今也是面团团的富家翁。当时将他唤了来，不待郁馥华有所言语，便兜头作了个大揖，满脸赔笑地寒暄："尤五叔，你老人家还认得我吧？"

"喔，"尤五有意眨一眨眼，作出惊喜的神气，"是福全哥，你发福了。"

"不敢当，不敢当。尤五叔，你叫我小名好了。"

"真的，他们是小辈，尤五哥你客气倒是见外了。"郁馥华接着转脸告诫福全："你关照下去，江海一家，松江漕帮的弟兄，要当自己人一样，处处尊敬、处处礼让。尤五叔有啥吩咐，就跟我的话，一式一样。"

他说一句，福全答应一句，神态不但严肃，而且诚恳。江湖上讲究的是"受人一尺，还人一丈"，尤五见此光景，少不得也有一番推诚相与、谦虚退让的话交代。

多时宿怨，一旦解消，郁馥华相当高兴。从利害关系来说，沙船帮虽然兴旺一时，而漕帮到底根深蒂固，势力不同，所以两帮言归于好,在沙船帮更尤其来得重要。郁馥华是个极有算计的人,觉得这件事值得大大铺张一番,传出去是尤五自己愿意修好,岂不是足可以增加光彩与声势的一件好事?

打定了主意,当即表示,就在这几天,要挑个黄道吉日,大摆筵宴,略申敬意。言语恳切,尤五不能也不宜推辞,当下未吃先谢,算是定了局。

这一下情分就更觉不同,郁馥华豪饮快谈,兴致极好。尤五却颇为焦急,他是有要紧事要谈,哪有心思叙旧?但又不便扫他的兴。这样下去,等主人喝得酩酊大醉,岂不白来一趟?

等了又等,也是忍了又忍,快将忍不住时,郁松年看出苗头,提醒他父亲说:"爹!尤五叔有事要跟爹商量呢!"

"喔,喔,是的。"郁馥华不能再装马虎了,随即转脸说道:"尤五哥,你倒请再说一遍看。"

"是这样的,有一批米,要借重老大你的船,走海道,由海宁进鳖子门,入钱塘江,运到杭州。"尤五又说,"杭州城里的百姓,不但吃草根树皮,还吃人肉了。所以这件事务必要请老大你帮忙,越快越好。"

"尤五哥,你的事,一句话。不过,沙船帮的情形,瞒不过你。鳖子门这条路从来没有去过,水性不熟,会得搁浅,岂不耽误大事?"他紧接着说,"当然,漕帮弟兄可以领路,不过沙船走在江里,路道不对。这样子,我马上找人来商量,总要想条万全之计。好不好明天给你回话?"

听得这一说,尤五颇为不悦。心里在想,这种兵荒马乱的时候,到哪里都是冒险,就算承平时候,风涛险恶,也没有什么保险不出事的把握。说要想一条万全之计,不就是有心推托?

想是这样想,当然绝没有发作的道理,不过话要点他一句，"郁老大，"他说，"亲兄弟，明算账，人情归人情，生意归生意。请你仔细盘算一下，运费出公账，何必放着河水不洗船？"

"言重，言重！尤五哥，你误会了，我决不是在这上头打算盘。为的是——"郁馥华觉得怎么样说都不合适，而且也要问问路上的情形，便改口问道："尤五哥，那位胡道台，我久仰大名，好不好领我会一会他？"

胡道台就是胡雪岩。这几年连捐带保，官运亨通，成了浙江省城里亦官亦商的一位特殊人物。尤五原就有意替他们拉拢见一面，现在郁馥华自己开口，当然毫无推辞，而且表示："说走就走，悉听尊便。"

"今天太匆促了！一则喝了酒，二则，草草未免不恭。准定明天一早，我去拜访。不知道胡道台耽搁在哪里？"

"他住在舍亲古应春家。明天一早我来接。"

"原来是老古那里。我们也是熟人，他府上我去过。不必劳驾，我自己去就是了。"

谈到这里，告一段落，而且酒也够了，尤五起身告辞。一回到古家，七姑奶奶迎上前来，虽未开口，那双眼睛却比开口还显得关切。

"怎么样？"

尤五不答，只问胡雪岩的伤势如何？这倒是使得七姑奶奶可以高兴的，夸赞伤科医生有本事。胡雪岩的痛楚大减，伤口好得很快，预计三天以后，就可以下床走动了。

"这也是人到了这里，心就安了。"七姑奶奶又说，"人逢喜事精神爽，郁老大如果肯帮忙；真比吃什么药都有用。"

"帮忙是肯帮的，事情没有那么快。先跟小爷叔谈了再说。"

于是从头谈起。一旁静听的七姑奶奶，先是一直含着笑，听到郁馥华说要明天才有回话，一下子跳了起来。

"这明明是推托嘛！"

"七姊，"胡雪岩赶紧拦住她说："人家有人家为难的地方，你先不要着急，慢慢儿商量。"

"我是替你着急。小爷叔！"

"我晓得，我晓得。"胡雪岩依旧从容不迫地，"换了我是郁老大，也不能不仔细。海面上没有啥，一进了鳖子门，走在钱塘江里，两岸都是长毛，他自然要担足心事。这件事只有这样办。一方面，我们要跟他说实话，哪里有危险，哪里没有危险，出了危险，怎么样应付？ 一方面得要请他放点交情，冒一冒险。俗话说：'前半夜想想人家，后半夜想想自己。'我们现在先想自己，有什么好处到人家那里，人家肯看交情上头，冒一冒险。"

"对！"尤五不胜倾倒，"小爷叔这两句话入情入理，照这样去想，事情就可以办通了。"

"好吧！"七姑奶奶无可奈何，转个念头，自己女流之辈，可以不必来管这桩大事，便即说："天塌下来有长人顶，与我不相干，你们去商量。"说完转身就走。

"七姊！"胡雪岩急忙喊道："有件事非跟你商量不可。你请回来！"

她自然又立脚站定。胡雪岩原是听她的话近乎赌气，其实并没有什么事要跟她商量，不过既已说出口，倒又不得不找件事跟她商量了。

灵机一动，开口只道："七姊，上海我半年不曾来过了，最近有没有好的馆子？"

"有啊!"七姑奶奶答道:"新开一家泰和馆,一统山河的南北口味,我吃过几次,菜刮刮叫。"

"地方呢,宽敞不宽敞?"

"岂止宽敞?庆兴楼、复新园、鸿运楼,数得出的几家大馆子,哪一家都没有它讲究。"七姑奶奶问道:"小爷叔,你是不是要请客?"

"我的心思瞒不过七姊。"胡雪岩笑着回答,是有意恭维她一句。然后转脸看着尤五说:"五哥,你既然委屈了,索性看我们杭州一城百姓的面上,委屈到底。请你出面请个客,郁老大手下的大小脚色都要请到。我们漕帮弟兄,最好也都到场,给足了他面子,看他怎么说?"

"好的。一句话。"

"那就要托七姊了,定泰和馆的席。名归五哥出,钱归我出——"

"这用不着你交代。"七姑奶奶抢着说,"就不知道有多少人,要定多少桌席?"

这当然要问尤五,他慢吞吞地答道:"要么不请,请了就不管他多少人了。我只备一张帖子,统请沙船帮全体弟兄。拿泰和馆包下来,开流水席,有一桌算一桌。"

"这倒也痛快。就这么说了。"胡雪岩向七姑奶奶拱拱手:"拜托、拜托!"

七姑奶奶最喜欢排场热闹,一诺无辞,但粗中有细,想了想问道:"哪一天请?"

"不是要快嘛!"尤五答说,"要快就在明天。"

七姑奶奶不做声,将排在门背后的皇历取了下来,翻了翻说:"明天怕不成,是好日子,总有人做亲,在他那里请客。后天是个平日,'宜祭祀、订盟,余事不宜。'不晓得可以不可以?"

"可以!"胡雪岩接口便说:"我们这就算'订盟'。"

事不宜迟,七姑奶奶当时便取了一封银洋,亲自坐马车到泰和馆去订席。尤五便找古家的账房赵先生来,写好一封大红全帖,送到乔家滨郁家。同时又派人去找他一个心爱的徒弟李得隆来办事。

他们兄妹在忙,胡雪岩一个人躺在床上盘算。等尤五再回进来时,他已经盘算停当了。

"五哥,我们现在一桩桩来谈。米怎么样?"

"我已经关照下去,今天下午就可定局。"尤五答道:"虽说多多益善,也要看郁老大有多少船? 总而言之一句话,只要他有船,我就有米。"

"那好,我们谈船。郁老大怕来怕去,是怕长毛。不过不要紧。长毛在岸上,我们在江里,他们没有炮船,就不必怕他。至多坐了小划子用洋枪来攻。我们自己能有一批人,备它几十杆好枪,说开火就开火,打他个落花流水。"胡雪岩又说,"这批人,我也想好了,不知道老古跟杨坊熟不熟?"

尤五懂他的意思,点点头说;"很熟的,就不熟也不要紧。"

"何以呢?"胡雪岩问。

"小爷叔,你的意思是不是想借洋将华尔的人?"

"对啊!"胡雪岩问,"不是说洋将跟上海道的交涉,都是杨坊在居间接头的吗?"

"一点不错。杨坊是'四明公所'的董事,宁波也是浙江,为家乡的事,他没有不肯出力的道理,就算不认识,一样也可以请他帮忙。"

"我对此人的生平不大清楚,当然是有熟人从中说话,事情更容易成功。不过,我想是这样,行不行得通,还不晓得。先要问一问老古,他不知道什么时候回来?"

"不必问他,"尤五手一指:"现成有个人在这里。"

这个人就是萧家骥。他是一早跟了古应春去办事的,由于胡雪岩关照,王有龄的两封血书要面递薛焕,所以古应春一直守在江苏巡抚设在上海的行署中,等候传见。为怕胡雪岩惦念,特地先派萧家骥回来送信。

"你看,"胡雪岩对尤五说,"这就是我刚才盘算,要借重洋将的道理。官场办事,没有门路,就行不通。要见薛抚台一面都这么难,哪里还能巴望他派兵替我们护粮。就算肯派,也不是三天两天就走得动的。"他加重语气又说:"我主意打定了,决定我们自己想办法。"

于是尤五将他的打算告诉了萧家骥,萧家骥静静地听完,并未做声。

"怎么样? 家骥!"胡雪岩催问着:已看出他另有主意。

"这件事有个办法,看起来费事,其实倒容易。"他说,"不如请英国或者法国的海军提督,派兵船护送。"

"这——"尤五首先就表示怀疑,"这行得通吗?"

"行得通的。"萧家骥说;"外国人另有一套规矩,开仗是一回事,救老百姓又是一回事。如果说这批米是军粮,他们就不便护送。为了救老百姓,当然可以。"

听这一说,胡雪岩大为高兴。但是,"这要怎么样说法,跟哪个去接头?"他问。

"我就可以去!"萧家骥自告奋勇,但立刻又加了一句:"不过先要问问我师父。"

"你的师父当然赞成,"尤五接口说道,"不过,我始终不大相信,只怕没有这么好的事。"

"那也不妨双管齐下。"胡雪岩问萧家骥:"你看,我们自己出钱,请华尔派几十个人保护,这个办法可以不可以试一试?"

"试是没有什么不可以试的。"萧家骥答说:"不过,我看很难。为什么呢——"

为的是第一,华尔部下的"佣兵",已经为上海道吴煦"惯"坏了,花了大钱,未必能得他们的出死力;第二,这批佣兵是"步军",在水上能不能发挥威力,大成疑问。

"说得有道理。"胡雪岩最不肯掩没人的长处,对萧家骥大为欣赏,"家骥,这件事倒要请你好好帮我一个忙。"

"胡先生言重了,有什么事,尽管吩咐就是。"

一个赏识,一个仰慕,于是尤五有了一个计较,暂且不言,要等古应春回来了再说。

"薛抚台见着面了。"古应春的神情不愉,"小爷叔,王雪公要想指望他肯出什么大力,恐怕是妄想。"

"他怎么说?"胡雪岩很沉着地问。

不问还好,问起来叫人生气。薛焕叹了一大遍苦经,又怪王有龄在浙江自己不想办法练军队,军饷都接济了皖南和江西,如今局势一坏,连带上海亦吃紧。又提到他在江苏的时候,如何踤扈刚愎,言下大有落到今日的光景,是自取其咎之意。

"也难怪他!"古应春又说,"京里闹得天翻地覆,两个亲王都送了命,如今又是恭王当政,一朝天子一朝臣,曾国藩也快到两江来了,薛抚台署理两江总督跟实缺江苏巡抚的两颗印把子,看起来摇摇欲坠,心境当然不好。"

"我知道。"胡雪岩说,"你没有来之前,我跟五哥还有家骧,都商量过了,本来就不想靠他。不过,他到底是江苏巡抚,王雪公的折子,一定只有请他拜发。不知道这件事,他办了没有?"

"这他不敢不办。"古应春说,"连催李元度的公事,都已交待下去。我还怕下面太慢,特意打了招呼,答应所有的公事,明天都一起办出。"

"那就不管它了。我们商量我们的。"

于是尤五和萧家骧将刚才所谈经过,原原本本说了给古应春听。这在他是个很大的安慰。本来为了要见薛焕,将大好时光,白白糟蹋,不但生气,而且相当着急。照现在看起来,路子甚多,事情并不是无处措手,因此愁怀一去,精神大为振作。

"既然如此,我们要把宗旨先定下来。请兵护送的事,能够说动英、法提督,派兵护送,不但力量够强,足可保险,而且还不用花钱。不过有两层顾虑,第一,恐怕仍旧要江苏巡抚出公事;第二,不是三五天之内可以办得成的。"

"慢就不行!"胡雪岩立即答说,"我现在度日如年,巴不得明天就走。"

"要快只有雇华尔的部下。这笔钱,恐怕不在少数。"

"要多少?"

"要看雇多少人。每个人起码三十两银子,死一个抚恤一千。照五十个人算,最少一千五。如果——"

如果全数阵亡,就得另外抚恤五万。话到口边,古应春才发觉这话太丧气,果然如此,胡雪岩的性命自然也就不保,所以把话硬咽了下去。

胡雪岩却不以为意，"一千五就一千五。带队官总要多送些，我不在乎。倒是，"他指着萧家骥说，"他的顾虑不错，只怕在岸上打惯了仗的，一上了船，有劲使不出，有力用不上。"

"这要问他们自己才知道。虽说重赏之下，必有勇夫，性命到底是拿钱换不来的。如果他们没有把握，当然不敢贸然答应。我们局外人，不必自作聪明。"

古应春最后这句话，颇有告诫学生的意味，因而原有一番意见想陈述的萧家骥，就不便开口了。

"到杨坊，我也认识，交情虽不深，倒承他不弃，还看得起我。今天晚上我就去看他。"

"对了！我们分头行事。此刻大家规定一下，米跟沙船，归我；请洋将归你，"尤五对古应春说，"还有件事，你要调一批现头寸来。"

"这不要紧！"胡雪岩从手上取下一个戒指，交给古应春："我往来的几家号子你是晓得的，看存着有多少头寸，你随意调度就是。"

戒指是赤金的，没有一两也有八钱，其大无比，其俗也无比，但实际上是一枚图章，凭戒面上"胡雪岩印"四个朱文篆字，调集十万八万银子，叱咤立办。不过以古应春实力，也还用不到此。

"不必！你这个戒指片刻不离身，还是你自己带着。"

"不然！"胡雪岩说，"我另外还有用意。这一次回杭州，好便好。如果将来再不能见面，一切托你料理。人欠欠人，等我明天开出一张单子来交给你。"

托到后事，无不惨然。古应春也越发不肯收下他那枚戒指图章，拉过他的手来，硬要替他戴上。正在拉拉扯扯的时

36

候，七姑奶奶回来了，少不得询问究竟。大家都知道她重感情，说破了一定会惹她伤感，所以彼此使了个眼色，随意扯句话掩饰了过去。

"菜定好了，八两银子一桌的海菜席，包他们四十桌。"七姑奶奶说，"那里老板说是亏本生意，不过要借这桩生意创招牌。人家既然看得这么重，人少了，场面不够热闹，面子上不好看，五哥，我倒有点担心。"

"担什么心？叫人来帮场面、吃酒席，还怕没有人？回头我会关照李得隆。"

"那么郁老大那里呢？"

"这你更可以放心。小爷叔想的这个办法，在郁老大求之不得，来的人一定多。"尤五又说，"你再要不放心，我叫李得隆放个风出去，说我们包了泰和馆，大请沙船帮，不来就是看不起我们。"

"那好。我叫人去通知，再预备十桌在那里。"七姑奶奶一面说，一面就走了出去。

"七姊真有趣。"胡雪岩笑道，"好热闹，一定是福气人。"

"闲话少说。我还有一桩事，应春，你看如何？"尤五说道，"小爷叔要人帮忙，我说实话，你我去都没啥用处。我派李得隆，你派萧家骥，跟了小爷叔一路到杭州。"

"嗯！"古应春略有迟疑的神情。

"不必，不必。"胡雪岩最知趣，赶紧辞谢。

古应春实在很为难。因为萧家骥跟他的关系，与漕帮的情形不同。漕帮开香堂收徒弟，师父之命，其重如山，而且出生入死，不当回事。萧家骥到底只是学洋文，学做生意的徒弟，到这种性命出入的事，不便勉强，要问问他本人。

但是胡雪岩这方面的交情，实在太厚。能有一分力，一定要尽一分力，决说不出推辞的话来。同时看出胡雪岩口称"不必"，脸上却有失望的表情，越觉得过意不去了。

　　想一想只有老实说："小爷叔，如果我有个亲兄弟，我都一定叫他跟了你去。家骥名为徒弟，到底姓萧，我来问问他看。"说到这里，发觉话又不妥，如果萧家骥胆怯不肯去，岂不又显得自己的徒弟"不够料"，因而只好再加一句掩饰的话："他老太太病在床上，如果病势不碍，我想他一定会去的。"

　　话刚完，门外有人接口，是萧家骥的声音，他正好走了来听见，自告奋勇："我去！我一定去！"

　　这一下解消了古应春的难题，也觉得脸上很有光彩，但胡雪岩却不能不辞谢——他也知道萧家骥母亲病在床上的话，是古应春为了体恤徒弟，有意留下的一个退步。只是"光棍好做，过门难逃"，而且这个"过门"，古应春不便来打，要自己开口。

　　"家骥，我晓得你义气。不过为人忠孝当先，令堂老太太身体不舒服，你该留下来侍奉。"

　　"不碍，不碍！"萧家骥也很机警，很快地答说，"我娘胃气痛是老毛病，两三天就好了。"

　　"那就这样吧！"古应春站起身来，"既然你要跟了去，一切事情要接得上头才好，你跟我一起去看'大记'杨老板。"

　　杨坊开的一家专销洋庄的号子，就叫"大记"。师徒二人到了那里，杨坊正在大宴客商，相邀入座应酬一番，亦无不可，但古应春为了表示事态紧急，坚辞婉拒，同时表示有个不情之请：需要当时就单独交谈。

"好!"杨坊慨然许诺,"请到这面来。"

就在客厅一角,促膝并坐。古应春开门见山地道明来意,杨坊吸了口气,样子显得颇为棘手似的。

"杨兄,恕我再说句不该说的话,浙东浙西,休戚相关,看在贵省同乡的面上,无论如何要请你想办法。"

"我自然要想办法,自然要想办法。"杨坊一叠连声地说,"为难的是,最近华尔跟吴道台闹意气。洋人的脾气很倔,说好什么都好,犯了他的性子,不容易说得进话去。现在只有这样:我先派人去约他,今天晚上见个面。等我敷衍完了客人,我们一起去。便菜便酒,你何妨就在这里坐了。"

说到这话,古应春自然不便再推辞,入席酬酢,同时在肚子里盘算如何说动华尔。

"师父,我想我先回去一趟,等下再来。"萧家骥忽然说道,"我要好好去问一问胡先生。"

"问什么?"

"洋人做事情仔细,又是打仗,路上的情形,一定要问得清清楚楚。不然决不肯答应。"

"一点不错。"杨坊大为赞许,"这位小阿弟实在有见识。那你就快去吧! 两个钟头谈得完谈不完?"

"够了。"

"好。我就约华尔九点钟碰头。八点半钟请你无论如何赶了来。"

萧家骥不到预定的时间,就已去而复回。除了将他想到该问的情形都问明白以外,还带来胡雪岩一句话。

"师父! 胡先生叫我跟师父说:请将不如激将!"

这真有点"军师"的味道了。运筹帷幄,决胜千里,付下来这样一个"锦囊"。古应春在颠簸的马车上,反复体味着"请将不如激将"这六个字。

华尔扎营在沪西静安寺附近。杨坊是来惯的,营门口的卫兵拿马灯一照,挥挥手放行,马车一直驶到华尔的"签押房"。

介绍过后,四个人围坐在一张小圆台上。杨坊开个头,说古应春是浙江官场的代表之一,有事相恳。接着便由古应春发言,首先补充杨坊的话,表明自己的身份,说浙江官场的正式代表是胡雪岩,一个受有清朝官职的很成功的商人,而他是胡雪岩所委派的代表。

说到这里,华尔提出第一个疑问:"胡先生为什么要委派代表?"

"他受伤了,伤势很重。为了希望在三到五天以内赶回去,他需要遵守医生的嘱咐,绝不能行动。"古应春说,"他就住在我家养伤。"

"喔!"华尔是谅解的神态:"请你说下去。"

于是古应春道及本意,提出希望以外,还有一番恭维,说华尔一定会站在人道的立场,助成这场义举,而他的勇敢的部下,亦一定会圆满达成任务。

说到一半,华尔已在不断摇头。等他说完,随即用冷峻的声音答道:"抱歉!我很同情,但是没有办法给你们什么帮助。"

"这太叫我失望了。"古应春问道,"你能不能告诉我,不能予以帮助的原因?"

"当然!第一,浙江不是我应该派兵的范围;第二,任务很危险,我没有把握。"

"第一个理由,似乎不成立。我已经说过,这是慈善任务——"

"不!"华尔抢着说,"我有我的立场。"

"你的立场不是助顺——帮助中国政府吗?"

"是的。"华尔很勉强地说,"我必须先顾到上海。"

"但是,抽调五十个人,不至于影响你的实力。"

"是不是会影响,要我来判断。"

"上校,"杨坊帮着说好话,"大家都对你抱着莫大的希望,你不应该这样坚拒。"

"不!"华尔尽自摇头,"任务太危险。这是毫无价值的冒险。"

"并不危险!"古应春指着萧家骥说:"他可以为你解释一切情况。"

"不! 我不需要听他的解释。"

这样子拒人于千里之外,且大有藐视之意,古应春忍不住火发。但想到胡雪岩的话,立即有了计较,冷笑一声,面凝寒霜地对杨坊说:"人言不可信。都说客将讲公理正义,急人之急,忠勇奋发,谁知道完全不是这回事。一群胆怯贪利的佣兵而已!"

说到最后这一句,华尔勃然变色,霍地站起来,居高临下地俯视着古应春喝道:"你说谁是胆怯贪利的佣兵?"

"你应该知道。"

"我当然知道!"华尔咆哮着,"你必须道歉,我们不是佣兵。"

"那么,你是正规军队?"

"当然。"

"正规军队,一定受人指挥。请问,你是不是该听命于中国官员? 是薛还是吴? 只要你说了,我自有办法。"

这一下击中了华尔的要害,如果承认有人可以指挥他,那么找了可以指挥他的人来下命令,岂不是自贬身份。

"说老实话,贪利这一点,也许我过分了,但是我不承认说你胆怯,也是错了!"

"你最大的错误,就是这一点。说一个军人胆怯,你知道不知道是多么大的侮辱?"

古应春丝毫不让,针锋相对地顶了过去:"如果是侮辱,也因为你自己的表现就是如此!"

"什么!"华尔一把抓住了古应春的肩,使劲地摇撼着,"你说! 我何处有胆怯的表现?"

一看他要动武,萧家骥护师心切,首先就横身阻挡,接着杨坊也来相劝,无奈华尔的气力大,又是盛怒之际,死不放手。

古应春却是神色泰然,冷冷说道:"凡是胆怯的人,都是勇于私斗的。"

一句话说得华尔放了手,转身对杨坊说道:"我必须维持我的威信。此人的行为,所侮辱的不是个人,是整个团体。这件事相当严重。如果他没有合理的解释,他将要担负一切不良的后果。"

杨坊不知道古应春葫芦里卖的什么药。不免怨责:"这样子不大好! 本是来求人的事,怎么大破其脸? 如今,有点不大好收场了。"

他是用中国话说的,古应春便也用中国话回答他:"你放心! 我就要逼得他这个样子! 我当然有合理的解释。"

杨坊哪知道他是依照胡雪岩"请将不如激将"这条"锦囊妙计",另有妙用,只是郑重其事地一再嘱咐:"千万平和,千万平和,不要弄出纠纷来。"

"你请放心,除非他蛮不讲理,不然一定会服我。"古应春用中国话说了这几句,转脸用英语向华尔说:"上校!杭州有几十万人,濒临饿死的命运。他们需要粮食,跟你我现在需要呼吸一样。如果由于你的帮助,冒险通过这条航路,将粮食运到杭州,会有几十万人得以活命。这是'毫无价值的冒险'吗?"

一句话就将华尔问住了。他卷了根烟就着洋灯点燃,在浓密的烟氛中喷出答语:"冒这个险,没有成功的可能。"

"是不是有可能,我们先不谈。请你回答我的话:如果冒险成功,有没有价值?"

华尔被逼得没有办法,只能承认:"如果能成功,当然有价值。"

"很好!"古应春紧接着他的话说,"我认为你是一个有价值的人,当然也愿意做有价值的事。你应该记得,我向你说过,这个任务并不危险,萧可以向你说明一切情况。而你根本不作考虑,听到洪杨的部队,先就有了怯意——"

"谁说的!"华尔大不服气,"你在侮蔑我。"

"我希望你用行为表现你的勇敢,表现你的价值。"

"好!"华尔受激,脱口说道,"让我先了解情况。"说着,便站起身来,走到一张地图面前立定。

事情有了转机,杨坊既佩服,又兴奋,赶紧取了桌上的洋灯,同时示意萧家骥去讲解情况。连古应春一起跟着过去,在洋灯照映下都望着墙壁上所贴的那张厚洋纸画的地图。这种地图比中国的舆图复杂得多，又钉着好些红蓝小三角旗，更让人看不明白。但萧家骥在轮船上也常看航海图，所以略略注视了一会，便已了然。

"在海上不会遭遇任何敌人。可能的危险从这里开始。"萧家骥指着鳖子门说："事实上也只有一处比较危险的地方，因为海面辽阔，洪杨部队没有炮艇，不能威胁我们的船只。只有这一处，南北两座山夹束，是个隘口，也就是闻名的'浙江潮'所以造成的由来，冲过这个隘口，江面又宽了，危险也就消失了。"

"那么这个隘口的江面，有多宽？"

"没有测量过。但是在岸上用长枪射击，就是打到船上也没有力量了。"

华尔摇摇头："我不怕步枪。"他接着又问,："有没有炮台？"

"决没有。"古应春在旁边接口。

"即使没有炮台，也一定有临时安置的炮位。如果是我，一定在这里部署炮兵阵地。"

"你不要将洪杨部队，估计得太高。"古应春又说，"他们不可能了解你们的兵法。"

这一点，华尔认为说得不错。他跟长毛接过许多次仗，对此颇有了解，他们连用洋枪都不十分熟练，当然不会懂得用火力扼守要隘的战法。再进一步看，即使懂得，亦用不着防守这个隘口，因为这一带的清军，兵力薄弱，更无水师会通过这个隘口去增援杭州。如果布炮防守，岂不是置利器于无用之地？

但是，"多算胜"的道理，中外兵法都是一样的。华尔觉得还是要采用比较安全的办法，所以又问："这个隘口，是不是很长?"

"不会。"古应春估计着说,"至多十里八里路。"

"那么,用什么船呢?"

"用海船。"

所谓海船就是沙船。华尔学的是陆军,对船舶是外行,不过风向顺逆之理总知道的,指着地图说道:"现在是西北风的季节,由东向西行驶,风向很不利。"

"这一点,"古应春很谨慎地答道,"我想你不必过虑。除了用帆以外,总还有其他辅助航行的办法。海船坚固高大,船身就具备相当的防御力,照我想,是相当安全的。"

"这方面,我还要研究,要跟船队的指挥者研究。最好,我们能在黑夜之间,偷渡这个隘口,避免跟洪杨部队发生正面的冲突。"

这样的口气,已经是答应派兵护航了,杨坊便很高兴地说:"谢谢上校! 我们今天就作个决定,将人数以及你所希望补助的饷银,定规下来,你看如何?"

"你们五十个人,我照数派给你们。其他的细节,请你们明天跟我的军需官商量。"

"好的!"杨坊欣然答道,"完全遵照你的意思。"

于是"化干戈为玉帛",古应春亦含笑道谢,告辞上车。

"老古,"在车中,杨坊表示钦佩,"你倒是真有一套。以后我们多多合作。"

"侥幸! 亏得高人指点。"古应春说,"也是胡道台一句话:请将不如激将。果然把华尔激成功了。"

"原来胡道台也是办洋务的好手。"

"他倒不十分懂洋务,只是人情熟透、熟透!"

"几时我倒要见见他。"杨坊又说,"华尔的'军需官',也是我们中国人,我极熟的。明天晚上我约他出来吃花酒,一切都好谈。"

"那好极了。应该我做东。明天早晨,我就备帖子送到你那里,请你代劳。"

"你做东,还是我做东,都一样。这就不去说它了,倒是有句话,我要请教:杭州不是被围了吗?粮船到了那里,怎么运进城?"

这句话让古应春一愣,"啊,"他如梦初醒似地,"这倒是!我还没有想到。等我回去问了,再答复你。"

"可以不可以今天就给我一个确实回音?"

到了杭州的事,此刻言之过早,而且米能不能运进杭州城,与杨坊无干,何以他这么急着要答复?看起来,别有作用,倒不能不弄个明白。

这样想着,便即问道:"为什么这么急?"

"我另外有个想法。如果能运进杭州城,那就不必谈了,否则——"杨坊忽然问道:"能不能此刻就替我引见,我想跟胡道台当面谈一谈。"

"这有什么不可以?"

于是马车转向,直驶古家。车一停,萧家骥首先奔了进去通知。胡雪岩很讲究礼节,要起床在客厅里迎接会面。七姑奶奶坚决反对,结果折衷办法,起床而不出房门,就在卧室里接见客人。

女眷自然回避。等古应春将杨坊迎了进来,胡雪岩已经穿上长袍马褂,扶着萧家骥的肩,等在门口了。

彼此都闻名已久,所以见礼以后,非常亲热,互相仰慕,话题久久不断。古应春找个机会,插进话去,将与华尔交涉的经过,略略说了一遍。胡雪岩原已从萧家骥口中,得知梗概,此刻少不得要向杨坊殷殷致谢。

"都是为家乡的事,应当出力。不过,"杨坊急转直下地转入本题,"粮船到了杭州,不晓得怎么运进杭州?"

提到这一层,胡雪岩的脸色,马上转为忧郁了,叹口气说:"唉!这件事也是失策。关城之先,省城里的大员,意见就不一,有的说十个城门统统要关;有的说应该留一两个不关。结果是统统关了。这里一关,长毛马上在城外掘壕沟,做木墙,围困得实腾腾。"他一口气说到这里,喘息了一下又说,"当初还有人提议,从城上筑一道斜坡,直到江边,作为粮道。这个主意听起来出奇,大家都笑,而且工程也浩大,所以就没有办。其实,此刻想来,实在是一条好计。如果能够这么做,虽费点事,可是粮道不断,杭州就能守得住!"接着,又是一声长叹。

听得这样说法,古应春先就大为着急:"小爷叔,"他问,"照你这么说,我们不是劳而无功吗?"

"这也不见得。"胡雪岩说,"只要粮船一到,城里自然拼死命杀开一条血路,护粮进城。"

杨坊点点头,看一看古应春,欲语不语。胡雪岩察言观色,便知其中有话。

"杨兄,"他说,"你我一见如故,有话尽请直说。"

"是这样的,我当然也希望杭州的同乡,有一口活命的饭吃。不过,凡事要从最坏的地方去打算:万一千辛万苦将粮船开到杭州,城里城外交通断绝,那时候,胡先生,你怎么办?"

"我请问杨兄,依你看,应该怎么办?"

"在商言商。这许多米,总不能送给长毛,更不能丢在江里。"杨坊说道,"如果运不进杭州城,可以不可以请胡先生改运宁波?"

原来他急于要见胡雪岩,是为了这句话。古应春心想:此人倒也是利害角色,"门槛"精得很,不可小觑了他。因此,很注意地要听胡雪岩如何回答。

"杨兄的话很实在。如果米运不进杭州城,我当然改运别处,只要不落在长毛手里,运到什么地方都可以。"说到这里,胡雪岩下了一个转语,"不过,杨兄的话,我倒一时答应不下。为什么呢? 因为宁波的情形,我还不晓得。许了杨兄,倘或办不到,岂不是我变成失信用。"

"宁波的情形,跟上海差不多。"

因为宁波也有租界。江苏的富室逃到上海,浙东的大户,则以宁波租界为避难之地。早在夏天,宁波的士绅就条陈地方官,愿集资五十万两银子,雇英法兵船代守宁波。及至萧绍失守,太平军一路向东,势如破竹,攻余姚、下慈谿、陷奉化,宁波旦夕不保,于是英法美三国领事,会商以后,决定派人到奉化会晤太平军守将范汝增,劝他暂缓进攻宁波。

范汝增对这个请求,不作正面答复,但应允保护洋人。因此三国领事已经会衔了布告,保护租界。但陆路交通,近乎断绝,商旅裹足,也在大闹粮荒。杨坊的打算,一方面固然是为桑梓尽力,另一方面亦有善价而沽,趁此机会做一笔生意的想法。

不过杨坊的私心,自然不肯透露,"胡先生,"他说,"据我晓得,逃在宁波的杭州人也不少。所以你拿粮食改运宁波,实在是不得已而求其次的惟一出路。"

"那么,到了宁波呢? 如果不能上岸,又怎么办?"

"不会的。英法美三国领事,哪一位都可以出面保护你。到那时候,我当然会从中联络。"

"既然如此——"胡雪岩矍然而起——想好了主意,一时兴奋,忘却腿伤,一下子摔倒在地,疼得额上沁出黄豆大的汗珠。

萧家骥动作敏捷,赶紧上前扶起。古应春也吃了一惊,为他检视伤势。乱过一阵,胡雪岩方能接着他自己的话说下去。

"杨兄,既然如此,我们做一笔交易。杭州缺粮,宁波也缺粮,我们来合作。宁波,我负责运一批米过去,米、船都归我想办法。杭州这方面,可以不可以请你托洋人出面,借个做善事的名义,将我这一批米护送进城?"

"这个办法……"杨坊看着古应春,颇有为难的神情。

"小爷叔,做生意,动脑筋,不能不当你诸葛亮。"古应春很委婉地说,"可惜,洋务上,小爷叔你略为有点外行,这件事行不通。"

"怎么呢?"

"因为外国领事,出面干预,要有个名目。运粮到宁波,可以'护侨'为名,为的洋人不能没有食物接济。但杭州的情形就不同了,并无英法美三国侨民需要救济。而救济中国百姓,要看地方,在交战区域,民食军粮是无从区分的。"

等古应春解释完了,杨坊接着补充:"八月里,英国京城有一道命令给他们的公使,叫做'严守中立'。这就是说,哪一面也不帮。所以胡先生的这个打算,好倒是好,可惜办不通。"

胡雪岩当然失望,但不愿形诸颜色便又将话题回到杨坊的要求上,慨然说道:那就一言为定了。这批米如果运不进杭州城,就转运宁波。不过,这话要跟郁老大先说明白。到时候,沙船不肯改地方卸货,就要费口舌了。"

"这一层,我当然会请应春兄替我打招呼。我要请胡先生吩咐的是粮价——"

"这不要紧!"胡雪岩有力地打断他的话,"怎么样说都可以。如果是做生意,当然一分一厘都要算清楚。现在不是做生意。"

"是,是!"杨坊不免内惭,自语似地说:"原是做好事。"

谈话到此告一段落,古应春怕胡雪岩过于劳累,于伤势不宜,邀了杨坊到客厅里去坐。连萧家骥在一起,商定了跟华尔这方面联络的细节,直到深夜方散。

第二天大家分头办事,只有胡雪岩在古家养伤。行动不便,不能出房门,一个人觉得很气闷,特地将七姑奶奶请了来,不免有些微怨言。

"我是不敢来打扰小爷叔,让你好好养伤。"七姑奶奶解释她的好意,"说话也费精神的。"

"唉!七姊,你哪晓得我的心事。一个人思前想后,连觉都睡不着。有人谈谈,辰光还好打发。"

谈亦不能深谈。胡雪岩一家,消息全无,谈起来正触及他的痛处。因此,平日健谈的七姑奶奶,竟变得笨嘴拙舌,不知道说什么好。

"七姊,"胡雪岩问道,"这一阵,你跟何姨太太有没有往来?"

何姨太太就是阿巧姐。从那年经胡雪岩撮合,随着何桂清到通州。不久,何桂清果然由仓场侍郎,外放浙江巡抚,后又升任两江总督,一路扶摇直上。阿巧姐着实风光了一阵子。

"好久没有见到她了。"七姑奶奶不胜感慨地,"那时候哪个不说她福气好？何大人在常州的时候,我去过一次。她特地派官船到松江来接我,还有一百个兵保护,让我也大大出了一次风头。到了常州,何大人也很客气。何太太多病,都是姨太太管事,走到哪里,都有丫头老妈子一大群跟着,那份气派还了得！人也长得更漂亮了,满头珠翠,看上去真像一品夫人。哪晓得何大人坏了事！前一晌听人说,人都老得认不得了。伍子胥过昭关,一夜功夫急白了头发,看起来真有这样的事。"

"这样说起来,她倒还是有良心的。"

"小爷叔是说她为何制台急成这个样子？"

"是啊！"胡雪岩说,"我听王雪公说,何制台的罪名不得了。"

"怎样不得了？莫非还要杀头？"

胡雪岩看着她,慢慢点头,意思是说:你不要不信,确有可能。

"这样大的官儿,也会杀头？"七姑奶奶困惑地,大有不可思议之感。

"当然要杀！"胡雪岩忽然出现了罕见的激动,"不借一两个人头做个榜样,国家搞不好的。平常作威作福,要粮要饷,说起来是为了朝廷、百姓。到真正该他出力的时候,收拾细软,一溜了之。像这样的人,可以安安稳稳拿刮来的钱过舒服日子,尽心出力,打仗阵亡的人,不是太冤枉了吗？"

七姑奶奶从未见过胡雪岩有这样气急败坏的愤激之态,因而所感受的冲击极大。同时也想到了他的境况,心里有着说不出的难过。

"小爷叔，"她不由自主地说，"我看，你也用不着到杭州去了。粮船叫五哥的学生子跟家骥押了去，你在上海养养伤，想办法去寻着了老太太，把一家人都接到上海来，岂不甚好？"

"七姊，谢谢你！你是替我打算，不过办不到。"

"这有什么办不到？"七姑奶奶振振有词地说，"这一路去，有你无你都一样。船归李得隆跟沙船帮的人料理，洋将派来保护的兵，归家骥接头。你一个受了伤的人，自己还要有人照应，去了能帮什么忙？越帮越忙，反而是累赘。"

"话不错。不过到了杭州，没有我在从中联络，跟王雪公接不上头，岂不误了大事？"

想一想这话也不错。七姑奶奶便又问道："只要跟王抚台接上头，城里派兵出来运粮进城，小爷叔，此外就没有你的事了。"

"对。"

"那就这样，小爷叔，你不要进城，原船回上海。我们再商量下一步，怎么样想法子去寻老太太。"七姑奶奶又说，"其实，小爷叔你就在杭州城外访查也可以。总而言之，已经出来了，决没有自投罗网的道理。"

"这话也说得是。"

听他的语气，下面还有转语。七姑奶奶不容他出口，抢着说道："本来就是嘛，小爷叔，你是做生意的大老板，捐班的道台，跟何制台不同，没有啥守土的责任。"

"不尽是为公，为的是交情。"胡雪岩说，"我有今天，都是王抚台的提拔，他现在这样子为难，真正是在十八层地狱里受熬煎，我不跟他共患难，良心上说不过去。"

"这自然是义气，不过这分义气，没啥用处。"七姑奶奶说，

"倒不如你在外头打接应，还有用些。"

这话说得很有道理，但胡雪岩总觉得不能这么做。他做事一向有决断，不容易为感情所左右——其实，就是为感情所左右，也总在自己的算盘上先要打得通。道穿了，不妨说是利用感情。而对王有龄，又当别论了。

"唉！"他叹口气，"七姊，我何尝不知道你是一句好话，不但对我一个人好，而且对王雪公也好。不过，我实在办不到。"

"这就奇怪了！既然对你好，对他也好，又为什么不这么做？小爷叔，你平日为人不是这样的。"

"是的，我平日为人不是这样。惟独这件事，不知道怎么，想来想去想不通。第一，我怕王雪公心里会说：胡某人不够朋友，到要紧关头，他一个人丢下我不管了。第二，我怕旁人说我，只晓得富贵，不知道啥叫生死交情。"

"嗳！"七姑奶奶有些着急了，因此口不择言，"小爷叔，你真是死脑筋，旁人的话，哪里听得那么多。要说王抚台，既然你们是这样深的交情，他也应该晓得你的心。而况，你又并没有丢下他不管，还是替他在外面办事。"说到这里，她觉得有一肚子的议论要发，"为人总要通情达理。三纲五常，总也要合道理，才有用处。我最讨厌那些伪道学，或者不明事理的说法，什么'君要臣死，不能不死；父要子亡，不得不亡'！你倒想想看，忠臣死了，哪个替皇帝办事？儿子死了，这一家断宗绝代，孝心又在哪里？"

胡雪岩笑了，"七姊，"他说，"听你讲道理，真是我们杭州人说的：'刮拉松脆'，好痛快！"

"小爷叔，你不要恭维我。你如果觉得我的话还有点道理，那就要听我的劝！"七姑奶奶讲完君臣、父子，又谈"第五伦"朋友，"我听说大书的说'三国'，桃园结义，刘关张不求同年同月同日生，但愿同年同月同日死，这话就不通！如果讲义气的好朋友，死了一个，别的都跟着他一起去死，这世界上，不就没有君子，只剩小人了？"

"这话倒是。"胡雪岩兴味盎然，"凡事不能寻根问底，追究到底好些话都不通。"

"原是如此！小爷叔，这些天，我夜里总在想你的情形。想你，当然也要想到王抚台。我从前听你说过，他曾劝过何制台不要从常州逃走，说一逃就身败名裂了！这话现在让他说中。想来杭州如果不保，王抚台是决不会逃走，做个大大的忠臣。不过，你要替他想一想，他还有什么好朋友替他料理后事？不就是小爷叔你吗？"

这话说得胡雪岩矍然动容，"七姊，"他不安地，"你倒提醒我了。"

"谢天谢地！"七姑奶奶合掌当胸，长长地舒了口气，"小爷叔，你总算想通了。"

"想是还没有想通。不过，这件事我倒真的要好好想一想。"

于是他一面跟七姑奶奶闲谈，一面在心里盘算。看样子七姑奶奶的话丝毫不错，王有龄这个忠臣是做定了！杭州的情形，要从外面看，才知道危险。被围在城里的，心心念念只有一个想法：救兵一到，便可解围。其实，就是李元度在衢州的新军能够打到杭州，亦未见得能击退重重包围的长毛。破城是迟早间事，王有龄殉节，亦是迟早间事。且不说一城的眼光，都注视在他身上，容不得他逃，就有机会也不能逃走。因为他一逃，不但所有的苦头都算白吃，而且像何桂清这样子，

54

就能活又有什么味道？

"我想通了。"胡雪岩说，"王雪公是死定了！我想让他死得值。"

"是嘛！"七姑奶奶异常欣慰，"原说小爷叔是绝顶聪明的人，哪里会连这点道理都想不通？常言道的是'生死交情'，一个人死了，有人照他生前那样子待他，这个人就算有福气了。"

"是啊！他殉了节，一切都在我身上。就怕……"

他虽没有说出口来，也等于说明白了一样。这倒不是他自己嫌忌讳，是怕七姑奶奶伤心。然而，在这样的情形之下，以七姑奶奶的性情，自然也会有句痛快话。

"小爷叔，这一层你请放心。万一有个三长两短，一切都在我们兄妹夫妻身上。"

"是了！"胡雪岩大大地喘了口气，"有七姊你这句话，我什么地方都敢去闯。"

这话又说得不中听了，七姑奶奶有些不安："小爷叔，"她惴惴然地问，"你是怎么闯法？"

"我当然不会闯到死路上去。我说的闯是，遇到难关，壮起胆子来闯。"胡雪岩说，"不瞒你说，这一路来，我遇见长毛，实在有点怕。现在我不怕了，越怕越误事，索性大胆去闯，反倒没事。"

二

　　运粮船队由浏河出长江,经崇明岛南面入海,一共是十八条沙船。保护的洋兵——最后商量定规,一共是一百十二个人,一百士兵,大多是"吕宋人";十二个官长,七个吕宋人,三个美国人,还有两个中国人算是联络官——分坐两条沙船,插在船队中间。

　　胡雪岩是在第一条船上。同船的有萧家骥、李得隆、郁馥华派来的"船老大"李庆山,还有一个姓孔的联络官。一切进退行止,都由这五个人在这条船上商量停当,发号施令。

　　一上船,胡雪岩就接到警告,沙船行在海里,忌讳甚多,舵楼上所设,内供天后神牌的小神龛,尤其不比等闲。想起"是非只为多开口"这句话,胡雪岩在船上便不大说话,闲下来只躺在铺位上想心事。但是,别人不同,萧家骥虽惯于水上生活,但轮船上并无这些忌讳,姓孔的更不在乎,李庆山和李得隆识得忌讳,不该说虽不说,该说的还是照常要说。相形之下,就显得平日谈笑风生的胡雪岩仿佛心事重重,神情万分抑郁似的。

　　于是姓孔的提议打麻将,萧家骥为了替胡雪岩解除寂寞,特地去请他入局。

　　"五个人怎么打。除非一个人做——"

说到"做"字,胡雪岩缩住了口。他记起坐过"水路班子"的船,"梦"字是忌讳的,要说"黄粱子",便接下去,"除非一个人做黄粱子。"

萧家骥一愣,想了一下才明白。"用不着。"他说,"我不想打。胡先生你来,解解厌气。"

于是胡雪岩无可无不可地入了局。打到一半,风浪大作,被迫终止。胡雪岩又回到铺上去睡觉,心里不免忐忑不安,加以不惯风涛之险,大呕大吐,心里那份不宁帖,真有求生不得,求死不能之感。

"胡先生,不要紧的!"萧家骥一遍一遍地来安慰他。

不光是语言安慰,还有起居上的照料,对待胡雪岩真像对待古应春一样,尊敬而亲热。胡雪岩十分感动,心里有许多话,只是精神不佳,懒得去说。

入夜风平浪静,海上涌出一轮明月。胡雪岩晕船的毛病,不药而愈,只是腹饥难忍,记得七姑奶奶曾亲手放了一盒外国饼干在网篮,起床摸索,惊醒了熟睡中的萧家骥。

"是我!"他歉然说道,"想寻点干点心吃。"

"胡先生人舒服了!"萧家骥欣然说道,"尾舱原留了粥在那里,我替你去拿来。"

于是萧家骥点上一盏马灯,到尾舱去端了粥来,另外是一碟咸鱼,一个咸蛋。胡雪岩吃得一干二净,抹一抹嘴笑道:"世乱年荒,做人就讲究不到哪里去了。"

"做人不在这上面,讲究的是心。"萧家骥说,"王抚台交胡先生这样的朋友,总算是有眼光的。"

"没有用!"胡雪岩黯然,"尽人事,听天命。就算到了杭州,也还不知道怎么个情形,说不定就在这一刻,杭州城已经破了。"

"不会的。"萧家骧安慰他说，"我们总要朝好的地方去想。"

"对!"胡雪岩很容易受鼓舞，"人，就活在希望里面。家骧，我倒问你，你将来有什么打算?"

这话使萧家骧有如逢知音之感。连古应春都没有问过他这句话，所以满腹大志，无从诉说，不想这时候倒有了倾诉的机会。

"我将来要跟外国人一较短长。我总是在想，他们能做的，我们为什么不能做? 中国人的脑筋，不比外国人差，就是不团结，所以我要找几个志同道合的人，联合起来，跟外国人比一比。"

"有志气!"胡雪岩脱口赞道，"我算一个。你倒说说看，怎么样跟他们比?"

"自然是做生意。他到我们这里来做生意，我们也可以到他那里去做生意。在眼前来说，中国人的生意应该中国人做，中国人的钱也要中国人来赚。只要便宜不落外方，不必一定要我发达。"

胡雪岩将他的话细想了一会，赞叹着说："你的胸襟了不起。我一定要帮你，你看，眼前有啥要从外国人那里抢过来的生意。"

"第一个就是轮船。"

于是，从这天起，胡雪岩就跟萧家骧谈开办轮船公司的计划，直到沙船将进鳖子门，方始停了下来。

依照预定的计划，黑夜偷渡，越过狭处，便算脱险。沿钱塘江往西南方向走时，正遇着东北风，所以很快地到了杭州，停泊在江心。但是,胡雪岩却不知道如何跟城里取得联络。从江心遥望,凤山门外,长毛猬集,仿佛数十里连绵不断,谁也不敢贸然上岸。

"原来约定,是王雪公派人来跟我联络,关照我千万不要上岸。"胡雪岩说,"我只有等、等、等!"

王有龄预计胡雪岩的粮船,也快到了,此时全力所谋求的,就是打通一线之路,直通江边,可以运粮入城。无奈十城紧围,战守俱穷,因而忧愤成疾,肝火上升,不时吐血。一吐就是一碗,失血太多,头昏目眩,脸如金纸。然而他不肯下城休息,因为休息亦归于无用,倒不如勉力支撑,反倒可收激励士气的效用。

哀兵的士气,倒还不坏,但俗语道得好:"皇帝不差饿兵",打仗是费气力的事,枵腹操戈,连跑都跑不动,哪谈得到杀敌?所以每天出城攻击,长毛一退,官军亦随即鸣金收兵。这样僵持了好久,一无成就,而城里饿死的人,却是越来越多了。先还有做好事的人,不忍见尸骨暴露,掘地掩埋,到后来埋不胜埋,只好听其自然。大街小巷"路倒尸"不计其数,幸好时值冬天,还不致发生疫疬,但一城的尸臭,也熏得人够受的了。

到了十月底,城外官军的营盘,都为长毛攻破,硕果仅存的,只有候潮门外,副将曾得胜一营,屹然不动。这一营的不倒,是个奇迹,但说穿了不希奇,城外比较容易找粮食,真的找不到了,到长毛营盘里去找。反正打仗阵亡也是死,绝粮坐毙也是死,既然如此,不如去夺长毛的粮食,反倒是死中求活的一条生路。因此,曾军打起仗来,真有视死如归之概。说也奇怪,长毛望见"曾"字旗帜,先就心慌,往往不战而遁。但是,这一营也只能自保,要想进击破敌,实力悬殊过甚,到底无能为力。

只是王有龄却对这一营寄以莫大的期望,特别下令仁和知县吴保丰,将安置在城隍上的一尊三千斤重的大炮,费尽力量,移运到曾得胜营里,对准长毛的壁垒,大轰特轰。这一带倒是长毛绝迹了,但仍无法直通江边,因为大炮射程以外,长毛仍如牛毛,重重隔阻,处处填塞,始终杀不开重围。

　　就在这时候,抓住一名奸细——奸细极易分别,因为城里的人,不是面目浮肿,就是骨瘦如柴,走路挪不了三寸,说话有气无力。如果遇到一个气色正常,行动舒徐,说话不必侧耳就可以听得清楚的,必是从城外混进来的。这样一座人间地狱,还有人跳了进来,其意何居? 不问可知。

　　果然,抓住了一顿打,立刻打出了实话,此人自道是长毛所派,送一封信来给饶廷选部下的一名营官,约定里应外合的日期。同时也从他口中得到一个消息,说钱塘江中,停泊了十几条大船,满装粮食。这不问可知,是胡雪岩的粮船到了。王有龄徒觉精神一振,当即去看杭州将军瑞昌,商量如何杀开一条血路,能让江中的粮食运入城内。

　　不须多作商量,便有了结果,决定请副都统杰纯,当此重任。事实上怕也只有此人堪当重任——杰纯是蒙古人,他祖先驻防杭州,已有好几代,杰纯本人是正六品骁骑校出身,武艺娴熟,深得军心,积功升到正四品的协领,颇为瑞昌所倚重。

　　咸丰十年春天,杭州城第一次为长毛轰破。瑞昌预备自刎殉国,杰纯劝他不必轻生,认为安徽广德来的敌军,轻骑疾进,未有后继,不足为忧,不妨固守待援。瑞昌听了他的话,退守满营。营盘在西湖边上,实际是一座子城,俗称满城。因为防御得法,长毛连攻六天,劳而无功;杰纯的长子守城阵亡,杰纯殓而不哭,认为长子死得其所,死得其时。

到了第七天,张玉良的援兵到了。杰纯怒马突出,当者披靡,配合援军,大举反攻,将长毛逐出城外十几里。以此功劳,赏戴花翎,升任为宁夏副都统,但仍旧留在杭州,成了瑞昌的左右手。

这次杭州再度吃紧,杰纯战功卓著,赐号巴图鲁,调任乍浦副都统。乍浦是海防上的一个要缺,但已落入长毛手中,所以仍旧留防省城。杭州十城,最关紧要的就是北面的武林门和南门的凤山门。凤山门原由王有龄亲自坐镇,这一阵因为呕血过多,气衰力竭,才改由杰纯防守——胡雪岩的粮船,就泊在凤山门外的江面。让杰纯去杀开一条血路,亦正是人和地理,两皆相合的顺理成章之事。

围凤山门的长毛主将叫做陈炳文,照太平天国的爵位,封号称为"朗天义"。他本来要走了——长毛的军粮,亦渐感不敷。李秀成已经拟定行军计划,回苏州度岁,预备明年春天,卷土重来。但陈炳文已从城里逃出来的难民口中,得知城内绝粮,已到了人吃人的地步,所以翻然变计,坚持不走。同时也知道城内防守,以凤山门为重点,因而又厚集兵力,一层夹一层,直到江边,弹丸之地,集结了四万人之多。

等到粮船一到,遥遥望见,陈炳文越发眼红。一方面防备城内会冲出来接粮,一方面千方百计想攻夺粮船。无奈江面辽阔,而华尔的部下防守严密,小划子只要稍稍接近,便是一排枪过来,就算船打不沉,人却非打死打伤不可。

一连三日,无以为计。最后有人献策,仿照赤壁鏖兵,大破曹军的办法,用小船满载茅柴,浇上油脂,从上游顺流而下,火攻粮船。

陈炳文认为此计可行。但上游不是自己的战区，需要派人联络，又要禀报忠王裁夺，不是一两天所能安排停当的。同时天气回暖，风向不定，江面上有自己的许多小划子，万一弄巧成拙，惹火烧身，岂不糟糕？因而迟疑未发。就在这时候，粮船上却等不得了。

因为一连三天的等待，胡雪岩度日如年，眠食俱废。而护船洋兵的孔联络官，认为身处危地，如果不速作处置，后果不堪设想，不断催促胡雪岩，倘或粮食无法运上陆地，就应依照原说，改航宁波。沙船帮的李庆山口中不言，神色之间亦颇为焦急，这使得胡雪岩越发焦躁，双眼发红，终日喃喃自语，不知说些什么，看样子快要发疯了。

"得隆哥，"萧家骥对胡雪岩劝慰无效，只好跟李得隆商议，"我看，事情不能不想办法了。这样'并'下去要出事。"

"是啊！我也是这样在想。不过有啥办法呢？困在江心动弹不得。"李得隆指着岸上说，"长毛像蚂蚁一样，将一座杭州城，围得铁桶似的，城里的人，怎么出得来？"

"就是为了这一点。我想，城里的人出不来，只有我们想法子进城去，讨个确实口信。行就行，不行的话，胡先生也好早作打算。这样痴汉等老婆一般，等到哪一天为止？"

李得隆也是年轻性急、敢冒险的人，当然赞成萧家骥的办法，而且自告奋勇，愿意泅水上岸，进城去通消息。

"得隆哥，"萧家骥很平静地说，"这件事倒不是讲义气，更不是讲客气的。事情要办得通，你去我去都一样，只看哪个去合适？你水性比我好，人比我灵活，手上的功夫，更不是我比得了的——"

"好了，好了！"李得隆笑道，"你少捧我！前面捧得越高，后面的话越加难听。你老实说,我能不能去?"

"不是我有意绕弯子说话,这种时候,杂不得一点感情意气,自己好弟兄,为啥不平心静气把话说清楚。我现在先请问你,得隆哥,你杭州去过没有? 你晓得我们前面的那个城门叫啥?"

"不晓得。我杭州没有去过。"

"这就不大相宜了。杭州做过宋朝的京城,城里地方也蛮大的。不熟,就寻不着。这还在其次,最要紧的一点是,你不是听胡先生说过,杭州城里盘查奸细严得很,而且因为饿火中烧,不讲道理。得隆哥,"萧家骥停了一下说,"我说实话,你不要动气。你的脾气暴躁,口才不如我。你去不大相宜!"

李得隆性子直爽,服善而肯讲道理,听萧家骥说得不错,便即答道:"好! 你去。"

于是两个人又商量了如何上岸,如何混过长毛的阵地,到了地下,如何联络进城,种种细节,大致妥当,才跟胡雪岩去说明其事。

"胡先生!"是由李得隆开口,"有件事禀告你老人家,事情我们都商量好了,辰光也不容我们再拖下去了,我说了,请你老人家照办,不要驳回。请你写封信给王抚台,由家骥进城去送。"

李得隆其实是将胡雪岩看错了。他早就想过,自己必须坐守,免得城里千辛万苦派出人来,接不上头,造成无可挽救的错失。此外,只要可能,任何人都不妨进城通消息。所以一听这话,神态马上变了。

"慢慢来!"他又恢复了临大事从容不乱的态度,比起他这两天的坐卧不宁来,判若两人,"你先说给我听听,怎么去法?"

"泗水上去——"

"不是,不是!"第一句话就让他大摇其头,"湿淋淋一身,就不冻出病来,上了岸怎么办?难道还有客栈好投,让你烤干衣服?"

"原是要见机行事。"

"这时候做事,不能说碰运气了。要想停当再动手。"胡雪岩说,"你听我告诉你。"

他也实在没有什么腹案,不过一向机变快,一路想,一路说,居然就有了一套办法——整套办法中,最主要的一点是,遇到长毛,如何应付?胡雪岩教了他一条计策:冒充上海英商的代表,向长毛兜售军火。

"好得你会说英文,上海洋行的情形也熟,人又聪明,一定装得像。"胡雪岩说,"你要记住,长毛也是土里土气的,要拿外国人唬他。"

——交代停当,却不曾写信。这也是胡雪岩细心之处,怕搜到了这封信,大事不成,反惹来杀身之祸。但见了王有龄,必须有一样信物为凭,手上那个金戒指本来是最真确的,又怕长毛起眼劫掠,胡雪岩想了半天,只有用话来交代了。

"我临走的时候,王抚台跟我谈了好些时候,他的后事都托了我。他最钟爱的小儿子,名叫苕云,今年才五岁,要寄在我名下。我说等我上海回来再说。这些话,没有第三个人晓得,你跟他说了,他自然会相信是我请你去的。"

这是最好的征信办法,萧家骥问清楚了"苕云"二字的写法,紧记在心。但是,一时还不能走,先要想办法找只小船。

小船是有,过往载运逃难的人的渡船,时有所见,但洋兵荷枪实弹,在沙船上往来侦伺,没有谁敢跟近。这就要靠李得隆了,借了孔联络官的望远镜,看准远远一只空船,泗水迎了上去,把着船舷,探头见了船老大,先不说话,身上摸出水淋淋的一块马蹄银,递了过去。真是"重赏之下,必有勇夫",很顺利地雇到了船。

这时天色将暮,视界不明,却更易混上岸去。胡雪岩亲自指点了方向,就在将要开船时,他忽然想到了一件事。

"喂,喂,船老大,你贵姓?"

船老大指指水面:"我就姓江。"

"老江,辛苦你了。"胡雪岩说,"你把我这位朋友送到岸上,回来通个信给我,我再送你十两银子。决不骗你。如果骗你,叫我马上掉在钱塘江里,不得好死。"

听他罚得这么重的咒,江老大似乎颇为动容,"你老爷贵姓?"他问。

"我姓王。"

"王老爷,你老人家请放心,我把这位少爷送到了,一定来报信。"

"拜托、拜托!"胡雪岩在沙船上作揖,"我备好银子在这里等你,哪怕半夜里都不要紧,你一定要来! 你船上有没有灯笼?"

"灯笼是有的。"江老大也很灵活,知道他的用意,"晚上如果挂出来,江风一吹,马上就灭了。"

"说得有理。来,来,索性'六指头搔痒',格外奉承你了。"胡雪岩另外送他一盏燃用"美孚油"的马灯,作为报信时挂在船头的信号,免得到时候洋兵不明就里,误伤了他。

等萧家骥一走,李得隆忍不住要问,何以要这样对待江老大,甚至赌神罚咒,惟恐他不信似的。是不是不放心萧家骥?

"已经放他出去了,没有什么不放心。"胡雪岩说,"我是防这个船老大,要防他将人送到了,又到长毛那里去密告讨赏。所以用十两银子拴住他的脚,好叫他早早回来。这当然要罚咒,不然他不相信。"

"胡先生,实在服了你了,真正算无遗策。不过,胡先生,你为啥又说姓王呢?"

"这另外有个缘故,钱塘江摆渡的都恨我,说了真姓要坏事。你听我说那个缘故给你听。二十年前……"

二十年前的胡雪岩,还在钱庄里学生意。有一次奉命到钱塘江南岸的萧山县去收一笔账款。账款没有收到,有限的几个盘缠,却在小菜馆里掷骰子输得只剩十个摆渡所需的小钱。

"船到江心,收钱了。"胡雪岩说,"到我面前,我手一伸进衣袋里,拿不出来了。"

"怎么呢?"李得隆问。

"也叫祸不单行,衣袋破了个洞,十个小钱不知道什么时候漏得精光。钱塘江的渡船,出了名的凶,听说真有付不出摆渡钱,被推到江里的事。当时我自然大窘,只好实话实说,答应上岸到钱庄拿了钱来照补。可是说破了嘴都无用,船家硬要剥我的衣服。"

"这么可恶!"李得隆大为不平,"不过,难道一船的人,都袖手旁观?"

当然不至于,有人借了十文钱给他,方得免褫衣之辱。但胡雪岩经此刺激,上岸就发誓:只要有一天得意,力所能及,一定买两只船,雇几个船夫,设置来往两岸不费分文的义渡。

"我这个愿望,说实话,老早就可以达到。哪知道做好事都不行! 得隆,你倒想想看,是啥道理?"

"这道理好懂。有人做好事,就有人没饭吃了。"

"对! 为此钱塘江摆渡的,联起手来反对我,不准我设义渡。后来幸亏王抚台帮忙。"

那时王有龄已调杭州知府,不但私人交情上帮胡雪岩的忙义不容辞,就是以地方官的身份,为民造福,奖励善举,亦是责无旁贷的事。所以一方面出告示,不准靠摆渡为生的人阻挠这件好事,一面还为胡雪岩请奖。

自设义渡,受惠的人,不知凡几。胡雪岩纵非沽名钓誉,而声名洋溢,就此博得了一个"胡善人"的美名。只是钱塘江里的船家,提起"胡善人",大多咬牙切齿,此所以他不肯对江老大透露真姓。

小小的一个故事,由于胡雪岩心情已比较开朗,恢复了他原有的口才,讲得颇为风趣,所以李得隆听得津津有味,同时也更佩服了。

"胡先生,因果报应到底是有的。就凭胡先生你在这条江上,做下这么一桩好事,应该决不会在这条江上出什么风险。我们大家都要托你的福。"

这两句话说得很中听,胡雪岩喜逐颜开地说:"谢谢! 谢谢! 一定如你金口。"

不但胡雪岩自己,船上别的人,也都受了李得隆那几句话的鼓舞,认为有善人在船,必可逢凶化吉。因而也就一下子改变了前两天那种坐困愁城,忧郁不安,令人仿佛透不过气来的氛围。晚饭桌上,兴致很好,连不会喝酒的李得隆也愿意来一杯。

"说起来鬼神真不可不信。"孔联络官举杯在手,悠闲地说，"不过行善要不叫人晓得，才是真正做好事。为了善人的名声做好事，不足为奇。"

"不然。人人肯为了善人的名声，去做好事，这个世界就好了。有的人简直是'善棍'。"胡雪岩说，"这就叫'三代以下，惟恐不好名'。"

"什么叫'善棍'？"李得隆笑道，"这个名目则是第一次听见。"

"善棍就是骗子。借行善为名行骗，这类骗子顶顶难防。不过日子一久，总归瞒不过人。"胡雪岩说，"什么事，一颗心假不了。有些人自以为聪明绝顶，人人都会上他的当，其实到头来原形毕露，自己毁了自己。一个人值不值钱，就看他自己说的话算数不算数。像王抚台，在我们浙江的官声，说实话，并不是怎么样顶好。可是现在他说不走就不走，要跟杭州人同祸福，共存亡，就这一点上他比何制台值钱得多。"

话到这里，大家不期而然地想到了萧家骥，推测他何时能够进城？王有龄得到消息，会有什么举动？船上该如何接应？

"举动是一定会有举动的。不过——"胡雪岩忽然停杯不饮，容颜惨淡，好久，才叹口气说，"我实在想不出，怎样才能将这批米运上岸。就算杀开一条血路，又哪里能够保得住这条粮道畅通？"

"胡先生，有个办法不晓得行不行？"李得隆说，"杭州不是有水城门吗？好不好弄几条小船，把米分开来偷运进城？"

"只怕不行——"

话刚说得半句，只听一声枪响，随即有人喊道："不能开枪，不能开枪，是报信的来了。"

于是胡雪岩、李得隆纷纷出舱探望。果然，一点星火，冉冉而来,渐远渐近,看出船头上挂的是盏马灯。等小船靠近,李得隆喊一声:"江老大!"

"是我。"江老大答应着,将一根缆索抛了过来。

李得隆伸手接着,系住小船,将江老大接了上来,延入船舱。胡雪岩已将白花花一锭银子摆在桌上了。

"那位少爷上岸了。"江老大说,"我来交差。"

"费你的心。"胡雪岩将银子往前一推,"送你做个过年东道。"

"多谢,多谢。"江老大将银子接到手里,略略迟疑了一下才说,"王老爷,有句话想想还是要告诉你:那位少爷一上岸,就叫长毛捉了去了。"

捉去不怕,要看如何捉法? 胡雪岩很沉着地问:"长毛是不是很凶?"

"那倒还好。"江老大说,"这位少爷胆子大,见了长毛不逃,长毛对他就客气点了。"

胡雪岩先就放了一半心,顺口问道:"城里有啥消息?"

"不晓得,"江老大摇摇头,面容顿见愁苦,"城里城外像两个世界。"

"那么城外呢?"

"城外? 王老爷,你是说长毛?"

"是啊! 长毛这方面有啥消息?"

"也不大清楚。前几天说要回苏州了,有些长毛摆地摊卖抢来的东西,三文不值两文,好像急于脱货求现。这两天又不听见说起了。"

胡雪岩心里明白,长毛的军粮亦有难乎为继之势:现在是跟守军僵持着,如果城里有粮食接济,能再守一两个月,长毛可以不战自退。但从另一方面看,长毛既然缺粮,那么这十几船粮食摆在江面上,必启其觊觎之心。如果调集小船,不顾死命来扑,实在是件很危险的事。因此,这晚上他又急得睡不着,心心念念只望萧家骥能够混进城去,王有龄能够调集人马杀开一条血路,保住粮道。只要争到一天的功夫,就可以将沙船撑到岸边,卸粮进城。

萧家骥果然混进城了。

被捕之时,长毛就对他"另眼相看",因为凡是被掳的百姓,没有不吓得瑟瑟发抖的。只有这个"新家伙"——长毛对刚被掳的百姓的通称——与众不同。因此别的"新家伙"照例双手被缚,这个的辫子跟那个的辫子结在一起,防他们"逃长毛"。对萧家骥却如江老大所说的,相当"客气",押着到了"公馆",问话的语气亦颇有礼貌。

"看你样子,是外路来的。你叫什么名字,干什么行当?"一个黄衣黄帽,说湖北话的小头目问。

"我姓萧,从上海来。"萧家骥从容答道,"说实话,我想来做笔大生意。这笔生意做成功,杭州城就再也守不住了。"

那小头目听他口气不凡,顿时肃然起敬,改口称他:"萧先生,请问是什么大生意? 怎么说这笔生意成功,他们杭州就会守不住?"

"这话我实在不能跟你说。"萧家骥道,"请你送我去见忠王。"

"忠王不知道驻驾在哪里? 我也见不着他,只好拿你往上送。不过,萧先生,"那小头目踌躇着说,"你不会害我吧?"

"怎么害你?"

"如果你说的话不实在,岂不都是我的罪过?"

萧家骥笑了。见此人老实可欺,有意装出轻视的神色,"你的话真叫人好笑?你怎么知道我的话不实在?我在上海住得好好的,路远迢迢跑到这里来干什么?跟你实说吧,我是英国人委托我来的,要见忠王,有大事奉陈。"他突然问道,"请问尊姓大名?"

"我叫陆德义。"

"见了忠王,我替你说好话,包有重赏。"李秀成治军与其他洪杨将领,本自不同,一向注重招贤纳士,所以陆德义听了他这话,越发不敢怠慢。"萧先生,"他很诚恳地答道,"多蒙你好意,我先谢谢。不过,今天已经晚了,你在此先住一夜。我一面派人禀报上头,上头派人来接。你看好不好?"

这也不便操之过急,萧家骥心想,先住一夜,趁这陆德义好相与,打听打听情形,行事岂不是更有把握?便即欣然答道:"那也好。我就住一夜。"

于是陆德义奉之为上宾,设酒款待。萧家骥跑惯长江码头,而陆德义是汉阳人,因而以湖北近况为话题,谈得相当投机。

最后谈到杭州城内的情状,那陆德义倒真不失为忠厚人,愀然不乐,"真正是劫数!"他叹口气说,"一想起来,叫人连饭都吃不下。但愿早早破城,杭州的百姓,还有生路,再这样围困着,只怕杭州的百姓都要死光了。"

"是啊!"萧家骥趁机说道,"我来做这笔大生意,当然是帮你们,实在也是为杭州百姓好。不过,我也不懂,忠王破苏州,大仁大义,百姓无不感戴。既然如此,何不放杭州百姓一条生路。"

"现在是骑虎难下了。"陆德义答道,"听说忠王射箭进城,箭上有封招降的书信,说得极其恳切,无奈城里没有回音。"

"喔!"萧家骥问道,"招降的书信怎么说?"

"说是不分军民满汉,愿投降的投降,不愿投降的遣散。忠王已经具本奏报'天京',请天王准赦满军回北,从这里到'天京',往返要二十几日,'御批'还没有回来。一等'御批'发回,就要派人跟瑞昌议和。那时说不定又是一番场面了。"陆德义说,"我到过好多地方,看起来,杭州的满兵顶厉害。"

这使得萧家骥又想起胡雪岩的话,杭州只要有存粮,一年半载都守得住,因而也越发感到自己的责任重大。这一夜睡在陆德义的"公馆"里,一遍一遍设想各种情况,盘算着如何能够取信于李秀成,脱出监视;如何遇到官军以后,能够使得他们相信他不是奸细,带他进城去见王有龄?

这样辗转反侧,直到听打四更,方始朦胧睡去。也不知睡了多少时候,突然惊醒,只听得人声嘈杂,脚步匆遽,仿佛出现了极大的变故。萧家骥一惊之下,睡意全消,倏然坐起,凝神静听,听出一句话:"妖风发了,妖风发了!"

这句话似乎在哪里听过,萧家骥咬紧了牙,苦苦思索,终于想到了,是沙船上无事,听胡雪岩谈过,长毛称清军为"妖","妖风发了"就是清军打过来了。

一想到此,又惊又喜,急忙起床,扎束停当。但又不敢造次,推开一条门缝,往外张望,只见长毛蜂拥而出,手中的武器,种类不一,有红缨枪、有白蜡杆、有大砍刀、也有洋枪——枪声已经起了。杂着呼啸之声,枪声忽远忽近,忽东忽西,随着风势大小在变化,似乎清军颇不少。

怎么办?萧家骥在心中自问。要脱身,此时是大好机会,但外面的情况不清楚,糊里糊涂投入枪林弹雨中,死了都只怕没人知道,岂不冤枉?然而不走呢?别的不说,起码要见李秀成,就不是一下子办得到的。耽误了功夫不说,也许陆德义就死在这一仗中,再没有这样一个讲理的人可以打交道,后果更不堪设想。

就在这样左右为难之际,只见院子外面又闪过一群人,脚步轻,语声也轻,但很急促,"快,快!"有人催促,"快'逃长毛',逃到哪里算哪里!"

"逃长毛"是句很流行的话,萧家骥听胡雪岩也常将这三个字挂在口头,意思是从长毛那里逃走。而"逃到哪里算哪里",更是一大启示。"逃!"他对自己说,"不逃,难道真的要跟李秀成做军火生意?"

打定主意,更不怠慢。不过虽快不急,看清楚无人,一溜烟出了夹弄,豁然开朗,同时闻到饭香,抬头一看,是个厨房。

厨房很大,但似乎没有人。萧家骥仔细察看着,一步一步走过院落,直到灶前,才发现有个人坐在灶下烤火。那人极瘦,眼睛大,骤见之下,形容格外可怖,吓得他倒退了两步。

那人却似一个傻子,一双虽大而失神的眼,瞅着萧家骥,什么表情都没有。

"你是什么人?"他问。

"你不要来问我!"那人用微弱的声音答道,"我不逃了!逃来逃去逃不出他们的手,听天由命了。"

听得这话,萧家骥的心凉了一半,怔怔地望着他,半晌无语。

"看你这样子,不是本地人。哪里逃来的?"

看他相貌和善,而且说话有气无力,生趣索然似地,萧家骥便消除了恐惧戒备之心,老实答道:"我从上海来。"

"上海不是有夷场吗？大家逃难都要逃到那里去,你怎么反投到这里来?"那人用听起来空落落的绝望的声音说,"天堂有路你不走,地狱无门闯进来！何苦?"

"我也是无法,"萧家骥借机试探,却又不便说真话,"我有个生死至交,陷在杭州,我想进城去看他。"

"你发疯了！"那人说道,"杭州城里人吃人,你那朋友,只怕早饿死了。你到哪里去看他？就算看到了,你又不能救他。自己陷在里头,活活饿死。这打的是什么算盘？真正气数。"

话中责备,正显得本心是好的,萧家骥决定跟他说实话,先问一句:"你老人家贵姓?"

"人家都叫我老何。"

"老何,我姓萧,跟你老人家老实说吧,我是来救杭州百姓的——也不是我,是你们杭州城里鼎鼎大名的一位善人做好事,带了大批粮食,由上海赶来。叫我到城里见王抚台送信。"萧家骥略停一下,摆出一切都豁出去的神态说:"老何,我把我心里的话都告诉你,你如果是长毛一伙,算我命该如此,今年今月今日今时,要死在这里。如果不是,请你指点我条路子。"

老何听他说完,沉思不语,好久,才抬起头来。萧家骥发觉他的眼神不同了,不再是那黯然无光,近乎垂毙的人的神色,而是闪耀着坚毅的光芒,仿佛一身的力量都集中在那方寸眸子中似的。

他将手一伸:"信呢?"

萧家骥愕然:"什么信?"

"你不是说,那位大善人托你送信给王抚台吗?"

"是的。是口信。"萧家骥说,"白纸写黑字,万一落在长毛

74

手里,岂不糟糕?"

"口信?"老何踌躇着,"口信倒不大好带。"

"怎么? 老何,"萧家骥了解了他的意思,"你是预备代我去送信?"

"是啊! 我去比你去总多几分把握。不过,凭我这副样子,说要带口信给王抚台,没有人肯相信的。"

"那这样,"萧家骥一揖到地,"请老何你带我进城。"

"不容易。我一个人还好混,像你这样子,混不进去。"

"那么,要怎样才混得进去?"

"第一,你这副脸色,又红又白,就像天天吃大鱼大肉的样子,混进城里,就是麻烦。如果你真想进城,要好好受点委屈。"

"不要紧! 什么委屈我都能受。"

"那好!"老何点点头,"反正我也半截入土的了,能做这么一件事,也值! 先看看外头。"

于是静心细看,人声依旧相当嘈杂,但枪声却稀了。

"官军打败了。"老何很有把握地说,"这时走,正好。"

萧家骥觉得这是件不可思议的事,听一听声音,就能判断胜负,未免过于神奇。眼前是重要关头,一步走错不得,所以忍不住问了一句:"老何,你怎么知道?"

"我早就知道了。"老何答道,"官军饿得两眼发黑,哪里还打得动仗? 无非冲一阵而已。"

这就是枪声所以稀下来的缘故了。萧家骥想想也有道理,便放心大胆地跟着老何从边门出了长毛的公馆。

果然,长毛已经收队,满街如蚁,且行且谈且笑,一副打了胜仗的样子。幸好长毛走的是大街,而老何路径甚熟,尽从小巷子里穿来穿去,最后到了一处破败的财神庙,里面有七八个乞儿,正围在一起掷骰子赌钱。

"老何,"其中有一个说,"你倒没有死!"

老何不理他,向一个衣衫略为整齐些的人说:"阿毛,把你的破棉袄脱下来。"

"干什么?"

"借给这位朋友穿一穿。"

"借了给他,我穿啥?"

"他把他的衣服换给你。"

这一说便有好些人争着要换,"我来,我来!"乱糟糟地喊着。

老何打定主意,只要跟阿毛换。他的一件破棉袄虽说略为整齐些,但厚厚一层垢腻,如屠夫的作裙,已经让萧家骥要作呕了。

"没有办法。"老何说道,"不如此就叫不成功。不但不成功,走出去还有危险。不要说你,我也要换。"

听这一说,萧家骥无奈,只好咬紧牙关,换上那件棉袄,还有破鞋破袜。萧家骥只觉满身虫行蚁走般肉麻,自出娘胎,不曾吃过这样的苦头,只是已穿上身,就决没有脱下来的道理。再看老何也找人换了一身衣服,比自己的更破更脏,别人没来由也受这样一份罪,所为何来?这样想着,便觉得容易忍受了。

"阿毛!"老何又说,"今天是啥口令?"

"我不晓得。"

"我晓得。"有人响亮地回答,"老何,你问它做啥?"

"自然有用处。"老何回头问萧家骥,"你有没有大洋钱,摸一块出来。"

萧家骥如言照办,老何用那块银洋买得了一个口令。

但是,"这是什么口令呢?"萧家骥问。

"进城的口令。"老何答道,"城虽闭了,城里还是弄些要饭的出来打探军情,一点用处都没有。"

在萧家骥却太有用了,同时也恍然大悟,为何非受这样的罪不可。

走不多远,遥遥发现一道木城,萧家骥知道离城门还有一半路程。他听胡雪岩谈过杭州十城被围以后,王有龄全力企图打开一条江路,但兵力众寡悬殊,有心无力。正好张玉良自富阳撤退,王有龄立即派人跟他联络,采取步步为营的办法,张玉良从江干往城里扎营,城里往江干扎营,扎住一座,坚守一座,不求速效而稳扎稳打,总有水到渠成,联成一气打开一线生路的时候。

由于王有龄的亲笔信,写得极其恳切,说"杭城存亡,视此一举,不可失机误事,"所以张玉良不敢怠慢,从江干外堤塘一面打,一面扎营,扎了十几座,遇到一条河,成了障碍。张玉良派人夺围进城,要求王有龄派兵夹击,同时将他扎营的位置,画成明明白白的图,一并送上。王有龄即时通知饶廷选调派大队出城。谁知饶廷选一夜耽误,泄漏机密,李秀成连夜兴工,在半路上筑成一座木城,城上架炮,城外又筑土墙,墙上凿眼架枪,隔绝了张玉良与饶廷选的两支人马,而且张玉良因此中炮阵亡。

这是胡雪岩离开杭州的情形,如今木城依旧,自然无法通过。老何带着萧家骥,避开长毛,远远绕过木城,终于见了城门。

"这是候潮门。"

"我晓得。"萧家骥念道,"'候潮'听得'清波'响,'涌金''钱塘'定'太平'。"

这两句诗中,嵌着杭州五个城门的名称,只有本地人才知道,所以老何听他一念,浮起异常亲切之感,枯干瘦皱,望之不似人形的脸上,第一次出现了笑容。"我倒懂!"他说,"哪里听来的?"

萧家骥笑笑答道:"杭州我虽第一次来,杭州的典故我倒晓得很多。"

"你跟杭州有缘。"老何很欣慰地说,"一定顺利。"

说着话,已走近壕沟。沟内有些巡逻,沟外却有人伏地贴耳,不知在干什么?萧家骥不免诧异却步。

"这些是什么人?"

"是瞎子。"老何答道,"瞎子的耳朵特别灵,地下埋着酒坛子,如有啥声音听得格外清楚。"

"噢! 我懂了。"萧家骥恍然大悟,"这就是所谓'瓮器',是怕长毛挖地道,埋炸药。"

"对了! 快走吧,那面的兵在端枪了。"

说着,老何双手高举急步而行,萧家骥如法而施,走到壕沟边才住脚。

"口令!"对面的兵喝问。

"日月光明。"

那个兵不做声了,走向一座辘轳,摇动把手,将一条矗立着的跳板放了下来,横搁在壕沟上,算是一道吊桥。

萧家骥觉得这个士兵,虽然形容憔悴,有气无力,仿佛连话也懒得说似地,但依然忠于职守,也就很可敬了。由此便

78

想:官军的纪律,并不如传说中那样糟不可言。既然如此,何必自找麻烦,要混进城去。

想到这里,萧家骥说:"老何! 我看我说明来意,请这里驻守的军官,派弟兄送我进城,岂不省事?"

老何沉吟了一下答道:"守候潮门的曾副将,大家都说他不错的,不妨试一试。不过,"老何提出警告,"秀才遇着兵,有理说不清,也是实话。到底怎么回事,你自己晓得。不要前言不搭后语,自讨苦吃。"

"不会,不会! 我的话,货真价实。那许多白米停在江心里,这是假得来的吗?"

听这一说,老何翻然改计,跟守卫的兵士略说经过,求见官长。于是由把总到千总,到守备,一层层带上去,终于候潮门见到了饶廷选的副将曾得胜。

"胡道台到上海买米,我们是晓得的。"曾得胜得知缘由以后,这样问道,"不过你既没有书信,又是外路口音,到底怎么回事,倒弄不明白,怎么领你去见王抚台?"

萧家骥懂他的意思,叫声:"曾老爷! 请你搜我身子,我不是刺客。公然求见,当然也不是奸细。只为穿越敌阵,实在不能带什么书信,见了王抚台,我有话说,自然会让他相信我是胡道台派来的。如果王抚台不相信,请曾老爷杀我的头。我立一张军令状在你这里。"

"立什么军令状? 这是小说书上的话。我带你去就是。"曾得胜被萧家骥逗得笑了,不过他的笑容比哭还难看。

"是!"萧家骥响亮地答应一声,立即提出一个要求,"请曾老爷给我一身弟兄的棉军服穿!"

他急于脱卸那身又破又脏的衣服,但轻快不过片刻,一进了城,尸臭蒸熏,几乎让他昏倒。

王有龄已经绝望了!一清早,杰纯冲过一阵——就是萧家骥听到枪声的那时刻。十几船活命的白米等着去运,这样的鼓励,还不能激出士兵的力量来,又还有什么人能开粮通道,求得一线生路?

因此,他决定要写遗折了:

> 窃臣有龄前将杭城四面被围,江路阻绝,城中兵民受困各情形,托江苏抚臣薛焕,据情代奏,不识能否达到?现在十门围紧,贼众愈聚愈多,迭次督同饥军,并密约江干各营会合夹击,计大小昼夜数十战,竟不能开通一线饷道。城内粮食净尽,杀马饷军,继以猫鼠、食草根树皮,饿殍载道,日多一日,兵弁忍饥固守,无力操戈。初虞粮尽内变,经臣等涕泣拊循,均效死相从,绝无二志,臣等奉职无状,致军民坐以待毙,久已痛不欲生。

写到这里,王有龄眼痛如割,不能不停下笔来。

他这眼疾已经整一年了,先是"心血过亏,肝肠上逼,脾经受克,肺气不舒",转为"风火上炎"而又没有一刻能安心的时候,以致眼肿如疣,用手一按,血随泪下。见到的人,无不大骇。后来遇到一位眼科名医,刀圭与药石兼施,才有起色。但自围城以来,旧疾复发,日重一日,王有龄深以为恨,性命他倒是早已置之度外,就这双眼睛不得力,大是苦事。

如果是其他文报,可以口授给幕友子侄代笔,但这通遗折,王有龄不愿为人所见,所以强睁如针刺般疼痛的双眼,继

续往下写:

> 第残喘尚存,总以多杀一贼,多持一日为念,泣思杭城经去年兵燹之后,户鲜盖藏,米粮一切,均由绍贩运,军饷以资该处接济为多。金、兰不守后,臣等早经筹计,须重防以固宁绍一线饷源,乃始则饬宁绍台道张景渠,继又迭饬运司庄焕文,记名道彭斯举,各带兵勇设防,均经王履谦议格不行,又复袒庇绅富,因之捐借俱穷,固执己见,诸事掣肘。臣等犹思设防堵御,查有廖守元与湖绅赵景贤,历守危城,一载有余,调署绍兴府,竭筹布置。乃违大绅不愿设防之意,诬以通贼痛殴,履谦从旁袖手。比及城陷而走,卒致廖宗元城亡与亡,从此宁绍各属,相继失陷,而杭城已为孤注,无可解救矣!

写到这里,王有龄一口怨气不出,想到王履谦携带家眷辎重,由宁波出海到福建,远走高飞,逍遥自在,而杭州全城百姓,受此亘古所无的浩劫。自己与驻防将军瑞昌,纵能拼得一死报君主,却无补于大局,因而又奋笔写道:

> 王履谦贻误全局,臣死不瞑目。眼下饷绝援穷,危在旦夕,辜负圣恩,罪无可逭。惟求皇上简发重兵,迅图扫荡,则臣等虽死之日,犹生之年。现在折报不通,以后更难偷达,谨将杭城决裂情形,合词备兵折稿,密递上海江苏抚臣薛焕代缮具奏。仰圣瞻天,无任痛切悚惶之至。

遗折尚未写完,家人已经闻声环集。王有龄看着奶妈抱着的五岁小儿子,肤色黄黑,骨瘦如柴,越发心如刀割,一恸而绝。

等救醒过来,只见他的大儿子裔云含着泪强展笑容,"爹!"他说,"胡大叔派人来了。"

"喔,"这无论如何是个喜信,王有龄顿觉有了精神,"在哪里?"

"在花厅上等着。"裔云说道,"爹也不必出去了,就请他上房来吧!。

"也好。"王有龄说,"这时候还谈什么体制?再说,胡大叔派的人,就是自己人。请他进来好了。"他又问,"来人姓什么?"

"姓萧!年纪很轻,他说他是古应春的学生。"

进上房,萧家骥以大礼拜见。王有龄力弱不能还礼,只叫:"萧义士,萧义士,万不敢当。"

萧家骥敬重他的孤忠苦节,依旧恭恭敬敬地一跪三叩首。只由裔云在一旁还了礼,然后端张椅子,请他在王有龄床前坐下。

"王大人!"

萧家骥只叫得这一声,下面的话就说不出来了。这倒不是怯官,只为一路而来,所见所闻,是梦想不到的惊心惨目。特别是此一刻,王家上下,一个个半死不活,看他们有气无力地飘来飘去,真如鬼影幢幢,以至于连他自己都不知道此身究竟是在人间,还是在地狱?因而有些神智恍惚,一时竟想不起话从哪里开头?

于是反主为客,王有龄先问起古应春:"令师我也见过,我们还算是干亲。想来他近况很好?"

"是、是。托福、托福!"

等话出口,萧家骥才发觉一开口就错。王有龄眼前是这般光景,还有何福可托?说这话,岂不近乎讥讽?

这样想着,急图掩饰失言,便紧接着说:"王大人大忠大义,知道杭州情形的人,没有一个不感动的。都拿王大人跟何制台相比——"

这又失言了!何桂清弃地而逃,拿他相比,自是对照,然仿佛责以与杭州共亡似地。萧家骥既悔且愧又自恨,所以语声突住。平日伶牙俐齿的人,这时变得笨嘴拙舌,不敢开口了。谁知道这话倒是发生了意想不到的效用,王有龄不但不以为忤,脸上反而有了笑容,"上海五方杂处,议论最多。"他问,"他们是怎么拿我跟何制军相比?"

既然追问,不能不说,萧家骥定定神答道:"都说王大人才是大大的忠臣。跟何制台一比,贤愚不肖,更加分明了。大家都在保佑王大人逢凶化吉、遇难成祥呢。"

"唉!"王有龄长长地舒了口气,"有这番舆论,可见得公道自在人心。"他略停一下又问,"雪岩总有信给我?"

"怕路上遇到长毛,胡先生没有写信,只有口信。"萧家骥心想,胡雪岩所说,王有龄向他托孤的话,原是为了征信之用,现在王有龄既已相信自己的身份,这话就不必再提,免得惹他伤心,所以接下来便谈正题:"采办的米,四天前就到了,停在江心。胡先生因为王大人曾交代,米船一到,自会派人跟他联络,所以不敢离开。一直等到昨天,并无消息,胡先生焦躁得食不甘味,夜不安枕,特地派我冒险上岸来送信,请王大人赶快派兵,打通粮道,搬运上岸。"

话还未完,王有龄双泪直流,不断摇头,哽咽着说:"昨天就得到消息,今天也派兵出城了。没有用!叫长毛困死了。困得一点气力都没有了。可望而不可及。有饭吃不到口,真叫我死不瞑目。"

说到这里,放声一恸,王家大小,亦无不抢天呼地,跟着痛哭。萧家骥心头一酸,眼泪汩汩而下,也夹在一起号啕。

"流泪眼看流泪眼",相互劝慰着收住了眼泪。萧家骥重拾中断话头,要讨个确实主意。问到这话,又惹王有龄伤心。这是惟一的一条生路,关乎全城数十万生灵,明知可望而不可及,却又怎么能具此大决断,说一声:算了!你们走吧!

不走等机会又如何?能办得到这一点,自然最好,虽然画饼不能充饥,但是望梅或可止渴,有这许多米停泊在钱塘江心,或者能激励军心,发现奇迹——王有龄见过这样的奇迹,幼时见邻家失火,有个病足在床的人,居然能健步冲出火窟。人到绝处想求生时,那份潜力的发生,常常是不可思议的。

然而这到底是可遇而不可求的事。这许多米摆在那里,长毛必起觊觎之心。就算他们自己不绝粮,但为了陷敌于绝境,亦必千方百计动脑筋不可,或明攻、或暗袭,只要有一于此,胡雪岩十之八九会葬身在钱塘江中,追随伍子胥于地下,呜咽朝夕,含恨千古。转念到此,王有龄凄然下泪,摇头长叹:"何苦'临死还拉个垫背的'?萧义士,你跟雪岩说:心余力绌,坐以待毙。请他快走吧!"

其实这倒是萧家骥想讨到的一句话,但听王有龄说出口来,他反答应不下了。

"王大人!再筹划筹划看!"

"不用筹划了。日日盼望,夜夜盘算,连想派个人跟雪岩联络,都不容易办得到。唉,"王有龄痛心欲绝地说,"我什么都不错,只错了两件事。一件是当初有人劝我从城上筑一条斜坡,直到江边,派重兵把守,以保粮路。我怕深累民力,而且工程浩大,担心半途而废,枉抛民力,不曾采纳。如今想来,大错特错。"

这实在是个好办法,有了这条路,当然也难免遭长毛的袭击,但九次失败,一次成功,城内亦可暂延残喘,决不会像现在这样被困得一点点生路都找不到。

当然,这话要说出来,会更使王有龄伤心,所以只好反过来说,"那也不见得。"他说,"照我一路看到的情形,长毛太多,就有这条斜坡,也怕守不住。"

"这不去说他了。第二件事最错!"王有龄黯然说道,"被围之初,有人说该闭城,有人说要开城放百姓,聚讼纷纭,莫衷一是。我不该听了主张闭城的人的话,当初该十门大开,放百姓去逃生才是正办。"

"王大人,你老也不必懊悔了。说不定当初城门一开,长毛趁机会一冲,杭州早就不保。"

"原来顾虑的也就是这一点。总当解围是十天半个月的事,大家不妨守一守,开城放百姓,会动摇军心。哪知道,结果还是守不住。既有今日,何必当初? 我对不起杭州的百姓啊!"说到这里,又是一场号啕大哭。萧家骥再次陪泪,而心里却已有了打算,哽咽着喊道:"王大人,王大人,请你听我说一句。"

等王有龄悲伤略减,萧家骥提出一个办法,也可以说是许诺,而实在是希望——希望粮船能再安然等待三天,更希望城内官军能在这三天以内,杀出一条血路,运粮上岸。

"但愿如此!"王有龄强自振作着说,"我们内外相维,尽这三天以内拼一拼命。"

"是!"为了鼓舞城内官兵,萧家骥又大胆作了个许诺,"只要城内官兵能够打到江边,船上的洋兵一定会来接应。他们的人数虽不多,火器相当厉害,很得力的。"

"能这样最好。果然天从人愿,杭州能够解围,将来洋兵的犒赏,都着落在我身上。多怕不行,两万银子!"王有龄拍着胸脯说,"哪怕我变卖薄产来赔,都不要紧。"

"是了。"萧家骥站起身来说,"我跟王大人告辞,早点赶回去办正事。"

"多谢你!萧义士。"王有龄衷心感激地说,"杭州已不是危城,简直是绝地。足下冒出生入死的大险来送信,这份云天高义,不独我王某人一个人,杭州全城的文武军民,无不感激。萧义士——"他一面说,一面颤巍巍地起身,"请受我一拜!"

"不敢当,不敢当!"萧家骥慌忙扶住,"王大人,这是我义不容辞的事。"

一个坚辞,一个非要拜谢,僵持了好一会,终于还是由王有龄的长子代父行礼。萧家骥自然也很感动,转念想到生离几乎等于死别,不由得热泪盈眶,喉头梗塞,只说得一声:"王大人,请保重!"扭头就走。

踉踉跄跄地出了中门,只听里面在喊:"请回来,请回来!"

请了萧家骥回去,王有龄另有一件大事相托,将他的"遗疏"交给萧家骥:"萧义士!"这一次王有龄的声音相当平静,"请你交付雪岩保管。城在人在,城亡人亡,只听说杭州失守,就是我毕命之日。请雪岩拿我这道遗疏,面呈江苏薛抚台,请他代缮出奏。这件事关乎我一生的结果,萧义士我重重拜托了。"

见他是如此肃穆郑重的神情，萧家骥不敢怠慢，重重地应一声："是！"然后将那道遗疏的稿子折成四叠，放入贴肉小褂子的口袋中，深怕没有放得妥当会遗失，还用手在衣服外面按了两下。

"喔，还有句话要交代，这道遗疏请用我跟瑞将军两个人的衔名出奏。"王有龄又说，"我跟瑞将军已经约好了，一起殉节，决不独生。"听他侃侃而谈，真有视死如归的气概。萧家骥内心的敬意，掩没了悲伤，从容拜辞，"王大人，"他说，"我决不负王大人的付托。但愿这个稿子永远存在胡先生手里！"

"但愿如此！"王有龄用低微但很清晰的声音说，"再请你转告雪岩，千万不必为我伤心。"

三

胡雪岩岂有不伤心之理？接得王有龄的遗疏，他的眼圈就红了，而最伤心的，则是王有龄已绝了希望。他可以想像得到，王有龄原来一心所盼的是粮船，只怕胡雪岩不能顺利到达上海；到了上海办来粮食，又怕不能冲破沿途的难关到达杭州。哪知千辛万苦，将粮运到了，却是可望而不可及，从此再无指望，一线希望消失，就是一线生机断绝。"哀莫大于心死"，王有龄的心化为成冰，有生之日，待死之时，做人到此绝境，千古所无，千古所悲。

然而胡雪岩却不能不从无希望中去找希望，希望在这三天中发生奇迹。这是个飘缈的希望，但就悬此飘缈的希望亦似乎不易——形势在一夜之间险恶了，长毛一船一船在周围盘旋，位置正在枪弹所够不到的地方。其意何居，不言可知。因此，护送的洋兵，已在不断催促，早作了结。

"要请他们等三天，只怕很难。"李得隆说，"派去的人没有回来，总要有了确实信息再说。这句话在道理上，他们就不愿也没奈何。现在家骧回来了，刚才一谈杭州的情形，大家也都知道了。没有指望的事，白白等在这里冒极大的危险，他们不肯的。"

"无论如何要他们答应。来了一趟，就此回去，于心不甘。

再说,有危险也不过三天,多的危险也冒过了,何在乎这三天?"

"那就早跟他们说明白。"李得隆说,"沙船帮看样子也不大肯。"

"只要洋兵肯了,他们有人保护,自然没有话说。这件事要分两方面做,重赏之下,必有勇夫。"胡雪岩说,"请你们两位跟联络的人去说:我有两个办法,随他们挑。"

胡雪岩盘算着,两个办法够不够,是不是还有第三条兼筹并顾的路。想了半天,只有两个办法。

"第一个办法,如果城里能够杀出一条血路,请他们帮忙打,王抚台犒赏的两万银子,我一到上海就付,另外我再送一万。如果有阵亡受伤的,抚恤照他们的营规加一倍。这样等过实足三昼夜,如果没有动静,开船到宁波,我送三千银子。"

"这算得重赏了。他们卖命也卖得过。"李得隆又问,"不过人心不同,万一他们不肯,非要开船不可呢?"

"那就是我的第二个办法,他们先把我推在钱塘江里再开船。"

胡雪岩说这话时,脸色白得一丝血色都没有,李得隆、萧家骥悚然动容,相互看看,久久无语。

"不是我吓他们!我从不说瞎话,如果仁至义尽他们还不肯答应,你们想想,我除死路以外,还有什么路好走?"

由于胡雪岩不惜以身相殉的坚决态度,一方面感动了洋兵,一方面也吓倒了洋兵。他们通过联络官提出一个条件,要求胡雪岩说话算话,到了三天一过,不要再出花样,拖延不走。

"'尽人事而听天命。'"胡雪岩说,"留这三天是尽尽人事而已,我亦晓得没用的。"

话虽如此,胡雪岩却是废寝忘食,一心以为鸿鹄之将至,日日夜夜在船头上凝望。江潮呜咽,虽淹没了他的吞声的饮泣,但江风如剪,冬宵寒重,引发了他的激烈的咳嗽,却是连船舱中都听得见的。

"胡先生,"萧家骥劝他,"王抚台的生死大事,都在你身,还有府上一家,都在盼望。千金之躯,岂可以这样不知道爱惜?"

晚辈而有责备之词,情意格外殷切,胡雪岩不能不听劝。但睡在铺上,却只是竖起了耳朵,偶尔听得巡逻的洋兵一声枪响,都要出去看个明白。

纵然度日如年,三天到底还是过去了。洋人做事,丝毫没有通融,到了实足三昼夜届满,正是晚上八点钟,却非开船不可。

胡雪岩无奈,望北拜了几拜,权当生奠。然后痛哭失声而去。

到了甬江口的镇海附近,才知道太平军黄呈忠和范汝增,从慈溪和奉化分道进攻,宁波已经在两天前的十一月初八失守。不过宁波有租界,有英美领事和英法军舰,而且英美领事,已经划定"外人居住通商区域",正跟黄呈忠和范汝增在谈判,不准太平军侵犯。

"那怎么办?"胡雪岩有气无力地说,"我们回上海?"

"哪有这个道理? 胡先生,你精神不好,这件事交给我来办。"

于是萧家骥雇一只小船,驶近一艘英国军舰,隔船相语。军舰上准他登船,同时见到了舰长考白脱。

他的来意是要跟杨坊开在宁波的商号联络,并要求军舰派人护送。同时说明,有大批粮食可以接济宁波。

这是非常受欢迎的一件事,"在'中立区'避难的华人,有七万之多,粮食供应,成为绝大的问题,你和你的粮食来得正是时候。不过,我非常抱歉,"考白脱耸耸肩说,"眼前我还没有办法达成你的意愿。你是不是可以在我船上住两三天?"

"为什么?"

"领事团正在跟占领军谈判。希望占领军不侵犯中立区,同时应该维持市面。等谈判完成,你的粮食可以公开进口,但在目前,我们需要遵守约定,不能保护任何中国人上岸。"

"那么,是不是可以为我送一封信呢?"

考白脱想了想答道:"可以你写一封信,我请领事馆代送。同时我要把这个好消息告诉我们的领事。"

萧家骥如言照办。考白脱的处置也异常明快,派一名低级军官,立即坐小艇登岸送信,同时命令他去谒见英国驻宁波的领事夏福礼,报告有大批粮食运到的好消息。

为了等待复信,萧家骥很想接受考白脱的邀请,在他的军舰上住下来,但又不放心自己的船。虽说船上有数十名洋兵保护,倘或与太平军发生冲突,麻烦甚大。如果跟考白脱要一面英国国旗一挂,倒是绝好的安全保障,却又怕属于美国籍华尔的部下,认为侮辱而拒绝。

左思右想,只有先回船守着再说。及至起身告辞时,考白脱正好接到报告,知道有华尔的兵在,愿意取得联络,请萧家骥居间介绍。

这一下无形中化解了他的难题,喜出望外,连声许诺。于是由军舰上放下一条救生艇,陪着一名英国军官回到自己船上。洋兵跟洋兵打交道的结果,华尔的部下接受了英军的建议,粮船悬挂英国国旗,置于考白脱的保护之下。

到这地步,算是真正安全了。萧家骥自觉这场交涉办得异常得意,兴冲冲地要告诉胡雪岩。到了舱里一看,只见胡雪岩神色委顿异常,面色难看得很。

"胡先生,"他大惊问说,"你怎么了?"

"我要病了。"

萧家骥探手去摸他的额头,其烫无比,"已经病了!"他说,"赶快躺下来。"

这一躺下来就起不来了。烧得不断谵语,不是喊"雪公"就是喊"娘"。病中神志不清,只记得已到了岸上,却不知卧疾何处? 有一天半夜里醒过来,只见灯下坐着一个人,且是女人,背影苗条,似乎很熟,却一时再也想不起来是谁?

"我在做梦?"

虽是低声自语,自也惊动了灯下的人,她旋转身来,扭亮了洋灯,让胡雪岩看清了她的脸——这下真的像做梦了,连喊都喊不出来!

"你,你跟阿巧好像!"

"我就是阿巧!"她抹一抹眼泪强笑着,"没有想到是我吧?"

胡雪岩不答,强自抬起身子。力弱不胜,摇摇欲倒,阿巧赶紧上来扶住了他。

"你要做啥? 是不是要茶水?"

"不是!"胡雪岩吃力地说,"我要看看,我是不是在做梦? 这是哪里,你是不是真的阿巧?"

"是啊! 我是真的阿巧。我是特地来看你的。你躺下来,有话慢慢说。"

92

话太多了,无从说起,其实是头上昏昏沉沉的,连想都无从想起。胡雪岩只好躺了下来,仰脸望望帐顶,又侧脸望望阿巧,先要弄清楚从得病到此刻的情形。

"人呢?"他没头没脑地问。

"你是说那位萧少爷?"阿巧答道,"他睡在外房。"

在外房的萧家骥,已经听见声音,急急披衣起床来探视,只见胡雪岩虽然形容憔悴,但眼中已有清明的神色,便又惊又喜地问道:"胡先生,你认不认得我?"

"你?"胡雪岩不解地问,"你不是家骥吗?"

"这位太太呢?"

"她是何姨太。"胡雪岩反问一句,"你问这些做啥? 倒像我连人都认不得似的。"

"是啊!"萧家骥欣慰地笑道,"前几天胡先生你真的不认得人。这场湿温的来势真凶,现在总算'扳'回来了。"

"这么厉害!"胡雪岩自己都有些不信,咽着气说,"我自己都想不到。几天了?"

"八天了。"

"这是哪里?"

"在英国租界上,杨老板号子里。"萧家骥说,"胡先生你虚极了,不要多说话,先吃点粥,再吃药。睡过一觉,明天有了精神,听我们细细告诉你。"

这"我们"很明显包括了阿巧姐,所以她接口说道:"萧少爷的话不错,你先养病要紧。"

"不要紧。"胡雪岩说,"我什么情形都不知道,心里闷得很。杭州怎么样?"

"没有消息。"

胡雪岩转脸想问阿巧姐时,她正站起身来,一面向外走,一面说道:"我去热粥。"

望着那依然袅袅婷婷的背影,再看到萧家骥似笑非笑,有意要装得不在意的诡秘神情,胡雪岩仍有相逢在梦中的感觉,低声向萧家骥问道:"她是怎么来的?"

"昨天到的。"萧家骥答道,"一到就来找我——我在师娘那里见过她一次,所以认得。她说,她是听说胡先生病重,特地赶来服侍的,要住在这里。这件事师娘是知道的,我不能不留她。"

胡雪岩听得这话,木然半晌,方始皱眉说道:"你的话我不懂,想起来头痛。怎么会有这种事?"

"难怪胡先生。说来话长,我亦不太清楚。据她说,她去看师娘,正好师娘接到我的来信,听说胡先生病很重,她要赶来服侍。师娘当然赞成,请师父安排,派了一个人护送,坐英国轮船来的。"

"奇怪啊!"胡雪岩说,"她姓人可何,我姓古月胡,何家的姨太太怎么来服侍我这个病人?"

"那还用说?当然是在何家下堂了。"萧家骥说,"这是看都看得出来的,不过她不好意思说,我也不好意思打听。回头胡先生你自己问她就明白了。"

这一下,大致算是了解了来龙去脉。他心里在想,阿巧姐总不会是私奔,否则古应春夫妇不致派人护送她到宁波。

"但是,她的话靠得住还是靠不住?何以知道她是你师娘赞成她来的?"

"不错!护送的人,就是我师父号子里的出店老司务老黄。"胡雪岩放心了。老黄又叫"宁波老黄",他也知道这个人。

胡雪岩还想再细问一番,听得脚步声,便住口不语,望着房门口。门帘掀动,先望见的是阿巧姐的背影,她端着托盘,腾不出手来打门帘,于是就侧身进来。

于是萧家骥帮着将一张炕儿横搁在床中间,端来托盘,里面是一罐香粳米粥,四碟清淡而精致的小菜,特别是一样糟蛋,为胡雪岩所酷嗜,所以一见便觉得口中有了津液,腹中也辘辘作响了。

“胡先生,”萧家骥特地说明这些食物的来源,“连煮粥的米都是何姨太从上海带来的。”

“萧少爷,”阿巧姐接口说道,“请你叫我阿巧好了。”

这更是已从何家下堂的明显表示。本来叫“何姨太”就觉得刺耳,因而萧家骥欣然乐从,不过为了尊敬胡雪岩,似乎不便直呼其名,只拿眼色向他征询意见。

“叫她阿巧姐吧。”“是。”萧家骥用亲切中显得庄重的声音叫一声,“阿巧姐!”

“嗯!”她居之不疑地应声,真像是个大姊姊似的,“这才像一家人。”

这话在他、在胡雪岩都觉得不便作何表示。阿巧姐也不再往下多说,只垂着眼替胡雪岩盛好了粥。粥在冒热气,她便又噘起滋润的嘴唇吹得不太烫了,方始放下。然后从腋下抽出白手绢,擦一擦那双牙筷,连粥碗一起送到胡雪岩面前,却又问道:“要不要我来喂你?”

这话提醒了萧家骥。有这样体贴的人在服侍,何必自己还站在这里碍眼,便微笑着悄悄走了出去。

四只眼睛都望着他的背影,直待消失,方始回眸。相视不语,怔怔地好一会,阿巧姐忽然眼圈一红,急忙低下头去,顺手拿起手绢,装着擤鼻子去擦眼睛。

胡雪岩也是万感交集,但不愿轻易有所询问。她的泪眼既畏见人,他也就装作不知,扶起筷子吃粥。

这一吃粥顾不得别的了。好几天粒米不曾进口,真是饿极了,唏哩呼噜地吃得好不有劲。等他一碗吃完,阿巧姐已舀着一勺子在等了,一面替他添粥,一面高兴地笑道:"赛过七月十五鬼门关里放出来的!"

话虽如此,等他吃完第二碗,便不准他再吃,怕病势刚刚好转,饱食伤胃。而胡雪岩意有未餍,好说歹说才替他添了半碗。

"唉!"放下筷子他感慨着说,"我算是饱了!"

阿巧姐知道他因何感慨。杭州的情形,她亦深知,只是怕提起来惹他伤心,所以不理他的话,管自己收拾碗筷走了出去。

"阿巧,你不要走,我们谈谈。"

"我马上就来。"她说,"你的药煎在那里,也该好了。"

过不多久,将煎好了的药送来,服侍他吃完,劝他睡下。胡雪岩不肯,说精神很好,又说腿上的伤疤痒得难受。

"这是好兆头。伤处在长新肉,人也在复原了。"她说,"我替你洗洗脚,人还会更舒服。"

不说还好,一说胡雪岩觉得浑身发痒,恨不得能在"大汤"中痛痛快快泡一泡才好——他也像扬州人那样,早就有"上午皮包水,下午水包皮"的习惯。自从杭州吃紧以来,就没有泡过"澡塘"。这次到了上海,又因为腿上有伤,不能入浴。虽然借助于古家的男佣抹过一次身,从里到外换上七姑奶奶特喊裁缝为他现制的新衣服,但经过这一次海上出生入死的跋涉,担忧受惊的冷汗,出了干、干了出,不知几多次。满身垢腻,很不舒服,实在想洗个澡,无奈万无劳动阿巧姐的道理。

他心里这样在想,她却说到就做,已转身走了出去,不知从哪里找到了一只簇新的高脚木盆,提来一铫子的热水,冲到盆里,然后掀被来捉他的那双脚。

"不要,不要!"胡雪岩往里一缩,"我这双脚从上海上船就没有洗过,太脏了。"

"怕什么?"阿巧姐毫不迟疑地,"我路远迢迢赶了来,就是来服侍病人的。只要你好好复原,我比什么都高兴。"

这两句话在胡雪岩听来,感激与感慨交并。兵荒马乱,九死一生,想到下落不明的亲人,快要饿死的杭州一城百姓,以及困在绝境,眼看着往地狱里一步一步在走的王有龄,常常会自问:人生在世,到底为的什么?就为了受这种生不如死的苦楚?现在却不同了,人活在世界上,有苦也有乐;是苦是乐,全看自己的作为。真是《太上感应篇》上所说的:"祸福无门,惟人自召。"

这样转着念头,自己觉得一颗心如枯木逢春般,又管用了。脑筋亦已灵活,本来凡事都懒得去想,此刻却想得很多,想得很快。等阿巧姐替他将脚洗好,便又笑道:"阿巧,送佛送到西,索性替我再抹一抹身子。"

"这不大妥当。你身子虚,受不得凉。"

"不要紧!"胡雪岩将枯瘦的手臂伸出来,临空捣了两下,显得很有劲似的说:"我自己觉得已经可以起床了。"

"瞎说!你替我好好睡下去。"她将他的脚和手都塞入被中,硬扶他睡倒,而且还掖紧了棉被。

"真的。阿巧,我已经好了。"

"哪有这种事？这样一场病，哪里会说好就好？吃仙丹也没有这样灵法。

"人逢喜事精神爽，你就是仙丹。仙丹一到，百病全消。"

"哼!"阿巧微微撇着嘴，"你就会灌米汤。睡吧!"她用纤纤一指，将他的眼皮抹上。等她转身，他的眼又睁开了。望着帐顶想心事，要想知道的事很多，而眼前却只有阿巧好谈。

阿巧却好久不来，他忍不住喊出声来，而答应的却是萧家骥。"胡先生，"他说，"你不宜过于劳神。此刻半夜两点钟了，请安置吧!"

"阿巧呢?"胡雪岩问道，"她睡在哪里?"

做批发生意的大商号，备有客房客铺，无足为奇，但从不招待堂客。有些商家的客房，甚至忌讳堂客，因为据说月事中的妇女会冲犯所供的财神。杨坊的这家招牌也叫"大记"，专营海鲜杂货批发的商号。虽然比较开通，不忌妇女出入，但单间的客房不多，所以阿巧姐是由萧家骥代为安排，借住在大记的一个伙计家中，与此人的新婚妻子同榻睡了一夜。

"今天不行了，是轮到那伙计回家睡的日子，十天才有这么一天。阿巧姐说:"人家喷喷香、簇簇新的新娘子，怎好耽误他们夫妻的恩爱?"那伙计倒很会做人，一再说不要紧，是阿巧姐自己不肯。"

"那么今天睡在哪里呢?"

"喏，"萧家骥指着置在一旁的一扇门板，两张条凳说，"我已经预备好了，替她搭'起倒铺'。不过——"他笑笑没有再说下去。神情诡秘，令人起疑，胡雪岩当然要追问:"不过什么?"

"我看这张床蛮大，不如让阿巧姐就睡在胡先生脚后头。"萧家骥又说，"她要在这里搭铺就为了服侍方便，睡得一床上，不更加方便了吗?"

不知他是正经话,还是戏谑? 也不知阿巧姐本人的意思究竟如何? 胡雪岩只有微笑不答。

到最后,萧家骥还是替阿巧姐搭了"起倒铺"。被褥衾枕自然是她自己铺设的。等侍候病人服了药,关好房门,胡雪岩开口了。

"你的褥子太薄,又没有帐子,不如睡到我里床来!"他拍拍身边。

正在卸妆的阿巧姐没有说话,抱衾相就。不过为了行动方便,睡的是外床——宁波人讲究床铺,那张黄杨木雕花的床极大,两个人睡还绰绰有余。里床搁板上置一盏洋灯,捻得小小的一点光照着她那件葱绿缎子的紧身小夹袄。这一切看在胡雪岩眼里,又起了相逢在梦中的感觉。

"阿巧! 你该讲讲你的事了吧?"

"说来话长。"阿巧很温柔地说,"你这半夜也累了,刚吃过药好好睡一觉。明天再谈。"

"我现在精神很好。"

"精神好自然好。你听,"阿巧姐说,"鸡都在叫了。后半夜这一觉最要紧,睡吧! 好在我人都来了,你还有什么好急的?"

这句话的意思很深,足够胡雪岩想好半天。到底病势初转,精神不够,很快地便觉得困倦,一觉睡到天亮。

他醒她也醒了,急急要起床料理。胡雪岩却愿她多睡一会,拖住她说:"天太冷,不要起来。我们好好谈谈。"

"谈什么?"阿巧姐说,"但愿你早早复原,回到上海再说。"

"我昨天晚上想过了，只要这一次能平平安安过去，我再也不做官了。安安分分做生意，能够跟几个好朋友常在一起叙叙，我就心满意足了。"

"你只晓得朋友！"阿巧姐微带怨怼的神情，"就不替自己打算打算。"

替他自己打算，当然也就要包括她在内。言外之意，相当微妙。胡雪岩很沉着地不作表示，只是问说："你是怎么从何家出来的？现在可以告诉我了吧！"

"当然要告诉你的。不过你处处为朋友，听了只怕心里会难过。"

她的意思是将何桂清当作胡雪岩的朋友——这个朋友现在惨不可言。只为在常州一念之差，落得个"革职拿问"的处分。迁延两年，多靠薛焕替他支吾敷衍，然而"逃犯"的况味也受够了。

"这种日子不是人过的。"阿巧姐喟叹着说，"人嘛是个黑人，哪里都不能去。听说有客人来拜，先要打听清楚来干什么。最怕上海县的县大老爷来拜，防是来捉人的。'白天不做亏心事，夜半敲门心不惊'这句俗语，我算是领教过了，真正一点不错。我都这样子，你想想本人心里的味道？"

"叫我，就狠一狠心，自己去投案。"

"他也常这样说。不过说说而已，就是狠不下心来。现在——"

现在，连这种提心吊胆的日子也快不多了。从先帝驾崩，幼主嗣位，两宫太后垂帘听政，重用恭王，朝中又是一番气象。为了激励士气，凡是丧师辱国的文武官员，都要严办。最不利的是，曾国藩调任两江总督，朝命统辖江苏、安徽、江西、浙江四省军务。四省官员,文到巡抚,武到提督,悉归节制。何桂清曾经托人关说,希望能给他一个效力赎罪的机会,而得到的答复只有四个字:"爱莫能助"。

"半个月以前,有人来说,曾大人保了个姓李的道台,领兵来守上海。这位李道台,据说一到上海就要接薛抚台的手。他是曾大人的门生,自然听老师的话。薛抚台再想帮忙也帮不上了。为此之故——"

为此,何桂清不能不作一个最后的打算:家事已作了处分,姬妾亦都遣散,阿巧姐就是这样下堂的。

想想他待她不错,在这个时候,分袂而去,未免问心不安。无奈何桂清执意不回,她也就只好听从了。

"那么,他也总要为你的后半辈子打算打算。"胡雪岩说,"不过,他剩下几个钱,这两年坐吃山空,恐怕所余已经无几。"

"过日子倒用不了多少,主要是给人骗走了。这个说,可以替他到京里走门路;那个说应该去某某人那里送笔礼。这种塞狗洞的钱,也不知道花了多少。"阿巧姐说,"临走以前,他跟我说,要凑两千银子给我。我一定不要。"

"你倒也够义气。不过,这种乱世,说老实话:求人不如求己。"

"我也不是毫无打算的,我有一只小箱子托七姑奶奶替我收着。那里面一点东西,总值三五万。到了上海我交给你。"

"交给我做什么?"胡雪岩问道,"我现在还没心思来替你经营。"

阿巧姐先不做声,一面眨眼,一面咬指甲,仿佛有极要紧的事在思索似的。胡雪岩是从钱塘江遥别王有龄的那一刻,便有万念俱灰之感,什么事都不愿、也不能想,因此恹恹成病。

如今病势虽已脱险,而且好得很快,但懒散如旧,所以不愿去猜她的心事,只侧着脸像面对着他所喜爱的古玉似的,恣意鉴赏。

算一算有六年没有这样看过她了。离乱六年,是一段漫长的岁月,多少人生死茫茫,音信杳然,多少人升沉浮降,荣枯异昔。而想到六年前的阿巧姐,只如隔了一夜做了个梦。当时形容清晰地浮现在脑际,两相比较,有变了的,也有不变的。

变得最明显的是体态,此刻丰腴了些。当时本嫌纤瘦,所以这一变是变得更美了,也更深沉老练了。

不变的是她这双眼中的情意,依然那么深,那么纯,似乎她心目中除了一个胡雪岩以外,连她自己都不关心。转念到此,他那颗心就像冷灰发现一粒火星,这是火种复炽的开始,他自己都觉得珍贵得很。

于是他不自觉地伸手去握住她的手,感慨地说:"这趟我真是九死一生——不是怕路上有什么危险,胆子小,是我的心境。从杭州到宁波,一路上我的心冷透了。整天躺在床上在想,一个人为啥要跟另外一个人有感情? 如果没有感情,他是他,我是我,用不着替他牵肠挂肚。所以我自己对自己说,将来等我心境平静了,对什么人都要冷淡些。"

一口气说到这里,有些气喘,停了下来。阿巧姐不曾听出他的语气未完,只当他借题发挥,顿时脸色大变。

"你这些话,"她问,"不是特别说给我听的?"

"是的——"说了这两个字,胡雪岩才发觉她的神情有异,立刻明白她是误会了,赶紧又接了一句,"这话我什么人面前都没说过,只跟你一人说,是有道理的。不晓得你猜得着,猜不着?"

意思仍然令人莫名其妙,但他急于解释误会的态度,她是看得出来的,心先放了一半,另一半要听他下一句话如何。

"你不要让我猜了! 你晓得的,赌心思,跟别人我还可以较量较量,在你面前差了一大截。"

胡雪岩笑了,笑容并不好看,因为人瘦显得口大,两颗虎牙看上去像獠牙。但毕竟是高兴的笑容,阿巧姐还是乐意看的。

"你还是那样会说话。"他正一正脸色说,"我特地谈我的心境,是想告诉你一句话,此刻我的想法变过了。"

"怎么变法?"

"人还是要有感情的。就为它受罪,为它死——"

一句话未完,一只又软又暖的手掩在他口上:"什么话不好说,说这些没轻重的话!"

"好,不说,不说。你懂我的意思就可以了。"胡雪岩问道,"你刚才好像在想心事? 何妨跟我谈谈。"

"要谈的话很多。现在这样子,你没心思听,我也没心思说,一切都不必急,等你病养好了再说。"

"我的病一时养不好的。好在是——"他想说"好在是死不了",只为她忌讳说"死",所以猛然咽住,停了一下又说,"一两天我就想回上海。"

"那怎么行?"

"没有什么不行。在宁波,消息不灵,又没有事好做,好人都要闷出病来,怎么会养得好病?"

"那是没有办法的事。你刚刚才有点好,数九寒天冒海风上路,万一病势反复,在汪洋大海里,叫天天不应,叫地地不灵,那就是两条人命。"

"怎么呢?"

"你不想想,万一你有个三长两短,我除了跳海,还有什么路好走?"

是这样生死相共的情分,胡雪岩再也不忍拂她的意了。但是,他自己想想,只要饮食当心,加上阿巧姐细心照料,实在无大关碍。不过,若非医生同意,不但不能塞阿巧姐的嘴,只怕萧家骥也未见得答应。

因此,他决定嘱咐萧家骥私下向医生探问。但始终找不到机会,因为阿巧姐自起床以后,几乎就不曾离开过他。而天又下雪了,萧家骥劝她就在屋子里"做市面",就着一只炭盆,煎药煮粥做菜,都在那间屋里。胡雪岩倒觉得热闹有趣,用杭州的谚语笑她是"螺蛳壳里做道场"。但也因此,虽萧家骥就在眼前,却无从说两句私话。

不过,也不算白耗功夫。萧家骥一面帮阿巧姐做"下手",帮她料理饭食,一面将这几天的情形都告诉了胡雪岩。

据说黄呈忠、范汝增跟英国领事夏福礼的谈判很顺利,答应尽力保护外侨。有两名长毛侵袭英国教士,已经抓来"正法"。而且还布告安民,准老百姓在四门以外做生意。宁波的市面,大致已经恢复了。

"得力的是我们的那批米。民以食为天,粮食不起恐慌,人心就容易安定。"萧家骥劝慰似地说:"胡先生,你也可以稍稍弥补遗憾了。"

"这是阴功积德的好事。"阿巧姐接口说道,"就看这件好事,老太太就一定会有菩萨保佑,逢凶化吉,遇难成祥。"

胡雪岩不做声。一则以喜、一则以悲,没有什么适当的话好表达他的复杂的心情。

"有句要紧话要告诉胡先生,那笔米价,大记的人问我怎么算法?是卖了拆账,还是作价给他们?我说米先领了去,怎样算法,要问了你才能定规。如果他们不肯答应,我做不了主,米只好原船运回。大记答应照我的办法。现在要问胡先生了。照我看,拆算比较合算!"

"不!"胡雪岩断然答道,"我不要钱。"

那么要什么呢?胡雪岩要的是米,要的是运粮的船,只等杭州一旦克复,三天以内就要。他的用意很容易明白,等杭州从长毛手里夺了回来,必定饿殍载途,灾民满城,那时所需要的就是米。

"何必这么做?"萧家骥劝他,"胡先生,在商言商,你的算盘是大家佩服的,这样做法,不等于将本钱'搁煞'在那里。而况杭州克复,遥遥无期。"

"不见得。气运要转的。"胡雪岩显得有些激动,"长毛搞的这一套,反复无常,我看他们不会久了。三五年的功夫,就要完蛋。"

"三五年是多少辰光,利上盘利,一担米变成两三担米。你就为杭州百姓,也该盘算盘算。"

"话不错!"胡雪岩又比较平静了,"我有我的想法,第一,我始终没有绝望,也许援兵会到,杭州城可以不破。如果粮道可以打通,我立刻就要运米去接济,那时候万一不凑手,岂不误了大事!第二,倘或杭州真的失守,留着米在那里,等克复以后,随时可以启运——这是一种自己安慰自己的希望。说穿了,是自己骗自己,总算我对杭州也尽到心了。"

"这也有道理,我就跟大记去交涉。"

"这不忙。"胡雪岩问道,"医生啥时光来?"

"每天都是中饭以后。"

"那就早点吃饭。吃完了她好收拾。"胡雪岩又问阿巧姐，"等会医生来了，你要不要回避？"

虽然女眷不见男客，但对医生却是例外，不一定要回避。只是他问这句话，就有让她回避的意思。阿巧姐当然明白，顺着他的心意答道："我在屏风后面听好了。"

胡雪岩是知道她会回避，有意这样问她。不过她藏在屏风后面听，调虎不能离山，在自己等于不回避，还要另动脑筋。这也简单得很，他先请萧家骥替他写信，占住了他的手，然后说想吃点甜汤，要阿巧姐到厨房里去要洋糖，这样将她调遣了开去，就可以跟萧家骥说私话了。"家骥，你信不必写了，我跟你说句话，你过来。"萧家骥走到床前，他说，"我决定马上回上海，你跟医生说一说，我无论如何要走。"

"为什么？"萧家骥诧异，"何必这么急？"

"不为什么，我就是要走。到了上海，我才好打听消息。"胡雪岩又说，"本来我的心冷透了。今天一早跟阿巧谈了半天，说实话，我的心境大不相同。我现在有两件事，第一件是救杭州，不管它病入膏肓，我死马要当活马医。第二件，我要做我的生意。做生意一步落不得后，越早到消息灵通的地方越好。你懂了吧？"

"第二点我懂，头一点我不懂。"萧家骥问道，"你怎么救杭州？"

"现在没法子细谈。"胡雪岩有些张皇地望着窗外。

这是因为苗条一影，已从窗外闪过，阿巧姐快进来了。胡雪岩就把握这短短的片刻，告诫萧家骥跟医生私底下"情商"，不可让阿巧姐知道。

是何用意,不易明了,但时机迫促,无从追问,萧家骥只有依言行事。等胡雪岩喝完一碗桂圆洋糖蛋汤,阿巧姐收拾好了一切,医生也就到了。

那医生颇负盛名,医道、医德都高人一等。见胡雪岩人虽瘦弱,双目炯炯有光,大为惊异,一夜之隔,病似乎去了一大半,他自承是行医四十年来罕见之事。

"这自然是先生高明。"胡雪岩歉意地问,"先生贵姓?"

"张先生。"萧家骥一旁代答,顺便送上一顶高帽子,"宁波城里第一块牌子,七世祖传的儒医。张先生本人也是有功名的人。"

所谓"功名",想起来是进过学的秀才,"失敬了!"胡雪岩说,"我是白丁。"

"胡大人太客气了。四海之大,三品顶戴无论如何是万人之上。"

"可惜不是一人之下。"胡雪岩自嘲着纵声大笑。

笑得太急,呛了嗓子,咳得十分厉害。萧家骥赶紧上去替他捶背,却是越咳越凶,张医生亦是束手无策,坐等他咳停。这一下急坏了阿巧姐。她知道胡雪岩的毛病,要抹咽喉,喝蜜水才能将咳嗽止住。萧家骥不得其法,自然无效。

蜜水一时无法张罗,另一点却是办得到,"萧少爷,"她忍不住在屏风后面喊,"拿他的头仰起来,抹抹喉咙。"

是娇滴滴的吴侬软语,张医生不免好奇,转脸张望,而且率直问道:"有女眷在?"

医生是什么话都可以问,不算失礼。但萧家骥却很难回答,一面替胡雪岩抹着喉头,一面含含糊糊地答道:"嗯、嗯,是!"

张医生欲语又止。等胡雪岩咳停了才切脉看舌苔,仔细问了饮食起居的情形,欣慰地表示:"病势已经不碍,只须调养,大概半个月以后可以复原。"

"多谢,多谢!"胡雪岩拱拱手说,"家骥你陪张先生到你那里开方子去吧!"

萧家骥会意,等开好方子,便谈到胡雪岩想回上海的话。张医生深为困惑,"病人连移动床铺都是不相宜的。"他问,"大病刚有转机,何可这样子轻率冒失?"

"实在是在上海有非他到场不可的大事要办。"家骥说,"路上也只有一两天的功夫,请张先生多开几服调理药带去,格外当心照料,想来不碍。"

"照料!哪个照料?万一病势反复,我又不在船上,你们怎么办。"

"是!"萧家骥说,"那就只好算了。"而间壁的胡雪岩耳朵尖,听了张医生的话,已经有了主意,请他到上海出诊,随船照料。

等张医生开好方子,告辞上轿,阿巧姐自然也不必回避了,胡雪岩便当着萧家骥透露了他的意思。这个想法亦未始不可行,富室巨户,多有这样重金礼聘,专用车船奉迎的,但是眼前时地不同,阿巧姐和萧家骥都觉得不易办到。

"他肯去当然最好,就怕他不肯。"萧家骥说,"第一,宁波的市面还不甚平靖,离家远行,恐怕不放心;第二,快过年了,宁波人的风俗,最重过年团圆,在外头做生意的,都要赶回家来,哪里反倒有出远门的?"

"过年还早,我一定赶年前送他回来。"胡雪岩又说,"说不说在我,肯不肯在他。你何妨去谈一谈。"

"那当然可以。我本来要到他清仪堂去撮药,顺便就看他。"

"原来他也开着药店?"胡雪岩说,"那太好了! 就是他不肯到上海,我也想跟他谈谈。"

胡雪岩想开药店是大家知道的,萧家骥心中一动,点点头说:"这倒或许会谈得投机。"

"那是另外一回事,家骥,只要他肯去,他怎么说,我们怎么依他。还有,要投其所好。你懂我的意思吧?"

"我懂,"萧家骥笑道,"不过,恐怕要请了他来,你自己跟他谈。"

去了一个多时辰,萧家骥回来了,说张医生答应来吃晚饭,又说他喜欢字画。问到邀他同行照料的话,萧家骥表示还不便开口,又说最好由阿巧姐来说,因为这是不情之请,只有女眷相求,容易成功。

"这话也是。男人说话,一句就是一句,碰了钉子或者打了折扣,以后说话就不值钱了。阿巧,"胡雪岩问道,"你肯不肯说?"

"本来是不肯说的,女人的话就不值钱,碰钉子、打折扣都不要紧? 真正气数! 不过——"她故意做个无可奈何的表情,"唉! 不说又不行,只好我来出面了。"

说停当了。要准备肴馔款客。胡雪岩认为不如到馆子里叫菜,比较郑重。阿巧姐也想省事,自然赞成。但萧家骥不甚同意,他肚子里另有一番话,要避着胡雪岩跟阿巧姐说。

"胡先生,这些小事,你不必操心了,我跟阿巧姐去商量。阿巧姐,我陪你到他们厨房里看了再说。"

走到廊下僻处,估量着胡雪岩听不见了,他站住脚,要问她一句话。

"阿巧姐,你是不是真的想帮胡先生办成功这件事?"

"是啊!本来我不赞成的,不过他一定要这样做,我无论如何只有依他。"

"既然无论如何要依他,那么,我有句话说出来,你可不能动气。"

"不会的。你说好了。"

"姓张的很关心你。也不知道他怎么打听到的,晓得你姓何,何姨太长,何姨太短,不停地问。"说到这里,萧家骥停下来看她的脸色。

她的脸色自然不会好看,气得满脸通红。"这种郎中,狼心狗肺,杀千刀!"

"是不是?"萧家骥很冷静地说,"我知道你要动气。"

一句话提醒了阿巧姐,知道他还有未说出来的话,如果自己还是这样子,那些话就听不到了。转念又想,总怪自己的身份尴尬,何姨太出现在姓胡的这里,在人家看,当然也不是什么好女人。既然如此,就不妨动歪脑筋了。

这样转着念头,脸色自然就缓和了,"随他去胡说八道,只要我自己行得正,坐得正好了。"她催促着,"你再说下去。"

"只为胡先生不走不可。要走,就非姓张的一起走不可,所以,我只好耍记花枪。阿巧姐,你是明白人,又看在胡先生份上,一定不会怪我。"

话风不妙,阿巧姐有些吃惊,不过戒心起在暗中,表面上又是一种态度:"不会,不会。我晓得你是为他。你说出来商量。"

"我在想,如果直言相谈,说请他一起陪到上海,他一定不会答应。这话等他一出口,事情就僵了,所以我灵机一动,说:'何姨太特地要我来奉请,晚上她亲手做两样菜,请张先生喝酒。一定要请你赏光。'他很高兴地答应了,说是'一定来、一定来!'"

这用的是一条美人计,阿巧姐心里当然不是味道,不过一想到为了胡雪岩,她自然就不会对萧家骥介意,于是很平静地问道:"他还有什么话?"

"自然还有话,他问我:'何姨太为什么要请我?'我说:'是因为你看好了胡道台,略表谢意。另外还有件事求你。'他一再问我什么事,我不肯说。回头全要看你了。"

阿巧姐点点头,将他前后的话细想了一遍,心里有了主意,只是有一点必须先弄清楚。

"问到我怎么会在这里? 你是怎么告诉他的?"

"我说:'何姨太现在下堂了。她是胡道台的大姨子。苏州现在沦陷在那里,娘家回不去,只好来投奔至亲。'他说:'怪不得! 人在难中,谈不到避嫌疑。大姨子照料妹夫的病,也是应该的。'"

阿巧姐明白,所谓"大姨子"是意指她有个妹妹嫁做胡雪岩的偏房。关系如此安排,是疏而亲、亲而疏,不但她穿房入户,照料病人,可以说得过去,而且让色迷迷的张郎中希望不绝,才会上钩。

阿巧姐十分欣赏萧家骥的机智,但也不免好笑,"要死快哉! 耐那哼想得出格介?"她用道道地地苏州话笑着说。

萧家骥自己也笑了,"看起来,他是想跟胡先生做'连襟'。既然至亲,无话不好谈。"他提醒她说,"这出戏包定唱得圆满,不过,要不要先跟胡先生说好?你自己斟酌。"

阿巧姐考虑结果,认为不可不说,亦不可全说。她是在风尘中打过滚的,男人的心,别样摸不透,只有这一层上,她真是了如指掌。男人的气量大,固然不错,却就是论到夺爱,不能容忍。因为这不但关乎妒意,还有面子在内。

于是略略安排了酒食,找个萧家骥不在眼前的机会,问胡雪岩说:"你是不是一定要姓张的郎中陪到上海?"

"对!"胡雪岩答得斩钉截铁,"他不陪去,你不放心。那就只好想办法说动他了。"

"办法,我跟萧家骥商量好了。不过有句话说在前面,你要答应了,我们才好做。"

一听就知道话中有话,胡雪岩信得过他们两人,落得放漂亮些,"不必告诉我。"他说,"你们觉得怎么好,就怎么做。"

"唔,唔,倒说得大方。"阿巧姐用警告的口吻说,"回头可不要小器。"

这就不能不好好想一想了。胡雪岩自负是最慷慨、最肯吃亏的人,所以对这"小器"的两字之贬,倒有些不甘承受。转念又想,阿巧姐阅历甚深,看男人不会看错,看自己更不会看错,然则说"小器"一定有道理在内。

他的心思,这时虽不如平时敏捷,但依旧过人一等,很快地想到萧家骥从张家回来那时,说话带些吞吞吐吐,仿佛有难言之隐的神情,终于看出因头了。

于是他故意这样说:"你看得我会小器,一定是拿我什么心爱的东西送他。是不是?"

"是啊,你有什么心爱的东西?"

"只有一样,"胡雪岩笑道,"是个活宝。"

"你才是活宝!"阿巧姐嫣然一笑,不再提这件事了。

张医生早早就来了。一到自然先看病人,少不得也要客气几句,"多蒙费心,不知道怎么样道谢。请过来吃顿便饭,真正千里鹅毛一点心。不过,我想总有补报的日子。张先生,我们交个朋友。"

"那是我高攀了。"张医生说,"我倒觉得我们有缘。同样的病、同样的药,有的一服见效,有的吃下去如石沉大海,这就是医家跟病家有缘没有缘的道理。"

"是的。"萧家骥接口说道,"张先生跟我们都有缘。"

"人生都是个缘字。"胡雪岩索性发议论,"我做梦也没有想到会到宁波,到了宁波也不曾想到会生病,会承张先生救我的命——"

"言重,言重!"张医生说,"药医不死人,原是吉人天相,所以药到病除,我不敢贪天之功。"

就这时门帘一掀,连萧家骥都觉得眼前一亮,但见阿巧姐已经着意修饰过了,虽是淡妆,偏令人有浓艳非凡之感。特别那一双剪水双瞳,眼风过处,不由得就吸住了张医生的视线。

萧家骥知道阿巧姐跟胡雪岩的话说得不够清楚详细,深怕言语不符,露了马脚,赶紧借着引见这个因头,将他们的"关系"再"提示"一遍。

"张先生,"他指着阿巧姐说,"这位就是何姨太,胡大人的大姨子。"

胡雪岩几乎笑出声来。萧家骥的花样真多,怎么编派成这样一门亲戚?再看阿巧姐,倒也不以为意,盈盈含笑地裣衽为礼,大大方方招呼一声:"张先生请坐!"

"不敢当,不敢当。"张医生急忙还礼,一双眼睛却始终舍不得向别处望一望。

"我们都叫何姨太阿巧姐。"萧家骥很起劲地作穿针引线的工作,"张先生,你也这样叫好了。"

"是,是!阿巧姐。"张医生问道,"阿巧姐今年青春是?"

"哪里还有什么青春?人老珠黄不值钱,今年三十二了。"

"看不出,看不出。我略为懂一点相法,让我仔细替阿巧姐看一看。"

也不知是他真的会看相,还是想找个借口恣意品评?不过在阿巧姐自然要当他是真的,端然正坐,微微含笑,让他看相。那副雍容自在的神态,看不出曾居偏房,更看不出来自风尘。

张医生将她从头看到脚,一只脚缩在裙幅之中看不见,但手是可以讨来看的——看相要看手是通例,阿巧姐无法拒绝。本来男左女右,只看一只,她索性大方些,将一双手都伸了出来。手指像葱管那样,又长、又白、又细,指甲也长,色呈淡红,像用凤仙花染过似的,将张医生看得恨不能伸手去握一握。

"好极了!"他说,"清贵之相。越到晚年,福气越好。"

阿巧姐看了胡雪岩一眼,淡淡一笑,不理他那套话,说一句:"没有什么菜。只怕怠慢了张先生!"随即站起身来走了。

张医生自不免有怅然若失之感。男女不同席,而况又是生客,这一见面,就算表达了做主人的礼貌,而且按常理来说,已嫌过分,此后就再不可能相见了。

"但是,她不是另外还有事要求我吗?"想到这一点,张医生宽心了,打定主意,不论什么事,非要她当面来说,才有商量的余地。

果然，一顿饭只是萧家骥一个人相陪。肴馔相当精致，最后送上火锅，阿巧姐才隔帘相语，说了几句客气话，从此芳踪杳然。

饭罢闲谈，又过了好些时候，张医生实在忍不住了，开口问道："不是说阿巧姐有事要我办吗？"

"是的。等我去问一问看。"

于是张医生只注意屏风，侧着耳朵静听。好久，有人出来了，却仍旧是萧家骥，但是屏风后面却有纤纤一影。

"阿巧姐说了，张先生一定不会答应的，不如不说。"

"为什么不说？"张医生脱口答道，"何以见得我不会答应。"

"那我就说吧！"是屏风后面在应声。

人随话到，阿巧姐翩然出现。衣服也换过了，刚才是黑缎灰鼠出锋的皮袄，下系月白绸子百褶裙。此刻换了家常打扮，竹叶青宁绸的丝棉袄，爱俏不肯穿臃肿的棉裤，也不肯像北地胭脂那样扎脚，是一条玄色软缎，镶着极宽的"栏杆"的撒脚裤。为了保暖，衣服腰身裁剪得极紧，越显得体态婀娜，更富风情。

有了五六分酒意的张医生，到底本心还是谨饬一路的人物。因为艳光逼人，竟不敢细看，略略偏着脸问道："阿巧姐有话就请吩咐。是不是要我格外细心替你拟张膏滋药的方子？"

"这当然也要。"阿巧姐答说，"不过不忙。我是受了我妹妹的重托，不放心我这位至亲一个人在宁波。我又不能常川照应，就是照应总不及我妹妹细心体贴。我在想，舍亲这场大病，幸亏遇着张先生，真正着手成春，医道高明，如今一定不碍了。不过坐船到上海，没有张先生你照应，实在不放心。那就只好——"说到这里,她抽出腋下的绣花手绢,抿着嘴笑了一下,仿佛下面的话,不好意思出口似的。

在张医生,那沥沥莺啭似的声音,听得他心醉不已,只顾欣赏声音,不免忽略了话中的意思,见她突然停住,不由得诧异。

"怎么不说下去。请说,请说,我在细听。"

其实意思已经很明显,细听而竟听不出来,可见得心不在焉。萧家骥见他有些丧魂落魄的样子,便向阿巧姐使个眼色,示意她实话直说,不必盘马弯弓,宛转透露了。

"好的,我就说。不过,张先生,"阿巧姐一双大眼珠灵活地一闪,做出像娇憨的女孩子那样的神情,"等我把话说出口,你可不能打我的回票!"

这话相当严重,张医生定定神,将她的话回想了一遍,才弄清楚是怎么回事。倒有些答应不下了。

"是不是?"阿巧姐有意轻声对萧家骥说,"我说不开口的好,开了口白白碰钉子——"

"没有这话。"张医生不安地抢着说,"你的意思我懂了。我在想的,不是我该不该陪着去。"

"那么是什么呢?"

"是病人能不能走。这样的天气,跋涉波涛,万一病势反复,可不是件开玩笑的事。"

话说得有理,但究竟是真话,还是托词,却不易估量。阿巧姐也很厉害,便有意逼一逼,却又不直接说出来,望着萧家骥问:"张先生不是说,一路有他照应,就不要紧吗?"

"是!有张先生在,还怕什么?"

两人一唱一和,倒像张医生不肯帮忙似的,使得他大为不

116

安,但到底还不敢冒失,站起身来说:"我再看看病。"

在隔室的胡雪岩,将他们的对答,只字不遗地听了进去。一半是心愿可望达成,心中喜乐,一半是要隐瞒病情,所以诊察结果,自然又显得大有进境。

这时候张医生才能考虑自己这方面的情形。兵荒马乱,年近岁逼,实在不是出远门的时候,但话说得太慷慨,无法收科或者打折扣。同时也存着满怀绮想,实在舍不得放弃这个与阿巧姐海上同舟的机会,终于毅然答应了下来。

这一下,胡雪岩自然感激不尽。不过张医生所要的是阿巧姐的感激。此中微妙,胡雪岩也看得很清楚,所以用红纸包了一百两银子,让她亲手致赠。

"医家有割股之心。"张医生摇着双手说,"谈钱,反倒埋没我的苦心了。"

话说得很漂亮,不过阿巧姐也深知他的这片"苦心",越发要送,因为无法也不愿酬答他的"苦心"。当然,这只是深藏在她心里的意思。

"张先生,你的苦心我知道。这是我那位'妹夫'的一点小意思。他说了,若是张先生不受,于心不安,病好得不快,他就不敢劳动大驾了。"

张医生将她的话,细细咀嚼了一遍,"你的苦心我知道"这几个字,简直就像用烙铁印了在心版上,再也忘不掉的了。

"既然如此,我也只好老脸皮收下。不过——"

他没有再说下去。为了要在阿巧姐面前表示她这番交情,完全是卖给她的,他决定要补还胡雪岩的人情,投桃报李,想送两样贵重补药。但话不必先说,说了味道就不够了,因而缩住了口。

"那么,要请问张先生。"萧家骥插进来说,"预备哪天动身?"

"越早越好。我要趁年里赶回来。"

"那是一定赶得回来的。"萧家骥盘算了一下,有了主张,"我尽明天一天预备,后天就动身怎么样?"

"后天一定是好日子,"阿巧姐识得的字不多,但看皇历还能应付,很有把握的指着十二月初一那一行说,"'宜出门。'"

四

尽一天的工夫安排妥帖,第三天一早都上了船,略略安顿,鸣锣启碇。张医生捧着个蓝布包到了胡雪岩舱里。

"胡大人,"他说,"红包太丰厚了,受之有愧。有两样药,请胡大人留着用。"

"多谢!多谢!真正不敢当。"

胡雪岩只当是普通药材,等他打开来一看,是两个锦盒,才知道是珍贵补药。长盒子里是全须全尾的一支参,红绿丝线扎住,上贴金纸红签,上写八字:"极品吉林老山人参"。

"这支参是贡品,张尚书府上流出来的,真正大内的货色。"张医生一面说,一面打开方盒子。

方盒子里是鹿茸。一寸多长一段,共是两段,上面长着细细的白毛,看不出是好是坏。

"鹿茸就是鹿角,是大家都晓得的,不过鹿角并不就是鹿茸。老角无用,里面都是筋络,要刚长出来的新角,长满了精血,像这样子的才合格。"张医生又说,"取鹿茸也有诀窍;手段不高,一刀会拿鹿头砍掉。"

张医生是亲眼见过的——春夏之交,万物茂盛,驱鹿于空围场中,不断追赶,鹿胆最小,自是尽力奔避,因而血气上腾,贯注于新生的鹿角中。然后开放栅门,正好容一头鹿逃避,栅门外是曲栏,一端有人手持利斧,聚精会神地在等待,等这头鹿将出曲栏时,看准了一斧下去,正好砍断了新生的那一段鹿角。要这样采取的鹿茸,才是上品。

胡雪岩对这段叙述深感兴趣,"虽说'修合无人见,存心有天知',货色好坏,日子一久,总会有人知道的,一传十,十传百,口碑就出去了。张先生,"他问,"听说你也有家药店,想来规模很大。"

"谈不到规模。祖传的产业,守守而已。"张医生又说,"我诊断很忙,也顾不到。"

听得这样说,胡雪岩就不便深谈了——刘不才陷溺于赌,对胡雪岩开药店的打算,不甚关切。胡雪岩本想问问张医生的意见,现在听他的话,对自己的事业都照顾不周,自然没有舍己而耘人之田的可能,那又何必谈它。

不过既是特地延请来的上客,总得尽心招待,找些什么消遣?清谈不如手谈,最合适也差不多是惟一的消遣,就是凑一桌麻将。

宁波麻将跟广东麻将齐名,据说,由马吊变为麻将,就是宁波人由明朝以来,不断研究改进的结果。张医生亦好此道,所以听得胡雪岩这个提议,欣然乐从。

胡雪岩自己当然不能打,眼前的搭子三缺一,拉上船老大一个才能成局。萧家骥亦是此中好手,但不知阿巧姐如何?少不得要问一声。

"阿巧姐,你跟宁波人打过牌没有?"

"当然打过。"

"有没有在这种船上打过?"

"这种船我还是第二次坐。"阿巧姐说,"麻将总是麻将,船上岸上有啥分别?"

"这种麻将要记性好。"

"那自然。"阿巧姐认为萧家骥无须关照,"打麻将记性不好,上下家出张进张都弄不清楚,这还打什么?"

听这一说,他不便再说下去了。等拉开一张活腿小方桌,分好筹码,只见船老大将一条系在舱顶上的绳子放了下来,拿只竹篮挂在绳端的钩子上,位置恰好悬在方桌正中,高与头齐,伸手可及,却不知有何用处?

阿巧姐也是争强好胜的性格,一物不知,引以为耻,所以不肯开口相问。心想反正总有用处,看着好了。

扳庄就位,阿巧姐坐在张医生下家,对家船老大起庄。只见他抓齐了十四张牌,从左到右看了一遍,立即将牌扑倒,取出一张亮一亮,是张北风。

他的上家萧家骥叫碰,张医生便向阿巧姐说:"这就是宁波麻将算得精的地方。庄家头一张不打南风打北风,上家一碰,马上又摸一张,也许是张南风,本来该第二家摸成后对的,现在是自己摸成双,这一摸味道就好了。"

摸呀摸的,阿巧姐听来有些刺耳,便不理他。只见萧家骥拿张东风亮一亮,没有人要,便抬起手来将那张东风,往挂着的竹篮中一丢。

原来竹篮是这样的用处,阿巧姐心里有些着慌,脱口说道:"宁波麻将的打法特别。"

"是的。"

张医生马上又接口解释,由于海上风浪甚大,船会颠簸,所以宁波麻将讲究过目不忘,阖扑着打。又因为船上地方小,摆不下大方桌,甚至有时候团团围坐四个人,膝盖上支块木板,就当牌桌,这样自然没有富裕的地方来容纳废牌,因而打在竹篮里。

"不过"张医生看着船老大和萧家骥说,"这张桌子也不算太小,我们照岸上的打法好了。"

船老大当然不会反对,萧家骥却笑了笑——这一笑使得阿巧姐不大舒服,觉得他有轻视之意,大不服气。

"不要紧,不要紧。"她说,"照规矩打好了。"

这等于不受张医生的好意,然而他丝毫不以为忤。阿巧姐却是有点如俗语说的"死要面子活受罪",硬记三家出张,颇以为苦。

打到一半,三家都似"听叫",而她的牌还乱得很,而且越打越为难,生熟张子都有些记不住了。

"这样子不是路道,只怕一副都和不成功。输钱在其次,面子输不起。"她这样在心中自语着,决定改变打法。

新的打法是只顾自己,不顾外面,只要不是三副落地,包人家的辣子,她什么生张都敢打。张医生却替她担心,不断提示,那张牌出了几张,那张牌已经绝了。阿巧得其所哉,专心一志管自己做牌,两圈不到,就和了一副清一色,一副三元,一副凑一色,手气大旺。

"张先生,你下家的风头不得了。"船老大说,"要看紧点!"

越是这样说,张医生的手越松,不但不扣她的牌,还会拆搭子给她吃,而且还要关照:"阿巧姐,这张三万是第四张,你再不吃就没有得吃了。"

加上萧家骥牌打得很厉害,扣住了船老大的牌,很难得吃到一张,这样就几乎变成三个对付一个,船老大一个人大输,却又不敢得罪主顾,打完四圈装肚子痛,拆散了场头。

阿巧姐一个人大赢,但牌打得并不有趣,自己觉得赢船家的钱不好意思,将筹码一推,"算了,算了!"接着起身离去。

这个慷慨大方的举动,自然赢得了船老大的感激与尊敬,因此照料得很周到,一路顺顺利利到上海,胡雪岩也不劳张医生费心,按时服药,毫无异状。话虽如此,对张医生还是很重视的,所以一到上海码头,先遣萧家骧去通知,说有这样一位贵客,请他预备招待。

古应春不在家,好在七姑奶奶一切都能做主。宁波的情形,前半段她已听李得隆谈过,虽替胡雪岩的病担忧,但有阿巧姐在照料,也略略可以放心,估量着总要到年后,病势才会养到能够长途跋涉,不想这么快就已回上海,自觉惊喜交集。

于是匆匆打点,雇了三乘暖轿,带着男女佣人,直奔码头。上船先见阿巧姐,后见胡雪岩,看他瘦得可怕,不免又有点伤心,掉了两滴眼泪。

"张先生不要笑我!"七姑奶奶自己都觉得有些不好意思,"我们这位小爷叔,这一阵子真是多灾多难,说到他的苦楚,眼泪好落一脸盆。不过总算还好,命中有贵人相扶,逢凶化吉,遇难成祥,才会遇着张先生这种医道高明心又热的人。"

张医生也听说过有这样一位姑奶奶,心直口快,大家不但服她,也有些怕她,自己要在阿巧姐身上打主意,还非得此人的助力不可,因而格外客气,连声答道:"好说,好说。七姑奶奶才是天字第一号的热心人。"

七姑奶奶最喜欢听人说她热心,觉得这个张医生没有名医的架子,人既和气,言语也不讨厌,顿生好感。原来打算请他住客栈的,此时改了主意,"张先生,"她说,"难得来一趟,多玩些日子! 就住在舍下好了。只怕房子太小,委屈了张先生。"

话刚说完,阿巧姐拉了她一把,显然是不赞成她的办法。但话已说出口,不能收回,只好看张医生如何答复,再作道理。

"不敢当,不敢当。我年内要赶回去。打搅府上,只怕诸多不便。"

他是客气话,七姑奶奶却将计就计,不作决定:"先到了舍下再说。"她这样答道,"现在就上岸吧!"

第一个当然安排胡雪岩,轿子抬到船上,然后将胡雪岩用棉被包裹,像个"蜡烛包"似的,抱入轿内,遮紧轿帘。上岸时,当然要特别小心,船老大亲自指挥,全船上下一起动手,搭了四条跳板,才将轿子抬到岸上。

再一顶轿子是张医生,余下一顶应该是阿巧姐,她却偏要跟七姑奶奶挤在一起,为的是有一番心事,迫不及待地要透露。

七姑奶奶听阿巧姐刚说了个开头,就忍不住笑了。阿巧姐便有些气,"跟你规规矩矩说,你倒笑话我!"她说。

"我不是笑你,是笑张郎中癞虾蟆想吃天鹅肉。不要紧!你跟我说,我替你想办法。"

"这才像句话!"阿巧姐回嗔作喜,细细说明经过。话完,轿子也到家了。

到家第一件事是安置胡雪岩,第二件事是招待客人,这得男主人回家才行,而且七姑奶奶已有了为阿巧姐解围的策略,也得古应春来照计而行。因此,她趁萧家骥要赶着回家省视老母之便,关照他先去寻到师父,说知其事。

找了两处都不见,最后才在号子里听说古应春去了一处地方,是浙江海运局。浙江的漕运久停,海运局已成了一个浙江派在上海的驿站,传递各处的文报而已。古应春到那里,想来是去打听杭州的消息。

正留了话想离去时,他师父回来了,脸色阴郁,如果说是去打听消息,可想而知,消息一定不好。

然而见了徒弟,却有喜色。他也跟他妻子一样,猜想着萧家骥必得过了年才会回来,因而首先就问:"病人呢?"

"一起回来了。"萧家骥紧接着说,"是郎中陪着来的。年底下不肯走这一趟,很承他的情。师娘请师父马上回家,打算要好好陪他玩两天。"

"这是小事。"古应春问,"我们这位小爷叔的病呢?"

"不碍了。调养几天就可以起床。"

"唉!"古应春长叹一声,"起了床只怕又要病倒。"

萧家骥一听就明白,"是不是杭州失守了?"他问。

"上个月廿八的事。"回答的声音似乎有气无力,"刚才从海运局得来的信息。"

"王抚台呢?"

"听说殉节了。"古应春又说。"详细情形还不晓得。也许逃了出来,亦未可知。"

"不会的。"萧家骥想到跟王有龄一经识面,便成永诀的凄凉近事,不由得两行热泪汩汩而下。

"唉!"古应春顿着足叹气,"你都如此,何况是他?这个坏消息,还真不知道怎么跟他开口?"

"现在说不得,一说,病势马上反复。不但师父不能说,还得想法子瞒住他。"

"我晓得。你回家去看一看,今晚上不必来了。明天上午再碰头。"

于是师弟二人同车，先送了萧家骥，古应春才回家。跟胡雪岩相见自有一番关切的问讯，然后才跟张医生亲切相叙，这样就快到了晚饭时分了。

七姑奶奶找个机会将她丈夫唤到一边，商量款客。她的意思是，如果在家吃饭，加上一个李得隆，只有三个人，未免清冷，不如请张医生上馆子，"最好是请他吃花酒。"她说。

"花酒总要请他吃的。不过，你怎么知道他喜欢吃花酒？"

"不但吃花酒，最好还替他寻个好的，能够讨回去的。其中自有道理，回头我再跟你细谈。"

"我也不管你搞什么鬼！照办就是。"古应春又说，"有句要紧话关照你，千万要当心，不能在小爷叔面前透露，不然不得了——"

"急煞人了！"七姑奶奶不耐烦了，"到底是啥事，你倒是快说呀！"

纵然如此，知妻莫若夫，贸然说出杭州的变化，以七姑奶奶的性情，先就会大惊小怪，瞒不住人，因而又先要关照一句："你可不要叫！杭州失守了，王雪公不知存亡，十之八九殉了节。"

七姑奶奶倒没有叫，是好半晌作不得声，接着也跟萧家骥那样，热泪滚滚，闭着眼睛说："我好悔！"

"悔！"古应春大为不解，"悔什么？"

"我们也算干亲。虽说高攀，不敢认真，到底有那样一个名分在。看他困在杭州等死，我们做亲戚的一点不曾尽心，只怕他在地下也在怨我们。"

"这是劫数！小爷叔那样的本事，都用不上力，你我有什么办法？只有拿他的下落打听清楚，果然殉了节，替他打一场

126

水陆,超度超度。"

七姑奶奶不做声,皱紧双眉苦苦思索——遇到这种情形,古应春总是格外留神,因为这是七姑奶奶遇到疑难,要拿出决断来的时候。

"你先陪客人出去。能早回来最好早回来。再打听打听王抚台的下落。"

她说一句,他应一句,最后问说:"张先生住在哪里?"

"住在我们的家。"七姑奶奶毫不迟疑地回答,"这几天着实还有偏劳他的地方。"

古应春不知道她葫芦里卖的什么药。反正对这位郎中要格外巴结,他已能会意的。因此,安排在最好的番菜馆"吃大菜",在那里就叫了两个局。张医生对一个"红倌人"艳春老四,颇为中意。古应春便在艳春院摆了个"双台",飞笺召客,奉张医生为首座。客人无不久历花丛,每人起码叫两个局,珠围翠绕,热闹非凡,将个初涉洋场的张医生弄得晕头转向,然而乐在其中了。

席间闲话,当然也有谈时局的,古应春正要打听杭州的情形,少不得要细细追问。

据说杭州城内从十一月二十以后,军心就已瓦解了,最主要的原因,还在"绝粮"二字。廿四那天,在一家海货行,搜到一批木耳,每人分得一两。廿五那天又搜到一批杭州人名"盐青果"的盐橄榄,每人分得五钱。于是外省军队,开始大家小户搜食物。抚标中军都是本省人,在杭日久,熟人甚多,倒还略有羞耻之心,压低帽檐,索粮用福建或者河南口音。当然,除去搜粮,还有别样违犯军纪的行为。这一下秩序大乱,王有龄带领亲兵小队,亲自抓了十几个人,当街正法。然而无救于

127

军纪,更无补于军心。

这时还有个怪现象,就是"卖钱"。钱重不便携带,要换银子或者银洋,一串一串的铜钱,公然插上草标出卖,当然银贵钱贱。这是预作逃亡之计,军心如此,民心更加恐慌,这时相顾谈论的,只有一个话题:长毛会在哪天破城?

到了十一月廿七,守下城的官军,决定死中求活,第二天黎明冲出艮山门,杀开一条血路,接引可能会有的外援。这虽是妄想,但无论如何是奋发自救的作为,可以激励民心士气,有益无害。不想到了夜里,情况起了变化,士兵三三两两,缒城而下,这就变做军心涣散,各奔前程的"开小差"了。

据说,这个变化是有人从中煽动的结果。煽动的人还是浙江的大员:藩司林福祥。

林福祥带领的一支军队,名为"定武军",军纪最坏,而作战最不力。而林福祥则颇善于做作,专干些毫无用处的花样,又喜欢出奇计,但到头来往往"赔了夫人又折兵",因此颇有人怀疑他已与长毛暗通了款曲。说他曾与一个姓甘的候补知府,到长毛营盘里议过事。

这些传闻虽莫可究诘,但有件事却实在可疑,王有龄抓到过一个奸细名为徐宗鳌,就是林福祥保举在定武军当差的营官。王有龄与张玉良在城内城外互通消息,约期会合的"战书",都由定武军转送,先后不下十余通之多,都为徐宗鳌转送到了长毛那里。后来经人密告,逮捕审问属实,徐宗鳌全家,除了留下三岁的一个小儿子以外,尽数斩决。可是只办了这样一个罪魁祸首,王有龄虽然对幕后的林福祥已大具戒心,却因投鼠忌器,不愿在强敌包围之下,还有自乱阵脚的内讧出现,只好隐忍不言。

128

而林福祥却确确实实跟长毛已取得了默契,虽不肯公然投降,却答应在暗底下帮着"拆墙脚"。这天晚上煽动艮山门守军潜逃,就是要拆杭州这座将倒的危墙。

　　夜里的逃兵,长毛不曾发觉。到了天明,发现踪迹,长毛认为这是杭州城内守军溃散的迹象,于是发动攻势,凤山、候潮、清波三门,首先被破。报到王有龄那里,知道大势去矣!自道"不负朝廷,只负了杭州城内数十万忠义士民"。

　　殉节之志早决,这是时候了!回到巡抚衙门,穿戴衣冠,望阙谢恩,留下遗书,然后吞金,惟恐不死,又服鸦片烟。而这时衙门内的哭声与衙门外人声相应和,长毛已经迫近,为怕受辱,王有龄上吊而死。

　　同时殉难的有学政员锡庚、处州镇总兵文瑞、仁和知县吴保丰。盐运使庄焕文所带的是骁勇善战的福建泉州籍的"泉勇",奋战突围,不幸兵败,庄焕文投水自尽。

　　林福祥却果然得到长毛的破格优遇,被安置在藩司衙门的西花厅,好酒好肉款待,而且答应听凭林福祥自己决定,要到哪里便护送到哪里。林福祥选择的是上海,据说此来还有一项任务,是护送王有龄的灵柩及家眷,由上海转回福建原籍。

　　听到这里,古应春不能不打断话问了。因为王有龄的灵柩到上海,且不说胡雪岩凭棺一恸,决不可免,就是他在情分上亦不能不吊祭一番。尤其是想到刚听妻子说过,颇以对这位"干亲"生前,未能稍尽心意而引为莫大憾事,那就不但灵前叩拜,还须对遗属有所慰恤,才能稍稍弥补歉疚的心情。

　　问到王有龄灵柩到上海的日期,谁也不知道。然而也不碍,到时候必有迎灵,路祭等等仪式,不管哪个衙门都会知道,不难打听。

一顿花酒吃到半夜。古应春看张医生对艳春老四有些着迷的模样，有心做个"红娘"，将外号"金大块头"的"本家"唤到一边，探问是否可以让张医生"借干铺"？

"古大少！"金大块头笑道，"你是'老白相'，想想看可有这种规矩？"

"规矩是人兴出来的。"古应春说，"我跟你说老实话，这位医生朋友我欠他的情，你算帮我的忙，不要讲规矩好不好？再说，他是外路来的，又住不到多少日子，也不能跟你慢慢讲规矩。"

古应春是花丛阔客，金大块头要拉拢他，听他一开口，心里便已允许。但答应得太爽快，未免自贬身价，也不易让古应春见情，所以说了些什么"小姐名声要紧"，"头一天叫的局，什么'花头'都没有做过，就借干铺，会叫人笑话"之类的言语。而到头来是"古大少的面子，不肯也要肯"。

这面肯了，那面反倒不肯。张医生到了洋场，算"乡下人"，在宁波也是场面上的人物，不肯留个"头一天到上海就住在堂子里"的话柄，所以坚持要回家。

一到家，又替胡雪岩看了一回病，"望闻问切"四个字都做到，很高兴地告诉古应春夫妇，说病人十天一定可以起床。

"那么，张先生，"七姑奶奶说，"我留张先生住十天。肯不肯赏我一个面子？"

"言重，言重！"张医生面有难色，"再住十天，就到了送灶的日子了。"

古应春也觉得急景凋年，硬留人羁栖异乡，不但强人所难，也不近人情，所以折衷提议："再住五天吧！"

"好，就住五天。"张医生略有些忸怩地说，"我还有件事，恐怕要重托贤伉俪。"

这话正好为要掀门帘进屋的阿巧姐听见，扭头就走。古应春不明白是怎么回事，想开口相问，七姑奶奶机警，抢着悄悄拉了他一把衣服，才将他的话挡了回去。

"张先生，不要这么说。"七姑奶奶答道，"只要我们办得到的事，你尽管吩咐。今天怕累了，吃了粥，请安置吧！"

"粥是不吃了，累倒真有些累了。"张医生略有些怏怏然。

七姑奶奶向来待客殷勤诚恳，煮了一锅极道地的鱼生粥，定要请客人试试她的手段，又说还有话要谈。张医生自然没有坚拒之理，于是一面吃消夜，一面谈正事。

第一件大事，就是古应春谈杭州的情形。这些话张医生已经在艳春院听过一遍，所以古应春不便再详细复述，顶要紧的是证实王有龄殉节，以及由林福祥护送灵柩到上海的话，要告诉七姑奶奶。

"那就对了！我的想法不错。"她转脸对张医生说，"张先生大概还不十分清楚，我们这位小爷叔，跟王抚台是生死之交。现在听说王抚台死得这么惨，病中当然要受刺激。不过我在想，我这位小爷叔，为人最明道理，最看得开，而且王抚台非死不可，他也早已看到了的，所以这个消息也不算意外。现在王抚台的灵柩到上海，马上要回福建，如果他不能到灵前去哭一场，将来反倒会怪我们。所以我想，不如就在这一两天告诉他。张先生，你看可以不可以？"

"这就很难说了。"张医生答道，"病人最怕遇到伤心的事。不过照你所说，似乎又不要紧。"

"应春，"姑奶奶转脸问道，"你看呢？"

131

古应春最了解妻子,知道她已经拿定了主意,问这一句,是当着客人的面,表示尊重他做丈夫的身份,自己应该知趣。

知趣就要凑趣:"张先生自然要慎重。以小爷叔的性情来说,索性告诉了他,让他死了心,也是一个办法。"

"对!"张医生觉得这话有见地,"胡道台心心念念记挂杭州,于他养病也是不宜的。不过告诉他这话,要一步一步来,不要说得太急。"

"是的。"七姑奶奶这时便要提出请求了,"我在想,告诉了他,难免有一场伤心。只怕他一时会受震动,要请张先生格外费心。张先生,我虽是女流之辈,做事不喜欢扭扭捏捏,话先说在前面,万一病势反复,我可要硬留张先生在上海过年了。"

此时此地,张医生还能说什么? 只好报以苦笑,含含糊糊地先答应下来。

等吃完粥,古应春亲送张医生到客房。这客房是七姑奶奶亲自料理的,大铜床,全新被褥,还特别张了一顶灰鼠皮帐子,以示待客的隆重,害得张医生倒大为不安。

又说了些闲话,谈谈第二天逛些什么地方,然后道声"明天见",古应春回到卧室,七姑奶奶已经卸了妆在等他了。

"今天张医生高兴不高兴?"

"有个艳春老四,他看了很中意,我本来想替他拉拢,就住在那里。都已经说好了,张医生一定不肯,只好由他。"古应春又问,"你这样子热心,总有道理在内吧? 我一直在想,想不通。"

"说起来有趣。你晓得张医生这趟,怎么来的?"

这一问自然有文章,古应春用右手掩着他妻子的嘴说:"你不要开口,让我想一想。"

聪明人一点就透。古应春只要从女人身上去思索，立刻就想到方才阿巧姐帘前惊鸿一瞥的情。于是张医生刚到时对阿巧姐处处殷勤的景象，亦都浮现脑际，恍然大悟，原来如此！

"是为了这个？"他缩回右手，屈起两指。做了个"七"的手势，暗扣着一个"巧"字。

七姑奶奶似乎有些扫兴，"真无趣！"她说，"怎么会让你猜到？"

"猜到这一点点没有用处。来，来，"他拉着妻子并肩坐下，"你讲这段新闻来听听。"

这段新闻讲得有头有尾，纤细无遗，比身历其境的人还清楚。因为他们都只知道自己在场或者听说过的一部分，萧家骥有些话不便出口，阿巧姐跟胡雪岩的想法，亦颇多保留，惟有在七姑奶奶面前倾囊而出，反能了解全盘真相。

"家骥这个小鬼头！"古应春骂着，有些忧虑，却也有些得意，"本来人就活动，再跟小爷叔在一起，越发学得花样百出。这样下去，只怕他会走火入魔，专动些歪脑筋。"

"他不是那种人。"七姑奶奶答道，"闲话少说，有件事，我还要告诉你：小爷叔的脾气你晓得的，出手本来就大方，又觉得欠了张郎中很重的一个情，所以我的办法——"

"慢来，慢来！"古应春打断他的话问，"你是什么办法，还没有告诉我，是不是李代桃僵？"

"是啊！不然真要弄僵。"七姑奶奶说，"小爷叔也觉得只有我这个办法。而且他想最好年内办成，让张郎中高高兴兴回家，花个千把银子，都归他出。"

虽说长三的身价高，千金赎身，也算很阔绰了，但这样身价的"红倌人"，给张郎中做妾，就有些"齐大非偶"的意味了。

"这样做法不妥。你再行,到底外场的事情懂得太少。"

"这我又不服了。"七姑奶奶性急的毛病发作了,"就算我一窍不通,难道小爷叔的话也不对?"

"自然不对,刚刚一场大病,脑筋自然不够用。再说,小爷叔对堂子里的情形,到底也没有我懂得多。像这种'红倌人',一句话,叫做不甘寂寞!平日穿得好,吃得好,且不去说它,光是夜夜笙歌的热闹,已经养成习惯。你想想,跟了张郎中,怎么会称心如意?"

"照你说,那里头就没有一个能从良的?"

"十室之内,必有芳草。要说出淤泥而不染的,自然也有,不过可遇而不可求,一下子哪里去找?就算找到了,也要看彼此有没有缘分。光是一头热,有啥用处?"古应春又说,"看在银子分上,勉强跟回家也会过日子,也会生儿子,就是没有笑脸,要笑也是装出来的。如果是这样的情形,那怕她天仙化人,我也敬谢不敏。"

话是不能说没有道理,只是有些言过其实。但是不这么做,"难道就此罢手不成?"她怔怔地问她丈夫。

"最好罢手,花了钱挨骂,岂不冤枉?"

这句话,七姑奶奶大为不服,"奇了!"她说,"这种事也多得是。你不是自己说过,上个月,什么办厘金的朱老爷,就花三千银子弄了个'活宝'送上司。"

"献活宝巴结上司,又当别论。"

古应春另有一番议论——官场中巴结上司,物色美人进献,原是自古已然的事,但取悦一时,不必计及后果。而且名妓为达官贵人做妾,即令家规森严,行动不自由,然而锦衣玉食,排场阔绰,总也有贪图。风尘中爱慕虚荣的多,珠围翠绕,婢仆簇拥,夸耀于旧日小姊妹,听得啧啧称羡之声的那一刻,也还是很"过瘾"的。

"张郎中能够有什么给艳春老四?"古应春说,"就算他殷实,做生意人家总是生意人家的规矩,讲究实惠,不见得经常替她做衣服,打首饰。日常饮食,更不会像做大官的人家,天天鸡鱼鸭肉。内地又不比上海,过惯了繁华日子的,你想想她心里是何滋味? 少不得三天两头生闲气,这就叫不安于室。张郎中哪里还有艳福好享?"

七姑奶奶想起一句"爱之适足以害之",也觉得不妥,然而又何至于挨骂?

她心里这样在想,还未问出口,古应春却已有了解释:"做人情也是一门学问。像这样的情形,懂道理的人,一定批评小爷叔,简直就是以怨报德。这倒还在其次,张郎中家里的人,一定骂死了小爷叔。你想是不是呢?"

设身处地想一想,自己也会如此,不但要骂出钱的人,还会骂出主意的人。七姑奶奶这样想着,深为不安。可是,阿巧姐又如何?

"事情总要有个了结。"七姑奶奶说,"当然,这件事要两厢情愿,这面不肯,那面也没有话说。不过当初那样做法,显得有点有意用'美人计'骗人上当,倘或就此记恨,说出去的话一定难听。不要说阿巧姐,就是小爷叔也一定不开心。"

古应春沉吟了一会,从从容容地答道:"没有别的办法,只有多送银子,作为补偿。"

"也只好如此。"七姑奶奶说,"到时候再说,此刻不必去伤脑筋了!"

五

住在洋场的人，特别是经常在花天酒地中的，都有迟睡迟起的习惯。古应春因为有生意要照料，起得还算早的，但也要九点钟才下床。这天八点钟就有娘姨来敲房门，说号子里派了人来，有话要说。

"什么话？"古应春隔着窗子问。

"杭州有位刘三爷来。人在号子里。"

"哪个刘三爷？"睡眼惺忪的古应春，一时想不起是谁。

七姑奶奶在后房却想到了，掀开帐子说道："不是刘不才刘三爷吗？"

"是他？不会是他！"古应春说，"刘三爷也是自己人。一来，当然会到这里来，跑到号子里去干什么？"

"老板娘的话不错。"号子里的伙计在窗外接口，"本来是要请刘三爷到家里来的。他说，他身上破破烂烂不好意思来。"

果然是刘不才！这个意外的消息，反替古应春带来了迷茫，竟忘了说话。还是七姑奶奶的心思快，胡家的情形还不知道，也许有了什么不幸之事。如果让胡雪岩知道了，一定立刻要见他，当面锣，对面鼓，什么话都瞒不住他，大是不妥。

因此，她便替丈夫做主，吩咐伙计先回号子，说古应春马上去看他。同时叮嘱下人，不准在胡雪岩面前透露刘不才已到上海的消息。

"想不到是他来了。"古应春说，"你要不要跟我一道去看他。"

"自然要啰！"

夫妇俩一辆马车赶到号子里。相见之下，彼此都有片刻的沉默。在沉默中，古应春夫妇将刘不才从头看到底，衣衫虽然褴褛，精神气色都还不错，不像是快饿死了的样子。

"刘三叔！"终于是七姑奶奶先开口，"你好吧？"

"还好，还好！"刘不才仿佛一下子惊醒过来，眨一眨眼说，"再世做人，又在一起了，自然还好！"

听得这话，古应春夫妇不约而同地松了口气，"胡家呢？"七姑奶奶问说，"都好吧？"

"逃难苦一点，大大小小轮流生病，现在总算都好了。"

"啊！"七姑奶奶长长舒口气，双手合掌，当胸顶礼，"谢天谢地。"然后又说，"不过我倒又不懂了，杭州城里饿死的人无其数——"说到这里，她咽口唾沫，将最后那句话缩了回去。

那句话是个疑问：饿死的人既然无其数，何以胡家上下一个人都没有饿死？刘不才懂她的意思，但不是一句话所能解答得了的，"真正菩萨保佑！要谈起来三天三夜说不尽。"他急转直下地问道，"听说雪岩运粮到过杭州，不能进城又回上海。人呢？"

"他一场大病，还没有好。不过，不要紧了。"七姑奶奶歉意地说，"对不起，刘三叔，你现在还不能跟他见面，等我们把事情问清楚了再说。王抚台是不是真的殉节了？"

"死得好，死得好！"凡事吊儿郎当，从没有什么事可以叫他认真的刘不才，大声赞叹，"死得有价值。王抚台的官声，说实在的，没有啥好，这一来就只好不坏了。连长毛都佩服。"

据刘不才说，杭州城陷那天，"忠王"李秀成单骑直奔巡抚衙门，原意是料到王有龄会殉节，想拦阻他不死，可是晚了一步，王有龄已朝服自缢于大堂右面的桂花树下。李秀成敬他忠义，解下尸首，停放在东辕门鼓亭左侧，觅来上好棺木盛殓。王家上下老幼，自然置于保护之下。

"长毛总算也有点人心。"七姑奶奶问道，"不是说要拿王抚台的灵柩送到上海来吗？"

"那倒没有听见说起。"

"满城呢？"古应春问，"将军瑞昌，大概也殉节了？"

"满城在三天以后才破。"

在这三天中，李秀成暂停进攻，派人招降，条件相当宽大，准许旗人自由离去，准带随身细软以外，另发川资，同时将"天王"特赦杭州旗人的"诏旨"送给瑞昌看，目的是想消除他们的疑虑，而效用适得其反。也许是条件太宽大，反令人难以置信。而且，败军之将归旗，亦必定治罪，难逃一死；反倒失去了抚恤，甚至还褫夺了旗籍，害得子孙不能抬头，无法生活，所以瑞昌与部将约定，决不投降。

于是三天一过，李秀成下令攻击，驻防旗人，个个上阵，极力抵抗。满城周围九里，有五道城门，城上有红衣大炮，轰死了长毛三千多人，到十二月初一午后城破。将军瑞昌投荷花池而死，副都统杰纯、关福亦都自戕。男女老少纵火自焚以及投西湖而死的，不计其数。

讲到这里，刘不才自我惊悸，面无人色。古应春赶紧叫人倒了热茶来，让他缓一缓气，再问他个人的遭遇。

"杭州吃紧的时候,我正在那里。雪岩跟我商量,湖州亦已被围,总归一时回不去了,托我护送他的家眷到三天竺逃难。从此一别,就没有再见过他,因为后来看三天竺亦不是好地方,一步步往里逃,真正菩萨保佑,逃到留下。"

"留下"是个地名,在杭州西面。据说当初宋高宗迁都杭州,相度地势,起造宫殿,此处亦曾中意,嘱咐"留下"备选,所以叫做留下。其地多山,峰回泉绕,颇多隐秘之处,是逃难的好去处。

"逃难的人很多,人多成市,就谈不到隐秘了。我一看情形不妙,跟雪岩夫人说:要逃得远,逃得深,越是荒凉穷苦的地方越好。雪岩夫人很有眼光,说我的话对。我就找到一处深山,真正人迹不到之处,最好的是有一道涧,有涧就有水,什么都不怕了。我雇人搭了一座茅棚,只有三尺高,下面铺上木板,又运上去七八担米,一缸盐菜,十来只火腿。说起来不相信,那时候杭州城里饿死的人,不知道多少,就我们那里没有一天不吃干饭。"

"怪不得。刘三叔不像没饭吃的样子。"七姑奶奶说,"长毛倒没有寻到你们那里?"

"差一点点。"刘不才说,"有一天我去赌钱——"

"慢点。"七姑奶奶插嘴问道:"逃难还有地方赌钱?"

"不但赌钱,还有卖唱的呢? 市面热闹得很。"

市面是由逃难的人带来的。起先是有人搭个茅篷,卖些常用的什物,没有字号,通称"小店"。然后小店成为茶店,作为聚会打听消息的所在。难中岁月既愁且闷,少不得想个排遣之道,于是茶店又变成赌场。刘不才先是不愿与世隔绝,每天走七八里路到那个应运而生的市集中去听听新闻,到后来就专为去过赌瘾了,牌九、做宝、掷骰子,什么都来。有庄做,就做庄家,没有庄做就赌下风,成了那家赌场的台柱。

这天午后,刘不才推庄赌小牌九,手气极旺,往往他翻鳖十,重门也翻鳖十,算起来还有钱赢。正赌得兴头时,突然有人喊道:"长毛来了!"

刘不才不大肯相信,因为他上过一回当。有一次也是听说"长毛来了",赌客仓皇走避,结果无事,但等回到赌场,台面上已空空如也。事后方知,是有人故意捣乱,好抢台面。他疑心这一次也是有人想趁火打劫,所以大家逃,他不逃,不慌不忙地收拾起自己的赌注再说。

"刘三爷!"开赌场的过来警告,"真的是长毛来了。"

这一说刘不才方始着慌,匆匆将几十两银子塞入腰际,背起五六串铜钱,拔脚夺门而走。

然而已经晚了,有两个长毛穷追不舍。刘不才虽急不乱,心里在想,自己衣服比别人穿得整齐,肩上又背着铜钱,长毛决不肯放过自己。这样一逃一追,到头来岂不是"引鬼进门"?

念头转到此处,对付的办法也就有了。拉过一串铜钱来,将"串头绳"上的活结,一下扯开,"哗哗"地将一千铜钿落得满地,然后跑几步,如法炮制。五六串铜钱洒完,肩上的重负全释,脚步就轻快了。然而还是不敢走正路,怕引长毛发现住处,兜了好大一个圈子,到晚上才绕道到家。

"从那一次以后,胡老太太跟雪岩夫人就不准我再去赌了。其实,市面也就此打散了——那一次是一小队长毛,误打误撞闯到了那里,人数太少,不敢动手。第二天,还是第三天,来了大队人马,奸淫掳掠外加一把火,难民遭劫的不知多少。"刘不才说到这里,表情相当复杂,余悸余哀都犹在,却又似乎欣慰得意,"亏得我见机!这一宝总算让我看准了。"

谈这样的生死大事,仍旧不脱赌徒的口吻,七姑奶奶对他又佩服、又好笑,但更多的是关切:"以后始终没有遇见长毛?"

"没有!不过好几次听见声音。提心吊胆的味道,只有尝过的人才晓得真不好受!"

然而,此刻提心吊胆的日子,也并不算完全过去。长毛进城,由于李秀成的约束,照例会有的烧、杀、奸、抢倒不甚厉害。但杭州人不肯从贼,男的上吊、女的投井、阖家自尽的,不计其数。这也不尽是忠义之气使然,而是生趣索然,其中又分成几类:怕受辱吃苦头的是一类;满目极人间未有之惨,感情上承受不住,愿求解脱的,也是一类;无衣无食,求苟延残喘而不可得,以为迟早是死,不如早死的,又是一类;历尽浩劫,到头来仍不免一场空,于心不甘,愤而自裁的,更是一类。

像胡家这样"跳出劫数外,不在五行中"的,只怕十万人家找不出一家。然而现在却又在劫数中了。荒山茅篷,自然不能再住,最主要的原因是,存粮已罄,不能不全家"出山"。城里尸臭不可向迩,如果不是严冬,瘟疫早已流行,当然不能再住。好的是胡老太太本来信佛,自从胡雪岩平地一声雷,发达起来,更认定是菩萨保佑,大小庙宇庵堂,只要和尚尼姑上门化缘,必不会空手而回。三天竺是香火盛地,几座庙宇,无不相熟,找一处安顿下来,倒也容易。苦恼的仍旧是粮食。整个杭州城,全靠李秀成从嘉兴运来两万石米,如果不包括军食在内,倒也能维持一段时期,无奈先发军粮,再办平粜,老百姓的实惠就有限了。

"现在全家大小,每天只吃一顿粥。我倒还好,就是上面老的,下面小的,不能不想法子。"

"这个法子总想得出。"古应春说,"不过,刘三叔,你有句话我不懂。你一向胃口很好,每天吃一顿粥,倒能支持得住?还说'还好'!"

刘不才笑笑,不好意思地答道:"我会到长毛公馆里去打野食。"

七姑奶奶也笑了,"刘三叔,你真正是,老虎嘴里的食,也敢夺来吃。"她问,"你怎么打法?"

"这就不好告诉你了。闲话少说,有句正经话,我要跟你们商量,有个忘八蛋来找雪岩的麻烦,如果不理他会出事。"

刘不才口中的"忘八蛋"叫袁忠清,是钱塘县署理知县。此人原来是袁甲三部下的一个"勇目",打仗发了笔横财,活动袁甲三的一个幕友,在一次"保案"中将他添上了一个名字,得了"六品蓝翎"的功名。后来犯了军令,袁甲三要杀他,吓得连夜开了小差,逃回江西原籍。

那时的江西巡抚是何桂清的同年,穆彰阿的得意门生张芾。袁忠清假报为六品蓝翎的县丞,又走了门路,投效在张芾那里。不久,长毛攻江西省城,南昌老百姓,竭力助守,使得张芾大起好感。爱屋及乌,便宜了"忘八蛋",竟被委为制造局帮办军装。这是个极肥的差使,在袁忠清手里更是左右逢源,得其所哉。

不久,由于宁国之捷,专案报奖,张芾倒很照顾袁忠清,特意嘱咐幕友,为他加上很好的考语,保升县令。这原是一个大喜讯,在他人当然会高兴不得了,而袁忠清不但愁眉苦脸,甚至坐卧不宁。

同事不免奇怪,少不得有人问他:"老袁,指日高升!上头格外照应你,不是列个名字的泛泛保举。你是十六个字的考语,京里一定照准。眼看就是'百里侯',如何倒像如丧考妣似的。"

"说什么指日高升?不吃官司,只怕都要靠祖宗积德。"接着,又摇摇头,"官司吃定了!祖宗积德也没用。"

他那同事大为惊惑:"为什么?"

袁忠清先还不敢说,禁不起那同事诚恳热心,拍胸脯担保,必定设法为他分忧,袁忠清才吐露了心底的秘密。

"实不相瞒,我这个'六品蓝翎',货真价实,县丞是个'西贝货'。你想这一保上去,怎么得了?"

"什么?你的县丞是假的!"

假的就不能见天日。江西的保案上去,吏部自然要查案。袁忠清因为是县丞才能保知县,然则先要问他这个县丞是什么"班子"。一查无案可稽,就要行文来问。试问袁忠清可拿得出"部照"或是捐过班的"实收"?

像这种假冒的事,不是没有。吏部的书办十九是吃人不吐骨头的积年滑吏,无弊不悉,只怕没有缝钻,一旦拿住了短处,予取予求勒索够了,怕还是要办他个"假冒职官"的罪名,落个充军的下场。

他那同事,倒也言而有信,为他请教高人,想出一条路子,补捐一个县丞。军兴以来,为了筹饷,大开捐例,各省都向吏部先领到大批空白收据,即名为"实收"——捐班有各种花样,各种折扣,以实际捐纳银数,暂给收据,就叫"实收",将来据以换领正式部照。所以这倒容易,兑了银子,立时可以办妥。但是,日期不符也不行,缴验"实收",一看是保案以后所捐,把戏立刻拆穿。

"这没有别的办法,只有托人情。"

"托人情要钱,我知道。"袁忠清说,"我这个差使虽有点油水,平时都结交了朋友,吃过用过,也就差不多了。如今,都在这里了!"

将枕头箱打开,里面银票倒是不少,但零零碎碎加起来,不过百把两银子。像这种倒填年月的花样,担着极大的干系,少说也得三百两。他那朋友知道袁忠清是有意做作,事到如今,人家半吊子,自己不能做为德不卒的事,只好替他添上五十两银子,将他这件事办了下来。

但是,袁忠清"不够意思"的名声,却已传了出去。江西不能再混,事实上也非走不可,因为保升了知县,不能在本省补缺,托人到部里打点,分发浙江候补。

袁忠清原来是指望分发广东,却以所托的人,不甚实在,改了分发浙江,万般无奈,只有"禀到"候补。那时浙江省城正当初陷收复以后,王有龄全力缮修战备,构筑长壕,增设炮台,城上鳞次栉比的营房,架起极坚固的吊车,安上轴辘,整天不停地储备枪械子药。放眼一望,旗帜鲜明,刀枪雪亮,看样子是一定守得住了。

于是袁忠清精神复振,走了藩司麟趾的门路,竟得"挂牌"署理钱塘县。杭州城内,有钱塘、仁和两县,而钱塘是首县,县官身份更自不同。袁忠清工于心计,只具"内才",首县却是要"外才"的,讲究仪表出众、谈吐有趣、服饰华丽、手段圆滑,最要紧的是出手大方、善于应酬,袁忠清本非其选。但此时军情紧急,大员过境的绝少,送往迎来的差使不繁,正可发挥他的所长。

袁忠清的长处就在搞钱。搞钱要有名目,而在这个万事莫如守城急的时候,又何愁找不到名目?为了军需,摊派捐献,抓差征料,完全是一笔烂账。只要上面能够交差,下面不激出民变,从中捞多少都没有人会问的。

到了九月里杭州被围,家家绝粮,人人瘦瘠,只有袁忠清似乎精神还很饱满,多疑心他私下藏着米粮,背人"吃独食",然而事无佐证,莫可究诘。这样的人,一旦破城,自然不会殉节——有人说他还是开城门放长毛进城的人。这一点也无实据,不过李秀成进城的第二天他就受了伪职,却是丝毫不假。他受的伪职,名为"钱塘监军",而干的差使却是"老本行",替长毛备办军需。

长毛此时最迫切需要的是船,因为一方面掳掠而得的大批珠宝细软、古董字画,要运到"天京",进献天王。一方面要从外埠赶运粮食到杭州,所以袁忠清摔掉翎领,脱去补挂,换上红绸棉袄,用一块黄绸子裹领,打扮得跟长毛一样,每天高举李秀成的令箭在江干封船。城外难民无数,有姿色的妇女,遇到好色如命的袁忠清,就难保清白了。

"这个忘八蛋!"刘不才愤愤地说,"居然亲自到胡家,跟留守在那里的人说:胡某人领了几万银子的公款,到上海去买米,怎么不回来?你们带信给他,应该有多少米,赶快运到杭州来。不然,有他的罪受!你们想想看,这不是有意找麻烦?"

这确是个麻烦。照袁忠清这样卑污的人品,毒辣的手段,如果不早作铺排,说不定他就会打听到胡家眷属存身之处,凌辱老少妇孺,岂不可忧?

"顶叫人担心的是,这是忘八蛋成事不足,败事有余。如果说他拿胡家大小弄了进去,托到人情,照数释放,倒也还不要紧。就怕他跟长毛一说,人是抓进去了,要放,他可做不了主。这一来,要想走条路子,只怕比登天还难。"

刘不才这番话,加上难得出现的沉重的脸色,使得七姑奶奶忧心忡忡,也失去了平时惯有爽朗明快的词色。古应春当然也相当担心,但他一向深沉冷静,一半也是受了胡雪岩的濡染,总觉得凡事只要不怕难,自然就不难。眼前的难题,不止这一端,要说分出缓急,远在杭州的事,如果已生不测,急也无用。倘或根本不会有何危险,则病不急而乱投医,反倒是自速其祸。

然而这番道理说给刘不才听,或许他能接受,在七姑奶奶却是怎么样也听不进去的。因而他只有大包大揽地先一肩担承了下来,作为安慰妻子的手段。

"不要紧! 不要紧!"他拍一拍胸说,"我有办法,我有路子,我今天就去办。眼前有件事,先要定个主意。"

这件事就是要将杭州的消息,告诉胡雪岩。家山陷贼,至交殒命,是他不堪承受的两大伤心之事。可是老母健在,阖家无恙,这个喜讯,也足以抵消得过,所以古应春赞成由刘不才去跟他面谈。

七姑奶奶表示同意,刘不才当然依从,不过他要求先去洗个澡——这是他多少天来,梦寐以思的一种欲望。

"那容易。"七姑奶奶对古应春说,"你先陪刘三叔到澡塘子去,我回家去收拾间屋子出来。"

"不必,不必! 七姊,"刘不才说,"我还是住客栈,比较自由些。"

"刘三叔喜欢自由自在,你就让他去。"古应春附和着。他是另有用意,想到或许有什么不便当着胡雪岩说的话,跟刘不才在客栈里接头,比较方便些。

在新辟的"石路"上,买好从里到外,从头到脚的全套衣衫鞋帽。照道理说,刘不才脱下来的那身既破且脏的旧衣服,可以丢进垃圾箱里去了,但他却要留着。

"从前,我真正是不知稼穑之艰难,虽然也有落魄,混到吃了中饭,不知夜饭在哪里的日子也有过,可是我从来不愁,从没有想过有了钱要省俭些用。经过这一场灾难,我变过了。"刘不才说,"这身衣服我要留起来,当作'传家之宝'。这不是说笑话,我要子孙晓得,他们的祖宗吃过这样子的苦头!"

古应春相当惊异,"刘三叔,"他说,"你有这样子的想法,我倒没有想到。"

"我也是受了点刺激,想想一个人真要争气。"刘不才说,"从天竺进城,伤心惨目,自不必说。不过什么东西可怕,都不如人心可怕。雪岩在地方上,总算也很出过一番力的,哪知道现在说他好的,十个之中没有一个。我实在不大服气。如果雪岩真的垮了下来,或者杭州也真的回不去了,那就冤屈一辈子,坏名誉也不能洗刷。到有一天光复,雪岩依旧像从前那样神气,回到杭州,我倒要看看那班人又是怎么个说法?"

这是一番牢骚,古应春颇有异样的感觉。从他认识刘不才以来,就难得听他发牢骚,偶尔那么一两次,也总是出以冷隽嘲弄的口吻,像这样很认真的愤激之词,还是第一次听到。

再将他话中的意思,好好咀嚼了一会,终于辨出一点味道来了。"刘三叔,"他试探着问,"你好像还有什么话,藏在肚子里似的。"

刘不才倏然抬眼,怔怔地望着古应春,好半晌才深深点头,"应春兄,你猜对了。我是还有几句话,倒真应该跟你谈才是。雪岩的处境很不利。"

听他谈了下去,才知道胡雪岩竟成众矢之的。有人说他借购米为名,骗走了藩库的一笔公款,为数可观;有人说王有

147

龄的宦囊所积,都由胡雪岩替他营运,如今死无对证,已遭吞没。此外还有人说他如何假公济私,如何虚有善名,将他形容成一个百分之百的奸恶小人。

"这都是平时妒嫉雪岩的人,或者在王雪公手里吃过亏迁怒到他头上。疯狗乱咬,避开就是,本来可以不必理他们,哪知长毛也看中了雪岩,这就麻烦了。"

越说越奇,如何长毛又看中胡雪岩?古应春大感不解。不过一说破也就无足为奇了,"雪岩向来喜欢出头做好事,我们凭良心说,一半他热心好热闹,一半也是沽名钓誉。李秀成打听到了,想找雪岩出来替他办善后。这一来就越发遭忌,原来有批人在搞,如果雪岩一出面,就没有得那批人好搞的,所以第一步由袁忠清那样的王八蛋来恐吓。第二步手段真毒辣了,据说,那批人在筹划鼓动京官要告雪岩,说他骗走浙江购米的公款,贻误军需国食,请朝廷降旨查办。"听到这里,古应春大惊失色,"这,从何说起?不是要害他家破人亡吗?"他大摇其头,"不过我又不懂,果然降旨查办,逼得小爷叔在上海存身不住,只好投到长毛那里,于他们又有何好处?"

"不要忙,还有话。"刘不才说,"他们又放出风声来了,说是胡雪岩不回杭州便罢,一回杭州,要鸣锣聚众,跟他好好算账。"

"算什么账?"

"哪晓得他们算什么账?这句话毒在'鸣锣聚众'四个字上头,真的搞成那样的局面,雪岩就变成过街老鼠了,人人喊打!"

古应春敲敲额角,"刘三叔,"他紧皱着眉说,"你的话拿我搞糊涂了,一方面不准他回去,一方面又逼得他在上海不能住,非投长毛不可,那么他们到底要怎么办呢? 莫非真要逼人上吊,只怕没有那样容易吧?"

"当然。雪岩要让他们逼得走投无路,还能成为胡雪岩? 他们也知道这是办不到的,目的是想逼出雪岩一句话:你们饶了我,我决不会来坏你们的事。应春兄,你想雪岩肯不肯说这句话?"

"不肯也得肯,一家老少,关系太重了。"

"话是不错。但是另外又有一层难处。"

这层难处是个不解的结,李秀成的一个得力部下,实际上掌理浙江全省政务的陈炳文,因为善后工作棘手,一定要胡雪岩出头来办事。据说已经找到阜康钱庄的档手,嘱咐他转言。照刘不才判断,也就在这两三天之内,会到上海。

"照这样说,是瞒不住我这位小爷叔的了。"古应春觉得情势棘手,问刘不才说,"你是身历其境的人,这几天总也想过,有什么解救之方?"

"我当然想过。要保全家老小,只有一条路,不过——"刘不才摇摇头说,"说出来你不会赞成。"

"说说何妨。"

"事情明摆在那里,只有一个字:去! 说老实话,雪岩真的回杭州去了,那班人拿他又有什么办法?"

古应春大不以为然。但因刘不才言之在先,料他不会赞成,他倒不便说什么责备的话了。

"刘三叔,"他慢吞吞地说,"眼前的急难要应付,将来的日子也不能不想一想。我看,这件事,只有让小爷叔自己去定主意了。"

带来了全家无恙的喜讯,也就等于带来了王有龄殉难的噩耗。刘不才不提王有龄,真所谓"尽在不言中",胡雪岩双泪交流,但哀痛还能承受得住,因为王有龄这样的下场,原在意中。一个多月前,钱塘江中一拜,遥别也就是永诀,最伤心的时刻已经过去了。

王有龄的遗属呢?他想问,却又怕问出来一片悲惨的情形,有些不敢开口。而七姑奶奶则是有意要谈能叫人宽心的事,特意将胡家从老太太起,一个个挨次问到,这就越发没有机会让胡雪岩开口了。

谈到吃晚饭,正好张医生回来,引见过后,同桌共饮。他们两人算是开药店的同行,彼此都别有亲切之感,所以谈得很投机。饭后,古应春特地又请张医生替胡雪岩去诊察。也许是因为有了喜讯的缘故,神旺气健,比上午诊脉时又有了进境。

"还有件很伤脑筋的事要跟病人谈。"古应春悄悄问张医生,"不知道对他的病势相宜不相宜?"

"伤脑筋的事,没有对病人相宜的。不过,他的为人与众不同,经得起刺激,也就不要紧了。"

既然如此,古应春便不再瞒——要瞒住的倒是他妻子,所以等七姑奶奶回卧房去看孩子时,他才跟刘不才将杭州对胡雪岩种种不利的情形,很委婉地,但也很详细地说了出来。

胡雪岩很沉着,脸色当然也相当沉重。听完,叹口气:"乱世会坏心术。也难怪,这个时候哪个要讲道德、讲义气,只有自己吃亏。不过,还可以讲利害。"

听这口气,胡雪岩似乎已有办法,古应春随即问道:"小爷叔,事不宜迟,不管定的什么主意,要做得快!"

"不要紧,'尽慢不动气'!"

到这时候,胡雪岩居然还有心思说这样轻松的俏皮话,古应春倒有点不大服气了,"看样子,小爷叔倒真是不在乎!"他微带不满地说,"莫非真的有什么神机妙算?"

"不是啥神机妙算!事情摆明在那里,他们既然叫我钱庄里的人来传话,当然要等有了回信,是好是歹,再作道理。现在人还没有到,急什么?"

听得这一说,古应春实在不能不佩服。原是极浅的道理,只为方寸一乱,看不真切。这一点功夫,说来容易,临事却不易做到,正就是胡雪岩过人的长处。

"那好!"古应春笑道,"听小爷叔一说破,我也放心了。就慢慢商量吧。"

急人之急的义气,都在他这一张一弛的神态中表露无遗。这在胡雪岩是个极大的安慰,也激起了更多的信心,因而语气就越发从容了。

"那个袁忠清,他的五脏六腑,我都看得见,他是'泥菩萨过江,自身难保'绝不敢多事。别的人呢,都要仔细想一想,如果真的跟我家眷为难,也知道我不是好惹的人。"胡雪岩说,"他们不会逼我的!逼急了我,于他们没有好处。第一,我可以回杭州,长毛要我,就会听我的话,他们自己要想想,斗得过我,斗不过我。第二,如果我不回杭州,他们总也有亲人至戚在上海,防我要报复。第三——那就不必去说它了,是将来的话。"

古应春却偏要打听:"将来怎么样?"

"将来,总有见面的日子,要留个余地,为人不可太绝。就拿眼前来说,现在大家都说我如何如何不好,如果他们为难我的家眷,就变成他们不对了。有理变成无理,稍微聪明的人,不肯做这样的事。"

这一点古应春不能同意,留个相见余地的话,也未免太迂,不过仅是前两点的理由也尽够了。古应春便催着他说:"小爷叔,你说你的办法!"

"我的办法是做一笔交易。他们不愿意我回杭州,可以,我不但不跟他们去争,而且要放点交情给他们。有朝一日,官军光复杭州,我自有保护他们的办法。不过,眼前他们要替我想办法,拿我的家眷送出杭州。"

这样的一笔交易是不是做得成? 古应春颇为怀疑,因而默然不语,只望着刘不才,想听他的意见。

刘不才却对他的话大感兴趣,"这倒是个办法。"他说,"照我看,那批人又想吃羊肉,又怕羊骚臭,怕将来官军光复了,跟他们算账。如果真的有保护他们的把握,那批人肯照我们的办法做的。不过,空口说白话可不行。"

"现在当然只有空口说白话,话要动听,能够做得到,他们自然会相信。"胡雪岩停了一下说,"三叔,这件事只有你辛苦,再去一趟,因为别人去说,他们不大容易相信。"

"这还用说? 自然是我去。你说,跟他们怎么个讲法。"

"当然要吹点牛。"胡雪岩停了下来,"等我好好想一想。"

这一想想了好多时候,或者是暂且丢开此事,总而言之,不见他再谈起,尽自问着杭州的情形,琐琐屑屑,无不关怀。雪岩的交游甚广,但问起熟人,不是殉难,就是下落不明,存者十不得一。连不相干的古应春,都听得凄怆不止。

到得十点多钟,刘不才一路车船劳顿,又是说话没有停过,再好的精神也支持不住了。古应春便劝他不必再住客栈,先好好睡一觉再说。刘不才依从,由古家的丫头侍候着,上床休息。

胡雪岩的精神却还很好，"老古，"他招招手让古应春坐在床前，低声说道，"我对人不用不光明的手段，这一次要做它一次一百零一回的买卖。全家大小在那班忘八蛋手里，不能不防他们一着。我现在要埋一条药线在那里，好便好，搞得不好，我贴上药线轰他娘的，叫他们也不得安逸。话说明了，你心里也有数了，要劳你的神，替我做一件公事。"

他是"话说明了"，古应春却如丈二金刚摸不着头脑，"小爷叔，"他皱着眉说，"我还是莫名其妙，什么药线，什么公事？"

"公事就是药线，药线就是公事。"胡雪岩说，"这件公事，是以我浙江候补道兼团练局委员，奉王抚台委派，筹划浙江军需民食，以及地方赈济事宜的身份，报给闽浙总督衙门庆制军。公事上要说明，王雪公生前就顾虑援兵不到，杭州恐怕保不住，特意嘱咐我，他是决定城亡人亡，一死报答朝廷。但是杭州的百姓，不可不顾，因为我不是地方官，并无守土之责，所以，万一杭州沦陷，必得顾念家乡，想办法保护地方百姓。这是第一段。"

古应春很仔细地听着，已理会得胡雪岩入手的意思，并即说道："第二段当然是叙你运粮到杭州，不能进城的情形？"

"对！不过转道宁波这一层不必提。"胡雪岩略停一下又说，"现在要叙顶要紧的第三段，要这样说法：我因为人在上海，不能回杭州，已经派人跟某某人、某某人联络，请他们保护地方百姓，并且暗中布置，以便官军一到，可以相机策应。这批人都是地方公正士绅，秉心忠义，目前身陷城中，不由自主，将来收复杭州，不但不能论他们在长毛那里干过什么职司，而且要大大地奖励他们。"

"啊,啊!"古应春深深点头,"我懂了,我懂了,这就是替他们的将来留个退步。"

"对了。这道公事要等庆制军的批示,他人在福州,一时办不到,所以要来个变通办法,一方面呈报庆制军,一方面请江苏巡抚衙门代咨闽浙总督衙门,同时给我个复文,拿我的原文都叙在里头,我好给他们看。"

"嗯、嗯!"古应春想了一下,记起一句话,"那什么叫'公事就是药线'呢?"

"这你还不懂?"胡雪岩提醒他说,"你先从相机策应官军这句话上去想,就懂了。"

真所谓"光棍一点就透",古应春恍然大悟,如果那批人不肯就范,甚至真个不利于胡家眷属,胡雪岩就可用这件公事作为报复,向长毛告密,说这班人勾结清军,江苏巡抚衙门的回文,便是铁证。那一来,后果就可想而知了。

这一着实在狠。但原是为了报复,甚至可以作为防卫,如果那批人了解到这道公事是一根一点便可轰发火药,炸得粉身碎骨的药线,自然不敢轻举妄动。

"小爷叔!"古应春赞叹着说,"真正'死棋肚子里出仙着'。这一着,亏你怎么想出来的?"

"也不是我发明的。我不过拿人家用过的办法,变通一下子。说起来,还要谢谢王雪公,他讲过一个故事给我听。这个故事出在他们家乡,康熙年间有位李中堂,据说在福建名气大得很,他的同年陈翰林跟他有段生死不解的仇。"

王有龄告诉胡雪岩的故事如此:这位李中堂是福建安溪人,他的同年陈翰林是福州。这年翰林散馆,两个人请假结伴回乡。不久就有三藩之乱,耿精忠响应吴三桂,在福州也叛

154

变了,开府设官,陈翰林被迫受了伪职。

李中堂见猎心喜,也想到福州讨个一官半职。而陈翰林却看出耿精忠恐怕不成气候,便劝李中堂不必如此。而且两个人闭门密谈,定下一计,由李中堂写下一道密疏,指陈方略,请朝廷速派大兵入闽。这道密疏封在蜡丸之中,由李家派人取道江西入京,请同乡代为奏达御前。

"这是'刀切豆腐两面光'的打算。"胡雪岩说,"李中堂与陈翰林约定,如果朝廷大兵到福建,耿精忠垮台,李中堂当然就是大大的功臣,那时候他就可以替陈翰林洗刷,说他投贼完全是为了要打探机密,策应官军——"

"啊、啊,妙!如果耿精忠成了功,李中堂这道密疏,根本没有人知道,陈翰林依旧可以保荐他成为新贵。是不是这样的打算?"

"一点不错。"

"那么后来呢?"古应春很感兴趣地问,"怎么说是成了生死不解的冤家?"

"就为李中堂不是东西,出卖朋友。耿精忠垮台,朝廷收复福建,要办附逆的罪。李中堂自己得意了,竟不替他洗刷。害得陈翰林充军到关外。"胡雪岩说,"我现在仿照他们的办法,但愿那批人很识相,我替他们留下的这条洗刷的路子,将来一定有用。"

"对!小爷叔的意思,我完全懂了,这道公事我连夜替你预备起来。"

"不忙。明天动笔也不迟。"胡雪岩说,"我还有件事要先跟你商量。"

这件事是为王有龄身后打算,自不外名利两字。王有龄

155

的宦囊虽不太丰,却决不能说是一清如水。"三年清知府,十万雪花银",许多收入像征粮的"羡余",漕粮折实,碎银子镕铸为五十两银子一个的"官宝",照例要加收的"火耗",在雍正年间就已"化暗为明",明定为地方官的"养廉银"。此外"三节两寿"——过年、端午、中秋三节,本人及太太的两个生日,属员必有馈敬,而且数目亦大致有定规,这都是朝廷所许的收入。

王有龄的积蓄,当然是交给胡雪岩营运,他现在要跟古应春商议的,就因为经手的款子,要有个交代。"他们说王雪公有钱在我手里,这是当然的。我跟死者的交情,当然也不会'起黑心'。不过,"说到这里,他有点烦躁,"这样子的局面,放出去的款子,摆下去的本钱,一时哪里去回笼?真叫我不好交代。"

这确是极为难的事。古应春的想法比胡雪岩还要深,王有龄已经殉节,遗属不少,眼前居家度日,将来男婚女嫁,不但处处要钱,而且有了钱也不能坐吃山空。所以,他说:"你还不能只顾眼前的交代,要替王家筹个久长之计才好。"

"这倒没有什么好筹划的,反正只要胡雪岩一家有饭吃,决不会让王家吃粥。我愁的是眼前!"胡雪岩说,"王雪公跟我的交情,可以说他就是我,我就是他。他在天之灵,一定会谅解我的处境。不过王太太或者不晓得我的心,他家的亲友更加隔膜,只知道有钱在我这里,不知道这笔钱一时收不回来。现在外头既有这样的闲话,我如果不能拿白花花的现银子捧出来,人家只当我欺侮孤儿寡妇。这个名声,你想想,我怎么吃得消?"

古应春觉得这个看法不错,他也是熟透人情世故的人,心里又有进一步的想法:如果胡雪岩将王有龄名下的款子,如数

156

交付，王家自然信任他，继续托他营运，手里仍可活动。否则，王家反倒有些不大放心，会要求收回。既然如此，就乐得做得漂亮些。

麻烦的是，杭州一陷，上海的生意又一时不能抽本，无法做得"漂亮"。那就要靠大家帮忙了。

"小爷叔，"他问，"王雪公有多少款子在你手里？"

"王太太手里有账的，大概有十万，另外还有两万在云南，不知道王太太知道不知道。"

"那就奇怪了。怎么在云南会有两万银子？"

"是这样子的，"胡雪岩说，"咸丰六年冬天，何根云交卸浙江巡抚，王雪公在浙江的官，也没有什么做头了，事先安排，调补云南粮道。我替他先汇了两万银子到云南。后来何根云调升两江，王雪公自然跟到江苏，云南的两万银子始终未动，存在昆明钱庄里生息。王雪公始终不忘云南，生前跟我说过，有机会很想做一任云南巡抚，能做到云贵总督，当然更好。这两万银子在云南迟早有用处，不必去动它。现在，当然再也用不着了！"说到这里，胡雪岩又生感触，泫然欲涕。

等他拭一拭眼睛，擤一擤鼻子，情绪略略平伏，古应春便接着话题问："款子放在钱庄里，总有折子，折子在谁手里？"

"麻烦就在这里。折子是有一个，我交了给王雪公，大概是他弄掉了，也记不起这回事，反来问我。这原是无所谓的事，跟他们再补一个就是。后来事多，一直搁着未办。如今人已过世，倒麻烦了，只怕对方不肯承认。"

"你是原经手。"古应春说，"似乎跟王雪公在世还是故世，不生关系。不过，钱庄的规矩，我也不大懂，不知道麻烦何在？"

"钱庄第一讲信用;第二讲关系;第三才讲交情。云南这家同业,信用并不见得好;交情也谈不上;惟一讲得上的,就是关系。王雪公在日,现任的巡抚,云南方面说得上话。我自己呢,阜康在上海的生意不算大,浙江已经坐第一把交椅,云南有协饷之类的公款往来,我可以照应他们,论生意上的关系也够。不过,现在不同了,他们未见得再肯买账。"

这番分析,极其透彻。古应春听入心头,亦颇有感慨。如今做生意要想发展,似乎不是靠官场的势力关系,就得沾洋人的光。风气如此,夫复何言?看起来王有龄那笔款子,除非大有力者援手,恐怕要"泡汤"了。

"只有这样,托出人来,请云贵总督,或者云南巡抚,派人去关照一声。念在王雪公为国殉难,遗属理当照应。或许那批大老肯出头管这闲事。"

"也只好这样。"胡雪岩说,"交涉归交涉,眼前我先要赔出来。"

"这一来总数就是十二万。"古应春沉吟了一下,毅然决然地说,"生意在一起,信用也是大家的。我想法子来替小爷叔凑足了就是。"

这就是朋友的可贵了。胡雪岩心情很复杂,既感激、又不安,自觉不能因为古应春一肩承担,自己就可以置身事外,所以还是要问一问。

"老古,你肯帮我这个忙,我说感激的话,是多余的。不过,不能因为我,拖垮了你。十二万银子,到底也不是个小数目,我自己能凑多少,还不晓得,想来不过三五万。还有七八万要现款,只怕不容易。"

"那就跟小爷叔说实话,七八万现款,我一下子也拿不出。

只有暂时调动一下，希望王太太只是过一过目，仍旧交给你放出去生息。”

“嗯，嗯!”胡雪岩说，“这个打算办得到的。不过，也要防个万一。”

“万一不成，只有硬挺。现在也顾不得那许多了。”

胡雪岩点点头，自己觉得这件事总有八成把握，也就不再去多想，接下来谈到另一件事。

“这件事，关系王雪公的千秋。”胡雪岩说，“听大书我也听得不少，忠臣也晓得几个，死得像王雪公这样惨的，实在不多。总要想办法替他表扬表扬，留个长远的纪念，才对得起死者。”

“这又何劳你费心？朝廷表扬忠义，自然有一套恤典的。”

朝廷的恤典，胡雪岩当然知道，像王有龄这种情形，恤典必然优渥，除了照“巡抚例赐恤”，在赐谥、立传、赐祭以外，殉节的封疆大吏，照例可以入祀京师昭忠祠，子孙亦可获得云骑尉之类“世袭罔替”的“世职”。至于在本省及“立功省份”建立专祠，只要有人出面奏请，亦必可邀准，不在话下。

胡雪岩的意思，却不是指这些例行的恤典，“我心里一直在想，王雪公死得冤枉!”他说，“想起他‘死不瞑目’那句话，只怕我夜里都会睡不着觉。我要替他伸冤。至少，他生前的冤屈，要叫大家晓得。”

照胡雪岩的看法，王有龄的冤屈，不止一端。第一，王履谦处处掣肘，宁绍可守而失守，以致杭州粮路断绝，陷入无可挽救的困境。第二，李元度做浙江的官，领浙江的饷，却在衢州逗留不进。如果他肯在浙东拼命猛攻，至少可以牵制浙西的长毛，杭州亦不会被重重围困得毫无生路。第三，两江总督曾国藩奉旨援浙而袖手旁观，大有见死不救之意，未免心狠。

由于交情深厚,而且身历其境,同受荼毒,所以胡雪岩提到这些,情绪相当激动。而在古应春,看法却不尽相同,他的看法是就利害着眼,比较不涉感情。

"小爷叔,"古应春很冷静地问道,"你是打算怎么样替王雪公伸冤?"

"我有两个办法,第一是要请人做一篇墓志铭,拿死者的这些冤屈都叙上去;第二是花几吊银子,到京里请一位'都老爷'出面,狠狠参他一本。"

"参哪个?"

"参王履谦、李元度,还有两江的曾制台。"

"我看难!"古应春说,"曾制台现在正大红大紫的时候,参他不倒。再说句良心话,人家远在安庆,救江苏还没有力量,哪里又分得出兵来救浙江?"

胡雪岩心里不以为然,但不愿跟古应春争执,"那么,王履谦、李元度呢?"他说,"这两个人总是罪有应得吧?"

"王履谦是一定要倒霉的,李元度就说不定了。而且,现在兵荒马乱,路又不通,朝廷要彻查也无从查起。只有等将来局势平定了再说。"

这一下惹得胡雪岩心头火发,咆哮着问:"照你这样说,莫非就让这两个人逍遥法外?"

胡雪岩从未有过这样的疾言厉色,古应春受惊发愣,好半天说不出话。那尴尬的脸色,亦是胡雪岩从未见过的,因而像镜子一样,使得他照见了自己的失态。

"对不起,老古!"他低着头说,声音虽轻缓了许多,但仍掩不住他内心的愤慨不平。当然,这愤慨绝不是对古应春,他觉得胡雪岩可怜亦可敬,然而却不愿说些胡雪岩爱听的话去安

160

慰他。"小爷叔,我知道你跟王雪公的交情。不过,做事不能只讲感情,要讲是非利害。"

这话胡雪岩自然同意,只一时想不出,在这件事上的是非利害是什么?一个人有了冤屈,难道连诉一诉苦都不能?然则何以叫"不平则鸣"?

古应春见他不语,也就没有再说下去,其实他亦只是讲利害,未讲是非。这一阵子为了替胡雪岩打听杭州的消息,跟官场中人颇有往来,王有龄之殉节,以及各方面对杭州沦陷的感想批评,亦听了不少。大致说来,是同情王有龄的人多,但亦有人极力为曾国藩不救浙江辩护,其间党同伐异的论调,非常明显。王有龄孤军奋战,最有渊源的人,是何桂清,却是"泥菩萨过江,自身难保"。在这种情形之下,如果什么人要为王有龄打抱不平,争论是非,当然会触犯时忌,遭致不利,岂不太傻?

古应春也知道自己的想法庸俗卑下,但为了对胡雪岩的关切特甚,也就不能不从利害上去打算了。这些话一时说不透彻,而且最好是默喻而不必言传,他相信胡雪岩慢慢就会想明白。眼前最要紧的是筹划那十二万银子,以及替胡雪岩拟公文上闽浙总督。

从第二天起,古应春就为钱的事,全力奔走。草拟公文则不必自己动笔,他的交游亦很广,找了一个在江苏巡抚衙门当"文案委员"的候补知县雷子翰帮忙。一手包办,两天功夫连江苏巡抚薛焕批给胡雪岩的回文,都已拿到了。

这时,胡雪岩才跟刘不才说明经过,"三叔,"最后他说,"事情是这样去进行。不过,我亦不打算一定要这样子办。为什么呢？因为这件事很难做。"

刘不才的性情,最恨人家看不起他,说他是纨袴,不能正事,因而听了胡雪岩的话,大不服气,"雪岩,"他凛然问道,"要什么人去做才容易?"

"三叔,"胡雪岩知道自己言语不检点,触犯了他的心病,引起误会,急忙答道:"这件事哪个做都难。如果你也做不成功,就没有人能做成功了。"

这无形中的一顶高帽子,才将刘不才哄得化怒为喜,"你倒说说看,怎么办法?"他的声音缓和了。

"第一,路上要当心——"

"你看,"刘不才抢着说,同时伸手去解扎脚带。三寸宽的一条玄色丝带,其中却有花样,他指给胡雪岩看,那条带子里外两层,一端不缝,像是一个狭长的口袋,"我前两天在大马路定做的。我就晓得这以后,总少不得有啥机密文件要带来带去,早就预备好了。"

"好的,这一点不难。"胡雪岩说,"到了杭州,怎么样向那些人开口,三叔,你想过没有?"

"你方始告诉我,我还没有想过。"刘不才略略沉吟了一下又说,"话太软了不好,硬了也不好。软了,当我怕他们,硬了又怕他心里有顾忌,不敢答应,或者索性出首。"

"对了,难就难在这里。"胡雪岩说,"我有两句话,三叔记住:逢人只说三分话,未可全抛一片心。"

六

一个多月以后，刘不才重回上海，他的本事很大，为胡雪岩接眷，居然成功。可是，全家将到上海，胡雪岩反倒上了心事，就为借了"小房子"住在一起的阿巧，身份不明难以处置，只好求教七姑奶奶。

"七姊，你要替我出个主意，除你以外，我没有人好商量。"

"那当然！小爷叔的事，我不能不管。不过，先要你自己定个宗旨。"

问到胡雪岩对阿巧姐的态度，正是他的难题所在，惟有报以苦笑："七姊，全本《西厢记》，不都在你肚子里？"

七姑奶奶对他们的情形，确是知之甚深，总括一句话：表面看来恩爱异常，暗地里隔着一道极深的鸿沟。一个虽倾心于胡雪岩，但宁可居于外室，不愿位列小星，因为她畏惧胡家人多，伺候老太太以外，还要执礼于大妇，甚至看芙蓉的词色。再有一种想法是：出自两江总督行辕，虽非嫡室，等于"署理"过掌印夫人，不管再做什么人的侧室，都觉得是一种委屈。

在胡雪岩，最大的顾虑亦正是为此。阿巧姐跟何桂清的姻缘，完全是自己一手促成，如今再接收过来，不管自己身受的感觉，还是想到旁人的批评，总有些不大对劲。在外面借"小房子"做露水夫妻，那是因为她千里相就于患难之中，因感

163

生情,不能自已,无论对本身,对旁人,总还有句譬解的话好说,一旦接回家中,就无词自解了。

除此以外,还有个极大的障碍,胡太太曾经斩钉截铁地表示过:有出息的男人,三妻四妾,不足为奇,但大妇的名分,是他人夺不去的,所以只要胡雪岩看中了,要回家则可,在外面另立门户则不可。同时她也表示过,凡是娶进门的,她必以姊妹看待。事实上对待芙蓉的态度,已经证明她言行如一,所以更显得她的脚步站得极稳,就连胡老太太亦不能不尊重她的话。

然而这是两回事。七姑奶奶了解胡雪岩的苦衷,却不能替他决定态度,"小爷叔,你要我帮你的忙,先要你自己拿定主意,或留或去,定了宗旨,才好想办法。不过,"她很率直地说,"我话要说在前头,不管怎么样,你要我帮着你瞒,那是办不到的。"

有此表示,胡雪岩大失所望。他的希望,正就是想请七姑奶奶设法替他在妻子面前隐瞒,所以听得这句话,做声不得。

这一下,等于心思完全显露,七姑奶奶便劝他:"小爷叔,家和万事兴!婶娘贤慧能干,是你大大的一个帮手。不过我再说一句:婶娘也很厉害,你千万不能惹她恨你。如果说,你想拿阿巧姐接回去,我哪怕跑断腿,说破嘴,也替你去劝她。当然,成功不成功,不敢保险。倘或你下个决断,预备各奔东西,那包在我身上,你跟她好来好散,决不伤你们的和气。"

"那,你倒说给我听听,怎么样才能跟阿巧姐好来好散?"

"现在还说不出,要等我去动脑筋。不过,这一层,我有把握。"

胡雪岩想了好一会,委决不下,叹口气说:"明天再说吧。"

"小爷叔，你最好今天晚上细想一想，把主意拿定了它。如果预备接回家，我要早点替你安排。"七姑奶奶指一指外面说，"我要请刘三叔先在老太太跟婶娘面前，替你下一番功夫。"

胡雪岩一愣，是要下一番什么功夫？转个念头，才能领会，虽说自己妻子表示不禁良人纳妾，但却不能没有妒意。能与芙蓉相处得亲如姊妹，一方面是她本人有意要做个贤慧的榜样，一方面是芙蓉柔顺，甘于做小服低。这样因缘时会，两下凑成了一双两好的局面，是个异数，不能期望三妻四妾，人人如此。

七姑奶奶要请刘不才去下一番功夫，自然是先作疏通。果然自己有心，而阿巧姐亦不反对正式"进门"，七姑奶奶的做法是必要的。不过胡雪岩也因此被提醒了，阿巧姐亦是极厉害的角色，远非芙蓉可比。就算眼前一切顺利，阿巧姐改变初衷，妻子亦能克践诺言，然而好景决不会长，两"雌"相遇，互持不下，明争暗斗之下，掀起醋海的万丈波澜，那时候可真是"两妇之间难为夫"了。

这样一想，忧愁烦恼，同时并生，因而胃纳越发不佳。不过他一向不肯扫人的兴，见刘不才意兴甚好，也就打点精神相陪，谈到午夜方散。

回到"小房子"，阿巧姐照例茶水点心，早有预备。卧室中重帏深垂，隔绝了料峭春寒，她只穿一件软缎夹袄，剪裁得非常贴身，越显得腰肢一捻，十分苗条。

入手相握，才知她到底穿得太少了些。"若要俏，冻得跳！"他说，"当心冻出病来。"

阿巧姐笑笑不响，倒杯热茶摆在他面前，自己捧着一把灌满热茶的乾隆五彩的小茶壶,当作手炉取暖,双眼灼灼地望着,等他开口。

每天回来,胡雪岩总要谈他在外面的情形,在哪里吃的饭,遇见了什么有趣的人,听到了哪些新闻,可是这天却一反常态,坐下来不作一声。

"你累了是不是?"阿巧姐说,"早点上床吧!"

"嗯,累了。"

口中在答应她的话,眼睛却仍旧望着悬在天花板下,称为"保险灯"的煤油吊灯。这神思不属,无视眼前的态度,在阿巧姐的记忆中只有一次,就是得知王有龄殉节的那天晚上。

"那哼啦?"她不知不觉地用极柔媚的苏白相依,"有啥心事?"

"老太太要来了!"

关于接眷的事,胡雪岩很少跟她谈。阿巧姐也只知道,他全家都陷在嘉兴,一时无法团圆,也就不去多想。这时突如其来地听得这一句,心里立刻就乱了。

"这是喜事!"她很勉强地笑着说。

"喜事倒是喜事,心事也是心事。阿巧,你到底怎么说?"

"什么怎么说?"她明知故问。

胡雪岩想了一会,语意暧昧地说:"我们这样子也不是个长局。"

阿巧姐颜色一变,将头低了下去,只见她睫毛闪动,却不知她眼中是何神色? 于是,胡雪岩的心也乱了,站起来往床上一倒,望着帐顶发愣。

阿巧姐没有说话,但也不是灯下垂泪,放下手中的茶壶,将坐在洋油炉子上的一只瓦罐取了下来,倒出熬得极浓的鸡

166

汤,另外又从洋铁匣子里取出七八片"盐饼干",盛在瓷碟子里,一起放在梳妆台上。接着便替胡雪岩脱下靴子,套上一双绣花套鞋。

按部就班服侍到底,她才开口:"起来吃吧!"

坐在梳妆台畔吃临睡之前的一顿消夜,本来是胡雪岩每天最惬意的一刻,一面看阿巧姐卸妆,一面听她用吴侬软语有一搭、没一搭地,说些有趣而不伤脑筋的闲话,自以为是南面王不易之乐。

然而这天的心情却有些不同。不过转念之间,还是不肯放弃这份乐趣,从床上一个虎跳似地跳下地来,倒吓了阿巧姐一下。

"你这个人!"她白了他一眼,"今朝真有点邪气。"

"得乐且乐。"胡雪岩忽然觉得肚子饿得厉害,"还有什么好吃的?"

"这个辰光,只有吃干点心。馄饨担、卖湖州粽子茶叶蛋的,都来过了。"阿巧姐问道,"莫非你在古家没有吃饱?"

"根本就没有吃!"

"为啥? 菜不配胃口?"

"七姑奶奶烧的吕宋排翅,又是鱼生,偏偏没口福,吃不下。"

"这又是啥道理?"

"唉!"胡雪岩摇摇头,"不去说它了。再拿些盐饼干来!"他不说,她也不问,依言照办,然后自己坐下来卸妆,将一把头发握在手里,拿黄杨木梳不断地梳着。房间里静得很,只听见胡雪岩"嘎吱、嘎吱"咬饼干的声音。

"老太太哪天到?"阿巧姐突如其来地问。

"快了!"胡雪岩说,"不过十天半个月的功夫。"

"住在哪里呢?"

"还不晓得。"

"人都快来了,住的地方还不知道在哪里,不是笑话?"

"这两天事情多,还没有功夫去办这件事。等明天刘三爷走了再说。有钱还怕找不到房子? 不过——"

"怎么?"阿巧姐转脸看着他问,"怎么不说下去?"

"房子该多大多小,可就不知道了。"

"这又奇了! 多少人住多大的房子,难道你自己算不出来?"

"就是多少人算不出来。"胡雪岩看了她一眼,有意转过脸去,其实是在镜子里看她的表情。

阿巧姐沉默而又沉着,一副莫测高深的样子。然后,站起来铺床叠被,始终不做一声。

"睡吧!"胡雪岩拍拍腰际,肚子里倒饱了,心里空落落地,有点儿上不巴天,下不巴地似地。

"你到底有啥心事? 爽爽快快说。牵丝扳藤,惹得人肚肠根痒。"

有何心事,以她的聪明机警,熟透人情,哪有不知之理? 这样子故意装作不解,自然不是好兆头。胡雪岩在女人面前,不大喜欢用深心,但此时此人,却成了例外,因此以深沉对深沉,笑笑答道:"心事要慢慢猜才有味道。何必一下子揭破?"

阿巧姐无奈其何,赌气不作声,叠好了被,伺候他卸衣上床。然后将一盏洋灯移到红木大床里面的搁几上,捻小了灯芯,让一团朦胧的黄光,隐藏了她脸上的不豫之色。

这一静下来,胡雪岩的心思集中了,发觉自己跟阿巧姐之间,只有两条路好走,一条是照现在的样子,再一条就是各奔西东。

"你不必胡思乱想。"他不自觉地说道,"等我好好来想个办法。"

"没头没脑你说的是啥?"

"还不是为了你!"胡雪岩说,"住在外面,我太太不答应;住在一起,你又不愿意。那就只好我来动脑筋了。"

阿巧姐不作声。她是明白事理的人,知道胡雪岩的难处,但如说体谅他的难处,愿意住在一起,万一相处得不好,下堂求去,不但彼此破了脸,也落个很坏的名声:"跟一个,散一个"。倒不如此刻狠一狠心,让他去伤脑筋,看结果如何,再作道理。然而抚慰之意不可无。她从被底伸过一只手去,紧紧捏住胡雪岩的左臂,表示领情,也表示倚靠。

胡雪岩没有什么人可请教惟有仍旧跟七姑奶奶商量。

"七姊,住在一起这个念头,不必去提它了。我想,最好还是照现在这个样子。既然你不肯替我隐瞒,好不好请你替我疏通一下?"

"你是说,要我替你去跟婶娘说好话,让你们仍旧在外面住?"

"是的!"

"难!"七姑奶奶大摇其头,"国有国法,家有家规,婶娘现在当家,她定的规矩又在道理上,连老太太也不便去坏她的规矩,何况我们做晚辈的?"

"什么晚辈不晚辈。她比较买你的账,你替我去求一次情,只此一回,下不为例!"

"小爷叔,你还想下不为例? 这句话千万不能说,说了她反而生气:喔,已经有两了,还不够,倒又在想第三个了!"

"你的话不错,随你怎么说,只要事情办成功就是了。"

"事情怕不成功!"七姑奶奶沉吟了好半晌说,"为小爷叔,我这个钉子也只好硬碰了! 不成功,可不能怪我。"

"这句话,七姊你多交代的。"胡雪岩说,"一切拜托。千不念,万不念,我在宁波的那场病,实在亏她。"

这是提醒七姑奶奶,进言之际,特别要着重这一点:阿巧姐有此功劳,应该网开一面,格外优容。其实,他这句话也是多交代的,七姑奶奶当然也考虑过,虽说预备去碰钉子,到底也要有些凭借,庶几成事有万一之望。这个凭借,就是阿巧姐冒险赶到宁波,衣不解带地伺奉汤药之劳。而且,她也决定了入手之处,是从说服刘不才开始。

"去年冬天小爷叔运米到杭州,不能进城,转到宁波,生了一场伤寒重症。消息传到上海,我急得六神无主。刘三叔,你想想,那种辰光,宁波又在长毛手里,而且人地生疏,生这一场伤寒病,如何得了? 这种病全靠有个体贴的人照应,一点疏忽不得。我跟老古商量,我说只有我去,老古说我去会耽误大事。为啥呢? 第一,我的性子急,伺候病人不相宜。第二,虽说大家的交情,已经跟亲人一样,但是我不在乎,怕小爷叔倒反而有顾忌,要茶要水还有些邋邋遢遢的事,不好意思叫我做。病人差不得一点,这样子没有个知心着意,切身体己的人服侍,病是好不了的。"

"这话倒也是。"刘不才问道,"后来是阿巧姐自告奋勇?"

"不是! 是我央求她的。"七姑奶奶说,"她跟小爷叔虽有过去那一段,不过早已结了。一切都是重起炉灶,只是那把火是我烧起来的。刘三叔,你倒替我想想,我今朝不是也有责任?"

"我懂了! 没有你当初央求她,就不会有今朝的麻烦。而你央求她,完全是为了救雪岩的命。实际上雪岩那条命,也等于是阿巧姐救下来的。是不是这话?"

"对!"七姑奶奶高兴地说,"刘三叔你真是'光棍玲珑心一点就透'!"

"七姊!"刘不才正色说道,"拿这两个理由去说,雪岩夫人极明白事理的人,一定没话好说。不过,她心里是不会舒服的。七姊,你这样'硬吃一注',犯不犯得着,你倒再想想看!"

"多谢你,刘三叔!"七姑奶奶答道,"为了小爷叔,我没有法子。"

"话不是这么说。大家的交情到了这个地步,不必再顾忌对方会不高兴什么的。做这件事,七姊,你要想想,是不是对胡家全家有好处? 不是能叫雪岩一个人一时的称心如意,就算有了交代!"

刘不才的看法很深,七姑奶奶细想一想,憬然有悟。然而她到底跟刘不才不同,一个是胡家的至亲,而且住在一起,这家人家有本什么"难念的经",当然他比她了解得多。因此,七姑奶奶觉得此事要重新谈了。

"刘三叔,你这句话我要听,我总要为胡家全家好才好。再说,将来大家住在上海,总是内眷往来的时候多。如果胡家婶娘跟我心里有过节,弄得面和心不和,还有啥趣味? 只有一层,我还想不明白,这件事要做成功了,难道会害他们一家上下不和睦?"

"这很难说! 照我晓得,雪岩夫人治家另有一套,坏了她

171

的规矩,破一个例,以后她说的话就要打折扣了。"

"小爷叔说过的:'只此一遭,下不为例。'将来如果再有这样子的情形,不用胡家婶娘开口发话,我先替她打抱不平!"

听到这里,刘不才"噗哧"一声笑了,叹口气不响。

这大有笑人不懂事的意味,七姑奶奶倒有些光火,立即追一句:"刘三叔,我话说错了?"

"话不错,你的心也热。不过,惟其如此,你就是自寻烦恼。俗语道得好:'清官难断家务事'。七姊,就算你是包公,断得明明白白,依旧是个烦恼!"

"怎么呢! 这话我就听不懂了。"

"七姊,你聪明一世,懵懂一时,打到官司,不是原告赢,就是被告赢,治一经、损一经,何苦来哉!"

七姑奶奶恍然大悟,将来如果帮胡太太,就一定得罪了胡雪岩,岂不是治一经、损一经?

"好了,好了,刘三叔,你也是,有道理不直截了当说出来,要兜这么大一个圈子! 亏得我不比从前,有耐心盘问,不然不是害我走错了路?"

这番埋怨的话,真有点蛮不讲理,但不讲理得有趣,刘不才只好笑了。

"我也不要做啥'女包公'! 还是做我的'女张飞'来得好。"

话外有话,刘不才一下子就听了出来,不能不问:"七姊! 你是怎么个打算? 做女张飞还则罢了,做莽张飞就没意思了。"

"张飞也有粗中有细的时候,我自然有分寸。你放心好了,不会有啥风波。"

刘不才想了一下问道："那么,是不是还要我在雪岩夫人面前去做功夫?"

"要!不过话不是原来的说法了。"

这下搞得刘不才发愣。是一非二的事,要么一笔勾销不谈此事,要谈,还有另一个说法吗?

"前半段的话,还是可以用,阿巧姐怎么跟小爷叔又生了感情,总有个来龙去脉,要让胡家婶娘知道,才不会先对阿巧姐有成见。"七姑奶奶停了一下说,"后半段的话改成这个样子。"

她的做法是先安抚胡太太,也就是先安抚胡雪岩。因为胡家眷属一到上海,胡雪岩有外室这件事,是瞒不住的,而且胡雪岩本人也会向七姑奶奶探问结果,所以她需要胡太太跟她配搭,先把局面安定下来。

"我要一段辰光,好在阿巧姐面前下水磨功夫。就怕事情还没有眉目,他们夫妇已经吵了起来。凡事一破了脸,往往就会弄成僵局。所以胡家婶娘最好装作不知道这回事,如果小爷叔'夜不归营',也不必去查问。"

"我懂你的意思,雪岩夫人也一定做得到。不过,雪岩做事,常常会出奇兵,倘或一个装糊涂,一个倒当面锣、对面鼓,自己跟她老实去谈了呢?"

"我想这种情形不大会有,如果是这样,胡家婶娘不承认,也不反对,一味敷衍他就是了。"

"我想也只好这样子应付。"刘不才点点头,"一句话:以柔克刚。"

"以柔克刚就是圆滑。请你跟胡家婶娘说,总在三个月当中,包在我身上,将这件事办妥当。什么叫妥当呢?就是不坏她的规矩,如果阿巧姐不肯进门姓胡,那就一定姓了别人的姓了。"

"原来你是想用条移花接木之计。"刘不才兴致盎然地问,"七姊,你是不是替阿巧姐物色好了什么人?"

"没有,没有!要慢慢去觅。"七姑奶奶突然笑道,"其实,刘三叔,你倒蛮配!"

"开玩笑了!我怎么好跟雪岩'同科'?"

回家已经午夜过后的丑时了。但是胡雪岩的精神却还很好,坐在梳妆台畔看阿巧姐卸妆,同时问起她们这一夜出游的情形。

"先去吃大菜。实在没有什么好吃,炸鹌鹑还不如京馆里的炸八块。又是我们这么两个人,倒像——"阿巧姐摇摇头,苦笑着不肯再说下去。

像什么?胡雪岩闭起眼睛,作为自己是在场执役的"西崽"去体会。这样两位堂客,没有"官客"陪伴,抛头露面敢到那里"动刀动枪"去吃大菜,是啥路道?照他们的年纪和打扮来说,就像长三堂子里的两个极出色的"本家"。

阿巧姐的想法必是如此,所以才不愿说下去。了解到这一点,自然而然地意会到她的心境,即令不是向往朱邸,确已鄙弃青楼,真有从良的诚意。

由于这样的看法,便越觉得阿巧姐难舍,因而脱口问道:"七姊怎么跟你说?"

"什么怎么跟我说?"阿巧姐将正在解髻的手停了下来,"她会有什么话跟我说?你是先就晓得的是不是?你倒说说看,她今天拿五爷丢在家里,忽然要请我看戏吃大菜,到底是为了什么?"

这一连串的疑问,将胡雪岩搞得枪法大乱,无法招架。不过他有一样本事,善于用笑容来遮盖任何窘态,而那种窘态亦决不会保持得太久,很快地便沉着下来。

"我不懂你说的啥?"他说,"我是问你,七姊有没有告诉你,她何以心血来潮约你出去玩? 看样子你也不知道,那我就更加不知道了。"

"连你这样聪明的人都不知道?"阿巧姐微微冷笑,"那也就没有什么好说的了。"

"夫妇闲谈,说说何妨?"

阿巧姐倏然抬头,炯炯清眸,逼着胡雪岩:"夫妇! 我有那么好的福气?"

无意间一句话,倒似乎成了把柄。不过也难不倒胡雪岩,"在这里我们就是夫妇。"他从容自在地回答。

"所以,"她点点头,自语似地,"我就更不能听七姑奶奶的话了。"

"她说了什么话?"

"她劝我回去。"

这"回去"二字可有两个解释,一是回娘家,一是进胡家的大门做偏房。她的娘家在苏州木渎,而苏州此刻在长毛手里,自然没有劝她回娘家的道理。

弄清楚了她的话,该问她的意向,但不问可知,就无须多此一举。停了好一会,他口中爆出一句话来:"明天真的要去找房子了。"

他的态度有些莫测高深。她记起前几天谈到找房子的事,曾经暗示要让她跟大妇住在一起,而此刻还是那样的心

175

思？必得问一问。

于是她试探地说："如果真的一时找不到,不如先住到这里来。"

"住不下。"

这住不下是说本来就住不下呢,还是连她在一起住不下?阿巧姐依然不明白! 就只好再试探了。

"暂时挤一挤。"她说,"逃难辰光也讲究不来那么多。"

"那么,你呢?"

"我?"阿巧姐毅然决然地说,"另外搬。"

"那又何必? 一动不如一静。"胡雪岩想了一会,觉得还是把话说明了好,"我跟你的心思一样,就照这个样子最好。我已经托了七姑奶奶了,等我太太一来,请她去疏通,多说两句好话,特别通融一次。"

"那就奇怪了!"阿巧姐有些气愤,"七姑奶奶反而劝我回去,跟你托她的意思,完全相反,这是为啥?"

胡雪岩深为失悔,自己太疏忽了! 明知道七姑奶奶劝她的话是什么,不该再说实话,显得七姑奶奶为人谋而不忠。同时也被提醒了,真的,七姑奶奶这样做是什么意思,倒费人猜疑。

然而,不论如何,眼前却必须为七姑奶奶辩白,"也许她是先探探你的口气。"他问,"她怎么说?"

"她说:'妇道人家总要有个归宿,还是正式姓了胡,进门磕了头的好。不然,就不如拿个决断出来?!'"

"何谓'拿个决断出来'?"

"你去问她。"

阿巧姐这懒得说的语气,可知所谓"决断",是一种她绝不能同意的办法。胡雪岩将前后语言,合起来作一个推敲,懂了七姑奶奶的心思,只不懂她为何有那样的心思?

"七姑奶奶做事,常有叫人猜想不到的手段。你先不必气急,静下心来看一看再说。"

"要看到什么时候?"阿巧姐突然咆哮,声音又尖又高,"你晓不晓得七姑奶奶怎么说你? 说你滑头,说你没有常性,见一个爱一个! 这种人的良心让狗吃掉了,劝我早早分手,不然将来有苦头吃。我看啊,她的话一点不错。哼! 骗死人不偿命。"

这样夹枪带棒一顿乱骂,拿胡雪岩搞得晕头转向,几乎不相信自己的耳朵。心里当然也很生气,气的不是阿巧姐,而是七姑奶奶,不但为人谋而不忠,简直是出卖朋友。彼此这样的交情,而竟出此阴险的鬼蜮伎俩! 这口气实在叫人咽不下。

胡雪岩从来没有这样生气过,气得脸青唇白,刚要发作,突然警觉,七姑奶奶号称"女中丈夫",胸中不是有丘壑的人,更不是不懂朋友义气的人,她这样说法,当然有她的道理在内——这层道理一定极深,深得连自己都猜不透。

这样一转念间,脸色立刻缓和了,先问一句:"七姑奶奶还说点啥?"

"说点啥?"阿巧姐岂仅余怒不息,竟是越想越恨,"不是你有口风给她,打算不要我了,她会说这样的话! 死没良心的——"苏州女人爱骂"杀千刀",而阿巧姐毕竟余情犹在,把这三个字硬咽了回去。

胡雪岩不作辩白,因为不知道七姑奶奶是何道理,怕一辩就会破坏了她的用意。然而不辩白又不行,只好含含混混地说:"你何必听她的?"

"那么,我听谁? 听你的?"阿巧姐索性逼迫,"你说,你倒扎扎实实说一句我听。"

何谓"扎扎实实说一句"? 胡雪岩倒有些困惑了,"你说!"他问,"你要我怎么说一句?"

"你看你! 我就晓得你变心了。"阿巧姐跺着脚根声说道,"你难道不晓得怎么说? 不过不肯说而已! 好了,好了,我总算认识你了。"

静夜娇叱,惊起了丫头娘姨。窗外人影幢幢,是想进来解劝而不敢的模样,胡雪岩自觉无趣,站起身来劝道:"夜深了。睡吧!"

说完,他悄悄举步,走向套间。那里也有张床,是偶尔歇午觉用的,此时正好用来逃避狮吼,一个人捻亮了灯,枯坐沉思。

丫头姨娘看看无事,各自退去。阿巧姐赌气不理胡雪岩一个人上床睡下。胡雪岩见此光景,也不敢去招惹她,将就睡了一夜。第二天起身,走出套间,阿巧姐倒已经坐在梳妆台前了,不言不语,脸儿黄黄,益显得纤瘦,仔细看去,似有泪痕,只怕夜来将枕头都哭湿了。

"何苦!"他说,"自己糟蹋身子。"

"我想过了。"阿巧姐木然地说,"总归不是一个了局。你呢,我也弄不过你。算了,算了!"

一面说,一面摆手,而且将头扭到一边,大有一切撒手之意。胡雪岩心里自不免难过,但却想不出什么适当的话去安慰她。

"今天中午要请郁老大吃饭。"他说,意思是要早点出门。

"你去好了。"阿巧姐说,声音中带着些冷漠的意味。

胡雪岩有些踌躇,很想再说一两句什么安抚的话,但实在没有适当的意思可以表白,也就只好算了。

　　到古家才十点钟,七姑奶奶已经起身,精神抖擞地在指挥男佣女仆,准备款客。大厅上的一堂花梨木几椅,全部铺上了大红缎子平金绣花的椅披,花瓶中新换了花,八个擦得雪亮的高脚银盘,摆好了干湿果子。这天的天气很好,阳光满院,又没有风,所以屏门窗子全部打开,格外显得开阔爽朗。

　　"小爷叔倒来得早! 点心吃了没有!"七姑奶奶忽然发觉,"小爷叔,你的气色很不好,是不是身子不舒服?"

　　"不是!"胡雪岩说,"昨晚上一夜没有睡好。"

　　"为啥?"七姑奶奶又补了一句,"就一夜不睡,也不至于弄成这个样子,总有道理吧?"

　　"对。其中有个缘故。"胡雪岩问道,"老古呢?"

　　"到号子里去了。十一点半回来。"

　　"客来还早。七姊有没有事? 没有事我有几句话想跟你说。"

　　七姑奶奶的眼睛眨了几下,很沉着地回答说:"没有事。我们到应春书房里去谈。"

　　到得书房,胡雪岩却又不开口,捧着一碗茶,只是出神。七姑奶奶已经有点猜到他的心事,如果是那样的话,发作得未免太快,自己该说些什么,需要好好想一想。所以他不说话,她也乐得沉默。

　　终于开口了:"七姊,昨天晚上,阿巧跟我大吵了架。"他问,"你到底跟她说了些啥?"

　　七姑奶奶不即回答,反问一句:"她怎么跟你吵?"

"她说:我有口风给你,打算不要她了。七姊,这不是无影无踪的事?"

七姑奶奶笑一笑,"还有呢?"她再问。

"还有,"胡雪岩很吃力地说,"说你骂我滑头,良心让狗吃掉了。又说我是见一个爱一个。"

七姑奶奶又笑了,这一笑似乎有点不好意思,"小爷叔,"她带点逗弄的意味,"你气不气?"

"先是有点气。后来转念想一想,不气了。我想,你也不是没有丘壑的人,这样子说法,总有道理吧?"

听得这话,七姑奶奶脸上顿时浮起欣慰而感激的神色。"小爷叔,就因为你晓得我的本心,我才敢那样子冒失——其实也不是冒失,事先我跟人商量过,也好好想过,觉得只有这样子做最好。不过,不能先跟你说,说了就做不成了。"她撇开这一段,又问阿巧姐,"她怎么个说法?为啥跟你吵?是不是因为信了我的话?"

"她是相信我给了你口风,打算不要她了,所以你才会跟她说这些话。"胡雪岩说,"换了我,也会这样子想,不然,我们这样的交情,你怎么会在她面前,骂得我一文不值?"

"不错!完全不错。"七姑奶奶很在意地问,"小爷叔,那么你呢?你有没有辩白?"

"没有。"胡雪岩说,"看这光景,辩亦无用。"

由于胡雪岩是这样无形中桴鼓相应的态度,使得七姑奶奶的决心无可改变了。她是接受了刘不才的劝告,以胡家的和睦着眼,来考虑阿巧姐跟胡雪岩之间的尴尬局面,认为只有快刀斩乱麻,才是上策。但话虽如此,到底不能一个人操纵局面,同时也不能先向胡雪岩说破,那就只有见机行事,到什么地步说什么话了。

第一步实在是试探。如果阿巧姐不信她只信胡雪岩:拿她批评胡雪岩用情不专,迹近薄幸的种种"背后之言",付之一笑,听过丢开,这出戏就很难唱得下去了。或者,胡雪岩对阿巧姐迷恋已深,极力辩白,决无其事,取得阿巧姐的谅解,这出戏就更难唱得下去了。谁知阿巧姐疑心她的话,出于胡雪岩的授意,而胡雪岩居然是默认的模样,这个机会若是轻轻放过,岂不大负本心?

于是,她正一正脸色,显得极郑重地相劝:"小爷叔! 阿巧姐你不能要了。旁观者清,我替你想过,如果你一定不肯撒手,受累无穷。"

照七姑奶奶的说法,胡雪岩对阿巧姐有"四不可要":第一,阿巧姐如果一定要在外面"立门户",坏了胡太太的家法,会搞得夫妇反目。第二,即令阿巧姐肯"回去",亦是很勉强的事,心中有了芥蒂,妻妾之间会失和。第三,阿巧姐既由何家下堂,而且当初是由胡雪岩撮合,如今就该避嫌疑,不然,保不定会有人说他当初不过"献美求荣",这是个极丑的名声。第四,阿巧姐出身青楼,又在总督衙门见过大世面,这样的人,是不是能够跟着胡雪岩从良到底,实在大成疑问。

"小爷叔!"最后七姑奶奶又很恳切地劝说,"杭州一失守,王雪公一殉难,你的老根断掉了,靠山倒掉了。以后等于要重起炉灶,着实得下一番功夫,才能恢复从前那种场面。如果说,你是像张胖子那样肯守的,只要一家吃饱穿暖就心满意足,那我没有话说。想要再创一番事业,小爷叔,你这个时候千万闹不得家务。不但闹不得家务,还要婶娘切切实实助你一臂之力才行。这当中的利害关系,你倒仔细想一想!"

前面的"四不可要",胡雪岩觉得也不过"想当然耳"的危言耸听,最后一句"这个时候千万闹不得家务",却真的让他悚然心惊。"七姊,你晓得的,我不是张胖子那种人,我不但要重起炉灶创一番事业,而且要大大创它一番事业。你提醒了我,这个时候心无二用,哪里有功夫来闹家务——"

"是啊!"七姑奶奶抢着说:"你不想闹家务,家务会闹你到头上来!推不开,摔不掉,那才叫苦恼。"

"我就是怕这个!看样子,非听你的不可了。"

"这才是!谢天谢地,小爷叔,你总算想通了。"七姑奶奶高兴地说,"阿巧姐自然是好的,不过也不是天下独一无二就是她!将来有的是。"

"将来!"胡雪岩顿一顿足:"就看在将来上面。七姊,我们好好来谈一谈。"

要谈的是如何处置阿巧姐。提到这一层,七姑奶奶不免踌躇:"说实话,"她说,"我还要动脑筋!"

"七姊,"胡雪岩似乎很不放心,"我现在有句话,你一定要答应我,你动出啥脑筋来,要先跟我说明白。"

这话使得七姑奶奶微觉不安,也微有反感:"哟!哟!你这样子说法,倒像我会瞒着你,拿她推到火坑里去似的。"她很费劲地分辩,"我跟阿巧姐一向处得很好,现在为了你小爷叔,抹煞良心做事,你好像反倒埋怨我独断独行——"

"七姊,七姊!"胡雪岩不容她再往下说,兜头长揖,"我不能'狗咬吕洞宾,不识好人心',无非我自己觉得对不起她,要想好好补报她一番而已。"

"我还不是这样?你放心好了,我决不会动她的坏脑筋。"说到这里,七姑奶奶的眼睛突然发亮,同时绽开笑靥,望空出神。

这是动到了极好的脑筋。胡雪岩不敢打搅她,但心里却急得很! 渴望她揭开谜底。

七姑奶奶却似有意报复:"我想得差不多了。不过,小爷叔对不起,我现在还没有动手。到开始做的时候,一定跟你说明白,你也一定会赞成。"

"七姊!"胡雪岩赔笑说道,"你何妨先跟我说说?"

"不行,起码要等我想妥当,才能告诉你。"七姑奶奶又说,"不是我故意卖关子,实在是还没有把握,不如暂且不说的好。"

听她言词闪烁,究不知她葫芦里卖的什么药? 以她的性情,再问亦无用,胡雪岩只好叹口气算了。

到了第二天,胡雪岩又去看七姑奶奶,恰好古应春也在,谈起家眷将到,另外要找房子,置家具,备办日用物品,本来可以关照阿巧姐动手的,此刻似乎不便麻烦她了。

"不要紧!"七姑奶奶在这些事上最热心,也最有兴趣,慨然应承,"都交给我好了。"

在一旁静听的古应春,不免困惑,"为啥不能请阿巧姐帮忙?"他问。

"其中自然有道理。"七姑奶奶抢着说,"回头告诉你。"

"又是什么花样?"古应春跟他妻子提忠告,"你可不要替小爷叔乱出主意。现在这个辰光,顶要紧的就是安静二字。"

"正是为了安静两个字。"七姑奶奶不愿丈夫打搅,催着他说,"不是说,有人请你吃花酒,可以走了。"

"吃花酒要等人来催请,哪有这么早自己赶了去的?"古应春看出妻子的意思,觉得还是顺从为妙,所以又自己搭讪着说,"也好！我先去看个朋友。"

"慢点！"七姑奶奶说,"我想起来了,有次秦先生说起,他的亲戚有幢房子在三马路,或卖或典都可以,你不妨替小爷叔去问一问。"

秦先生是她家号子里的账房。古应春恪遵阃令,答应立刻去看秦先生细问,请胡雪岩第二天来听消息。

"这样吧,"七姑奶奶说,"你索性请秦先生明天一早来一趟。"

"大概又是请他写信。"古应春说,"如果今天晚上有空,我就叫他来。"

于是七姑奶奶等丈夫一走,便又跟胡雪岩谈阿巧姐,"小爷叔,"她问,"你的主意打定了？将来不会懊悔,背后埋怨我棒打鸳鸯两离分？"

"哪有这样的事？七姊在现在还不明白我的脾气?"

"我晓得,小爷叔是说到做到、做了不悔的脾气。不过,我还是问一声的好。既然小爷叔主意打定,明天我就要动手了。你只装不知道,看出什么异样,放在肚子里就是。"

"我懂！"胡雪岩问,"她如果要逼着我问,我怎么样?"

"不会逼着你问的,一切照旧,毫无变动,她问什么?"

"好的！那就是我们杭州人说的那句话:'城隍山上看火烧!'我只等着看热闹了。"

如果不是极深的交情,这句话就有讽刺意味的语病了。不过七姑奶奶还是提醒他,不可自以为已经置身事外。一旦火烧了起来,也许会惊心动魄,身不由主,那时一定要有定力,视如不见,切忌临时沉不住气,横身插入。"那一来,"她说:"就会引火烧身,我也要受连累,总而言之一句话,不管阿巧姐

184

说什么,你不要理她!"

原来七姑奶奶由胡雪岩要买房子,想到一个主意,决定借这个机会刺激阿巧姐,能把她气走了,一了百了。但也可能会发生极大的风波,所以特意提出警告。

购屋之事,相当顺利。秦先生所介绍的那幢房子,在三马路靠近有名的昼锦里,虽是闹市,但屋宇宏深,关紧大门,就可以隔绝市嚣,等于闹中取静。胡雪岩深为中意,问价钱也不贵,只有鹰洋两千五百元,所以当天就成交了。

七姑奶奶非常热心,"小爷叔,"她说,"你再拿一千块钱给我,一切都归我包办。这三天你去干你的事,到第四天你来看,是啥样子?"

"这还有啥好说的? 不过,七姊,太费你的心了!"

胡雪岩知道她的脾气,这样说句客气话就行了。如果觉得她过于劳累,于心不安,要派人去为她分劳,反使得她不高兴,所以交了一千银洋给她,不闻不问。趁这三天功夫,在自己钱庄里盘一盘账,问一问业务,倒是切切实实做了些事。

第三天从集贤里阜康钱庄回家,只见阿巧姐头光面滑,点唇涂脂,是打扮过了,但身上却穿的是家常衣衫,不知是正要出门,还是从外面回来。

"我刚回来。去看七姑奶奶了。"阿巧姐说,"三马路的房子,弄得很漂亮啊!"

语气很平静,但在胡雪岩听来,似有怨责他瞒着她的味道,因而讪讪地有些无从接口。

"七姑奶奶问我:房子好不好? 我自然说好。她又问我想不想去住,你道我怎么回答她? 我说:我没有这份福气。"

胡雪岩本来想答一句：只怕是我没有这份福气。话到口边，忽又缩住，用漫不经意地口吻答道："住这种夷场上的所谓'弄堂房子'，算啥福气？将来杭州光复，在西湖上好好造一座庄子，住那种洞天福地，可真就要前世修一修了。"

阿巧姐不作声，坐到梳妆台前去卸头面首饰，胡雪岩便由丫头伺候着，脱掉马褂，换上便鞋，坐在窗前喝茶。

"我看，"阿巧姐突然说道，"我修修来世吧！"

"来世我们做夫妻。"胡雪岩脱口相答。

阿巧姐颜色大变——在胡雪岩的意思，既然她今生不肯做胡家的偏房，那就只好期望来世，一夫一妻，白头到老。而阿巧姐误会了！

"我原在奇怪，七姑奶奶为啥说那些话？果不其然，你是变心了！有话你很可以自己说，何必转弯抹角去托人？"

胡雪岩知道自己失言了。然而也实在不能怪自己，那天原就问过七姑奶奶，如果阿巧姐逼着要问她的归宿，如何作答。七姑奶奶认为"一切照旧，毫无变动"，她不会问。照现在看，情形不同了！新居既已为她所见，"变动"便已开始，以后她不断会问，总不能每次一问，便像此刻一样，惹得她怨气冲天。

看来还是要靠自己动脑筋应付！他这样对自己说，而且马上很用心地去体察她的态度。为什么她不自己想一想，她这样不肯与大妇同住，悖乎常情，强人所难，而偏偏一再要指责他变心？莫非她自己有下堂求去之意，只是说不出口，有意这样透过，这样逼迫，想把决裂的责任，加在他头上？

这是个看来近乎荒诞的想法。胡雪岩自问：果真自己是小人之心？不见得！阿巧姐当初对何桂清亦曾倾心过，到后

186

来不管怎么说,总是负心,而且是在何桂清倒霉的时候负心。这样看起来,将她看成一个"君子",似乎也太天真了些。

就这一念之间,他自己觉得心肠硬了,用不大带感情的、平静得近乎冷漠的声音说:"我没有什么话好说。你愿意修修来世,我当然也只好希望来世再做夫妻。"

"你的意思是,今生今世不要我了?"阿巧姐转过脸来,逼视着他问。

他将视线避了开去,"我没有说这话。不过——"他没有再说下去。

"说啊!男子汉大丈夫,说话不要吞吞吐吐!"

遇到他这种口吻语气,如果她是愿意委屈息事的,至多流泪,不会追问,既然追问,便有不惜破脸的打算。胡雪岩觉得了解她的态度就够了,此时犯不着跟她破脸——最好永不破脸,好来好散!

于是他笑笑说道:"我们都不是三岁两岁的小孩,这个样子叫底下人笑话,何必呢?"

"哼!"阿巧姐冷笑了一下,然后回过脸去,对镜卸妆。

胡雪岩觉得无聊得很。这种感觉是以前所从不曾有过的。他在家的时候不多,所以一回到家,只要看见阿巧姐的影子,便觉得世界上只有这个家最舒服,非万不得已,不肯再出门。而此刻,却想到哪里去走走,哪怕就在街上逛逛也好。

此念一动,不可抑制,站起身来说:"我还要出去一趟。"说了这话,又觉歉然,因而问道,"你想吃点啥?我替你带回来。"

阿巧姐只摇摇头,似乎连话也懒得说。胡雪岩觉得背上一阵一阵发冷,拔步就走,就穿着那双便鞋,也不着马褂,径自下楼而去。

走出大门,不免茫然,"轿班"阿福赶来问道:"老爷要到哪里去? 我去叫人。"

轿班一共四个人,因为胡雪岩回家时曾经说过,这夜不再出门,所以那三个住在阜康钱庄的都已走了,只剩下阿福在家。

"不必!"胡雪岩摆一摆手,径自出弄堂而去。

茫然闲步,意兴阑珊,心里要想些有趣的事,偏偏抛不开的是阿巧姐。美目盼兮,巧笑倩兮,那些影子都在眼前,其美如莺的吴侬软语亦清清楚楚地响在耳际。突然间,胡雪岩有着浓重的悔意,掉头就走,而且脚步极快。

到家只见石库墙门已经关上了,叩了几下铜环,来开门的仍是阿福,胡雪岩踏进门便上楼,一眼望去,心先凉了!

"奶奶呢?"他指着漆黑的卧室,问从另一间屋里迎出来的丫头素香。

"奶奶出去了。"

"到哪里?"

"没有说。"

"什么时候走的?"

"老爷一走,奶奶就说要出去。"素香答说,"我问了一声,奶奶骂我:少管闲事。"

"那,怎么走的呢?"胡雪岩问,"为什么没有要你跟去?"

"奶奶不要我跟去,说是等一息就回来。我说:要不要雇顶轿子? 她说,她自己到弄堂口会雇的。"

胡雪岩大为失望,而且疑虑重重,原来想跟阿巧姐来说:"一切照旧,毫无变动",不管胡太太怎么说,他决意维持这个外室。除非阿巧姐愿意另外择人而事,他是决不会变心的。

188

这一番热念,此刻全都沉入深渊。而且觉得阿巧姐的行踪,深为可疑,素香是她贴身的丫头,出门总是伴随的,而竟撇下不带,可知所去的这个地方,是素香去不得的,或者说,是她连素香都要瞒住的。

意会到此,心中泛起难以言宣的酸苦抑郁,站在客堂中,久久无语。这使得素香有些害怕,怯怯地问道:"老爷!是不是在家吃饭?我去关照厨房。"

"我不饿!"胡雪岩问,"阿祥呢?"

"阿祥,出去了。"

"出去了!到哪里?"

"要——"素香吞吞吐吐地说,"要问阿福。"

这神态亦颇为可疑,胡雪岩忍不住要发怒,但一转念间冷静了。"你叫阿福来!"他说。

等把阿福喊来一问,才知究竟,阿祥是在附近的一家小杂货店"白相"。那家杂货店老夫妇两个,只有一个十七岁的女儿,胡雪岩也见过,生得像"无锡大阿福",圆圆胖胖的一张脸。笑口常开。阿祥情有所钟,只等胡雪岩一出门,便到那家杂货店去盘桓,是他家不支薪工饭食的伙计兼跑街。

"老爷要喊他,我去把他叫回来。"

"不必!"胡雪岩听得这段"新闻",心里舒服了些,索性丢下阿巧姐来管阿祥的闲事,"照这样说,蛮有意思了!那家的女儿,叫啥名字?"

"跟——"阿福很吃力地说,"跟奶奶的小名一样。"

原来也叫阿巧,"那倒真是巧了!"胡雪岩兴味盎然地笑着。

"我跟阿祥说,你叫人家的时候,不要直呼直令地叫人家的名字,那样子犯了奶奶的讳。做下人的不好这样子没规矩。"

这是知书识礼的人才会有的见解,不想出现在两条烂泥腿的轿班身上,胡雪岩既惊异又高兴,但口中问的还是阿祥。

"他不叫人家小名叫啥?"胡雪岩问,"莫非叫姐姐、妹妹?那不是太肉麻了。"

"是啊!那也太肉麻。阿祥告诉我说,他跟人家根本彼此都不叫名字,两个人都是'喂'呀'喂'的。在她父母面前提起来,阿祥是说'你们家大小姐'。"

"这倒妙!"胡雪岩心想男女之间,彼此都用"喂"字称呼,辨声知人,就绝不是泛泛的情分了。又问道:"她父母对阿祥怎么样?"

"她家父母对阿祥蛮中意的。"

"怎么叫蛮中意?"胡雪岩问,"莫非当他'毛脚女婿'看待?"

"也差不多有那么点意思。"

"既然如此,你们应该出来管管闲事,吃他一杯喜酒啊!"

"阿祥是老爷买来的,凡事要听老爷做主,我们怎么敢管这桩闲事。再说,这桩闲事也管不了。"

"怎么呢?"

"办喜事要——"

胡雪岩会意,点点头说:"我知道了。你把阿祥替我去叫回来。"

用不到一盏茶的功夫,阿祥被找了回来。脸上讪讪的,有些不大好意思。显然,他在路上就已听阿福说过,知道是怎么一回事了。

"你今年十几?"

"十七。"

"十七!"胡雪岩略有些踌躇似地,"是早了些。"他停了一下又问:"'他们家大小姐'几岁?"

这句对阿巧的称呼,是学着阿祥说的,自是玩笑,听来却有讥嘲之意,阿祥大窘,嗫嚅着说:"比我大两月,我是五月里生的,她的生日是三月三。"

"连人家的时辰八字都晓得了!"胡雪岩有些忍俊不禁,但为了维持尊严,不得不忍笑问道,"那家人家姓啥?"

"姓魏。"

"魏老板对你怎么样?"胡雪岩说,"不是预备拿女儿给你?你不要难为情,跟我说实话。"

"我跟老爷当然说实话。"阿祥答道,"魏老板倒没有说什么,老板娘有口风透露了,她说:他们老夫妇只有一个女儿,舍不得分开。要娶她女儿就要入赘。"

"你怎么说呢?"

"我装糊涂。"

"为啥?"胡雪岩问,"是不肯入赘到魏家?"

"我肯也没有用。我改姓了主人家的姓,怎么再去姓魏?"

"你倒也算是有良心的。"胡雪岩满意地点点头,"我自有道理。"

这当然是好事可谐了!阿祥满心欢喜,但脸皮到底还薄,明知是个极好的机会,却不敢开口相求,就此"敲钉转脚"拿好事弄定了它。

不说话却又感到僵手僵脚,一身不自在。于是搭讪着问道:"老爷恐怕还没有吃饭? 我来关照他们!"接着便喊:"素香,素香!"

素香从下房里闪了出来,正眼都不看阿祥,走过他面前,低低咕哝了一句:"叫魂一样叫!"然后到胡雪岩面前问道:"老爷叫我?"

做主人的看在眼里,恍然大悟,怪不得问她阿祥在哪里,她有点懒得答理的模样!原来阿祥跟魏阿巧好,她在吃醋。照此说来,落花有意,流水无情,阿祥倒辜负她了。

这样想着,便有些替素香委屈。不过事到如今,没有胡乱干预,扰乱已成之局的道理,惟有装作不解,找件事差遣素香去做。

"我不在家吃饭了。"他嘱咐阿祥,"你马上到张老板那里去,说我请他吃酒。弄堂口那家酒店叫啥字号?"

"叫王宝和。"

"我在王宝和等他。你去快点,请他马上来。"

"是!"阿祥如奉了将军令一般,高声答应,急步下楼。

等他一走,胡雪岩喝完一杯素香倒来的茶,也就出门了。走到王宝和,朝里一望,王老板眼尖,急忙迎了出来,哈腰曲背地连连招呼:"胡大人怎么有空来?是不是寻啥人?"

"不是! 到你这里来吃酒。"

王老板顿时有受宠若惊之感:"请! 请! 正好雅座有空。胡大人来得巧了。"

所谓雅座是凸出的一块方丈之地,一张条案配着一张八仙桌,条案上还供着一座神龛,内中一方"王氏昭穆宗亲之位"的神牌。胡雪岩看这陈设,越发勾起乡思,仿佛置身在杭州盐桥附近的小酒店中,记起与张胖子闲来买醉的那些日子了。

"胡大人,我开一坛如假包换的绍兴花雕,您老人家尝尝看。"

"随你。"胡雪岩问,"有啥下酒菜?"

"蛏子刚上市。还有鞭笋,嫩得很。再就是酱鸭、糟鸡。"

"都拿来好了。另外要两样东西,'独脚蟹'、油炸臭豆腐干。"

"独脚蟹"就是发芽豆,大小酒店必备。油炸臭豆腐干就难了,"这时候,担子都过去了。"王老板说,"还不知有没有?"

"一定要!"胡雪岩固执地说,"你叫个人,多走两步路去找,一定要买来!"

"是,是! 一定买来,一定买来!"王老板一叠连声地答应,叫个小徒弟遍处去找,还特地关照一句,"快去快回。"

于是,胡雪岩先独酌。一桌子的酒菜,他单取一样发芽豆,咀嚼的不是豆子,而是寒微辰光那份苦中作乐的滋味。心里是说不出的那种既辛酸,又安慰的隽永向往的感觉。

一抬眼突然发觉,张胖子笑嘻嘻地站在面前,才知道自己是想得出神了。定定神问道:"吃了饭没有?"

"正在吃酒,阿祥来到。"张胖子坐下来问道,"今天倒清闲,居然想到这里来吃酒?"

"不是清闲,是无聊。"

张胖子从未听他说过这种泄气的话,不由得张大了眼想问,但烫来的酒,糟香扑鼻,就顾不得说话先要喝酒了。

"好酒!"他喝了一口说,啧啧地咂着嘴唇,"嫡路绍兴花雕。"

"酒再好,也比不上我们在盐桥吃烧酒的味道好。"

"呕!"张胖子抬头四顾,"倒有点像我们常常去光顾的那家'纯号'酒店。"

"现在也不晓得怎么样了?"胡雪岩微微叹息着,一仰脸,干了一碗。

"你这个酒,不能这样子喝!要吃醉的。"张胖子停杯不饮,愁眉苦脸地说,"啥事情不开心?"

"没有啥!有点想杭州,有点想从前的日子。老张,'贫贱之交不可忘,糟糠之妻不下堂',来,我敬你!"

张胖子不知他是何感触?惴惴然看着他说:"少吃点,少吃点!慢慢来。"

还好,胡雪岩是心胸开阔的人,酒德甚好,两碗酒下肚,只想高兴的事。想到阿祥,便即问道:"老张,前面有家杂货店,老板姓魏,你认不认识?"

"我们是同行,怎么不认识?你问起他,总有缘故吧?"

"他有个女儿,也叫阿巧,长得圆圆的脸,倒是宜男之相。你总也很熟?"

听这一说,张胖子的兴致来了,精神抖擞地坐直了身子,睁大眼睛看着胡雪岩,一面点头,一面慢吞吞地答道:"我很熟,十天、八天总要到我店里来一趟。"

"为啥?"

"她老子进货,到我这里来拆头寸,总是她来。"

"这样说,他这个杂货店也可怜巴巴的。"

"是啊,本来是小本经营。"张胖子说,"就要他这样才好。如果是殷实的话,铜钿银子上不在乎,做父母的就未必肯了。"

"肯什么?"胡雪岩不懂他的话。

"问你啊!不是说她宜男之相?"

胡雪岩愣了一下,突然意会,一口酒直喷了出来,赶紧转过脸去，一面呛，一面笑。将个张胖子搞得丈二金刚摸不着头。

"啊老张，你一辈子就是喜欢自作聪明，你想到哪里去了？"

"你，"张胖子嗫嚅着说，"你不是想讨个会养儿子的小？"

"所以说，你是自作聪明。哪有这回事？不过，谈的倒也是喜事，媒人也还是要请你去做。"接着，胡雪岩便将阿祥与阿巧的那一段情，都说给了张胖子听。

"好啊！"张胖子很高兴地，"这个媒做来包定不会'春梅浆'！"

"春梅浆"是杭州的俗语，做媒做成一对怨偶，男女两家都嗔怨媒人，有了纠纷，责成媒人去办交涉，搞得受累无穷，就叫"春梅浆"。老张说这话，就表示他对这头姻缘，亦很满意，使得胡雪岩越发感到此事做得惬意称心。一高兴之下，又将条件放宽了。

"你跟魏老板去说，入赘可以，改姓不可以。既然他女儿是宜男之相，不怕儿子不多，将来他自己挑一个顶他们魏家的香烟好了。至于阿祥，我叫他也做杂货生意，我借一千银洋给他做本钱。"

"既然这样，也就不必谈聘金不聘金了。嫁妆、酒席，一切都是男家包办。拜了堂，两家并作一家。魏老板不费分文，有个女婿养他们的老，有这样便宜的好事，他也该心满意足了。你看我，明天一说就成功，马上挑日子办喜事。"

"那就重重拜托。我封好谢媒的红包，等你来拿。"

"谢什么媒！你帮我的忙还帮得少了不成？"

谈到这里，小徒弟捧来一大盘油炸臭豆腐干，胡雪岩不暇多说，一连吃了三块，有些狼吞虎咽的模样，便又惹得爱说话的张胖子要开口了。

"看你别的菜不吃，发芽豆跟臭豆腐干倒吃得起劲！"

胡雪岩点点头，停箸答道："我那位老把兄稽鹤龄，讲过一个故事给我听：从前有个穷书生，去庙里住，跟一个老和尚做了朋友。老和尚常常掘些芋头，煨在热灰里，穷书生吃得津津有味。到后来穷书生十年寒窗无人问，一举成名天下知，飞黄腾达，做了大官。衣锦还乡，想到煨芋头的滋味，特地去拜访老和尚，要尝一尝，一尝之下，说不好吃。老和尚答他一句：芋头没有变，你人变了！我今天要吃发芽豆跟臭豆腐干，也就仿佛是这样一种意思。"

"原来如此！你倒还记得，当初我们在纯号'摆一碗'，总是这两样东西下酒。"张胖子接着又问，"现在你尝过了，是不是从前的滋味？"

"是的。"

"那倒难得！"张胖子有点笑他言不由衷的意味，"鱼翅海参没有拿你那张嘴吃刁？"

"你弄错了，我不是说它们好吃！从前不好吃，现在还是不好吃。"

"这话我就不懂了！不好吃何必去吃它？"张胖子说，"从前也不晓得吃过多少回，从来没有听你说过，发芽豆、臭豆腐干不好吃。"

"不好吃，不必说，想法子去弄好吃的来吃。空口说白话，一点用都没有，反而害得人家都不肯吃苦了！"

这几句话说得张胖子愣住了，怔怔地看了他好半天，方始开口："老胡，我们相交不是三年、五年，到今天我才晓得你的

196

本性。这就难怪了！你由学生意爬到今天大老板的地位，我从钱庄大伙计弄到开小杂货店，都是有道理的。"

一向笑嘻嘻的张胖子，忽然大生感触，面有抑郁之色。胡雪岩从他的牢骚话中，了解他不得意的心情，多年的患难贫贱之交，心里自然也很难过。

他真想安慰他，因而想到跟刘不才与古应春所商量的计划，不久联络好了杭州的小张和嘉兴的孙祥太，预备大举贩卖洋广杂货，不正好让张胖子也凑一股？股本当然是自己替他垫，只要他下手帮忙，无论如何比株守一爿小杂货店来得有出息。

话已经要说出口了，想想不妥，张胖子嘴不紧，而这个贩卖洋广杂货的计划，是有作用的，不宜让他与闻。要帮他的忙，不如另打主意。

想了一下，倒是有个主意，"老张，"他说，"我也晓得你现在委屈。不过时世不对，暂时要守一守。我的钱庄，你晓得的，杭州的老根一断，就没有源头活水了！现在也是苦撑在那里的局面。希望是一定有的，要摆功夫下去。你肯不肯来帮帮我的忙？"

"你我的交情，谈不到肯不肯。不过，老胡，实在对不起，钱庄饭我吃得寒心了。你想想，我从前那个东家，我那样子替他卖力，弄到临了，翻脸不认人。如果不是你帮我一个大忙，吃官司都有份。从那时候起，我就罚过咒，再不吃钱庄饭！自己小本经营，不管怎么样，也是个老板。"说到这里，张胖子自觉失言，赶紧又作补充，"至于对你，情形当然不同。不过我罚过咒，不帮人家做钱庄，这个咒是跪在关帝菩萨面前罚的，不好当耍。老胡，千言万语并一句：对不起你！"说完，举杯表示道歉。

"这杯酒,我不能吃。我有两句话请问你,你罚咒,是不帮人家做钱庄?"

"是的。"

"就是说,不给人家做伙计?"

"是的!"张胖子重重地回答。

"那么,老张,你先要弄清楚,我不是请你做阜康的伙计。"

"做啥?"张胖子愕然相问。

"做股东。等于你自己做老板!这样子,随便你罚多少重的咒,都不会应了。"

"做股东!"张胖子心动了,"不过,我没有本钱。"

"本钱我借你。我划一万银子,算你的股份。你来管事,另外开一份薪水。"胡雪岩说,"你那家小杂货店,我也替你想好了出路,盘给阿祥,他自然并到他丈人那里。你看,这不是顺理成章的事?"

这样的条件,这样的交情,照常理说,张胖子应该一诺无辞,但他仍在踌躇。因为第一,钱庄这一行,他受过打击,确实有些寒心;第二,交朋友将心换心,惟其胡雪岩如此厚爱,自己就更得忖量一下,倘或接手以后,没有把握打开局面,整顿内部,让好朋友失望,倒不如此刻辞谢,还可以保全交情。

当然,他说不出辞绝的话,而且也舍不得辞绝,考虑了又考虑,说了句:"让我先看一看再说。"

"看?你用不着看了!"胡雪岩说,"阜康的情形比起从前王雪公在世的时候那样热闹,自然显得差了。跟上海的同行比一比,老实说一句,比上不足,比下着实有余。阜康决没有亏空,放款出去的户头,都是靠得住的,几个大存户亦都殷实

198

得很,不至于一下子都来提款。毛病是我不能拿全副精神摆在上头。原来请的那个大伙,人既老实,身子又不好,所以弄得死气沉沉,没有起色。你去了,当然会不同。等我来出两个主意,请你一手去做,同心协力拿阜康这块招牌再刷得它金光闪亮。"

照这样说,大可一干,不过,"我到底是啥身份到阜康呢?"他说,"钱庄的规矩,你是晓得的。"

钱庄的规矩,大权都在大伙手里,股东不得过问,胡雪岩原就有打算的,毫不迟疑地答道:"对我来说,你是股东;对阜康来说,你是大伙。你不是替人家做伙计,是替自己做。"

这个解释很圆满,张胖子表示满意,毅然决然地答道:"那就一言为定。主意你来出,事情我来做,对外是你出面,在内归我负责。"

"好极!我正就是这个意思——"

"慢来。"张胖子突然想到,迫不及待地问,"原来的那位老兄呢?"

"这你不必担心。他身体不好,而且儿子已经出道,在美国人的洋行里做'康白度',老早就劝他回家享福。他因为我待他不错,虽然辞过几次,我不放他,也就不好意思走。现在有你去接手,在他真正求之不得。"

张胖子释然了,"我就怕敲了人家饭碗!"他又生感慨,"我的东家不好,不能让他也在背后骂东家不好。"

"你想想我是不是那种人?"胡雪岩问道,"老张,君子一言,驷马难追。从此刻起,我们就算合伙了!倒谈谈生意经,你看,我们应该怎么个做法?"

这一下,将张胖子问住了。他是钱庄学徒出身,按部就班做到大伙,讲内部管理,要看实际情形而定;谈到外面的发展,也要先了解了解市面。如果他凭空想个主意出来,可就抓瞎了。

想了好一会,他说:"现在的银价上落很大,如果消息灵通,兑进兑出一转手之间,利息不小。"

"这当然。归你自己去办,用不着商量。"胡雪岩说,"我们要商量的是,长线放远鹞,看到三五年以后,大局一定,怎么样能够飞黄腾达,一下子蹿了起来。"

"这——"张胖子笑道,"我就没有这份本事了。"

谈生意经,胡雪岩一向最起劲,又正当微醺之时,兴致更佳,"今天难得有空,我们索性好好儿筹划一番。"他问,"老张,山西票号的规矩,你总熟悉的吧?"

"隔行如隔山。钱庄、票号看来是同行,做法不同。"张胖子在胡雪岩面前不敢不说老实话,"而且,票号的势力不过长江以南,他们的内幕,实在没有机会见识。"

"我们做钱庄,惟一的劲敌就是山西票号。知己知彼,百战百胜,所以这方面,我平时很肯留心。现在,不妨先说点给你听。"

照胡雪岩的了解,山西票号原以经营汇兑为主,而以京师为中心。这几年干戈扰攘,道路艰难,公款解京,诸多不便,因而票号无形中代理了一部分部库与省库的职司,公款并不计息,汇水尤为可观,自然大获其利。还有各省的巨商显宦,认为天下最安稳的地方,莫如京师,所以多将现款,汇到京里,实际上就是存款。这些存款的目的不是生利,而是保本,所以利息极轻。

"有了存款要找出路。头寸烂在那里,大元宝不会生小元

200

宝的。"胡雪岩说，"山西票号近年来通行放款给做京官的，名为'放京债'。听说一万两的借据，实付七千——"

"什么？"张胖子大声打断，"这是什么债，比印子钱还要凶！"

"你说比印子钱还要凶，借的人倒是心甘情愿，反正羊毛出在羊身上，老百姓倒霉！"

"怎么呢？"

"你想，做官借债，拿什么来还？自然是老百姓替他还。譬如某人放了我们浙江藩司，京里打点上任盘费，到任以后置公馆、买轿马、用底下人，哪一样不要钱？于是乎先借一笔京债，到了任想法子先挪一笔款子还掉，随后慢慢儿弥补，不在老百姓头上动脑筋，岂不是就要闹亏空了？"

"这样子做法难道没有风险！譬如说，到了任不认账？"

"不会的。第一，有保人。保人一定也是京官。第二，有借据。如果赖债，到都察院递呈子，御史一参，赖债的人要丢官。第三，自有人帮票号的忙，不准人赖债。为啥呢？一班穷翰林平时都靠借债度日，就盼望放出去当考官，当学政，收了门生的'贽敬'来还债，还了再借，日子依旧可以过得下去。倘若有人赖了债，票号联合起来，说做官的没有信用，从此不借，穷翰林当然大起恐慌，会帮票号讨债。"胡雪岩略停一下又说，"要论风险，只有一样，新官上任，中途出了事，或者死掉，或者丢官。不过也要看情形而定，保人硬气的，照样会一肩担承。"

"怪不得！"张胖子说，"这几年祁、太、平三帮票号，在各省大设分号。原来有这样的好处！"他跃跃欲试地说，"我们何不学人家一学？"

"着啊！"胡雪岩干了一杯酒，"我正就是这个意思。"

胡雪岩的意思是，仿照票号的办法。办两项放款。第一是放给做官的。由于南北道路艰难，时世不同，这几年官员调补升迁，多不按常规，所谓"送部引见"的制度，虽未废除，却多变通办理。尤其是军功上保升的文武官员，尽有当到藩司、臬司，主持一省钱粮、司法的大员，而未曾进过京的。由京里补缺放出来，自然可以借京债，如果在江南升调，譬如江苏的知县调升湖北的知府，没有一笔盘缠与安家银子就"行不得也"！胡雪岩打算仿照京债的办法，帮帮这些人的忙。

"这当然是有风险的。但要通扯扯算，以有余补不足。自从开办厘金以来，不晓得多少人发了财。像这种得了税差的，早一天到差，多一天好处，再高的利息，他也要借，而且不会吃倒账。我们的做法是要在这些户头上多赚他些，来弥补倒账。话不妨先说明白，我们是'劫富济贫'的做法。"

"劫富济贫！"张胖子念了两遍，点点头说，"这个道理我懂了。第二项呢？"

"第二项放款是放给逃难到上海来的内地乡绅人家。这些人家在原籍，多是靠收租过日子的，一早拎只鸟笼泡茶店，下午到澡塘子睡一觉，晚上'摆一碗'，吃得醉醺醺回家。一年三百六十天，起码三百天是这样子。这种人，恭维他，说他是做大少爷，讲得难听点，就是无业游民。如果不是祖宗积德，留下大把家私，一定做'伸手大将军'了。当初逃难来的时候，总有些现款细软在手里，一时还不会'落难'。日久天长，坐吃山空，又是在这个花天酒地的夷场上，所以这几年下来，很有些赫赫有名的大少爷，快要讨饭了！"

这话不是过甚其词，张胖子就遭遇到几个，境况最凄惨的，甚至倚妻女卖笑为生。因此，胡雪岩的话，在他深具同感，只是放款给这些人,他不以为然,"救急容易救穷难!"他说,"非吃倒账不可!"

"不会的。"胡雪岩说,"这就要放开眼光来看。长毛的气数快到了! 江浙两省一光复,逃难的回家乡,大片田地长毛抢不走,他们苦一两年,仍旧是大少爷。怎么会吃倒账?"

"啊!"张胖子深深吸了口气,"这一层我倒还没有想到。照你的说法,我倒有个做法。"

"你说!"

"叫他们拿地契来抵押。没有地契的,写借据,言明如果欠款不还,甘愿以某处某处田地作价抵还。"

"对! 这样做法,就更加牢靠了。"

"还有!"张胖子跟胡雪岩一席长谈,启发良多,也变得聪明了,他说,"既然是救穷,就要看远一点。那班大少爷出身的,有一万用一万,不顾死活的,所以第一次来抵押,不可以押足,预备他不得过门的时候来加押。"

这就完全谈得对路了,越谈越多,也越谈越深。然而仅谈放款,又哪里来的款子可放? 张胖子心里一直有着这样一个疑问,却不肯问出来,因为在他意料中,心思细密的胡雪岩,一定会自己先提到,无须动问。

而胡雪岩却始终不提这一层,这就逼得他不能不问了:"老胡,这两项放款,期限都是长的,尤其是放给有田地的人家,要等光复了,才有收回的确期,只怕不是三两年的事。这笔头寸不在少数,你打算过没有?"

"当然打算过。只有放款,没有存款的生意,怎么做法? 我倒有个吸收存款的办法,只怕你不赞成。"

"何以见得我不赞成? 做生意嘛,有存款进来,难道还推出去不要?"

胡雪岩不即回答,笑一笑,喝口酒,神态显得很诡秘,这让张胖子又无法捉摸了。他心里的感觉很复杂,又佩服,又有些戒心,觉得胡雪岩花样多得莫测高深,与这样的人相处,实在不能掉以轻心。

终于开口了,胡雪岩问出来一句令人意料不到的话:"老张,譬如:我是长毛,有笔款子化名存到你这里,你敢不敢收?"

"这——"张胖子答,"这有啥不敢?"

"如果有条件的呢?"

"什么条件?"

"他不要利息,也不是活期,三年或者五年,到期来提,只有一个条件,不管怎么样,要如数照付。"

"当然如数照付,还能怎么样?"

"老张,你没有听懂我的意思,也还不明白其中的利害。抄家你总晓得的,被抄的人,倘或有私财寄顿在别处,照例是要追的。现在就是说,这笔存款,即使将来让官府追了去,你也要照付。请问你敢不敢担这个风险?"

这一说,张胖子方始恍然,"我不敢!"他大摇其头,"如果有这样的情形,官府来追,不敢不报,不然就是隐匿逆产,不得了的罪名。等一追了去,人家到年限来提款,你怎么应付?"

"我晓得你不敢!"胡雪岩说,"我敢!为啥呢?我料定将来不会追。"

"喔,何以见得?你倒说个道理我听听。"

"何用说道理?打长毛也打了好几年了,活捉的长毛头子也不少,几时看官府追过?"胡雪岩放低了声音又说,"你再看看,官军捉着长毛,自然搜括一空,根本就不报的,如果要追,先从搜括的官军追起,那不是自己找自己麻烦? 我说过,长毛的气数快尽了! 好些人都在暗底下盘算,他们还有一场劫,只要逃过这场劫,后半辈子就可以衣食无忧了。"

"是怎么样一场劫?"

"这场劫就是太平天国垮台。一垮台,长毛自然变成'过街老鼠',人人喊打,在那一阵乱的时候最危险。只要局面一定,朝廷自然降旨:首恶必惩、胁从不问,更不用说追他们的私产。所以说,只要逃过这场劫,后半辈子就可以衣食无忧。"

谈到这里,张胖子恍然大悟。搜括饱了的长毛,要逃这场劫有个逃法,一是保命,二是保产。大劫来时即令逃得了命,也逃不了财产。换句话说,保命容易保产难,所以要早作安排。

想通了,不由得连连称"妙!"但张胖子不是点头,而是摇头,"老胡,"他带着些杞人忧天的味道,"你这种脑筋动出来,要遭天忌的!"

"这也不足为奇! 我并没有害人的心思,为啥遭天之忌?"

"那么,犯不犯法呢?"张胖子自觉这话说得太率直,赶紧又解释:"老胡,我实在因为这个法子太好了。俗语说的是:好事多磨! 深怕其中有办不通的地方,有点不大放心。"

"你这话问得不错的。犯法的事,我们不能做。不过,朝廷的王法是有板有眼的东西,他怎么说,我们怎么做,这就是守法。他没有说,我们就可以照我们自己的意思做。隐匿罪犯的财产,固然犯法,但要论法,我们也有一句话说:人家来存款的时候,额头上没有写着字:我是长毛。化名来存,哪个晓得他的身份?"

"其实我们晓得的,良心上总说不过去!"

"老张,老张!"胡雪岩喝口酒,又感叹,又欢喜地说,"我没有看错人,你本性厚道,实在不错。然而要讲到良心,生意人的良心,就只有对主顾来讲。公平交易,老少无欺,就是我们的良心。至于对朝廷,要做官的讲良心,这实在也跟做生意跟主顾讲良心是一样的道理。'学成文武艺,卖与帝王家',朝廷是文武官儿的主顾,是他们的衣食父母,不能不讲良心。在我们就可以不讲了。"

"不讲良心讲啥?"

"讲法,对朝廷守法,就是对朝廷讲良心。"

张胖子点点头,喝着酒沉思,好一会才欣然开口:"老胡,我算是想通了。多少年来我就弄不懂,士农工商,为啥没有奸士、奸农、奸工,只有奸商?可见得做生意的人的良心,别有讲究。不过要怎么个讲究,我想不明白。现在明白了!对朝廷守法、对主顾讲公平,就是讲良心,就不是奸商!"

"一点不错!老实说一句:做生意的守朝廷的法,做官的对朝廷有良心,一定天下太平。再说一句:只要做官的对朝廷讲良心,做生意的就不敢不守法。如果做官的对朝廷没有良心,要我们来对朝廷讲良心,未免迂腐。"

"嗯,嗯,你这句话,再让我来想一想。"张胖子一面想,一面说,"譬如,有长毛头子抓住了,抄家,做官的抹煞良心,侵吞这个人的财产,那就是不讲良心。如果我们讲良心呢?长毛化名来存款,说是应该充公的款子,我们不能收。结果呢?白白便宜赃官,仍旧让他侵吞了。对!"他一拍桌子,大声说道,"光是做生意的对朝廷讲良心,没有用处。我们只要守法就够了!"

"老张啊!"胡雪岩也欣然引杯,"这样子算是真正想通。"

这一顿酒吃得非常痛快,最后是张胖子抢着做的东。分手之时,胡雪岩特别关照,他要趁眷属未到上海来的这两天,将钱庄和阿祥的事安排好,因为全家劫后重聚,他打算好好陪一陪老母,那时什么紧要的大事都得搁下来。

张胖子诺诺连声。一回到家先跟妻子商议,那爿小杂货店如何收束。他妻子倒也是有些见识的,听了丈夫的话,又高兴,又伤感。走进卧房,开箱子取出一个棉纸包,打开来给张胖子看,是一支不甚值钱的银镶风藤镯子。

做丈夫的莫名其妙,这支镯子与所谈的事有何相干?而张太太却是要从这上头谈一件往事,"这支镯子是雪岩的!就在这支镯子上,我看出他要发达。"她说,"这还是他没有遇到王抚台的时候的话。那时他钱庄里的饭碗敲破了,日子很难过。有一天来跟我说,他有个好朋友从金华到杭州来谋事,病在客栈里,房饭钱已经欠了半个月,还要请医生看病,没有五两银子不能过门,问我能不能帮他一个忙。我看雪岩虽然落魄,那副神气不像倒霉的样子。一件竹布长衫,虽然褪了色,也打过补钉,照样浆洗得蛮挺括,见得他家小也是贤慧能帮男人的。就为了这一点,我'嗯顿'都不打一个,借了五两银子给他。"

"咦!"张胖子大感兴趣,"还有这么一段故事,倒没听你说过。钱,后来还你没有?"

"你不要打岔,听我说!"张太太说,"当时雪岩对我说:'现在我境况不好。这五两银子不知道啥时候能还,不过我一定会还。'说老实话,我肯借给他,自然也不打算他一时会还,所以我说:'不要紧!等你有了还我。'他就从膀子上勒下这只风藤镯子,交到我手里:'镯子连一两银子都不值,不能算押头,不过这只镯子是我娘的东西,我看得很贵重。这样子做,是提醒我自己,不要忘记掉还人家的钱。'我不肯要,他一定不肯收回,就摆了下来。"

"这不像雪岩的为人,他说了话一定算数的。"

"你以为镯子摆在我这里,就是他没有还我那五两银子?不是的!老早就还了。"

"什么时候?"

"就在他脱运交运,王抚台放到浙江来做官,没有多少时候的事。"

"那么镯子怎么还在你手里呢?"

"这就是雪岩做人,不能不服他的道理。当时他送来一个红封套,里头五两银子银票,另外送了四色水礼。我拿镯子还他,他不肯收。他说:现在的五两银子绝不是当时的五两银子,他欠我的情,还没有报。这只镯子留在我这里,要我有啥为难的时候去找他,等帮过我一个忙,镯子才肯收回。我想,他娘现在戴金佩玉,也不在乎一只风藤镯子,无所谓的事了,所以我就留了下来。那次他帮你一个大忙,我带了四样礼去看他,特地去送镯子,他又不肯收。"

"这是啥道理?"张胖子越感兴味,"我倒要听听他又是怎么一套说法?"

"他说,他帮你的忙,是为了同行的义气,再说男人在外头的生意,不关太太的事。所以他欠我的情,不能'划账',镯子叫我仍旧收着,他将来总要替我做件称心满意的事,才算补报了我的情。"

"话倒也有道理。雪岩这个人够味道就在这种地方。明明帮你的忙,还要叫你心里舒坦。闲话少说,我们倒商量商量看,这爿杂货店怎么样交出去?"张胖子皱着眉说,"麻雀虽小,五脏俱全,人欠欠人的账目,鸡零狗碎的,清理起来,着实好有几天头痛。"

"头痛,为啥要头痛?人欠欠人都有账目的,连店址带货色'一脚踢'。我们'推位让国'都交了给人家,拍拍身子走路,还不轻松?"

张胖子大喜,"对!还是你有决断。"他说,"明天雪岩问我盘这爿店要多少钱?我就说,我是一千六百块洋钱下本,仍旧算一千六百块好了。"

这套说法完全符合张太太的想法。三四年的经营,就这片刻间决定割舍,夫妇俩都无留恋之意,因为对"老本行"毕竟有根深蒂固的感情在,而且又是跟胡雪岩在一起。相形之下,这爿小杂货店就不是"鸡肋"而是"敝屣"了。

七

　　一早起身,张胖子还保持着多年的习惯,提着鸟笼上茶店,有时候经过魏老板那里,因为同行的缘故,也打个招呼。魏老板克勤克俭,从来不上茶店,但张胖子这天非邀他去吃茶不可,因为做媒的事,当着阿巧不便谈。

　　踏进店堂,开门见山道明来意,魏老板颇有突然之感,因而便有辞谢之意。就在这时候,阿巧替她父亲来送早点,一碗豆腐浆,一团粢米饭,看到张老板甜甜地招呼:"张伯伯早! 点心吃过没有?"

　　张胖子没有立即回答,将她从头看到脚,真有点相亲的味道,看得阿巧有些发窘。但客人还未答话,不便掉身而去,只有将头扭了开去,避开张胖子那双盯住了看的眼睛。

　　"阿巧!"张胖子问道,"你今年几岁?"

　　"十七。"

　　"生日当然是七月初七。时辰呢?"

　　这下惊了阿巧! 一早上门,来问时辰八字,不是替自己做媒是做啥? 这样转着念头,立刻想到阿祥,也立刻就着慌了!"哪个要你来做啥断命的媒?"她在心中自语,急急地奔到后面,寻着她母亲问道:"张胖子一早跑来为啥?"

　　"哪个张胖子?"

"还有哪个？不就是同行冤家的张胖子？"

"他来了？我不晓得啊！"

"娘！"阿巧扯着她的衣服说，"张胖子不晓得啥心思，又问生日，又问时辰。我——"她顿一顿足说，"我是不嫁的！用不着啥人来啰唆。"

这一说，做母亲的倒是精神一振，不晓得张胖子替女儿做的媒，是个何等样人？当时便说："你先不要乱！等我来问问看。"

发觉母亲是颇感兴趣的神气，阿巧非常失望，也很着急。她心里在想，此身已有所属，母亲是知道的，平时对阿祥的言语态度，隐隐然视之为"半子"，那就不但知道自己属意于什么人，而且这个人也是她所中意的。既然如此，何必又去"问问看"？岂不是不明事理的老糊涂了！

苦的是心里这番话说不出口，也无法用任何暗示提醒她。情急之下，只有撒娇，拉住她母亲的衣服不放。

"不要去问！狗嘴里吐不出象牙，没有啥好问的。"

"问问也不要紧。你这样子做啥？"

母女俩拉拉扯扯，僵持着，也因循着，而魏老板却因为情面难却，接受了张胖子的邀请，在外面提高了声音喊："阿巧娘！你出来看店，我跟张老板吃茶去了。"

这一下阿巧更为着急。原意是想母亲拿父亲叫进来，关照一句：如果张胖子来做媒，不要理他。不想要紧话未曾说清楚，白白耽误了功夫。如今一起去吃茶，当然是说媒。婚事虽说父母之命，而父亲可以做七分主，如果在茶店里糊里糊涂听信了张胖子的花言巧语，那就是一辈子不甘心的恨事。

念头风驰电掣般快，转到此处，阿巧脱口喊道："爹！你请进来,娘有要紧话说。"

魏老板听这一说,便回了进来。他妻子问他:"张胖子是不是来替阿巧做媒?"

魏老板还未答话,阿巧接口:"哪个要他来做啥媒?我是不嫁的。"

"咦!"魏老板看看妻子,又看看女儿,真有些莫名其妙了,"你们怎么想到这上头去了?"

阿巧耳朵灵,心思快,立刻喜孜孜地问道:"那么,他来做啥呢?"

"他说要跟我谈一笔生意。"

"谈生意?"他妻子问道:"店里不好谈?"

"我也是这么说。他说他一早起来一定要吃茶,不然没有精神。我就陪他去吃一回也不要紧。"

"好,好!"阿巧推一推她父亲,"你老人家请!不过,只好谈生意,不好谈别的。"

这一去去了两个钟头还不回来。阿巧心里有些嘀咕,叫小徒弟到张胖子每天必到的那家茶店里去悄悄探望。须臾回转,张胖子跟魏老板都不在那里。

这就显得可疑了。等到日中,依然不见魏老板的影子。母女俩等了好半天等不回来,只有先吃午饭。刚扶起筷子,魏老板回来了,满脸红光,也满脸的笑容。

阿巧又是欣慰又是怨,"到哪里去了?"她埋怨着,"吃饭也不回来!"

"张胖子请我吃酒,这顿酒吃得开心。"

"啥开心?生意谈成功了?"阿巧问,"是啥生意?"

"不但谈生意,还谈了别样,是件大事!"魏老板坐下来笑道,"你们猜得不错,张胖子是来替我们女儿做媒的。"

听到这里,阿巧手足发冷,一下扑到她母亲肩上,浑身抖个不住。

魏老板夫妇俩无不既惊且诧!问她是怎么回事?却又似不肯明说,只勉强坐了下来,怔怔地望着她父亲。

到底知女莫若母,毕竟猜中了她的心事,急急对丈夫说:"张胖子做媒,你不要乱答应人家。"

"为啥不答应?"

"你答应人家了!是怎么样的人家,新郎官什么样子?"

"新郎官什么样子,何用我说?你们天天看见的。"

提到每天看到的人,第一个想起的是隔壁水果店的小伙计润生,做事巴结,生得也还体面。他有一手"绝技",客人上门买只生梨要削皮,润生手舞两把平头薄背的水果刀,旋转如飞,眼睛一眨的功夫,削得干干净净,梨皮成一长条。阿巧最爱看他这手功夫,他也最爱看阿巧含笑凝视的神情。有一次看得出神失了手,自己削掉一小节指头,一条街上传为笑谈。以此话柄为嫌,阿巧从此总是避着他,但彼此紧邻,无法不天天见面,润生颇得东家的器重,当然是可能来求婚的。

第二个想起的是对面香蜡店的小开,生得倒是一表人才,而且门当户对,可惜终年揭不得帽子,因为是个癞痢。阿巧想起来就腻味,赶紧抛开再想。

这一想就想到阿祥了,顿时面红心跳。要问问不出口,好在有她母亲,"是哪个?"她问她丈夫。

"还有哪个,自然是阿祥!"

"祥"字刚刚出口,阿巧便霍地起身,躲了进去,脚步轻盈无比。魏老板愣了一会,哈哈大笑。

"笑啥？快说！阿祥怎么会托张胖子来做媒？他怎么说？你怎么答复他？从头讲给我们听。"

这一讲，连"听壁脚"的阿巧在内，无不心满意足，喜极欲涕，心里都有句话："阿祥命中有贵人，遇见胡道台这样的东家！"

然而胡道台此时却还管不到阿祥的事，正为另一个阿巧在伤脑筋。

阿巧姐昨夜通宵不归，一直到这天早晨九点钟才回家。问起她的行踪，她说心中气闷，昨天在一个小姊妹家谈了一夜。

她的"小姊妹"也都三十开外了，不是从良，便是做了本家——老鸨。如是从了良的"人家人"，不会容留她只身一个人过夜，一定在头天夜里就派人送了她回来。这样看来，行踪就很有疑问了。

于是胡雪岩不动声色地派阿祥去打听。阿巧姐昨天出门虽不坐家里轿子，但料想她也不会步行，所以阿祥承命去向弄堂口待雇的轿夫去探问。果然问到了，阿巧姐昨天是去了宝善街北的兆荣里，那轿夫还记得她是在倒数第二家，一座石库门前下的轿。

所谓"有里兆荣并兆富，近接公兴，都是平康路"，那一带的兆荣里、兆富里、公兴里是有名的纸醉金迷之地。阿巧姐摒绝从人，私访平康，其意何居？着实可疑。

要破这个疑团，除却七姑奶奶更无别人。胡雪岩算了一下，这天正是她代为布置新居，约定去看的第四天，因而坐轿不到古家，直往昼锦里而去。

果然,屋子已粉刷得焕然一新,七姑奶奶正亲自指挥下人,在安放簇新的红木家具。三月底的天气,艳阳满院,相当闷热,七姑奶奶一张脸如中了酒似的,而且额上见汗,头发起毛,足见劳累。

　　胡雪岩大不过意得去,兜头一揖,深深致谢。七姑奶奶答得漂亮:"小爷叔用不着谢我,老太太、婶娘要来了,我们做小辈的,该当尽点孝心。"

　　说着,她便带领胡雪岩一间屋子、一间屋子去看,不但上房布置得井井有条,连下房也不疏忽,应有尽有。费心如此,做主人的除了没口夸赞以外,再不能置一词。

　　一个圈子兜下来,回到客厅喝茶休息,这时候胡雪岩方始开口,细诉阿巧姐一夜的芳踪,向七姑奶奶讨主意。

　　事出突兀,她一时哪里有主意? 将胡雪岩所说的话,前前后后细想了一遍,觉得有几件事先要弄清楚。

　　"小爷叔,"她问,"阿巧姐回来以后,对你是啥样子? 有没有发牢骚?"

　　"没有,样子很冷淡。"

　　"有没有啥收拾细软衣服,仿佛要搬出去的样子?"

　　"也没有。"胡雪岩答说,"坐在那里剥指甲想心事,好像根本没有看到我在那里似的。"

　　就问这两句话便够了。七姑奶奶慢慢点着头,自言自语似地说:"这就对了! 她一定是那么个主意!"

　　由于刚才一问一答印证了回忆,胡雪岩亦已有所意会。然而他宁愿自己猜得不对,"七姊,"他很痛苦地问,"莫非她跟她小姊妹商量好了,还要抛头露面,自己去'铺房间'?"

　　"贱货!"脱口骂了一句。

"小爷叔！这，我要替阿巧姐不服。"七姑奶奶的本性露出来了，义形于色地说，"一个人总要寻个归宿。她宁愿做低服小，只为觉得自己出身不是良家，一向自由惯了的，受不得大宅门的拘束，要在外头住，说起来也不算过分。这一层既然办不到，只有另觅出路，哪里来的还到哪里去，不也是顺理成章的事？就算是从良，总亦不能喊个媒婆来说：'我要嫁人了，你替我寻个老公来！'她'铺房间'自己不下水，遇见个知心合意的，自订终身，倒是正办。"

听她一顿排揎，胡雪岩反倒心平气和了，笑笑说道："其实她要这样子做，倒应该先跟七姊来商量。"

"跟我没商量！我心里不反对她这样子做，口里没赞成她再落火坑的道理。阿巧姐是聪明人，怎么会露口风？我现在倒担心一件事，怕她心里恨你，将来会有意坍你的台。"

"怎么塌法？"胡雪岩苦笑着，"只要她再落水，我的台就让她坍足了。"

"那还不算坍足。明天她挂上一块'杭州胡寓'的牌子，那才好看呢！"

一句话说得胡雪岩发愣。他也听人说过，这一两年夷场"花市"，繁盛异常，堂子里兴起一种专宰冤大头的花样，找个初涉花丛，目炫于珠围翠绕，鼻醉于粉腻脂香，耳溺于嗷嘈弦管的土财主，筵前衾底，做足了宛转绸缪的柔态痴情，到两情浓时，论及嫁娶，总说孤苦伶仃一个人，早已厌倦风尘，只为"身背浪向"有几多债务，只要替她完了债，她就是他家的人。除此别无要求。

于是冤大头替她还债"卸牌子"，自此从良，到一做了良家妇女，渐渐不安于室，百般需索，贪壑难填，稍不如意，就会变脸,三天一小吵,五天一大吵,吵得这家人家的上上下下,六神不安。冤大头这才知道上了恶当,然而悔之晚矣!少不得再花一笔钱,才能请她走路。

这个花样名为"浥浴"。如果洗清了一身债务,下堂求去,两不相干,还算是有良心的。有些积年妖狐,心狠手辣,嫁而复出,还放不过冤大头,顶着他的姓接纳生张熟魏,甚至当筵诉说她的嫁后光阴如何如何,或者这家人家的阴私家丑。少不得又要花钱,才能无事。

不过,阿巧姐总还不至于如此绝情。胡雪岩问道:"她这样子做,于她有什么好处?她是理路极清楚的人,为啥要做这种损人不利己的事?"

"小爷叔这句话说得很实在,阿巧姐应该不是这种人。事情到了这步田地,反倒好办了。小爷叔,你交给我,包你妥当。"七姑奶奶接着又说,"小爷叔,你这两天不要回去!住在我这里,还是住在钱庄里,随你的便,就是不要跟阿巧姐见面。"

胡雪岩实在猜不透她葫芦里卖的什么药,料知问亦无用,为今之计,只有丢开不管,听凭她去料理了。

于是他说:"我住在钱庄里好了。我请了张胖子做档手,趁这两天功夫陪他在店里谈谈以后的生意。"

"张胖子为人倒靠得住的。就这样好了!你去忙你的生意,有事我会到阜康来接头。"

当天下午,七姑奶奶就去看一个人,是尤五的旧相知怡情老二。当年因为松江漕帮正在倒霉的时候,弟兄们生计艰难,身为一帮当家的尤五,岂可金屋藏娇?因而尽管怡情老二说之再三,尤五始终不肯为她"卸牌子"。怡情老二一气之下,择人而事,嫁的是个败落的世家子弟,体弱多病,不到两年呜呼哀哉。怡情老二没有替他守节的必要,事实上也不容于大妇,因而重张艳帜。先是做"先生",后来做"本家",跟尤五藕断丝连,至今不绝。

阿巧姐原是怡情老二房间里的人,七姑奶奶去看怡情老二,一则是要打听打听阿巧姐预备复出,到底是怎么回事。再则也是要利用她跟阿巧姐旧日的情分,从中斡旋。不过自己一个良家妇女,为了古应春的声名,不便踏入妓家,特意到相熟的一家番菜馆落脚,托西崽去请怡情老二来相会。

两个人有大半年不曾见面了。由于彼此的感情一向很好,所以执手殷勤,叙不尽的寒温。怡情老二问讯了七姑奶奶全家,与尤五以外,也问起胡雪岩,这恰好给了她一个诉说的机会。

"我今天就是为我们这位小爷叔的事,要来跟你商量。"七姑奶奶说,"阿巧姐跟胡老爷要分手了。"

"为啥?"怡情老二讶然相问,"为啥合不来?"

"其实也没有啥合不来。"七姑奶奶将胡家眷属脱困,将到上海,谈到阿巧姐的本心。语气中一直强调,脱辐已成定局,姻缘无可挽救。

怡情老二凝神听完,面现困惑,"阿巧姐跟我,一两个月总要见一次面,这样的大事,她怎么不来跟我谈?"她问:"她跟胡老爷分手以后怎么办?苏州又回不去,而且乡下她也住不惯的。"

"是啊!"七姑奶奶接口说道:"不管她怎么样,我们大家的情分总在的,就是胡老爷也很关心她。一个女流之辈,孤零零的,总要有个妥当的安顿之处才好。她自己好像打定了主意。不过,这个主意照我看不大高明。二阿姊,你晓不晓得她在兆富里有没有要好的小姊妹?"

怡情老二想了一下答说:"有的。她从前没有到我这里来之前,在心想红老六那里帮忙,跟同房间的阿金很谈得来。阿金我也认识的,现在就住在兆富里,养着个小白脸。"

"这个阿金,现在做啥?"

"现在也是铺房间。"

"我猜得恐怕不错。"七姑奶奶将阿巧姐瞒着人私访兆富里的经过,细细说了一遍,推断她是跟阿金在商量,也要走这条路。

"奇怪! 她为什么不来跟我商量?"

"二阿姊,你问得对。不过,我倒要请问你,如果阿巧姐要走这条路,你赞成不赞成?"

"我怎么会赞成? 这碗饭能不吃最好不吃!"

"那就对了。她晓得你不会热心,何必来跟你商量?"

"这话倒也是。"怡情老二仍然困惑,"我就不懂。她为啥还要回头来'触祭'这碗断命饭?"

七姑奶奶认为要商量的正就是这一点。猜测阿巧姐预备重堕风尘的动机,不外三种:第一是为生计所逼;第二是报复胡雪岩;第三是借此为阅人之地,要好好觅个可靠的人,为一世的归宿。

"我在想,"七姑奶奶分析过后,谈她自己的意见,"第一,她不必愁日子不好过,她自己跟我说过,手里有两三万银子的私房,何况分手的时节,胡老爷总还要送她一笔钱。至于说到报复,到底没有深仇切恨,要出人家的丑,自己先糟蹋名声出了丑,她不是那种糊涂人。想来想去,只有这样子一个理由:想挑个好客人嫁!"

"为了要嫁人,先去落水?这种事从来没有听说过。"怡情老二大为摇头,"除非像阿金那样,挑个小白脸养在小房子里,要挑好客人是挑不到的。"

这话可以分两方面来听,一方面听怡情老二始终是不信阿巧姐会出此下策的语气,另一方面亦可以听出她不以阿巧姐此举为然,而无论从哪方面来听,都能使七姑奶奶感到欣慰的。

"二阿姊,我亦不相信阿巧姐会走上这条路,不过,打开天窗说亮话,我一面是帮我小爷叔的忙;一面也是为阿巧姐的好。二阿姊,这件事上头,你要看我五哥的分上,帮一帮我的忙!"

怡情老二有些不好意思地笑了,"七姑奶奶,说到这话,你该罚!你的吩咐,我还有个不听的?"她质问着,"为啥要搬出五少来?"

"是我的话说得不对,你不要动气,我们商量正经,我原有个主意——"

七姑奶奶是打算着一条移花接木之计,特地托号子里的秦先生,写信给宁波的张郎中,想撮合他与阿巧姐成就一头姻缘。这话说来又很长,怡情老二从头听起,得知张郎中如何与阿巧姐结识,以及后来落花有意,流水无情,怅然而返的经过,对此人倒深为同情。

"七姑奶奶,你这个主意,我赞成。不过,是不是能够成功,倒难说得很。男女之间,完全缘分,看样子,阿巧姐好像跟他无缘。"

"不是！当初是因为我小爷叔横在中间，这面一片心都在他身上，张郎中再好也不会中意。那面，看阿巧姐是有主儿的，知难而退。其实，照我看，阿巧姐既然不愿意做人家的偏房，嫁张郎中就再好不过。第一，张郎中的太太最近去世了，以他对阿巧姐那一片痴情来说，讨他回去做填房，也是肯的；第二，张郎中年纪也不大。"七姑奶奶问道："阿巧姐今年多少？"

"她属羊的。今年——"怡情老二扳指头算了一下，失声惊呼，"今年整四十了！"

"她显得年轻，四十倒看不出。不过总是四十了！"七姑奶奶停了一下，歉然地说，"二阿姊，我说一句你不要生气，四十岁的人，又是这样子的出身，只怕要做人家的正室，不大容易！"

"岂止不大容易？打着灯笼去找都难。"怡情老二很郑重地问道，"七姑奶奶，张郎中那里，你有几分把握？"

"总有个六七分。"

"六七分是蛮有把握的了。我今天就去看阿巧姐，问她到底是啥意思？如果没有这样的打算，自然最好，倘使有的，我一定要拦住她。总而言之，不管她怎么样打算，我一定要做个媒。"

"你是女家的媒人，我是男家的。我们一定拿它做成功也是件好事。"

"当然是好事。不过，好像委屈了张郎中。"

提到这一层，七姑奶奶想起自己嫁古应春以前，由胡雪岩居间安挂，拜王有龄的老太太做义女的往事，顿时又有了灵感。

"二阿姊,既然你这样说,我们倒商量商量看,怎么样把阿巧姐的身份抬一抬?"

七姑奶奶的安排是,请胡老太太收阿巧姐为义女,于是胡雪岩便是以"舅爷"的身份唱一出"嫁妹"了。这原是古人常有之事,在此时此地来说,特别显得情理周至,怡情老二自然赞成,也为阿巧姐高兴,认为这样子做,她倒是"修成正果"了。

七姑奶奶也很得意于自己的这个打算,性子本来急,又正兴头的时候,当时就要邀怡情老二一起去看阿巧姐,当面锣、对面鼓,彻底说个明白。倒还是怡情老二比较持重,认为应该先跟阿金碰个头,打听清楚了邀她一起去谈,更容易使阿巧姐受劝。

"那也好!"七姑奶奶道,"我们就去看阿金。"

"这——"怡情老二知道阿金因为养着小白脸,忌讳生客上门,但这话不便明说,所以掉个枪花,"七姑奶奶,你的身份不便到她那里去。我叫人去喊她来。"

于是她唤带来的小大姐,赶到兆富里去请阿金,特别叮嘱喊一乘"野鸡马车",催阿金一起坐了来。

在这等候的当儿,少不得又聊家常。怡情老二的话中,颇有厌倦风尘之意,但也不曾表示要挑个什么样的人从良,七姑奶奶思路快,口也快,听出她的言外之意,忍不住要提出诤劝。

"二阿姊,你不要一门心思不转弯,那样也太痴了!你始终守着我五哥,守到头发白也不会成功。这里头的原因,五哥想必跟你说过。他领一帮,做事要叫人心服,弟兄穷得没饭吃,他还要多立一个门户,你想,这话怎么说得过去?二阿姊,你死了这条心吧!"

怡情老二无词以对。黯然泫然,惟有背人拭泪。七姑奶

222

奶也觉得心里酸酸的好不自在,倒有些懊悔,不该拿话说得这么直。

"说真的,"她没话找话,用以掩饰彼此都感到的不自然,"那位张郎中倒是好人,家道也过得去,我就怎么没有想到,早应该替你做这个媒。"

"多谢你,七姑奶奶!命生得不好,吃了这碗断命饭,连想做小都不能够,还说啥?"

话中依然是怨怼之意。使得一向擅于词令的七姑奶奶也无法往下接口了。

幸好,兆富里离此不远,一辆马车很快地去而复回,载来了阿金。她在路上便已听小大姐说过,所以一见七姑奶奶,不必怡情老二引见,很客气地问道:"是尤家七姑奶奶?生得好体面!"

"不敢当!这位,"七姑奶奶向怡情老二,"想来就是阿金姐了?"

"是啊!"怡情老二做主人,先替阿金要了食物饮料,然后开门见山地说,"七姑奶奶为了关心阿巧姐,特意请你来,想问问你,这两天阿巧姐是不是到你那里去了?"

"她常到我那里来的。"

"阿金姐,"七姑奶奶说,"我们是初会,二阿姊知道我的,心直口快。我说话有不到的地方,请你不要见气。"

这是因为阿金跟怡情老二,谈到阿巧姐时,一上来便有针锋相对之势,七姑奶奶深怕言语碰僵,不但于事无补,反倒伤了和气,所以特为先打招呼。

阿金也是久历风尘,熟透世故的人,自知一句"她常到我这里来的"答语,语气生硬,隐含敌意,成为失言。所以歉然答道："七姑奶奶你言重了！我的嘴笨。二阿姊又是好姊妹，说话不用客气。你可千万不能多我的心！"

既然彼此都谦抑为怀，就无须再多作解释，反倒像真的生了意见。不过，有些话，七姑奶奶因为彼此初交，到底不便深问，要由怡情老二来说，比较合适。因而报以一笑之外，向旁边抛了个眼色示意。

怡情老二点点头，接下来便用平静的语气，向阿金说明原委："阿巧姐跟胡老爷生了意见。'清官难断家务事'，谁是谁非也不必去说它，总而言之，恐怕是要分手了。七姑奶奶跟阿巧姐的感情一向是好的，当初做成他们的姻缘，又是七姑奶奶出过力的，不管怎么说，阿巧姐的事，她不能不关心。刚刚特地寻了我来问我，我实在不晓得。阿巧姐好久没有碰过头了，听说这两天到你那里去过，想必总跟你谈了，她到底有什么打算？"

"喔，"阿金听完，不即回问答，却转脸问七姑奶奶，"阿巧姐跟胡老爷的感情，到底怎么样？"

"不坏啊！"

"那就奇怪了！"阿金困惑地，"她每次来，总怨自己命苦。我问她：胡老爷待你好不好？她总是摇头不肯说。看样子——"

下面那句话，她虽不说，亦可以猜想得到。这一下，却是轮到七姑奶奶有所困惑了，"阿巧姐为啥有这样的表示？"她问，"他们要分手，也是最近的事，只为胡老爷的家眷要到上海来了，大太太不容老爷在外面另立门户，阿巧姐又不肯进她家的门，以致弄成僵局。要说以前，看不出来他们有啥不和的地方！"

224

阿金点点头，"这也不去说它了。"她的脸色阴沉了，"也许要怪我不好。我有个堂房姑婆，现在是法华镇白衣庵的当家师太，一到上海，总要来看我，有时候跟阿巧姐遇见，两个人谈得很起劲。我们那位老师太，说来说去无非'前世不修今世苦'，劝她修修来世。这也不过出家人的老生常谈，哪知道阿巧姐倒有些入迷的样子。"

一口气说到这里，七姑奶奶才发觉自己的猜想完全错了！照这段话听来，阿巧姐去看阿金，或者与那位师太有关，不是为了想铺房间。因而急急问道："怎样子的入迷？"

"说起来真叫想不到。她那天来问我白衣庵的地址，我告诉了她，又问她打听地址何用？她先不肯说，后来被逼不过，才说实话：要到白衣庵去出家！"

七姑奶奶大惊失色："做尼姑？"

"哪个晓得呢？"阿金忧郁地答道，"我劝了她一夜，她始终也没有一句确实的话，是不是回心转意了，哪个也猜不透。"

"我想不会的。"怡情老二却有泰然的神情，"阿巧姐这许多年，吃惯用惯从没有过过苦日子。尼姑庵里那种清苦，她一天也过不来。照我看——"她不肯再说下去，说下去话就刻薄了。

照七姑奶奶想，阿巧姐亦未必会走到这条路上去。自觉自慰之余，却又另外上了心事，她不愿重堕风尘，固然可以令人松一口气，但这种决绝的样子，实在也是抓住胡雪岩不放的表示。看起来麻烦还有的是。

"现在怎么办呢？"七姑奶奶叹口气说，"我都没有招数了。"

怡情老二跟她交往有年，从未见她有这样束手无策的神

225

情。一半是为她，一半也是为阿巧姐。自觉义不容辞地，在此时要出一番力。

"阿巧姐落发做尼姑是不会的，无非灰心而已！我们大家为她好，要替她想条路走！"怡情老二向阿金说："她今年整四十岁了，这把年纪，还有啥世面好混？七姑奶奶预备替她做个媒……"

听她谈完张郎中，阿金亦颇为兴奋："有这样的收缘结果，还做啥尼姑！"她说，"难得七姑奶奶热心，我们跟阿巧姐是小姐妹，更加应该着力。这头媒做成功，实在是你阴功积德的好事。我看我们在这里空谈无用，不如此刻就去看她，我不相信三张嘴说不过她一个。"

由于怡情老二与阿金很起劲，七姑奶奶的信心也恢复了，略想一想问道："阿金姐，二阿姊，你们是不是决心要帮阿巧姐的忙？"

"自然。"怡情老二说，"只要帮得上。"

"好的！那么两位听我说一句。凡事事缓则圆，又道是只要功夫深，铁杵磨成针，从今天起，索性叫胡老爷不必再跟阿巧姐见面，我们先把她的心思引开来，让她忘记有姓胡的这个人。这当然不是三天两天的事，所以我要先问一问两位；真要帮她的忙，一定要花功夫下去。从今天起，我们三个缠住她，看戏听书吃大菜，坐马车兜风，看外国马戏，凡是好玩的地方，都陪她去。她不肯去，就说我们要玩。人总是重情面的，她决计不好意思推辞，也不好意思哭丧了脸扫大家的兴。到夜里我们分班陪着她住在一起，一面是看住她，一面是跟她谈天解闷。这样有半个月二十天下来，她的心境就不同了。到那时候再跟她提到张郎中，事情就容易成功！至于这些日子在外头玩儿的花费,我说句狂话,我还用得起,统通归我!"

"二阿姊!"阿金深深透口气,"七姑奶奶这样子的血性,话说到头了,我们只有依她。不过,也不好七姑奶奶一个人破费。"

"当然。"恰情老二向七姑奶奶说,"什么都依你,只有这上头,请你不要争,大家轮着做东。今天是我。我们走吧,邀她出来看'杨猴子'。"

于是由恰情老二结了账,侍者将账单送了来,她在上面用笔画了一个只有她自己认得的花押。这原是西洋规矩,名为"签字",表示承认有这笔账。本来要写名字,如果不识字的,随意涂一笔也可以,应到规矩就行了。

三个人都带着小大姐,挤上两辆"野鸡马车",直放阿巧姐寓处。下车一看,便觉有异,大门开了一半,却无人应门。七姑奶奶便提高了声音喊着:"阿祥、阿福!"

阿祥、阿福都不见,楼梯上匆匆奔下来一个人,晃荡着长辫子,满脸惊惶,是阿巧姐的丫头素香。

三个人面面相觑,都猜到了是怎么回事,七姑奶奶遇到这种情形,却很沉着,反安慰她说:"素香,你不要急! 有话慢慢说。"

"奶奶不见了!"素香用带哭的声音说,"不晓得到哪里去了!"

叫她慢慢说,她说得还是没头没脑,七姑奶奶只好问道:"你怎么知道你奶奶不见了? 她什么时候出的门?"

"老爷一走,没有多少时候,她叫我到香粉弄去买丝线,又差阿祥去叫米叫柴。等到我跟阿祥回来,她已经不知道什么时候出门了,连门上都不知道。再看后门,是半开在那里。一

227

直到下半天三点钟都不见回来。我进房去一看，一只小首饰箱不见了，替换衣服也少了好些。这——这——"素香着急地，不知如何表达她的想法。

这不用说，自然是到老师太那里去了。七姑奶奶倒吸一口冷气，怔怔地望着同伴。怡情老二便问："素香，你们老爷知道不知道？"

"不知道。"素香答说，"阿祥跟轿班去寻老爷去了。"

"你们老爷在钱庄里。"七姑奶奶说，"你看，轿班还有哪个在？赶快去通知，请你们老爷到这里来，我有要紧话说。"

就在这时候，雪岩已经赶到，同来的还有萧家骥。胡雪岩跟怡情老二熟识，与阿金却是初见，不过此时亦无暇细问，同时因为有生客在，要格外镇静，免得"家丑"外扬，所以只点点头，平静地问："你们两位怎么也来了？"

"我们是碰上的。"七姑奶奶答说，"有话到里面去说。"

进入客厅，她方为胡雪岩引见阿金。话要说到紧要地方了，却不宜让素香与阿祥听到，所以她要求跟胡雪岩单独谈话。

"阿巧姐去的地方，我知道，在法华镇，一座尼姑庵里。事不宜迟，现在就要去寻她。我看，"七姑奶奶踌躇着说，"只好我跟阿金姐两个人去，你不宜跟她见面。"

胡雪岩大惑不解，"到底怎么回事？"他问："何以你又知道她的行踪？那位阿金姐，又是怎么回事？"

"这时候没有办法细说。小爷叔，你只安排我们到法华好了。"

"法华一带都是安庆来的淮军。还不知道好走不好走呢！"

"不要紧!"萧家骥说,"我去一趟好了。"

"好极! 你去最好。"七姑奶奶很高兴地说,因为萧家骥跟淮军将领很熟,此去必定有许多方便。

"七姊,我想我还是应该去。"胡雪岩说,"不见面不要紧,至少让她知道我不是不关心她。你看呢?"

"我是怕你们见了面吵起来,弄得局面很不好收场。既然小爷叔这么说,去了也不要紧。"

到得法华镇,已经黄昏。萧家骥去找淮军大将程家启部下的一个营官,姓朱,人很爽朗热心。问明来意,请他们吃了一顿饭,然后将地保老胡找了来,说知究竟。

"好的,好的! 我来领路。"老胡说道,"请两位跟我来。"

于是迎着月色,往东而去,走不多远,折进一条巷子,巷底有处人家,一带粉墙,墙内花木繁盛,新月微光,影影绰绰,薰风过处,传来一阵浓郁的"夜来香"的香味,每个人都觉得精神一振,而一颗心却无缘无故地飘荡不定,有着一种说不出的怅惘的感觉。

这份感觉以萧家骥为尤甚,不由得便问:"这是什么地方?"

"这里?"地保答说,"就是白衣庵。晚上来,要走边门。"

边门是一道厚实的木板门,举手可及的上方,有个不为人所注意的扁圆形铁环。地保一伸手拉了两下,只听"哐啷、哐啷"的响声。不久,听得脚步声,然后门开一线,有人问道:"哪位?"

"小音,是我!"

"噢!"门内小音问道:"老胡,这辰光来做啥?"

"你有没有看见客人?"地保指着后面的人说,"你跟了尘师父去说,是我带来的人。"

门"呀"地一声开了。灯光照处,小音是个俗家打扮的垂发女郎;等客人都进了门,将门关上,然后一言不发地往前走,穿过一条花径,越过两条走廊,到了一处禅房,看样子是待客之处,她停了下去,看着地保老胡。

老胡略有些踌躇,"总爷!"他哈腰问,"是不是我陪着你老在这里坐一坐?"

这何消说得? 萧把总自然照办。于是老胡跟小音悄悄说了几句,然后示意胡雪岩跟着小音走。

穿过禅房,便是一个大院子:绕向西边的回廊,但见人影、花影一齐映在雪白的粉墙上;还有一头猫的影子,弓起了背,正在东面屋脊上"叫春"。萧家骥用手肘轻轻将胡雪岩撞了一下,同时口中在念:"'曲径通幽处,禅房花木深'!"

胡雪岩也看出这白衣庵大有蹊跷。但萧家骥的行径,近乎佻达,不是礼佛之道,便咳嗽一声,示意他检点。

于是默默地随着小音进入另一座院落,一庭树木,三楹精舍,檀香花香,交杂飘送。萧家骥不由得失声赞道:"好雅致的地方!"

"请里面坐。"小音揭开门帘肃客,"我去请了尘师父来。"说完,她就管自己走了。

两个人进屋一看,屋中上首供着一座白瓷观音,东面是一排本色的桧木几椅,西面一张极大的木榻,上铺蜀锦棉垫。瓶花吐艳、炉香袅袅,配着一张古琴,布置得精雅非凡。但这一切,都不及悬在木榻上方的一张横披,更使得萧家骥注目。

"胡先生!"萧家骥显得有些兴奋,"你看!"

横披上是三首诗，胡雪岩总算念得断句：

> 闲叩禅关访素娥，醮坛药院覆松萝，一庭桂子迎人落，满壁图书献佛多；作赋我应惭宋玉，拈花卿合伴维摩。尘心到此都消尽，细味前缘总是魔！

> 旧传奔月数嫦娥，今叩云房锁丝萝，才调玄机应不让，风怀孙绰觉偏多；谁参半分优婆塞？待悟三乘阿笈摩。何日伊蒲同设馔，清凉世界遣诗魔。

> 群花榜上笑痕多，梓里云房此日过。君自怜才留好句，我曾击节听高歌；清阴远托伽山竹，冶艳低牵茅屋萝。点缀秋光篱下菊，尽将游思付禅魔。

胡雪岩在文墨这方面，还不及萧家骥，不知道宋玉、孙绰是何许人，也不知道玄机是指的唐朝女道士鱼玄机。佛经上的那些出典更是莫名其妙。但诗句中的语气不似对戒律森严的女僧，却是看得出来的。因而愕然相问："这是啥名堂？"

"你看着好了。"萧家骥轻声答道，"这位了尘师太，不是嘉兴人就是昆山人，不然就是震泽、盛泽人。"

昆山的尼姑有何异处，胡雪岩不知道，但嘉兴的尼庵是亲自领教过的。震泽和盛泽的风俗，他在吴江同里的时候，也听人说过，这两处地方，盛产丝绸，地方富庶，风俗奢靡。盛泽讲究在尼姑庵宴客，一桌素筵，比燕菜席还要贵。据说是用肥鸡与上好的火腿熬汁调味，所以鲜美绝伦。震泽尼姑庵的烹调，亦是有名的，荤素并行，不逊于无锡的船菜。当然，佳肴以外，还有可餐的秀色。

这样回忆着，再又从初见老胡，说夜访白衣庵"没有啥不便"想起,一直到眼前的情景,觉得无一处不是证实了萧家骥的看法,因而好奇大起,渴望着看一看了尘是什么样子?

萧家骥反显得比他沉着,"胡先生,"他说,"只怕弄错了!阿巧姐不会在这里。"

"何以见得?"

"这里,哪是祝发修行的地方?"

胡雪岩正待答话,一眼瞥见玻璃窗外,一盏白纱灯笼冉冉而来,便住口不言,同时起身等候。门帘启处,先见小音,次见了尘——若非预知,不会相信所见的是个出家人。

她当然也不是纯俗家打扮,不曾"三绺梳头,两截穿衣"发长齐肩,穿的是一件圆领长袍。说它是僧袍固然可以,但僧袍不会用那种闪闪生光的玄色软缎来做,更不会窄腰小袖,裁剪得那么得体。

看到脸上,更不像出家人,虽未敷粉,却曾施朱。她的皮肤本来就白,亦无须敷粉。特别是那双眼睛,初看是剪水双瞳,再看才知别蕴春情。

是这样的人物,便不宜过于持重拘谨,胡雪岩笑嘻嘻地双掌合十,打个问讯:"可是了尘师太?"

"我是了尘。施主尊姓?"

"我姓胡。这位姓萧。"

于是了尘一一行礼,请"施主"落坐,她自己盘腿坐在木榻上相陪,动问来意。

"原是来见当家老师太的,听地保老胡说,宝庵其实是由了尘师太当家。有点小事打听,请我这位萧老弟说吧!"

萧家骥点点头,不谈来意却先问道:"听了尘师太的口音是震泽人?"

了尘脸上一红:"是的。"

"这三首诗,"萧家骥向她上方一指,"好得很!"

"也是三位施主,一时雅兴,疯言疯语的,无奈他何!"说着,了尘微微笑了,"萧施主在震泽住过?"

"是的。住过一年多,那时还是小孩子,什么都不懂。"

"意思是现在都懂了?"

这样率直反问,有些咄咄逼人的意味,萧家骥自非弱者,不会艰于应付,从容自若地答道:"也还不十分懂,改日再来领教。今天有件事,要请了尘师太务必帮个忙。"

"言重! 请吩咐,只怕帮不了什么忙。"

"只要肯帮忙,只是一句话的事。"萧家骥问道,"白衣庵今天可有一位堂客,是来求当家老师太收容的。这位堂客是闹家务一时想不开,或许她跟当家师太说过,为她瞒一瞒行迹。倘或如此,她就害了白衣庵了!"

了尘颜色一变,是受惊的神气,望望这个,又望望那个,终于点点头说:"有的。可就是这位胡施主的宝眷?"

果然在这里,一旦证实了全力所追求的消息,反倒不知所措。萧家骥与胡雪岩对望着、沉默着,交换的眼色中,提出了同样的疑问:阿巧姐投身在这白衣庵中,到底是为了什么?

若说为了修行,诚如萧家骥所说:"这里,哪是祝发修行的地方?"倘使不是为了修行,那么非杨即墨,阿巧姐便是另一个了尘。这一层不先弄明白,不能有所决定,这一层要弄明白,却又不知如何着手。

终于是胡雪岩作了一个决定,"了尘师太,我请这位萧老弟先跟敝眷见一面。不知道行不行?"

"有什么不行? 这样最好。不过,我得先问一问她。"

由于了尘赞成萧家骥跟阿巧姐见面,因而可以猜想得到,所谓"问一问她",其实是劝一劝她。反正只要了尘肯帮忙,一定能够见得着面,胡雪岩和萧家骥就都无话说,愿意静等。

等了尘一走,萧家骥问道:"胡先生,见了阿巧姐,我怎么说?"

"我只奇怪,"胡雪岩答非所问,"这里是怎样一处地方,莫非那个什么阿金一点都不晓得?"

"现在没有功夫去追究这个疑问。胡先生,你只说我见了阿巧姐该怎么样?"

"什么都不必说,只问问她,到底作何打算? 问清楚了,回去跟你师娘商量。"

跟阿巧姐见面的地方,是当家老师太养静的那座院子。陈设比不上了尘的屋子,但亦比其他的尼姑庵来得精致,见得白衣庵相当富庶,如果不是有大笔不动产,可以按期坐收租息,便是有丰富的香金收入。

阿巧姐容颜憔悴,见了萧家骥眼圈都红了。招呼过后,萧家骥开门见山地问:"阿巧姐,你怎么想了想,跑到这地方来了?"

"我老早想来了。做人无味,修修来世。"

这是说,她的本意是要出家。萧家骥便问:"这里你以前来过没有?"

"没有。"

怕隔墙有耳,萧家骥话不能明说,想了一下,记起胡雪岩的疑问,随即问道:"阿金呢? 她来过没有?"这意思是问,阿金如果来过,当然知道这里的情形,莫非不曾跟你说过?

234

阿巧姐摇摇头:"也没有。"

"那就难怪了!"

话只能说这一句,而阿巧姐似乎是了解的,幽幽地叹了口无声的气,仿佛也是有好些话无法畅所欲言似的。

"现在怎么样呢?"萧家骥问道:"你总有个打算。"

"我——"阿巧姐说,"我先住在这里。慢慢打算。"

"也好。"萧家骥说,"明天,我师娘会来看你。"

"不要!"阿巧姐断然决然地说,"请她不要来。"

这很奇怪!能见一个像自己这样渊源不深的男客,倒不愿见一向交好的七姑奶奶,而且语气决绝,其中必有缘故。

他的思路很快,想得既宽且深,所以在这些地方,格外谨慎,想了一下说:"阿巧姐,我晓得你跟我师娘,感情一向很好,你这话,我回去是不是照实说?"

"为什么不能照实说?"

"那么,我师娘问我:为啥她不要我去?我怎么答复她?"

问到这话,阿巧姐脸上出现了一种怨恨的表情。"我俗家的亲戚朋友都断了!"她说,"所以不要她来看我,来了我也不见。"

语气越发决绝,加上她那种脸色,竟似跟七姑奶奶有不解之仇。萧家骥大为惊骇,可是说话却更谨慎了。

"阿巧姐,"他旁敲侧击地探索真相,"我不也俗家人吗?"

这一问算是捉住她话中一个无法辩解的漏洞。她脸上阴晴不定地好半天,终于有了答复:"萧少爷,说实话,我是怕你师娘。她手段利害,我弄不过她。再说句实话,做人无味,叫人灰心,也就是为了这一点,自以为是心换心的好朋友,哪知道两面三刀,帮着别人来算计我。真正心都凉透了!萧少爷,这话你一定奇怪，一定不相信。不过，你也要想想，我三十多岁的人，各种各样的世面也见识过，总还不至于连人好人坏都看不出，无缘无故冤枉你师娘。你师娘啊，真正是——"她摇摇头，不肯再说下去。

这番话，在萧家骥简直是震动了！他实在不明白，也不能接受她对七姑奶奶这样严酷的批评。愣了好一会才说："阿巧姐到底为了啥？我实在想不通！请你说给我听听看。如果是师娘不对，我们做晚辈的，当然不敢说什么，不过肚子里的是非是有的。"

"如果，萧少爷，你肯当着菩萨起誓，什么话只摆在肚子里，我就说给你听。"

"你是说，你的话不能告诉我师父、师娘？"

"对了。"

"好！我起誓：如果阿巧姐对我说的话，我告诉了我师父师娘，叫我天打雷劈。"

阿巧姐点头表示满意，然后说道："你师娘真叫'又做师娘又做鬼'。"

用这句苛刻的批评开头，阿巧姐将七姑奶奶几次劝她的话"夹叙夹议"地从头细诉。照她的看法，完全是七姑奶奶有意要拆散她跟胡雪岩的姻缘，七姑奶奶劝她委屈，入门见礼正正式式做胡家的偏房，看似好意，其实是虚情，因为明知她决不愿这么做，就尽不妨这么说，好逼得不能不下堂求去。

对胡雪岩，七姑奶奶在她面前一再说他"滑头"，"没常性，见一个爱一个"，听来是骂胡雪岩而其实是帮他。

"萧少爷你想，你这位师娘开口'小爷叔'，闭口'小爷叔'，敬得他来像菩萨。就算他真的'滑头'、'没常性'，又怎好去说他?"阿巧姐说到这里很激动了,"我先倒也当她生来爽直,真的是为我抱不平,所以有啥说啥。后来越想越不对,前前后后,想了又想,才晓得她的意思,无非说胡某人怎么样不是人,犯不着再跟他而已!"

听她对七姑奶奶的指责,实在不无道理。但越觉得她有道理,越觉得心里难过,因为萧家骥对他的这位师娘,有如幼弟之于长姊,既敬且爱。多少年来存在心目中的一个豪爽、正直、热心、慷慨的完美印象,此时似乎发现了裂痕,怎不叫人痛心?

因此,他竟没有一句话说。这一方面是感到对阿巧姐安慰,或为七姑奶奶辩护都不甚合适,另一方面也实在是沮丧得什么话都懒得说了。

一见萧家骥的脸色,胡雪岩吓一大跳,他倒像害了一场病似的。何以跟阿巧姐见了一次面,有这样的似乎受了极大刺激的神情?令人惊疑莫释,而又苦于不便深问,只问得一句:"见过面了?"

"见过了。我们谢了尘师太,告辞吧!"

了尘又变得很沉着了,她也不提阿巧姐,只殷勤地请胡雪岩与萧家骥再来"随喜"。尼姑庵中何以请男施主来随喜?这话听来便令人有异样之感,只是无暇去分辨她的言外之意。不过,胡雪岩对人情应酬上的过节,一向不会忽略,想到有件事该做,随即说了出来:"请问,缘簿在哪里?"

"不必客气了!"

胡雪岩已经发现,黄色封面的缘簿,就挂在墙壁上,便随手一摘,交给萧家骥说:"请你写一写,写一百两银子。"

"太多了!"了尘接口说道,"如果说是为了宝眷住在我们这里,要写这么多,那也用不着! 出家人受十方供养,也供养十方,不必胡施主费心。"

"那是两回事。"萧家骥越出他的范围,代为回答,"各人尽各人的心意。"

接着,萧家骥便用现成的笔砚,写了缘簿,胡雪岩取一张一百两的银票,夹在缘簿中一起放在桌上,随即告辞出庵。回营谢过程管带,仍旧由原来护送的人送回上海。

一路奔驰,无暇交谈,到了闹区,萧家骥才勒住马说道:"胡先生,到你府上去细谈。"

于是遣走了那名马弁,一起到胡雪岩与阿巧姐双栖之处。粉奁犹香,明镜如昨,但却别有一股凄凉的意味。胡雪岩换了个地方,在他书房中闭门深谈。

听萧家骥转述了阿巧姐的愤慨之词,胡雪岩才知道他为何有那样痛苦的神态。当然,在胡雪岩也很难过。自他认识七姑奶奶以来,从未听见有人对她有这样严苛的批评,如今为了自己,使她在阿巧姐口中落了个阴险小人的名声,想想实在对不起七姑奶奶。

"胡先生,"萧家骥将一路上不断在想的一句话,问了出来:"我师娘是不是真的像阿巧姐所说的那样,是有意耍手段?"

"是的。"胡雪岩点点头,"这是她过于热心之故。阿巧姐的话,大致都对,只有一点她弄错了。你师娘这样做,实实在在是为她打算。"

接着胡雪岩便为七姑奶奶解释,她是真正替阿巧姐的终身打算,既然不愿做偏房,不如分手,择人而事。他虽不知道

238

七姑奶奶有意为阿巧姐与张郎中撮合,但他相信,以七姑奶奶的热心待人,一定会替阿巧姐觅个妥当的归宿。

这番解释,萧家骥完全能够接受,甚至可以说,他所希望的,就是这样一番能为七姑奶奶洗刷恶名的解释。因此神态顿时不同,轻快欣慰,仿佛卸下了肩上的重担似的。

"原说呢,我师娘怎么会做这种事?她如果听说阿巧姐是这样深的误会?不知道要气成什么样子?"

"对了!"胡雪岩蘧然惊觉,"阿巧姐的话,绝对不能跟她说。"

"不说又怎么交代?"

于是两个人商量如何搪塞七姑奶奶?说没有找到,她会再托阿金去找,说是已经祝发,决不肯再回家,她一定亦不会死心,自己找到白衣庵去碰钉子。想来想去没有妥当的办法。

丢下这层不谈,萧家骥问道:"胡先生,那么你对阿巧姐,究竟作何打算呢?"

这话也使得胡雪岩很难回答,心里转了好半天的念头,付之一叹:"我只有挨骂了!"

"这是说,决定割舍?"

"不割舍又如何?"

"那就这样,索性置之不理。"萧家骥说,"心肠要硬就硬到底!"

"是我自己良心上的事。"胡雪岩说,"置之不理,似乎也不是办法。"

"怎么才是办法?"萧家骥说,"要阿巧姐心甘情愿地分手,是办不到的事。"

"不求她心甘情愿,只望她咽得下那口气。"胡雪岩作了决定,"我想这样子办——"

他的办法是一方面用缓兵之计,稳住七姑奶奶,只说阿巧姐由白衣庵的当家师太介绍,已远赴他乡,目前正派人追下去劝驾了,一方面要拜托怡情老二转托阿金:第一,帮着瞒谎,不能在七姑奶奶面前道破真相。第二,请她跟阿巧姐去见一面,转达一句话,不管阿巧姐要干什么,祝发也好,从良也好,乃至于步了尘的后尘也好,胡雪岩都不会干预,而且预备送她一大笔钱。

说完了他的打算,胡雪岩自己亦有如释重负之感,因为牵缠多日,终于有了快刀斩乱麻的处置。而在萧家骥,虽并不以为这是一个好办法,只是除此以外,别无善策,而况毕竟事不干己,要想使劲出力也用不上,只有点点头表示赞成。

"事不宜迟,你师娘还在等回音,该干什么干什么,今天晚上还要辛苦你。"

"胡先生的事就等于我师父的事,"萧家骥想了一下说,"我们先去看怡情老二。"

到了怡情老二那里,灯红酒绿,夜正未央。不过她是"本家",另有自己的"小房子"。好在相去不远,"相帮"领着,片刻就到。入门之时,正听得客厅里的自鸣钟打十二下,怡情老二虽不曾睡,却已上楼回卧室了。

听得小大姐一报,她请客人上楼。端午将近的天气,相当闷热。她穿一件家常绸夹袄对客,袖管很大也很短,露出两弯雪白的膀子,一只手臂上戴一支金镯,一只手腕上戴一支翠镯,丰容盛鬋,一副福相。这使得萧家骥又生感触,相形之下,越觉得阿巧姐憔悴可怜。

由于胡、萧二人是初次光临,怡情老二少不得有一番周旋,倒茶摆果碟子,还要"开灯"请客人"躺一息"。主人殷勤,客人当然也要故作闲豫,先说些不相干的话,然后谈入正题。

萧家骥刚说得一句"阿巧姐果然在白衣庵",小大姐端着托盘进房,于是小酌消夜,一面细谈此行经过。萧家骥话完,胡雪岩接着开口,拜托怡情老二从中斡旋。

一直静听不语的怡情老二,不即置答。事情太离奇了,她竟一时还摸不清头绪。眨着眼想了好一会才摇摇头说:"胡老爷,我看事情不是这么做法。这件事少不得七姑奶奶!"

接着,她谈到张郎中,认为七姑奶奶的做法是正办。至于阿巧姐有所误会,无论如何是解释得清楚的。为今之计,只有设法将阿巧姐劝了回来,化解误会,消除怨恨,归嫁张宅,这一切只要大家同心协力花功夫下去,一定可以有圆满的结局。

"阿金不必让她插手了,决绝的话,更不可以说。现在阿巧姐的心思想偏了,要耐心拿它慢慢扭过来。七姑奶奶脾气虽毛躁,倒是最肯体恤人、最肯顾大局。阿巧姐的误会,她肯原谅的,也肯委屈的。不过话可以跟她说明白,犯不着让她到白衣庵去碰钉子。我看,胡老爷——"

她有意不再说下去,是希望胡雪岩有所意会,自动作一个表示。而胡雪岩的心思很乱,不耐细想,率直问道。"二阿姊,你要说啥?"

"我说,胡老爷,你委屈一点,明天再亲自到白衣庵去一趟,赔个笑脸,说两句好话,拿阿巧姐先劝了回来再说。"

这个要求,胡雪岩答应不下。三番两次,牵缠不清,以致搁下好多正事不能办,他心里实在也厌倦了。如今好不容易有了个快刀斩乱麻的措施,却又不能实行,反转要跟阿巧姐去赔笑脸,说好话,不但有些于心不甘,也怕她以为自己回心转意,觉得少不得她,越发牵缠得紧,岂不是更招麻烦?

看他面有难色,怡情老二颇为着急,"胡老爷,"她说,"别样见识,我万万不及你们做官的老爷们,只有这件事上,我有把握。为啥呢?女人的心思,只有女人晓得。再说,阿巧姐跟我相处也不止一年,她的性情,我当然摸得透。胡老爷,我说的是好话,你不听会懊悔!"

胡雪岩本对怡情老二有些成见,觉得她未免有所袒护,再听她这番话,成见自然加深,所以一时并无表示,只作个沉吟的样子,当作不以为然的答复。

萧家骥旁观者清,一方面觉得怡情老二的话虽说得率直了些,而做法是高明的。另一方面又知道胡雪岩的心境,这时不便固劝,越劝越坏。好在阿巧姐的下落有了,在白衣庵多住些日子亦不要紧。为了避免造成僵局,只有照"事缓则圆"这句话去做。

"胡先生也有胡先生的难处,不过你的宗旨是对的!"他加重了语气,同时对怡情老二使个眼色,"慢慢来,迟早要拿事情办通的。"

"也好。请萧少爷劝劝胡老爷!"

"我知道,我知道。"萧家骥连声答应,"明天我给你回话。今天不早了,走吧!"

辞别出门,胡雪岩步履蹒跚,真有心力交瘁之感。萧家骥当然亦不便多说,只问一句:"胡先生,你今天歇在哪里?我送你去。"

"我到钱庄里去睡。"胡雪岩问道,"你今天还要不要去见你师娘。"

"今天就不必去了。这么晚!"

"好的。"胡雪岩沉吟了一会,皱眉摇头,显得不胜其烦似的,"等一两天再说吧! 我真的脑筋都笨了,从来没有见过这种拉拉扯扯、弄不清爽的麻烦!"

"那么,"萧家骥低声下气地,倒像自己惹上了麻烦,向人求教那样,"明天见了我师娘,我应当怎么说?"

这一次胡雪岩答得非常爽脆:"只要不伤你师娘的心,怎么说都可以。"

回到钱庄,只为心里懊恼,胡雪岩在床上辗转反侧,直到市声渐起,方始朦胧睡去。

正好梦方酣之时,突然被人推醒,睁开涩重的睡眼,只见萧家骥笑嘻嘻地站在床前,"胡先生,"他说,"宝春都到了!"

胡雪岩睡意全消,一咕噜地翻身而起,一面掀被,一面问道:"在哪里?"

"先到我师娘那里,一翻皇历,恰好是宜于进屋的好日子,决定此刻就回新居。师娘着我来通知胡先生。"

于是胡家母子夫妇父女相聚,恍如隔世,全家大小,呜咽不止,还有七姑奶奶在一旁陪着掉泪。好不容易一个个止住了哭声,细叙别后光景,谈到悲痛之处,少不得又潸眼泪。就这样谈了哭、哭了谈,一直到第三天上,胡老太太与胡雪岩的情绪,才算稳定下来。

这三天之中,最忙的自然是七姑奶奶。胡家初到上海,一切陌生,处处要她指点照料。但是只要稍为静了下来,她就会想到阿巧姐,中年弃妇,栖身尼寺,设身处地为她想一想,不知生趣何在?

因此,她不时会自惊:不要阿巧姐寻了短见了? 这种不安,与日俱增,不能不找刘不才去商量了。

"不要紧!"刘不才答说,"我跟萧家骥去一趟,看情形再说。"

于是找到萧家骥,轻车熟路,到了白衣庵,一叩禅关,来应门的仍旧是小音。

"喔,萧施主,"小音还认得他,"阿巧姐到宁波去了!"

这个消息太突兀了,"她到宁波去做什么?"萧家骥问。

"我师父会告诉你。"小音答说,"我师父说过,萧施主一定还会来,果然不错。请进,请进。"

于是两人被延入萧家骥上次到过的那座精舍中。坐不到一盏茶的工夫,了尘飘然出现,刘不才眼睛一亮,不由得含笑起立。

"了尘师太,"萧家骥为刘不才介绍,"这位姓刘,是胡家的长亲。"

"喔,请坐!"了尘开门见山地说,"两位想必是来劝阿巧姐回去的?"

"是的。听小师太说,她到宁波去了? 可有这话?"

"前天走的。去觅归宿去了。"

萧家骥大为惊喜,"了尘师太,"他问,"关于阿巧姐的身世,想来完全知道?"

"不错! 就因为知道了她的身世,我才劝她到宁波去的。"

"原来是了尘师太的法力无边,劝得她回了头!"刘不才合十在胸,闭着眼喃喃说道,"大功德,大功德!"

模样有点滑稽,了尘不由得抿嘴一笑,对刘不才仿佛很感兴味似的。

"的确是一场大功德!"萧家骥问道,"了尘师太开示她的话,能不能告诉我们听听?"

"无非拿'因缘'二字来打动她。我劝她,跟胡施主的缘分尽了,不必强求。当初种那个因,如今结这个果,是一定的。至于张郎中那面,种了新因,依旧会结果,此生不结,来生再结。尘世轮回,就是这样一番不断的因果,倒不如今世了掉这番因缘,来世没有宿业,就不会受苦,才是大彻大悟的大智慧人。"了尘接着又说:"在我养静的地方,对榻而谈,整整劝了她三天,毕竟把她劝醒了!"

"了不起!了不起!苦海无边,回头是岸!"刘不才说,"不是大智慧人遇着大智慧人,不会有这场圆满的功德。"

"刘施主倒真是辩才无碍。"了尘微笑着说,眼睛一瞟,低着头无缘无故地微微笑着。

"了尘师太太夸奖我了。不过,佛经我亦稍稍涉猎过,几时得求了尘师太好好开示。"

"刘施主果真向善心虔,随时请过来。"

"一定要来,一定要来!"刘不才张目不顾,不胜欣赏地,"这样的洞天福地,得与师太对榻参禅,这份清福真不知几时修到?"

了尘仍是报以矜持的微笑,萧家骥怕刘不才还要噜苏,赶紧抢着开口:"请问了尘师太,阿巧姐去了还回不了?"

"不回来了!"

"那么她的行李呢?也都带到了宁波?"

"不!她一个人先去。张郎中随后会派人来取。"

"张郎中派的人来了,能不能请了尘师太带句话给他,务必到阜康钱庄来一趟。"

"不必了!"了尘答说,"一了百了,请萧施主回去,也转告胡施主,缘分已尽,不必再自寻烦恼了。"

"善哉！善哉！"刘不才高声念道，"'欲除烦恼须无我,各有因缘莫羡人!'"

见此光景,萧家骥心里不免来气,刘不才简直是在开搅。一赌气之下,别的话也不问了,起身说道:"多谢了尘师太,我们告辞了。"

刘不才犹有恋恋不舍之意,萧家骥不由分说,拉了他就走。

一回到家,细说经过,古应春夫妇喜出望外,不过七姑奶奶犹有怏怏不乐之意,"你还应该问详细点!"她略有怨言。

这一下正好触动萧家骥的怨气,"师娘,"他指着刘不才说,"刘三爷跟了尘眉来眼去吊膀子,哪里有我开口的份?"接着将刘不才的语言动作,描画了一遍。

古应春夫妇大笑,七姑奶奶更是连眼泪都笑了出来。刘不才等他们笑停了说:"现在该我说话了吧?"

"说,说!"七姑奶奶笑着答应,"刘三叔你说。"

"家骥沉不住气,这有啥好急的?明天我要跟了尘去'参禅',有多少话不好问她?"

"对啊!刘三叔,请你问问她,越详细越好。"

古应春当时不曾开口,过后对刘不才说:"你的话不错,'欲除烦恼须无我,各有因缘莫羡人。'小爷叔跟阿巧姐这段孽缘,能够有这样一个结果,真正好极!不必再多事了。刘三叔,我还劝你一句话,不要去参什么禅!"

"我原是说说好玩的。"

八

左宗棠从安徽进入浙江，也是稳扎稳打，先求不败。所以第一步肃清衢州，作为他浙江巡抚在本省境内发号施令之地，这是同治元年六月初的事。

在衢州定了脚跟，左宗棠进一步规取龙游、兰溪、寿昌、淳安等地，将新安江以南、信安江以西地区的长毛，都撵走了。然后在十一月下旬，攻克了新安、信安两江交汇的严州。由此越过山高水长的严子陵钓台，沿七里泷溯江北上，第二年二月间进围杭州南面的富阳，距省城不足百里了。

钱塘江南面，洋将德克碑的常捷军、呋乐德克的常安军，在不久以前，攻克绍兴。接着，太平军又退出萧山。整个浙江的东西南三面，都已肃清。然而膏腴之地的浙西，也就是杭州以北，太湖以南，包括海宁、嘉兴、湖州在内的这一片沃土，仍旧在太平军手里。

这时，左宗棠升任闽浙总督，浙江巡抚由曾国荃补授，他人在金陵城外，无法接事，仍由左宗棠兼署。为了报答朝廷，左宗棠全力反攻，谁都看得出来，杭州克复是迟早间事。

那时攻富阳、窥杭州的主将是浙江藩司蒋益澧。左宗棠本人仍旧驻节衢州，设厂督造战船。富阳之战，颇得舟师之力。但太平军在富阳的守将，是有名骁勇的汪海洋，因而相持五月，蒋益澧仍无进展。左宗棠迫不得已，只好借重洋将，札调常捷军二千五百人，由德克碑率领，自萧绍渡江，会攻富阳，八月初八终于克复。其时也正是李鸿章、刘铭传、郭松林合力攻克江阴，李秀成与李世贤自天京经溧阳到苏州，想设法解围的时候。

浙江方面，蒋益澧与德克碑由富阳北上，进窥杭州，同时分兵攻杭州西面的余杭。太平军由"朝将"汪海洋、"归王"邓光明、"听王"陈炳文，连番抵御，却是杀一阵败一阵。到十一月初，左宗棠亲临余杭督师，但杭州却仍在太平军苦守之中。

其时李鸿章已下苏州、无锡。按照他预定的步骤，不愿往西去占唾手可得的常州，免得"挤"了曾国荃，却往浙西去"挤"左宗棠。一面派翰林院侍讲而奏调到营的刘秉璋，由金山卫沿海而下，收复了浙西的平湖、乍浦、海盐，一面派程学启由吴江经平望，南攻嘉兴。收复了浙西各地，当然可以接收太平军的辎重，征粮收税，而且仿照当年湖北巡抚胡林翼收复安徽边境的先例，以为左宗棠远在杭州以南，道路隔阻，鞭长莫及，应该权宜代行职权，派员署理浙西收复各县的州县官。

这一下气得左宗棠暴跳如雷。李鸿章不但占地盘，而且江苏巡抚这个官做到浙江来了，未免欺人太甚！但一时无奈其何，只好先全力收复了杭州再说。

于是，胡雪岩开始计划重回杭州，由刘不才打先锋。此去是要收服一个张秀才，化敌为友，做个内应。

这个张秀才本是"破靴党"，自以为衣冠中人，可以走动官府，平日包揽讼事，说合是非，欺软怕硬，十分无赖。王有龄当杭州知府时，深恶其人，久已想行文学官，革他的功名，只是一时不得其便,隐忍在心。

这张秀才与各衙门的差役都有勾结——杭州各衙门的差役,有一项陋规收入,凡是有人开设商铺,照例要向该管地方衙门的差役缴纳规费,看店铺大小,定数目高下,缴清规费,方得开张,其名叫做"吃盐水"。王有龄锐于任事,贴出告示,永远禁止,钱塘、仁和两县的差役,心存顾忌,一时敛迹。巡抚、藩司两衙门,自觉靠山很硬,不买知府的账,照收不误,不过自己不便出面,指使张秀才去"吃盐水",讲明三七分账。

谁知运气不好,正在盐桥大街向一家刚要开张的估衣店讲斤头,讲不下来的时候,遇到王有龄坐轿路过,发现其事,停轿询问,估衣店的老板,照实陈述。王有龄大怒,决定拿张秀才"开刀",立个榜样。

当时传到轿前,先申斥了一顿,疾言厉色警告,一定要革他的功名。这一下张秀才慌了手脚,一革秀才,便成白丁,不但见了地方官要磕头,而且可以拖翻在地打屁股,锁在衙门照墙边"枷号示众"。

想来想去只有去托王有龄言听计从的胡雪岩。带了老婆儿女到阜康钱庄,见了胡雪岩便跪倒在地,苦苦哀求。胡雪岩一时大意,只当小事一件,王有龄必肯依从,因而满口答应,包他无事。

哪知王有龄执意不从,说这件事与他的威信有关,他新兼署了督粮道,又奉命办理团练,筹兵筹饷,号令极其重要,倘或这件为民除害的陋习不革,号令不行,何以服众?

说之再三,王有龄算是让了一步。本来预备革掉张秀才的功名,打他两百小板子,枷号三月,现在看胡雪岩的分上,免掉他的皮肉受苦,出乖露丑,秀才却非革不可。

说实在的，胡雪岩已经帮了他的大忙，而他只当胡雪岩不肯尽力，搪塞敷衍，从此怀恨在心，处处为难。到现在还不肯放过胡雪岩。

幸好一物降一物，"恶人自有恶人磨"，张秀才什么人不怕，除了官就只怕他儿子。小张是个纨绔嫖赌吃着，一应俱全。张秀才弄来的几个造孽钱，都供养了宝贝儿子。刘不才也是纨绔出身，论资格比小张深得多，所以胡雪岩想了一套办法，用刘不才从小张身上下手。收服了小张，不怕张秀才不就范。

到杭州的第二天，刘不才就进城去访小张。此时杭州的市面还萧条得很，十室九空，只有上城清和坊、中城荐桥、下城盐桥大街，比较像个样子。但是店家未到黄昏，就都上了排门，入夜一片沉寂，除掉巡逻的长毛，几乎看不见一个百姓。

但是，有几条巷子里，却是别有天地。其中有一条在荐桥，因为中城的善后局设在这里，一班地痞流氓，在张秀才指使之下，假维持地方供应长毛为名，派捐征税，俨然官府。日常聚会之处，少不得有烟有赌有土娼。刘不才心里在想，小张既是那样一个角色，当然倚仗他老子的势力，在这种场合中当"大少爷"，一定可以找到机会跟他接近。

去的时候是天刚断黑，只见门口两盏大灯笼，一群挺胸凸肚的闲汉在大声说笑。刘不才踱了过去朝里一望，大门洞开，直到二厅，院子里是各种卖零食的担子，厅上灯火闪耀照出黑压压的一群人，一望而知是个赌局。

是公开的赌局，就谁都可以进去。刘不才提脚跨上门槛，有个人喝一声："喂！"

刘不才站住脚,赔个不亢不卑的笑,"老兄叫我?"他问。

"你来做啥?"

"我来看小张。"

"小张!哪个小张?"

"张秀才的大少爷。"刘不才不慌不忙地答道:"我跟他是老朋友。"

这下还真冒充得对了,因为张秀才得势的缘故,他儿子大为神气,除非老朋友,没有人敢叫他小张。那个人听他言语合拢,挥挥手放他进门。

进门到二厅,两桌赌摆在那里,一桌牌九一桌宝。牌九大概是霉庄,所以场面比那桌宝热闹得多。刘不才知道赌场中最犯忌在人丛中乱钻,只悄悄站在人背后,踮起脚看。

推庄的是个中年汉子,满脸横肉,油光闪亮,身上穿一件缎面大毛袍子,袖口又宽又大,显然的这件贵重衣服不是他本人所有。人多大概又输得急了,但见他解开大襟衣纽,一大块毛茸茸的白狐皮翻了开来,斜挂在胸前,还不住喊热,扭回头去向身后的人瞪眼,是怪他们不该围得这么密不通风,害他热得透不过气来的神情。

"吴大炮!"上门一个少年说,"我看你可以歇歇了。宁与爷争,莫与牌争!"

输了钱的人,最听不得这种话,然而那吴大炮似乎敢怒而不敢言,紧闭着嘴,将两个腮帮子鼓得老高,那副生闷气的神情,叫人好笑。

"好话不听,没有法子。"那少年问庄家:"你说推长庄,总也有个歇手的时候,莫非一个人推到天亮?"

"是不是你要推庄?"吴大炮有些沉不住气了,从身上摸出

251

一叠银票,"这里二百两只多不少,输光了拉倒。"

"银票!"少年顾左右而言,"这个时候用银票? 哪家钱庄开门,好去兑银子?"

"一大半是阜康的票子。"吴大炮说,"阜康上海有分号,为啥不好兑?"

"你倒蛮相信阜康的! 不过要问问大家相信不相信?"少年扬脸回顾,"怎么说?"

"银票不用,原是讲明了的。"有人这样说,"不管阜康啥康,统统一样。要赌就是现银子。"

"听见没有?"少年对吴大炮说,"你现银子只有二三十两了,我在上门打一记,赢了你再推下去,输了让位。好不好?"

吴大炮想了一下,咬一咬牙说:"好!"

开门掷骰,是个"五在首",吴大炮抓起牌来就往桌上一翻,是个天杠,顿时面有得色。那少年却慢条斯理地先翻一张,是张三六,另外一张牌还在摸,吴大炮却沉不住气了,哗啦一声,将所有的牌都翻了开来,一面检视,一面说:"小牌九没有'天九王',你拿了天牌也没用。"

刘不才在牌上的眼光最锐利,一目了然,失声说道:"上门赢了,是张红九。"

那少年看了他一眼,拿手一摸,喜孜孜地说:"真叫得着!"

翻开来看,果然是张红九,凑成一对。吴大炮气得连银子带牌往前一推,起身就走。

"吴大炮。"那少年喊道,"我推庄,你怎么走了?"

"没有钱赌什么?"

"你的银票不是钱? 别家的我不要,阜康的票子,我不怕胡雪岩少! 拿来,我换给你。"

吴大炮听得这一说,却不过意似地,在原位上坐了下来。等那少年洗牌时,便有人问道:"小张大爷,你推大的还是推小的?"

这小张大爷的称呼很特别,刘不才却是一喜,原来他就是张秀才的"宝贝儿子"——市井中畏惧张秀才,都称他张大爷,如今小张必是子以父贵,所以被称为小张大爷。这样想着,便整顿全神专注在小张身上。

小张倒不愧纨袴,做庄家从容得很,砌好牌才回答那个人的问话:"大牌九'和气'的时候多,经玩些。"

于是文文静静地赌大牌九。刘不才要找机会搭讪,便也下注。志不在赌,输赢不大,所以只是就近押在上门。

这个庄推得很久,赌下风的去了来,来了去,长江后浪推前浪似地,将刘不才从后面推到前面,由站着变为坐下。这一来,他越发只守着本门下注了。

慢慢地,小张的庄变成霉庄,吴大炮扬眉吐气,大翻其本——下门一直是"活门",到后来打成"一条边",惟一的例外,是刘不才的那一注,十两银子孤零零摆在上门,格外显眼。

这有点独唱反调的意味,下风都颇讨厌,而庄家却有亲切之感,小张深深看了他一眼,眼中不自觉地流露出感动的神色。

刘不才心里在说:有点意思了!但却更为沉着,静观不语。

"上门那一注归下门看!"吴大炮吼着。

"对不起!"小张答道:"讲明在先的,大家不动注码。"

吴大炮无奈,只好跟刘不才打交道:"喂!喂!上门这位老兄的注码,自己摆过来好不好?赔了我再贴你一半,十两赢十五两。"

刘不才冷冷问道："输了呢？"

"呸！"吴大炮狠狠向地下吐了口唾沫："活见鬼。"

刘不才不做声，小张却为他不平，"吴大炮！"他沉下脸来说，"赌有赌品，你赌不起不要来，人家高兴赌人家的上门，关你鸟事！你这样子算啥一出？"

"好了，好了！"有人打岔劝解，"都离手！庄家要下骰子了。"

骰子一下，吴大炮一把抓住，放在他那毛茸茸的手中，眯着眼掀了几掀，很快地分成两副，一前一后摆得整整齐齐。有人想看一下，手刚伸到牌上，"叭哒"一声，挨了吴大炮一下。不问可知是副好牌，翻开来一比，天门最大，其次下门，再次庄家，上门最小。照牌路来说，下门真是"活门"。

赔完了下门，庄家才吃刘不才的十两银子，有些不胜歉疚地说："我倒情愿赔你。"

"是啊！"刘不才平静地答道，"我也还望着'三十年风水轮流转'，上门会转运。现在——"他踌躇了一会，摸出金表来，解下表坠子问道："拿这个当押头，借五十两银子，可以不可以？"

这表坠子是一块碧绿的翡翠，琢成古钱的式样，市价起码值二百两银子，但小张却不是因为它值钱才肯借：

"有啥不可以？我借五十两银子给你，要啥押头？"

"不！庄家手气有关系。"刘不才固执地，"如果不要押头，我就不必借了。"

其实他身上有小张所信任的，阜康的银票。有意如此做作，是要铺个进身之阶。等小张歇手，他五十两银子也输得差不多了。站起身来请教住处,说第二天拿银子来赎。

"你贵姓?"小张问。

"敝姓刘。"

"那我就叫你老刘。"小张说,"我倒喜欢你这个朋友,东西你拿回去,好在总有见面的时候,你随便哪一天带钱来还我就是。"说着又将那块翡翠递了过来。

"你这样子说,我更不好收了。府上在哪里?我明天取了银子来赎。"

"说什么赎不赎?"小张有些踌躇,他一年三百六十五天,倒有三百天不在家,姓刘的"上门不见土地",有何用处?如果为了等他,特意回家,却又怕自己把握不住自己的行踪。

刘不才很机警,虽不知他心里怎么在想,反正他不愿客人上门的意思,却很明显。自己有意将表坠子留在他那里,原是要安排个单独相处的机会,这不必一定到他家,还有更好的地方。

"小张大爷,"他想定了就说:"你如果不嫌弃,我们明天约个地方见面,好不好?"

"好啊!你说。"

"花牌楼的阿狗嫂,你总知道?"

小张怎么不知道?阿狗嫂是有名的一个老鸨,主持一家极大的"私门头",凡是富春江上"江山船"中投怀送抱的船娘,一上了岸都以阿狗嫂为居停。小张跟她,亦很相熟,只是杭州被围,花事阑珊,乱后却还不曾见过。

因而小张又惊又喜地:"阿狗嫂倒不曾饿杀!"

"她那里又热闹了。不过我住在她后面,很清静。

"好!明天下午我一定来。"

刘不才的住处是阿狗嫂特地替他预备的,就在后面,单成院落,有一道腰门,闩上了便与前面隔绝,另有出入的门户。

"张兄,"刘不才改了称呼,"阜康的票子你要不要?"

"喔,我倒忘记了。"小张从身上掏出一个棉纸小包,递了过去,"东西在这里,你看一看!"

"不必看。"刘不才交了五十两一张庄票。银货两讫以后,拉开橱门说道:"张兄,我有几样小意思送你。我们交个朋友。"

那些"小意思"长短大小不一,长的是一枝"司的克",小的是一只金表,大的是一盒吕宋烟,还有短不及五寸,方楞折角的一包东西,就看不出来了——样子像书,小张却不相信他会送自己一部书。而且给好赌的人送书,也嫌"触霉头"。

"你看这枝'司的克',防身的好东西。"刘不才举起来喝一声,"当心!"接着便当头砸了下来。

小张当然拿手一格,捏住了尾端。也不知刘不才怎么一下,那根"司的克"分成两截,握在刘不才手里的,是一枝雪亮的短剑。

"怎么搞的?"小张大感兴趣,"我看看,我看看。"

看那短剑,形制与中国的剑完全不同,三角形,尖端如针,剑身三面血槽,确是可以致人于死的利器。

"你看,这中间有机关。"

原来司的克中间有榫头,做得严丝合缝,极其精细。遇到有人袭击,拿司的克砸过去,对方不抓不过挨一下打。若是想夺它就上当了,正好借势一扭,抽出短剑刺过去,突出不意,必定得手。

了解了妙用,小张越发喜爱。防身固然得力,无事拿来献献宝,夸耀于人,更是一乐。所以笑得嘴都合不拢了。

　　"这里是几本洋书。"

　　果然是书! 这就送得不对路了,小张拱拱手说:"老刘! 好朋友说实话:中国书我都不大看得懂,洋书更加'赵大人看榜',莫名其妙。"

　　"你看得懂的。"刘不才将书交到他手里,"带回去一个人慢慢看。"

　　这句话中,奥妙无穷,小张就非当时拆开来看不可了,打开来一翻,顿觉血脉喷张——是一部"洋春宫"。

　　这一下就目不旁视了。刘不才悄悄端了张椅子扶他坐下,自己远远坐在一边,冷眼旁观,看他眼珠凸出,不断咽口水的穷形极相,心里越发泰然。

　　好不容易,小张才看完,"过瘾!"他略带些窘地笑道:"老刘,你哪里觅来的?"

　　"自然是上海夷场上。"

　　"去过上海的也很多,从没有看着他们带过这些东西回来。"小张不胜钦服地说:"老刘,你真有办法!"

　　"我也没办法。这些东西,我也不知道哪里去觅? 是一个亲戚那里顺手牵来的。这话回头再说。你先看看这两样东西。"

　　这就是一大一小两个盒子,小张倒都仔细看了。一面看,一面想,凭空受人家这份礼,实在不好意思。不受呢,那支司的克和那部"洋书"真有些舍不得放手。

　　想了半天,委决不下,只有说老实话:"老刘,我们初交,你这样够朋友,我也不晓得怎么说才好? 不过,我真的不大好意思。"

"这你就见外了。老弟台,朋友不是交一天,要这样分彼此,以后我就不敢高攀了。"

"我不分,我不分。"小张极力辩白,不过,"你总也要让我尽点心意才好。

看样子是收服了,那就不必多费功夫,打铁趁热,"我也说老实话,这些东西,不是我的,是我一个亲戚托我带来的。"他接着又说,"你家老太爷,对我这个亲戚有点误会,不但误会,简直有点冤枉。"

"喔,"小张问道:"令亲是哪一个?"

"阜康钱庄的胡雪岩。"

小张失声说道:"是他啊!"

"是他。怎么说你家老太爷对他的误会是冤枉的呢? 话不说不明,我倒晓得一点。"

小张很注意地在等他说下去,而刘不才却迟疑着不大愿意开口的样子。这就令人奇怪了,"老刘!"小张问道,"你不是说晓得其中的内情吗?"

"是的,我完全晓得。王抚台由湖州府调杭州府的时候,我是从湖州跟了他来的,在他衙门里办庶务,所以十分清楚。不过,这件事谈起来若论是非,你家老太爷也是我长辈,我不便说他。"

"那有什么关系? 自己人讲讲不要紧。我们家'老的',名气大得很,不晓得多少人说过他,我也听得多了,又何在乎你批评他?"

"我倒不是批评他老人家,是怪他太大意,太心急了。'新官上任三把火',该当避他一避,偏偏'吃盐水'让他撞见。告示就贴在那里,糨糊都还没有干,就有人拿他的话不当话,好比一巴掌打在他脸上——人家到底是杭州一府之首,管着好几县上百万的老百姓。这一来他那个印把子怎么捏得牢?老弟,'前半夜想想人家,后半夜想想自己'。换了你是王抚台,要不要光火?"

小张默默。倒不仅因为刘不才的话说得透彻,主要的还是因为有交情在那里,就什么话都容易听得进去了。

"不错,雪岩当时没有能保得住你家老太爷的秀才。不过,外头只知其一,不知其二。王抚台动公事给学里老师,革掉了秀才还要办人出气。这个上头,雪岩一定不答应,先软后硬,王抚台才算勉强买了个面子。"

"喔,"小张乱眨着眼说:"这我倒不晓。怎么叫'先软后硬?'"

"软是下跪,硬是吵架。雪岩为了你家老太爷,要跟王抚台绝交,以后倒反说他不够朋友不帮忙,你说冤枉不冤枉?"

"照你这么说,倒真的是冤枉了他?"小张紧接着说,"那么,他又为啥要送我这些东西?好人好到这样子,也就出奇了。"

"一点不奇。他自然有事要拜托你。"

"可以!"小张慨然答道,"胡老板我不熟,不过你够朋友。只要我做得到,你说了我一定帮忙。"

"说起来,不是我捧自己亲戚,胡雪岩实在是够朋友的。你家老太爷对他虽有误会,他倒替你家老太爷伸好后脚,留好余地在那里了。"

这两句话没头没脑,小张不明所以,但话是好话,却总听得出来,"这倒要谢谢他了。"他问,"不知道伸好一只什么后脚？"

"我先给你看样东西。"

刘不才从床底下拖出皮箱来,开了锁,取出一本"护书",抽出一通公文,送到小张手里。

小张肚子里的墨水有限,不过江苏巡抚部堂的紫泥大印,是看得懂的,他父亲的名字也是认识的,此外由于公文套子转来转去,一时就弄不明白是说些什么了。

"这件公事,千万不能说出去。一说出去,让长毛知道了不得了。"刘不才故作郑重地嘱咐,然后换了副轻快的神情说,"你带回去,请老太爷秘密收藏。有一天官军克复杭州,拿出公文来看,不但没有助逆反叛之罪,还有维持地方之功。你说,胡雪岩帮你家老太爷这个忙,帮得大不大?"

这一说,小张方始有点明白,不解的是:"那么眼前呢?眼前做点啥?"

"眼前,当然该做啥就做啥。不是维持地方吗,照常维持好了。"

"喔,喔!"小张终于恍然大悟,"这就是脚踏两头船。"

"对!脚踏两头船。不过,现在所踏的这只船,迟早要翻身的。还是那只船要紧。"

"我懂。我懂。"

"你们老太爷呢?"

"我去跟他说,他一定很高兴。"小张答说,"明天就有回话。时候不早,我也要去了。"

第二天一早,小张上门,邀刘不才到家。张秀才早就煮酒在等了。

为了套交情,刘不才不但口称"老伯",而且行了大礼,将

260

张秀才喜得有些受宠若惊的模样。

"不敢当,不敢当!刘三哥,"他指着小张说,"我这个畜牲从来不交正经朋友,想不到交上了你刘三哥。真正我家门之幸。"

"老伯说得我不曾吃酒,脸就要红了。"

"对了,吃酒,吃酒!朋友交情,吃酒越吃越厚,赌钱越赌越薄。"他又骂儿子,"这个畜牲,就是喜欢赌,我到赌场里去,十次倒有九次遇见他。"

"你也不要说人家。"小张反唇相讥,"你去十次,九次遇见我,总还比你少一次!"

"你看看,你看看!"张秀才气得两撇黄胡子乱动,"这个畜牲说的话,强词夺理。"

刘不才看他们父不父,子不子,实在好笑:"老伯膝下,大概就是我这位老弟一个。"他说,"从小宠惯了!"

"都是他娘宠的。家门不幸,叫你刘三哥见笑。"

"说哪里话!我倒看我这位老弟,着实能干、漂亮,绝好的外场人物。"

一句话说到张秀才得意的地方,敛容答道:"刘三哥,玉不琢,不成器。我这个畜牲,鬼聪明是有的,不过要好好跟人去磨炼。回头我们细谈,先吃酒。"

于是宾主三人,围炉小饮,少不得先有些不着边际的闲话。

谈到差不多,张秀才向他儿子努一努嘴,小张便起身出堂屋,四面看了一下,大声吩咐他家的男仆:"贵生,你去告诉门上,老爷今天身子不舒服,不见客。问到我,说不在家。如果有公事,下午到局子里去说。"

这便是屏绝闲杂,倾心谈秘密的先声,刘不才心里就有了预备,只待张秀才发话。

"刘三哥,你跟雪岩至亲?"

话是泛泛之词,称呼却颇具意味。不叫"胡道台"而直呼其号,这就是表示:一则很熟;二则是平起平坐的朋友。刘不才再往深处细想一想,是张秀才仿佛在暗示:他不念前嫌,有紧要话,尽说不妨。

如果自己猜得不错,那就是好征兆。不过知人知面不知心,又想起胡雪岩的叮嘱:"逢人只说三分话",所以很谨慎地答道:"是的,我们是亲戚。"

"怎么称呼?"

"雪岩算是比我晚一辈。"

"啊呀呀,你是雪岩的长亲,我该称你老世叔才是。"张秀才说,"你又跟小儿叙朋友,这样算起来,辈分排不清楚了。刘三哥,我们大家平叙最好!"

"不敢!不敢!我叫张大爷吧。"刘不才不愿在礼节上头,多费功夫,急转直下地说,"雪岩也跟我提过,说有张大爷这么一位患难之交,嘱咐我这趟回杭州,一定要来看看张大爷,替他说声好。"

"说患难之交,倒是一点不错。当初雪岩不曾得发的时候,我们在茶店里是每天见面的。后来他有跟王抚台这番遇合,平步青云,眼孔就高了。一班穷朋友不大在他眼里,我们也高攀不上。患难之交,变成了'点头朋友'。"

这是一番牢骚,刘不才静静听他发完,自然要作解释:"雪岩后来忙了,礼节疏漏的地方难免。不过说到待朋友,我不是回护亲戚,雪岩无论如何'不伤道'这三个字,总还做到了的。"

"是啊！他外场是漂亮的。"张秀才说，"承蒙他不弃，时世又是这个样子，过去有啥难过，也该一笔勾销，大家重新做个朋友。"

"是!"刘不才答说，"雪岩也是这个意思。说来说去，大家都是本乡本土的人，叶落归根，将来总要在一起。雪岩现在就是处处在留相见的余地。"

这番话说得很动听，是劝张秀才留个相见的余地，却一点不着痕迹，使得内心原为帮长毛做事而惶惑不安的张秀才，越发觉得该跟胡雪岩"重新做个朋友"了。

"我也是这么想，年纪也都差不多了，时世又是如此。说真的，现在大家都是再世做人，想想过去，看看将来，不能再糊涂了。我有几句话——"张秀才毅然说了出来，"要跟刘三哥请教。"

听这一说，刘不才将自己的椅子拉一拉，凑近了张秀才，两眼紧紧望着，是极其郑重、也极其诚恳的倾听之态。

"明人不说暗话，雪岩的靠山是王抚台，如今已不在人世。另外一座靠山是何制军，听说'泥菩萨过江，自身难保'。既然这样子，我倒要请教刘三哥，雪岩还凭啥来混？"

这话问在要害上，刘不才不敢随便，心里第一个念头是：宁慢勿错。所以一面点头，一面细想。如果随意编上一段关系，说胡雪岩跟京里某大老如何如何，跟某省督抚又如何如何，谎话也可以编得很圆，无奈张秀才决不会相信，所以这是个很笨的法子。

刘不才认为话说得超脱些，反而动听，因而这样答道："靠山都是假的，本事跟朋友才是真的。有本事、有朋友，自然寻得着靠山。他又补上一句，"张大爷，我这两句话说得很狂。

263

你老不要见气。"

"好!"张秀才倒是颇为倾心,"刘三哥,听你这两句话,也是好角色!"

"不敢,我乱说。"

"刘三哥,我再请教你,"张秀才将声音放得极低,"你看大局怎么样?"

这话就不好轻易回答了。刘不才拿眼看一看小张——小张会意,重重点头,表示但说不妨。

"我从前也跟张大爷一样,人好像闷在坛子里,黑漆一团。这趟在上海住了几天,夷场上五方杂处,消息灵通。稍为听到些,大家都说'这个'不长的!"

一面说,一面做了个手势,指一指头发,意示"这个"是指长毛。张秀才听罢不响,拿起水烟袋,噗噜噜、噗噜噜,抽了好一会方始开口。

"你倒说说看,为啥不长?"

"这不是三言两语说得尽的。"

刘不才的口才很好,何况官军又实在打得很好,两好并一好,刘不才分析局势,将张秀才说得死心塌地。他也知道他们父子的名声不好,必得做一件惊世骇俗,大有功于乡邦的奇行伟举,才能遮掩得许多劣迹,令人刮目相看。现在有胡雪岩这条路子,岂可轻易放过?

"刘三哥,我想明白了,拜托你回复雪岩,等官军一到,撵走长毛,光复杭州,我做内应。到那时候,雪岩要帮我洗刷。"

"岂止于洗刷!"刘不才答说,"那时朝廷褒奖,授官补缺,这个从军功上得来的官,比捐班还漂亮些!"

果然,等杭州克复,张秀才父子因为开城迎接藩司蒋益澧之功,使小张获得了一张七品奖札,并被派为善后局委员。张秀才趁机进言,杭州的善后,非把胡雪岩请回来主持不可。

　　蒋益澧深以为然。于是专程迎接胡雪岩的差使,便落到了小张身上,

　　到得上海,先在"仕宦行台"的长发客栈安顿下来,随即找出刘不才留给他的地址,请客栈里派个小伙计去把刘不才请来。

　　"我算到你也该来了,果不其然。"刘不才再无闲话,开口就碰到小张的心坎上,"我先带你去看舍亲,有啥话交代清楚,接下来就尽你玩了。"

　　"老刘,"小张答说,"我现在是浙江善后局的委员,七品官儿。这趟奉蒋藩台委派,特地来请胡大人回杭州,要说的就是这句话。"

　　"好! 我晓得了。我们马上就走。"

　　于是小张将七品官服取出来,当着客人的面更衣,换好了不免面有窘色,自觉有些沐猴而冠的味道。

　　刘不才倒没有笑他,只说:"请贵管家把衣包带去,省得再回来换便衣了。"

　　小张带的一个长随张升,倒是一向"跟官"的,名帖、衣包,早就预备好了,三个人一辆马车,径自来到阜康钱庄。

　　胡雪岩跟一班米商在谈生意,正到紧要关头。因为小张远道而来,又是穿官服来拜访,只得告个罪,抛下前客,来迎后客。

　　小张是见过胡雪岩的,所以一等他踏进小客厅,不必刘不才引见,便即喊一声:"胡老伯!"恭恭敬敬地磕下头去。

"不敢当,不敢当!世兄忒多礼了。"胡雪岩赶紧亦跪了下去。

对磕过头,相扶而起,少不得还有几句寒暄,然后转入正题。等小张道明来意,胡雪岩答说:"这是我义不容辞的事,已经在预备了。世兄在上海玩几天,我们一起走。"

"是!"

"好了!"刘不才插进来对小张说,"话交代清楚了,你换一换衣服,我们好走了。"

于是刘不才带着小张观光五光十色的夷场,到晚来吃大菜、看京戏。小张大开眼界,夜深人倦,兴犹未央。刘不才陪他住在长发客栈,临床夜语,直到曙色将动,方始睡去。

这时的胡雪岩却还未睡,因为他要运一万石米到杭州,接头了几个米商,说得好好的,到头来却又变了卦,迫不得已只好去找尤五,半夜里方始寻着,直截了当地提出要求。

尤五对米生意本是内行,但松江漕帮公设的米行,早已歇业,隔膜已久,而且数量甚巨,并非叱嗟可办。他这几年韬光隐晦,谨言慎行,做事越发仔细,没把握的事,一时不敢答应。

"小爷叔,你的吩咐,我当然不敢说个'不'字。不过,我的情形你也晓得的,现在要办米,我还要现去找人。'班底'不凑手,日子上就捏不住了。从前你运米到杭州进不了城,改运宁波,不是他们答应过你的,一旦要用,照数补米?"

这是当初杨坊为了接济他家乡,与胡雪岩有过这样的约定。只是杨坊今非昔比,因为白齐文劫饷殴官一案受累,在李鸿章那里栽了大跟斗,现在撤职查办的处分未消,哪里有实践诺言的心情和力量。胡雪岩不肯乘人于危,决定自己想办法。

听完他所讲的这番缘由,尤五赞叹着说:"小爷叔,你真够朋友！不过人家姓杨的不像你。他靠常胜军，着实发了一笔财，李抚台饶不过他，亦是如此。如今米虽不要他补，米款应当还你。当初二两多银子一石，现在涨到快六两了，还不容易采办。莫非你仍旧照当初的价钱跟他结算？"

"那当然办不到的。要请他照市价结给我。不然我跟他办公事，看他吃得消，吃不消？"

"钱是不愁了，"尤五点点头，"不过，小爷叔，你想办一万石米，实在不容易。这两年江苏本来缺粮，靠湖广、江西贩来。去年李抚台办米运进京，还采办了洋米，三万石办了两个月才凑齐，你此刻一个月当中要办一万石。只怕办不到。"

"不是一个月。一个月包括运到杭州的日子在内，最多二十天就要办齐。"

"那更难了。只怕官府都办不到。"

"官府办不到，我们办得到，才算本事。"

这句话等于在掂尤五的斤两。说了两次难，不能再说第三次了。尤五不作声，思前想后打算了好久，还是叹口气说："只好大家来想办法。"

分头奔走，结果是七姑奶奶出马，找到大丰米行的老板娘"粉面虎"，将应交的京米，以及存在怡和洋行的两千石洋米，都凑了给胡雪岩，一共是八千五百石，余数由尤五设法，很快地凑足了万石之数。

米款跟杨坊办交涉，收回五万两银子，不足之数由胡雪岩在要凑还王有龄遗族的十二万两银子中，暂时挪用。一切顺利，只十三天的工夫，沙船已经扬帆出海，照第一次的行程，由海宁经钱塘江到杭州望江门外。

小张打前站，先回杭州，照胡雪岩的主意，只说有几百石米要捐献官府。再用一笔重礼,结交了守望江门的营官张千总,讲好接应的办法,然后坐小船迎了上来复命,细谈杭州的情形,实在不大高明。胡雪岩听完,抑郁地久久不语。

既是至亲,而且也算长辈,刘不才说话比较可以没有顾忌,他很坦率地问道:"雪岩,你是不是在担心有人在暗算你?"

"你是指有人在左制军那里告我? 那没有什么,他们暗算不到我的。"

"那么,你是担啥心事呢?"

"怎么不要担心事? 来日大难,眼前可忧!"

这八个字说得很雅驯,不像胡雪岩平时的口吻,因而越使得刘不才和小张奇怪。当然,刘不才对胡雪岩,要比小张了解得多,"来日大难"这句话他懂,因为平时听胡雪岩谈过,光复以后,恤死救生,振兴市面善后之事,头绪万端。可是,眼前又有何可忧呢?

"我没有想到,官军的纪律亦不比长毛好多少!"胡雪岩说,"刚才听小张说起城里的情形,着实要担一番心事。白天总还好,只怕一到了夜里,放抢放火,奸淫掳掠都来了!"

怪不得他这样子忧心忡忡,不管他是不是过甚其词,总不可不作预防。小张家在城里,格外关切,失声问道:"胡先生!那,怎么办呢?"

"办法是有一个。不过要见着'当家人'才有用处。"

整个杭州城现在是蒋益澧当家,小张想了一下问道:"胡先生,我请你老人家的示,进了城是先跟家父见见面呢? 还是直接去看杭州的'当家人'?"

"当然先看'当家人'。"

"好的!"小张也很有决断,"老刘,我们分头办事。等到了岸上,卸米的事,请你帮帮张千总的忙。现在秩序很乱,所谓帮忙,无非指挥指挥工人。别的,请你不必插手。"

刘不才懂得他的言外之意,不须负保管粮食之责。如果有散兵游勇,强索软要,听凭张千总去处理,大可袖手旁观。

"我知道了。我们约定事后见面的地方好了。"

"在我舍间。"小张答说,"回头我会拜托张千总,派人护送你去。"

于是,胡雪岩打开小箱子,里面是一套半新旧的三品顶戴官服,等他换穿停当,船也就到岸了。

虽说到岸,其实还有一段距离,因为沙船装米,吃水很深,而望江门外的码头失修,近岸淤浅,如果沙船靠得太近,会有搁浅之虞。

好在重赏之下,自有勇夫,张千总颇为尽心,不但已找好一所荒废的大房子,派兵打扫看守,备作仓库之用,而且也扣着小船,预备接驳。此时相度情势,又改了主意,下令士兵在浅河滩上涉水负载,更为简捷。小船只用了一只,将胡雪岩、小张、刘不才和胡雪岩的跟班长贵送到岸上。交代明白,胡、张二人就由夹着拜匣的长贵陪着,先进城了。

望见城头上飘拂的旗帜,胡雪岩感从中来,流涕不止,他是在想王有龄。如果今天凯旋入城的主帅,不是蒋益澧而是王有龄,那有多好? 今日之下,自然是以成败论英雄,但打了胜仗的人不知道可会想到,王有龄当年苦守危城,岂仅心力交瘁,简直是血与泪俱! 所吃的苦、所用的力,远比打胜仗的人要多得多!

这样想着,恨不得一进城先到王有龄殉节之处,放声痛哭一场。无奈百姓还在水深火热之中,实在没有功夫让他去泄痛愤。只好拭拭眼泪,挺起胸膛往里走!

守城的已经换了班,是个四品都司,一见胡雪岩的服色,三品文官,与将益澧相同,不敢怠慢,亲自迎上来行了礼问道:"大人的官衔是?"

"是胡大人。"小张代为解脱,"从上海赶来的,有紧要公事跟蒋藩台接头。"

这时长贵已经从拜匣里取出一张名帖递了过去,那都司不识字,接过名帖,倒着看了一下,装模作样地说道:"原来胡大人要见蒋大人! 请问,要不要护送?"

"能护送再好不过!"小张说道,"顶要紧的是,能不能弄两匹马来?"

"马可没有。不过,胡大人可以坐轿子。"

城门旁边,就是一家轿行,居然还有两乘空轿子在,轿夫自然不会有。那都司倒很热心,表示可以抓些百姓来抬轿。可是胡雪岩坚决辞谢——这时候还要坐轿子,简直是毫无心肝了。

没有马,又不肯坐轿,自然还借重自家的一双腿。不过都司派兵护送,一路通行无阻,很顺利又到了三元坊孙宅,蒋益澧的公馆。投帖进去,中门大开,蒋益澧的中军来肃客入内。走近大厅,但见滴水檐前站着一个穿了黄马褂的将官,料知便是蒋益澧,胡雪岩兜头长揖:"恭喜,恭喜!"

这是贺他得胜,蒋益澧拱手还礼,连声答道:"彼此,彼此!"

于是小张抢上一步,为双方正式引见。进入大厅,宾主东西平坐,少不得先有一番寒暄。

胡雪岩先以浙江士绅的身份,向蒋益澧道谢,然后谈到东

270

南兵燹,杭州受祸最深。接下来便是为蒋益澧打算,而由恭维开始。

蒋益澧字芗泉,所以胡雪岩之称为"芗翁"。他说,"芗翁立这样一场大功,将来更上一层楼,巡抚两浙,是指日可待的事。"

"不见得,我亦不敢存这个妄想。"蒋益澧说,"曾九帅有个好哥哥,等金陵一下,走马上任,我还是要拿'手本'见他。"

浙江巡抚是曾国荃,一直未曾到任,现在是由左宗棠兼署。蒋益澧倒有自知之明,不管从勋名、关系来说,要想取曾国荃而代之,是件不容易的事。

但是胡雪岩另有看法:"曾九帅是大将,金陵攻了下来,朝廷自然另有重用之处。至于浙江巡抚一席,看亦止于目前遥领,将来不会到任的。芗翁,你不要泄气!"

"噢?"蒋益澧不自觉地将身子往前俯了一下,"倒要请教,何以见得曾九帅将来不会到任?"

"这道理容易明白,第一,曾九帅跟浙江素无渊源,人地生疏,不大相宜;第二,曾大帅为人谦虚,也最肯替人设想,浙江的局面是左大人定下来的,他决不肯让他老弟来分左大人的地盘。"

"啊,啊!"蒋益澧精神一振,"雪翁见得很透彻。"

"照我看,将来浙江全省,特别是省城里的善后事宜,要靠芗翁一手主持。"胡雪岩停了一下,看蒋益澧是聚精会神在倾听的神态,知道进言的时机已到,便用手势加强了语气,很恳切地说:"杭州百姓的祸福,都在芗翁手里,目前多保存一分元气,将来就省一分气力!"

"说的是,说的是!"蒋益澧搓着手,微显焦灼地,"请雪翁指教,只要能保存元气,我无有不尽力的!"

"芎翁有这样的话,真正是杭州百姓的救星。"胡雪岩站起来就请了个安,"我替杭州百姓给芎翁道谢!"

"真不敢当!"蒋益澧急忙回礼,同时拍着胸说,"雪翁,你请说,保存劫后元气,应该从哪里着手?"

"请恕我直言,芎翁只怕未必知道,各营弟兄,还难免有骚扰百姓的情形。"

"这——"

胡雪岩知道他有些为难。官军打仗,为求克敌制胜,少不得想到"重赏之下,必有勇夫"这句老古话,预先许下赏赐。但筹饷筹粮,尚且困难,哪里还筹得出一笔巨款可作犒赏之用?这就不免慷他人之慨了,或者暗示、或者默许,只要攻下一座城池,三日之内,可以不守两条军法:抢劫与奸淫。蒋益澧可能亦曾有过这样许诺,这时候要他出告示禁止,变成主将食言,将来就难带兵了。

因此,胡雪岩抢着打断了他的话:"芎翁,我还有下情上禀。"

"言重、言重!"蒋益澧怕他还有不中听的话说出来,搞得彼此尴尬,所以以招呼打在先,"雪翁的责备,自是义正辞严,我惟有惭愧而已。"

不说整饬军纪,只道惭愧,这话表面客气,暗中却已表示不受责备。胡雪岩听他的语气,越觉得自己的打算是比较聪明的做法,而且话也不妨说得率直些。

"芎翁知道的,我是商人,在商言商,讲究公平交易。俗语说的礼尚往来,也无非讲究一个公平。弟兄们拼性命救杭州的百姓,劳苦功高,朝廷虽有奖赏,地方上没有点意思表示,也

272

就太不公平,太对不起弟兄了。"

蒋益澧听他这段话,颇为困扰,前面的话,说得很俗气,而后面又说得很客气,到底主旨何在? 要细想一想,才好答话。他心里在想,此人很漂亮,但也很利害,应付不得法,朋友变成冤家,其中的出入很大,不可不慎。

于是他细想了一下,终于弄明白了胡雪岩的意思,谦虚地答道:"雪翁太夸奖了。为民除寇,份所当为,哪里有什么功劳可言?"

"芗翁这话才真是太客气了。彼此一见如故,我就直言了。"胡雪岩从从容容地说:"敝处是出了名的所谓'杭铁头',最知道好歹。官军有功,理当犒劳。不过眼前十室九空,这两年也让长毛搜刮净了,实在没有啥好劳军的。好在杭州士坤逃难在外的,还有些人,我也大多可以联络得到。如今我斗胆做个主,决定凑十万两银子,送到芗翁这里来,请代为谢谢弟兄们。"

这话让蒋益澧很难回答,颇有却之不恭,受之不可之感。因为胡雪岩的意思是很显然的,十万两银子买个"秋毫无犯",这就是他所说"公平交易"、"礼尚往来"。只是十万两银子听上去是个巨数,几万人一分,所得有限,能不能"摆得平",大成疑问。

见他踌躇的神气,胡雪岩自能猜知他的心事,若问一句:"莫非嫌少?"未免太不客气,如果自动增加,又显得讨价还价地小器相。考虑下来,只有侧面再许他一点好处。

"至于对芗翁的敬意,自然另有筹划——"

"不,不!"蒋益澧打断他的话,"不要把我算在里头。等局势稍为平定了,贵省士绅写京信的时候,能够说一句我蒋某人对得起浙江,就承情不尽了。"

"那何消说得? 芎翁,你对得起浙江,浙江也一定对得起你!"

"好,这话痛快!"蒋益澧毅然决然地说,"雪翁的厚爱,我就代弟兄们一并致谢了。"接着便喊一声:"来啊! 请刘大老爷!"

"刘大老爷"举人出身,捐的州县班子,蒋益澧倚为智囊,也当他是文案委员。请了他来,是要商议出告示,整饬军纪,严禁骚扰。

这是蒋益澧的事,胡雪岩可以不管,他现在要动脑筋的是,如何实践自己的诺言,有十万两白花花的银子,解交藩库,供蒋益澧分赏弟兄?

一想到藩库,胡雪岩心中灵光一闪,仿佛暗夜迷路而发现了灯光一样,虽然一闪即灭,但他确信不是自己看花了眼而生的错觉,一定能够找出一条路来。

果然,息心静虑想了一会,大致有了成算,便等蒋益澧与他的智囊谈得告一段落时,开口问道:"芎翁的粮台在哪里?"

"浙江的总粮台,跟着左大帅在余杭,我有个小粮台在瓶窑。喏,"蒋益澧指着小张说,"他也是管粮台的委员。"

"那么,藩库呢?"

"藩库?"蒋益澧笑道,"藩司衙门都还不知道在不在,哪里谈得到藩库?"

"藩库掌一省的收支,顶顶要紧,要尽快恢复起来。藩库的牌子一挂出去,自有解款的人上门。不然,就好像俗语说,'提着猪头,寻不着庙门'。岂不耽误库收?"

蒋益澧也不知道这时候会有什么人来解款,只觉得胡雪

274

岩的忠告极有道理,藩库应该赶快恢复。可是该如何恢复,应派什么人管库办事,却是茫无所知。

于是胡雪岩为他讲解钱庄代理公库的例规与好处。阜康从前代理浙江藩库,如今仍愿效力,不过以前人欠欠人犹待清理,为了划清界限起见,他想另立一爿钱庄,叫做"阜丰"。

"阜丰就是阜康,不过多挂一块招牌。外面有区分。内部是一样的。叫阜丰,叫阜康都可以。芗翁!"胡雪岩说,"我这样做法,完全是为了公家,阜康收进旧欠,解交阜丰,也就是解交芗翁。至于以前藩库欠人家的。看情形该付的付,该缓的缓,急公缓私,岂非大有伸缩的余地?"

"好,好! 准定委托雪翁。"蒋益澧大为欣喜,"阜丰也好,阜康也好,我只认雪翁。"

"既蒙委任,我一定尽心尽力。"胡雪岩略停一下又说:"应该解缴的十万银子,我去筹划,看目前在杭州能凑多少现银,不足之数归我垫。为了省事,我想划一笔账,这一来粮台、藩库彼此方便。"

"这,这笔账怎么划法?"

"是这样,譬如说现在能凑出一半现银,我就先解了上来,另外一半,我打一张票子交到粮台,随时可以在我上海的阜康兑现。倘或交通不便,一时不能去提现,那也不要紧,阜丰代理藩库,一切代垫,就等于缴了现银,藩库跟粮台划一笔账就可以了。垫多少扣多少,按月结账。"

听他说得头头是道,蒋益澧只觉得振振有词,到底这笔账怎么算,还得要细想一想,才能明白。

想是想明白了,却有疑问:"藩库的收入呢? 是不是先还你的垫款?"

"这,怎么可以?"胡雪岩的身子蓦然往后一仰,靠在椅背上,不断摇头,似乎觉得他所问的这句话,太出乎常情似的。

光是这一个动作,就使得蒋益澧死心塌地了。他觉得胡雪岩不但诚实,而且心好,真能拿别人的利害当自己的祸福。不过太好了反不易使人相信,他深怕是自己有所误会,还是问清楚的好。

"雪翁,"他很谨慎地措词,"你的意思是,在你开给粮台的银票数目之内,你替藩库代垫,就算是你陆续兑现。至于藩库的收入,你还是照缴。是不是这话?"

"是! 就是这话。"胡雪岩紧接着说,"哪怕划账已经清楚了,阜丰既然代理浙江藩库,当然要顾浙江藩司的面子,还是照垫不误。"

这一下,蒋益澧不但倾倒,简直有些感激了,拱拱手说:"一切仰仗雪翁,就请宝号代理藩库,要不要备公事给老兄?"

"芗翁是朝廷的监司大员,说出一句话,自然算数,有没有公事,在我都是无所谓的。不过为了取信于人,阜丰代理藩库,要请一张告示。"

"那方便得很! 我马上叫他们办。"

"我也马上叫他们连夜预备,明天就拿告示贴出去。不过,"胡雪岩略略放低了声音,"什么款该付,什么款不该付,实在不该付,阜丰听命而行。请芗翁给个暗号,以便遵循。"

"给个暗号?"蒋益澧搔搔头,显得很为难似的。

这倒是小张比他内行了,"大人!"他是,"做此官,行此礼",将"大人"二字叫得非常亲切自然,等蒋益澧转脸相看时,他才又往下说,"做当家人很难,有时候要粮与饷,明知道不能给,却又不便驳,只好批示照发,粮台上也当然遵办。但实在无银无饷,就只好婉言情商。胡观察的意思,就是怕大人为难,先约定暗号,知道了大人的意思,就好想办法敷衍了。"

"啊,啊!"蒋益澧恍然大悟,"我懂了。我一直就为这件事伤脑筋。都是出生入死的老弟兄,何况是欠了他们的饷。你说,拿了'印领'来叫我批,我好不批照发吗? 批归批,粮台上受得了、受不了,又是另外一回事。结果呢,往往该给的没有给,不该给的,倒领了去了。粮台不知有多少回跟我诉苦,甚至跳脚。我亦无可奈何。现在有这样一个'好人'我做,'坏人'别人去做的办法,那是太好了。该用什么暗号,请雪翁吩咐。"

"不敢当!"胡雪岩答道,"暗号要常常变换,才不会让人识透。现在我先定个简单的办法,芗翁具衔只批一个'澧'字,阜丰全数照付;写台甫'益澧'二字,付一半;若是尊姓大名一起写在上头,就是'不准'的意思,阜丰自会想办法搪塞。"

"那太好了!"蒋益澧拍着手说,"'听君一席话,胜做十年官。'"

宾主相视大笑,真有莫逆于心之感。交情到此,胡雪岩觉得有些事,大可不必保留了,因而向小张使个眼色,只轻轻说了一个字:"米!"然后微一努嘴。

小张也是玲珑剔透的一颗心,察言辨色,完全领会,斜欠着身子,当即开口向蒋益澧说道:"有件事要跟大人回禀,那几百石米,已经请张千总跟胡观察的令亲在起卸了。暂时存仓,听候支用。这几百石米,我先前未说来源,如今应该说明了,就是胡观察运来的。数目远不止这些。"

"喔,有多少?"蒋益澧异常关切地说。

"总有上万石。"胡雪岩说道,"这批米,我是专为接济官军与杭州百姓的。照道理说,应该解缴芋翁,才是正办。不过,我也有些苦衷,好不好请芋翁赏我一个面子,这批米算是暂时责成我保管,等我见了左制军,横竖还是要交给芋翁来做主分派的。只不过日子晚一两天而已。"

蒋益澧大出意外。军兴以来,特别是浙江,饿死人不足为奇,如今忽有一万石米出现,真如从天而降,怎不令人惊喜交集。

"雪翁你这一万石米,岂止雪中送炭?简直是大旱甘霖!这样,我一面派兵保护,就请张委员从中联络襄助。一面我派妥当的人,送老兄到余杭去见左大帅。不过,我希望老兄速去速回,这里还有多少大事,要请老兄帮忙。"

"是! 我尽快赶回来。"

"那么,老兄预备什么时候动身?今天晚上总来不及了吧?"

"是的! 明天一早动身。"

蒋益澧点点头,随即又找中军,又找文案,将该为胡雪岩做的事,一一分派停留。护送他到余杭的军官,派的是一名都司,姓何,是蒋益澧的表侄,也是他的心腹。

于是胡雪岩殷殷向何都司道谢,很敷衍了一番,约定第二天一早在小张家相会,陪同出发。

到了张家,张秀才对胡雪岩自然有一番尽释前嫌、推心置腹的话说。只是奉如上宾,只有在礼貌上尽心,没有什么酒食款待。而胡雪岩亦根本无心饮食,草草果腹以后,趁这一夜功夫,还有许多大事要交待,苦恨人手不足,只好拿小张也当作心腹了。

胡雪岩没有功夫跟他们从容研商,只是直截了当地提出要求。

　　"第一件大事,请小张费心跟你老太爷商量,能找到几位地方上提得起的人物,大家谈一谈,想法子凑现银给蒋方伯送了去,作为我阜丰暂借。要请大家明白,这是救地方,也是救自己。十万银子的责任都在我一个人身上,将来大家肯分担最好,不然,也就是我一个人认了。不过,此刻没有办法从上海调款子过来,要请大家帮我的忙。"

　　"好的。"小张连连点头,"这件事交给我们父子好了。胡先生仁至义尽,大家感激得很,只要有现银,一定肯借出来的。"

　　"其次,阜康马上要复业,阜丰的牌子要挂出去。这件事我想请三爷主内,小张主外。"胡雪岩看着刘不才说,"先说内部,第一看看阜康原来的房子怎么样? 如果能用,马上找人收拾,再写两张梅红笺,一张是'阜康不日复业',一张是'阜丰代理藩库',立刻贴了出去。"

　　"藩司衙门的告示呢?"

　　"到复业那天再贴。"胡雪岩又说,"第二,准备一两千现银,顶要紧的是,弄几十袋米摆在那里。然后贴出一张红纸:'阜康旧友,即请回店'。来了以后,每人先发十两银子五斗米。我们这台戏,就可以唱起来了。"

　　"那么,"小张抢着说道,"胡先生,我有句话声明在先,您老看得起我,汤里来,火里去,惟命是从。不过,我也要估计估计我自己的力量,钱庄我是外行,功夫又怕抽不出来,不要误了胡先生的大事。那时候胡先生不肯责备我,我自己也交代不过去。"

"不要紧。我晓得你很忙,只请你量力而为。"胡雪岩放低了声音说,"我为什么要代理藩库?为的是要做牌子。阜康是金字招牌,固然不错,可是只有老杭州才晓得。现在我要吸收一批新的存户,非要另外想个号召的办法不可。代理藩库,就是最好的号召,浙江全省的公款,都信托得过我,还有啥靠不住的? 只要那批新存户有这样一个想法,阜丰的存款就会源源不绝而来,应该解蒋方伯的犒赏银行和代理藩库要垫的款子,就都有了。"

看着事情都交代妥当了,刘不才有句话要跟胡雪岩私下谈,使个眼色,将他拉到一边,低声说道:"你跟蒋芗泉搞得很好,没有用,我今听到一个消息,颇为可靠,左制军要跟你算账,已经发话下来了,弄得不好,会指名严参。"

"你不要担心!"胡雪岩夷然不以为意,"我亦没有啥算不清的账。外面的话听不得。"

刘不才见他是极有把握的样子,也就放心了。小张却还有话问。

"胡先生的算计真好。不过,说了半天,到底是怎么样的新存户呢?"

"长毛!"胡雪岩说,"长毛投降了,这两年搜刮的银子带不走,非要找个地方去存不可!"

胡雪岩所要吸收的新存户,竟是长毛! 小张和刘不才都觉得是做梦亦想不到的事,同时亦都觉得他的想法超人,但麻烦亦可能很多。

那种目瞪口呆的带些困惑的表情,是说明了他们内心有些什么疑问?胡雪岩完全了解,但是,这时候不是从容辩理的时候,所以他只能用比较武断的态度:"事情决不会错! 你们两位尽管照我的话去动脑筋。动啥脑筋,就是怎么样让他们死心塌地拿私蓄存到阜丰来? 两位明白了吧?"

"我明白。不过——"刘不才没有再说下去。

"我也明白。杭州的情形我比较熟,找几个人去拉这些存户,一定不会空手而回。不过,在拉这些客户以前,人家一定要问,钱存到阜丰会不会泡汤? 这话我该怎么说?"小张这样问说。

"你告诉他:决不会泡汤。不过朝廷的王法,也是要紧的,如果他自己觉得这笔存款可能有一天会让官方查扣,那就请他自己考虑。"胡雪岩停一下又说,"总而言之一句话:通融方便可以,违犯法条不可以。户头我们不必强求,我们要做气派、做信用。信用有了,哪怕连存折不给人家,只凭一句话,照样会有人上门。"

刘不才和小张都觉得他的话一时还想不透,好像有点前后不符。不过此刻无法细问,而且也不是很急的事,无须在这时候追根究底去辨清楚。因此,两人对看了一眼,取得默契,决定稍后再谈。

"做事容易做人难!"胡雪岩在片刻沉默以后,突如其来地以这么一句牢骚之语发端,作了很重要的一个提示,也是一个警告:"从今天起,我们有许多很辛苦,不过也很划算的事要做。做起来顺利不顺利,全看我们做人怎么样。小张,你倒说说看,现在做人要怎么样做?"

小张想了一会,微微笑道,"做人无非讲个信义。现在既然是帮左制军,就要咬定牙关帮到底。"

"我们现在帮左制军,既然打算帮忙到底,就要堂堂正正站出来。不过这一下得罪的人会很多。"刘不才说。

"面面讨好,面面不讨好! 惟有摸摸胸口,如果觉得对得起朝廷,对得起百姓,问心无愧,那就什么都不必怕。时候不早了,上床吧!"

这一夜大家都睡不着,因为可想的事太多。除此以外,更多的是情绪上的激动。上海、杭州都已拿下来,金陵之围的收缘结果,也就不远了。那时是怎样的一种局面? 散兵游勇该怎么料理,遣散还是留用,到处都是疑问,实在令人困惑之至!

忽然,胡雪岩发觉墙外有人在敲锣打梆子,这是在打更。久困之城,刚刚光复,一切还都是兵荒马乱的景象,居然而有巡夜的更夫。听着那自远而近"笃、笃、噹;笃、笃、噹"的梆锣之声,胡雪岩有着空谷足音的喜悦和感激。而心境也就变过了,眼前的一切都抛在九霄云外,回忆着少年时候,寒夜拥衾,遥听由西北风中传来的"寒冬腊月,火烛小心"的吆喝,真有无比恬适之感。

那是太平时世的声音。如今又听到了! 胡雪岩陡觉精神一振,再也无法留在床上。三个人是睡一房,他怕惊扰了刘不才和小张。悄悄下地,可是小张已经发觉了。

"胡先生,你要做啥?"

"你没有睡着?"

"没有。"小张问道,"胡先生呢?"

"我也没有。"

"彼此一样。"刘不才在帐子中接口,"我一直在听,外面倒还安静,蒋藩司言而有信,约束部下,已经有效验了。"

"这是胡先生积的阴德。"小张也突然受了鼓舞,一跃下床,"这两天的事情做不完,哪里有睡觉的工夫?"

等他们一起床,张家的厨房里也就有灯光了。洗完脸,先喝茶,小张以为胡雪岩会谈未曾谈完的正事,而他却好整以暇地问道:"刚才你们听到打更的梆子没有?"

"听到。"小张答道,"杭州城什么都变过了,只有这个更夫老周没有变。每夜打更,从没有断过一天。"

胡雪岩肃然动容,"难得!真难得!"他问,"这老周多大年纪?"

"六十多岁了。身子倒还健旺。不过,现在不晓得怎么样了。"

"他没有饿死,而且每天能打更,看来这个人的禀赋,倒是得天独厚。可惜,"刘不才说,"只是打更!"

"三爷,话不是这么说。世界上有许多事,本来是用不着才干的,人人能做,只看你是不是肯做,是不是一本正经去做。能够这样,就是个了不起的人。"胡雪岩说,"小张,我托你,问问那老周看,愿意不愿意改行?"

"改行?"小张问道,"胡先生,你是不是要提拔他?"

"是啊!我要提拔他,也可以说是借重他。现在我们人手不够,像这种尽忠职守的人,不可以放过。我打算邀他来帮忙。"

"我想他一定肯的。就怕他做不来啥。"

"我派他管仓库。他做不来,再派人帮他的忙,只要他像打更那样,到时候去巡查就是。"

说到这里,张家的男佣来摆桌子开早饭。只不过拿剩下的饭煮一锅饭泡粥,佐粥的只有一样盐菜,可是"饥者易为食",尤其是在半夜休息以后,胃口大开,吃得格外香甜。

"我多少天没有吃过这样好吃的东西了!"胡雪岩很满意地说,"刘三爷说得不错,'用得着就好'!泡饭盐菜,今日之下比山珍海味还要贵重。"

这使得小张又深有领悟,用人之道,不拘一格,能因时因地制宜,就是用人的诀窍。他深深点头,知道从什么地方去为胡雪岩物色人才了。

何都司是天亮来到张家的,带来两个马弁,另外带了一匹马来。提起此马来头大,是蒙古亲王僧格林沁所送,蒋益澧派人细心喂养,专为左宗棠预备的坐骑,现在特借给胡雪岩乘用。

何都司同时也带来了一个消息,余杭城内的长毛,亦在昨天弃城向湖州一带逃去。左宗棠亲自领兵追剿,如今是在瓶窑以北的安溪关前驻扎。要去看他,得冒锋镝之危,问胡雪岩的意思如何?

"死生有命,左大帅能去,我当然也能去。用不着怕!"

"不过,路很远,一天赶不到,中途没有住宿的地方,也很麻烦。"

"尽力赶!赶不到也没有办法。好在有你老兄在,我放心得很。"

这本是随口一句对答之词,而在何都司听来,是极其恳切的信任。因而很用心地为他筹划,好一会方始问道:"胡大人,你能不能骑快马?"

"勉强可以。"

"贵管家呢?"

"他恐怕不行。"

"那就不必带贵管家一起走了。现成四个弟兄在这里,有什么差遣,尽管让他们去做。"何都司又说,"我们可以用驿递

284

的办法,换马走,反而来得快。"

紧急驿递的办法是到一站换一匹马,由于一匹马只走一站路,不妨尽全力驰驱,因而比一匹马到底要快得多。僧王的这匹名驹虽好,也只得走一站,换马时如果错失了找不回来,反是个麻烦,因此胡雪岩表示另外找一匹马。

"这容易,我们先到马号去换就是。"

于是胡雪岩辞别张家,临走时交代,第三天早晨一定赶回来。然后与何都司同行,先到藩司行台的马号里换了马,出武林门,疾驰到拱宸桥。何都司找着相熟的军营,换了好马,再往西北方向行进。

一路当然有盘查、有阻碍、也有惊险,但都安然而返。下午三点钟到了瓶窑,方始打尖休息,同时探听左宗棠的行踪:是在往北十八里外的安溪关。

"这是条山路,很不好走。"何都司恳切相劝。"胡大人,我说实话,你老是南边人,'南人行船,北人骑马',你的马骑得不怎么好。为求稳当,还是歇一夜再走。你看怎么样?"

胡雪岩心想,人地生疏,勉强不得,就算赶到安溪,当夜也无法谒见左宗棠,因而点头同意,不过提出要求:"明天天一亮就要走。"

"当然,不会耽误你老的工夫。"

既然如此,不妨从容休息。瓶窑由于久为官军驻扎,市面相当兴盛,饭摊子更多。胡雪岩向来不摆官架子,亲邀四名马弁,一起喝酒。而那四名弟兄却深感局促,最后还是让他们另桌而坐。他自己便跟何都司对酌,听他谈左宗棠的一切。

"我们这位大帅,什么都好,就是脾气不好。不过,他发脾气的时候,你不能怕,越怕越糟糕。"

"这是吃硬不吃软的脾气。"胡雪岩说,"这样的人,反而好相处。"

"是的。可也不能硬过他头! 最好是不理他,听他骂完、说完,再讲自己的道理,他就另眼相看了。"

胡雪岩觉得这两句话,受益不浅,便举杯相敬,同时问说:"老兄,你跟蒋方伯多少年了?"

"我们至亲,我一直跟他。"

"我有句冒昧的话要请教,左大帅对蒋方伯怎么样? 是不是当他是自己的替手?"

"不见得!"何都司答说,"左大帅是何等样人? 当自己诸葛亮,哪个能替代他?"

这两句闲谈,在旁人听来,不关紧要,而在胡雪岩却由此而做成了一个很重要的决定。他对于自己今后的出处,以及重整旗鼓,再创事业的倚傍奥援,一直萦回脑际,本来觉得将益澧为人倒还憨厚,如果结交得深了,便是第二个王有龄,将来言听计从,亲如手足,那就比伺候脾气大出名的左宗棠,痛快得多了。

现在听何都司一说,憬然有悟,左宗棠之对蒋益澧,不可能像何桂清之对王有龄那样,提携惟恐不力。一省的巡抚毕竟是个非同小可的职位,除非曾国荃另有适当的安排,蒋益澧本身够格,而左宗棠又肯格外力保。看来浙江巡抚的大印,不会落在蒋益澧手里。

既然如此,惟有死心塌地,专走左宗棠这条路子了。

半夜起身,黎明上路。十八里山道,走了三个钟头才到。

左宗棠的行辕,设在一座关帝庙里。虽是戎马倥偬之际,他的总督派头,还是不小。庙前摆着一顶绿呢大轿。照墙下有好几块朱红"高脚牌",泥金仿宋体写着官衔荣典,一块是"钦命督办浙江军务",一块是"头品顶戴兵部尚书兼都察院右都御史闽浙总督部堂",一块是"兼署浙江巡抚",一块是"赏戴花翎",再一块就不大光彩,也是左宗棠平生的恨事,科名只是"道光十二年壬辰科湖南乡试中式",不过一名举人。

再往庙里看,两行带刀的亲兵,从大门口一直站到大殿关平、周仓的神像前,蓝顶子的武官亦有好几个。胡雪岩见此光景,不肯冒犯左宗棠的威风,牵马在旁,取出"手本",拜托何都司代为递了进去。

隔了好久,才看见出来一个"武巡捕",手里拿着胡雪岩的手本,明明已经看到本人,依然拉起官腔问道:"哪位是杭州来的胡道台?"

胡雪岩点点头,也摆出官派,踱着四方步子,上前答道:"我就是。"

"大帅传见。"

"是的。请引路。"

进门不进殿,由西边角门中进去,有个小小的院落,也是站满了亲兵,另外有个穿灰布袍的听差,倒还客气,揭开门帘,示意胡雪岩入内。

进门一看,一个矮胖老头,左手捏一管旱烟袋,右手提着笔,在窗前一张方桌上挥毫如飞。听得脚步声,浑似不觉。胡雪岩只好等着,等他放下笔,方捞起衣襟请安,同时报名。

"浙江候补道胡光墉,参见大人。"

"喔,你就是胡光墉!"左宗棠那双眼睛,颇具威严,光芒四射,将他从头望到底,"我闻名已久了。"

这不是一句好话,胡雪岩觉得无须谦虚,只说:"大人建了不世之功,特来给大人道喜!"

"喔,你倒是得风气之先!怪不得王中丞在世之日,你有能员之名。"

话中带着讥讽,胡雪岩自然听得出来,一时也不必细辨。眼前第一件事是,要能坐了下来——左宗棠不会不懂官场规矩,文官见督抚,品秩再低,也得有个座位。此刻故意不说"请坐",是有意给人难堪,先得想个办法应付。

念头转到,办法便即有了,捞起衣襟,又请一个安,同时说道:"不光是为大人道喜,还要跟大人道谢。两浙生灵倒悬,多亏大人解救。"

都说左宗棠是"湖南骡子"的脾气,而连番多礼,到底将他的骡脾气拧过来了,"不敢当!"他的语声虽还是淡淡的,有那不受奉承的意味,但亦终于以礼相待了,"贵道请坐!"

听差是早捧着茶盘等在那里的,只为客人不曾落座,不好奉茶,此时便将一碗盖碗茶摆在他身旁的茶几上。胡雪岩欠一欠身,舒一口气,心里在想:只要面子上不难看,话就好说了。

"这两年我在浙江,很听人谈起贵道。"左宗棠面无笑容地说,"听说你很阔啊!"

"不敢!"胡雪岩欠身问道,"请大人明示所谓'阔'是指什么?"

"说你起居享用,俨如王侯,这也许是过甚之词。然而也可以想像得知了。"

"是!我不瞒大人,比起清苦的候补人员来,我算是很舒服的。"

他坦然承认,而不说舒服的原因,反倒像塞住了左宗棠的口。停了一下,他直截了当地说:"我也接到好些禀帖,说你如何如何! 人言未必尽属子虚,我要查办。果真属实,为了整饬吏治,我不能不指名严参!"

"是! 如果光墉有什么不法之事,大人指名严参,光墉亦甘愿领罪。不过,自问还不敢为非作歹,亦不敢营私舞弊。只为受王中丞知遇之德,誓共生死,当时处事不避劳怨,得罪了人亦是有的。"

"是不是为非作歹,营私舞弊,犹待考查。至于你说与王中丞誓共生死,这话就令人难信了。王中丞已经殉难,你现在不还是好好的吗?"

"如果大人责光墉不能追随王中丞于地下,我没有话说。倘或以为殉忠、殉节,都有名目,而殉友死得轻如鸿毛,为君子所不取,那么,光墉倒有几句话辩白。"

"你说。"

"大人的意思是,光墉跟王中丞在危城之中共患难,紧要关头,我一个人走了,所谓'誓共生死',成了骗人的话?"

"是啊!"左宗棠逼视着问,"足下何词以解? 倒要请教!"

"我先请教大人,当时杭州被围,王中丞苦苦撑持,眼睛里所流的不是泪水,而是血,盼的是什么?"

"自然是援军。"

"是!"胡雪岩用低沉的声音说,"当时有李元度一军在衢州,千方百计想催他来,始终不到。这一来,就不能不作坚守的打算。请问大人,危城坚守靠什么?"

"自然是靠粮食。'民以食为天'。"

"'民以食为天'固然不错,如果罗掘俱穷,亦无非易子而食。但是，士兵没有粮食，会出什么乱子？不必我说，大人比我清楚得多。当时王中丞跟我商量，要我到上海去办米。"胡雪岩突然提高了声音说，"王中丞虽是捐班出身，也读过书的，他跟我讲《史记》上赵氏孤儿的故事，他说，守城守不住，不过一死而已，容易；到上海办米就跟'立孤'一样比较难。他要我做保全赵氏孤儿的程婴。这当然是他看得起我的话。不过，大人请想，他是巡抚，守土有责，即使他有办法办得到米，也不能离开杭州。所以，到上海办米这件事，只有我能做，不容我不做。"

"嗯，嗯！"左宗棠问道，"后来呢？你米办到了没有？"

"当然办到。可是——"胡雪岩黯然低语："无济于事！"

接着，他将如何办米来到了杭州城外的钱塘江中，如何想尽办法，不能打通粮道，如何望城一拜，痛哭而回，如何将那批米接济了宁波。只是不说在宁波生一场大病，几乎送命，因为那近乎表功的味道，说来反成蛇足了。

左宗棠听得很仔细，仰脸想了半天，突然冒出一句话来，却是胡雪岩再也想不到的。

"你也很读了些书啊！"

胡雪岩一愣，随即想到了，这半天与左宗棠对答，话好像显得很文雅，又谈到《史记》上的故事，必是他以为预先请教过高人，想好了一套话来的。

这多少也是实情，见了左宗棠该如何说法，他曾一再打过腹稿。但如说是有意说好听的假话，他却不能承认，所以这样答道："哪里敢说读过书？光墉只不过还知道敬重读书人而已！"

"这也难得了。"左宗棠说，"人家告你的那些话，我要查一查。果真像你所说的那样子，自然另当别论。"

"不然。领了公款，自然公事上要有交代。公款虽不是从大人手上领的，可是大人现任本省长官，光墉的公事，就只有向大人交代。"

"喔，你来交代公事。是那笔公款吗?"左宗棠问，"当时领了多少?"

"领了两万两银子。如今面缴大人。"说着，从身上掏出一个红封袋来，当面奉上。

左宗棠不肯接红封袋，"这是公款，不便私相授受。"他说，"请你跟粮台打交道。"

当时便唤了粮台上管出纳的委员前来，收取了胡雪岩的银票，开收据，盖上大印，看来是了却了一件公事，却不道胡雪岩还有话说。

"大人，我还要交代。当初奉令采办的是米，不能拿米办到，就不能算交差。"

"这?"左宗棠相当困扰，对他的话，颇有不知所云之感，因而也就无法作何表示。

"说实话，这一批米不能办到，我就是对不起王中丞的在天之灵。现在，总算可以真正有交代了!"胡雪岩平静地说，"我有一万石米，就在杭州城外江面上，请大人派员验收。"

此言一出，左宗棠越发困惑，"你说的什么?"他问，"有一万石米在?"

"是!"

"就在杭州城外江面上?"

"是!"胡雪岩答说，"已有几百石，先拨了给蒋方伯，充作军粮了。"

左宗棠听得这话便向左右问道:"护送胡大人来的是谁?"

"是何都司。"

于是找了何都司来,左宗棠第一句话便是:"你知道不知道,有几百石军粮从钱塘江上运到城里?"

"回大帅的话,有的。"何都司手一指,"是胡大人从上海运来的。"

"好! 你先下去吧。"左宗棠向听差吩咐,"请胡大人升炕!"

礼数顿时不同了! 由不令落座到升炕对坐,片刻之间,荣枯大不相同。胡雪岩既感慨、又得意,当然对应付左宗棠也更有把握了。

等听差将盖碗茶移到炕几上,胡雪岩道谢坐下,左宗棠徐徐说道:"有这一万石米,不但杭州的百姓得救,肃清浙江全境,我也有把握了。老兄此举,出人意表,功德无量。感激的,不止我左某一个人。"

"大人言重了。"

"这是实话。不过我也要说实话。"左宗棠说,"一万石米,时价要值五六万银子,粮台上一时还付不起那么多。因为刚打了一个大胜仗,犒赏弟兄是现银子。我想,你先把你缴来的那笔款子领了回去,余数我们倒商量一下,怎么样个付法?"

"大人不必操心了。这一万石米,完全由光墉报效。"

"报效?"左宗棠怕自己是听错了。

"是! 光墉报效。"

"这,未免太破费了。"左宗棠问道:"老兄有什么企图,不妨实说。"

"毫无企图。第一,为了王中丞;第二,为了杭州百姓;第三,为了大人。"

"承情之至!"左宗棠拱拱手说,"我马上出奏,请朝廷褒奖。"

"大人栽培,光墉自然感激,不过,有句不识抬举的话,好比骨鲠在喉,吐出来请大人不要动气。"

"言重,言重!"左宗棠一叠连声地说,"尽管直说。"

"我报效这批米,绝不是为朝廷褒奖。光墉是生意人,只会做事,不会做官。"

"好一个只会做事,不会做官!"这一句话碰到左宗棠的心坎上,拍着炕几,大声地说,赞赏之意,真个溢于言表了。

"我在想,大人也是只晓得做事,从不把功名富贵放在心上的人。"胡雪岩说,"照我看,跟现在有一位大人物,性情正好相反。"

前半段话,恭维得恰到好处,对于后面一句话,左宗棠自然特感关切,探身说道:"请教!"

"大人跟江苏李中丞正好相反。李中丞会做官,大人会做事。"胡雪岩又说:"大人也不是不会做官,只不过不屑于做官而已。"

"啊,痛快,痛快!"左宗棠仰着脸,摇着头说,是一副遇见了知音的神情。

胡雪岩见好即收,不再奉上高帽子,反而谦虚一句:"我是信口胡说,在大人面前放肆。"

"老兄,"左宗棠正色说道,"你不要妄自菲薄,在我看满朝朱紫贵,及得上老兄识见的,实在不多。你大号是哪两个字?"

"草字雪岩。风雪的雪,岩壑的岩。"

"雪岩兄,"左宗棠说,"你这几年想必一直在上海,李少荃的作为,必然深知,你倒拿我跟他比一比看。"

"这,"胡雪岩问道,"比哪一方面?"

"比比我们的成就。"

"是!"胡雪岩想了一下答道,"李中丞克复苏州,当然是一大功。不过,因人成事,比不上大人孤军奋战,来得难能可贵。"

"这,总算是一句公道话。"左宗棠说,"我吃亏的有两种,第一是地方不如他好;第二、是人材不如他多。"

"是的。"胡雪岩深深点头,"李中丞也算会用人的。"

"那么,我有句很冒昧的话请教,以你的大才,以你在王中丞那里的业绩,他倒没有起延揽之意?"

"有过的。我不能去!"

"为什么?"

"第一,李中丞对王公有成见,我还为他所用,也太没有志气了。"

"好!"左宗棠接着问,"第二呢?"

"第二,我是浙江人,我要为浙江出力,何况我还有王中丞委托我未了的公事,就是这笔买米的款子,总要有个交代。"

"难得,难得,雪岩兄,你真有信用。"左宗棠说到这里,喊一声,"来呀! 留胡大人吃便饭。"

照官场中的规矩,长官对属下有这样的表示,听差便得做两件事,第一件是请客人更换便衣,第二件是准备将客人移到花厅甚至"上房"中去。

在正常的情况之下,胡雪岩去拜客,自然带着跟班。跟班手中捧着衣包,视需要随时伺候主人更换。但此时只有胡雪岩一个人,当然亦不会有便衣。左宗棠便吩咐听差,取他自己的薄棉袍来为"胡大人"更换。左宗棠矮胖,胡雪岩瘦长,这件棉袍穿上身,大袖郎当,下摆吊起一大截,露出一大截沾满了黄泥的靴帮子,形容不但不雅,而且有些可笑。但这份情意是可感的。所以胡雪岩觉得穿在身上很舒服。

至于移向花厅,当然也办不到了。一座小关帝庙里,哪里来的空闲房屋,闽浙总督的官厅,签押房与卧室,都在那里了。不过,庙后倒有一座土山,山上有座茅亭,亦算可供登临眺望的一景。左宗棠为了避免将领请谒的纷扰,吩咐就在茅亭中置酒。

酒当然是好酒。绍兴早经克复,供应一省长官的,自然是历经兵燹而无恙的窖藏陈酿。菜是湖南口味,虽只两个人对酌,依然大盘长筷,最后厨子戴着红缨帽,亲自来上菜,打开食盒,只是一小盘湖南腊肉。不知何以郑重如此?

"这是内子亲手调制的,间关万里,从湖南送到这里,已经不中吃了。只不过我自己提醒我,不要忘记内子当年委曲绸缪的一番苦心而已。"

胡雪岩也听说过,左宗棠的周夫人,是富室之女。初嫔左家时,夫婿是个寒士。但是周夫人却深知"身无半亩,心忧天下"的左宗棠,才气纵横,虽然会试屡屡落第,终有破壁飞去的一日,所以鼓励慰藉,无所不至。以后左宗棠移居岳家,而周家大族,不会看得起这个脾气大的穷姑爷。周夫人一方面怕夫婿一怒而去,一方面又要为夫家做面子,左右调停,心力交瘁,如今到底也有扬眉吐气的一天了。

这对胡雪岩又是一种启示。左宗棠如今尊重周夫人,报恩的成分,多于一切,足见得是不会负人,不肯负人而深具性情者,这比起李鸿章以利禄权术驾驭部下来,宁愿倾心结交此人。

因此，当左宗棠有所询问时，他越发不作保留，从杭州的善后谈到筹饷，他都有一套办法拿出来，滔滔不绝，言无不尽。宾主之间，很快地已接近脱略形迹，无所不谈的境地了。

一顿酒喝了两个时辰方罢。左宗棠忽然叹口气说："雪岩兄，我倒有些发愁了。不知应该借重你在哪方面给我帮忙？当务之急是地方善后，可是每个月二十五六万的饷银，尚无的款，又必得仰仗大力。只恨足下分身无术！雪岩兄，请你自己说一说，愿意做些什么？"

"筹饷是件大事，不过只要有办法，凡是操守靠得住的人，都可以干得。"胡雪岩歉然地说，"光墉稍为存一点私心，想为本乡本土尽几分力。"

"这哪里是私心！正见得你一副侠义心肠。军兴以来，杭州被祸最惨，善后事宜，经纬万端，我兼摄抚篆，责无旁贷，有你老兄这样大才槃槃，而且肯任劳任怨，又是为桑梓效力的人帮我的忙，实在太好了。"左宗棠说到这里，问道："跟蒋芗泉想来见过面了？"

"是！"

"你觉得他为人如何？"

"很直爽的人。我们谈得很投机。"

"好极，好极！"左宗棠欣然问道，"地方上的一切善后，总也谈过了？"

"还不曾深谈。不过承蒋方伯看得起，委托我的一个小小钱庄，为他代理藩库，眼前急需的支出，我总尽力维持。"

"那更好了。万事莫如赈济急，如今有一万石米在，军需民食，能维持一两个月，后援就接得上了。再有宝号代为支应潘库的一切开销,扶伤恤死,亦不愁无款可垫。然则杭州的赈济事宜,应当马上动手。我想,设一个善后局,雪岩兄,请你当总办,如何?"

"是!"胡雪岩肃然答说,"于公于私,义不容辞。"

"我就代杭州百姓致谢了。"左宗棠拱拱手说,"公事我马上叫他们预备,交蒋芗泉转送。"

这样处置,正符合胡雪岩的希望,因为他为人处世,一向奉"不招忌"三字为座右铭,自己的身份与蒋益澧差不多,但在左宗棠手下,到底只算一个客卿,如果形迹太密,甚至越过蒋益澧这一关,直接听命于左宗棠,设身处地为人想一想,心里也会不舒服。现在当着本人在此,而委任的札子却要交由蒋益澧转发,便是尊重藩司的职权,也是无形中为他拉拢蒋益澧,仅不过公事上小小的一道手续,便有许多讲究,足见得做官用人,不是件容易的事。

这样想着,他对左宗棠又加了几分钦佩之心,因而愿意替他多做一点事,至少也得为他多策划几个好主意。心念刚动,左宗棠正好又谈起筹饷,他决定献上一条妙计。

这一计,他筹之已熟。本来的打算是"货卖识家",不妨"待价而沽"。这也就是说,如果没有相当的酬庸,他是不肯轻易吐露的,此刻对左宗棠,多少有知遇之感,因而就倾囊而出了。

"筹饷之道多端,大致不外两途,第一是办厘金,这要靠市面兴旺,无法强求,第一是劝捐,这几年捐得起的都捐过了,'劝'起来也很吃力。如今我想到有一路人,他们捐得起,而且一定肯捐,不妨在这一路人头上,打个主意。"

"捐得起,又肯捐,那不太妙了吗?"左宗棠急急问道,"是哪一路人?"

"是长毛!"胡雪岩说,"长毛盘踞东南十几年,搜刮得很不少,现在要他们捐几文,不是天经地义?"

这一说,左宗棠恍然大悟,连连点头:"对,对,请你再说下去。"

于是胡雪岩为他指出,这十几年中,颇有些见机而作的长毛,发了财退藏于密,洪杨一旦平定,从逆的当然要依国法治罪。可是叛逆虽罪在不赦,而被裹胁从逆的人很多,办不胜办。株连过众,扰攘不安,亦非大乱之后的休养生息之道。所以最好的处置办法是,网开一面,予人自新之路。

只是一概既往不咎,亦未免太便宜了此辈,应该略施薄惩,愿打愿罚,各听其便。

"大人晓得的,人之常情,总是愿罚不愿打,除非罚不起。"胡雪岩说,"据我知道,罚得起的人很多。他们大都躲在夷场上,倚仗洋人的势力,官府一时无奈其何,可是终究是个出不了头的'黑人',如果动以利害,晓以大义,反正手头也是不义之财,舍了一笔,换个重新做人的机会,何乐不为?"

"说的是。"左宗棠笑道,"此辈不甘寂寞,不但要爬起来做人,只怕还要站出来做官。"

"正是这话。"胡雪岩撮起两指一伸,"像这种人,要捐他两笔。"

"怎么呢?"

"一笔是做人,另外一笔是做官。做官不要捐吗?"

左宗棠失笑了,"我倒弄糊涂了!"他说,"照此看来,我得赶快向部里领几千张空白捐照来。"

"是! 大人尽管动公事去领。"

"领是领了。雪岩兄，"左宗棠故意问道，"交给谁去用呢?"

胡雪岩不作声，停了一会方说:"容我慢慢物色好了，向大人保荐。"

"我看你也不用物色了，就是你自己勉为其难吧!"

"这怕——"

"不，不!"左宗棠挥手打断了他的话，"你不必推辞了! 雪岩兄，你遇见我，就容不得你再作主张。这话好像蛮不讲理，不是的! 足下才大如海，我已深知。不要说就这两件事，再多兼几个差使，你也能够应付裕如。我想，你手下总有一班得力的人，你尽管开单子来，我关照蒋芗泉，一律照委。你往来沪杭两地，出出主意就行了。"

如此看重，不由得使胡雪岩想起王有龄在围城中常说的两句话——"鞠躬尽瘁，死而后已"，便慨然答道:"既然大人认为我干得了，我就试一试看。"

"不用试，包你成功!"左宗棠说，"我希望你两件事兼筹并顾。浙江的军务，正在紧要关头上，千万不能有'闹饷'的活把戏弄出来。"

"是。我尽力而为。"胡雪岩说，"如今要请示的是，这个捐的名目。我想叫'罚捐'。"

"罚捐倒也名副其实。不过——"他沉吟着，好久未说下去。

这当然是有顾忌，胡雪岩也可以想像得到，开办"罚捐"可能会惹起浮议，指作"包庇逆党"。这是很重的一个罪名。然而是否"包庇"，要看情节而定，与予人自新之路，是似是而非的两回事。

299

他心里这样在想,口头却保持沉默,而且很注意左宗棠的表情,要看他是不是有担当?

左宗棠自然是有担当的,而且这正也是他平时自负之处。他所考虑的是改换名目,想了好一会,竟找不出适当的字眼,便决定暂时先用了再说。

接着,又有疑问,"这个罚捐,要不要出奏?"他问,"你意下如何?"

"出奏呢,怕有人反对,办不成功。不出奏呢?又怕将来部里打官腔,或者'都老爷'参上一本。"胡雪岩说,"利弊参见,全在大人做主。"

"办是一定要办,不过我虽不怕事,却犯不上无缘无故背个黑锅,你倒再想想,有什么既不怕他人掣肘,又能为自己留下退步的办法?"

"凡事只要秉公办理,就一定会有退步。我想,开办之先,不必出奏,办得有了成效,再奏明收捐的数目,以后直接咨部备案,作为将来报销的根据。"

"好!准定这样办。"左宗棠大为赞赏:"'凡事只要秉公办理,就必有退步。'这话说得太好了。不过,你所说的'成效'也很要紧,国家原有上千万的银子,经常封存内库,就为的是供大征伐之用。这笔巨款,为赛尚阿之流的那班旗下大爷挥霍一空,所以'皇帝不差饿兵'那句俗语,不适用了!如今朝廷不但差的是饿兵,要各省自己筹饷,而且还要协解'京饷'。如果说,我们办得有成效的税捐,不准再办,那好,请朝廷照数指拨一笔的款好了。"

这番话说到尽头了,胡雪岩对左宗棠的处境、想法、因应之道亦由这番话中有了更深的了解。只要不是伤天害理,任何筹饷的办法,都可以得到他的同意。

胡雪岩在左宗棠行辕中盘桓了两天,才回杭州。归来的这番风光,与去时大不相同。左宗棠派亲兵小队护送,自不在话下,最使他惊异的是,到了武林门外,发现有一班很体面的人在迎接,一大半是杭州的绅士,包括张秀才在内,其余的都穿了官服,胡雪岩却一个都不认识。此外,还有一顶绿呢大轿,放在城门洞里,更不知作何用处?

胡雪岩颇为困惑,"是接我的吗?"他问何都司。

不用何都司回答,看到刘不才和小张,胡雪岩知道接自己是不错的了。果然,小张笑容满面地奔了上来。一把拉住马头上的嚼环,高声说道:"这里前天晚上就得消息了! 盼望大驾,真如大旱之望云霓!"

是何消息,盼望他回来又为何如此殷切? 胡雪岩正待动问,却不待他开口,首先是一名武巡捕在马前打躬,同时说道:"请胡大人下马,换大轿吧!"

"是这样的,"小张赶紧代为解释,"这是蒋方伯派来的差官,绿呢大轿是蒋方伯自己用的,特来伺候。"

"是!"那名武巡捕打开拜匣,将蒋益澧的一份名帖与一份请柬递了上来,"敝上派我来伺候胡大人。特别交代,本来要亲自来迎接,只为有几件紧要公事,立等结果,分不开身。敝上又说:请胡大人一到就会个面,有好些事等着商量。"

这一说胡雪岩明白了,小张所说的"消息",是指他奉委为善后局总办一事,大家如此殷切盼望,以及蒋益澧立等会面,当然是因为"万事莫如赈济急",一切善后事宜,都待他来做了决定,方能动手兴办。

领会及此,他觉得不宜先跟蒋益澧见面。但此刻的蒋益澧等于一省长官,这样殷勤相待,如果不领他的情,是件很失礼的事,必得找一个很好的借口才能敷衍得过去。

他的心思很快,下马之顷,已想好了一套说辞,"拜烦回复贵上,"他说,"我也急于要进见,有好些公事请示。不过,这几天来回奔波,身上脏得不成样子,这样子去见长官,太不恭敬。等我稍为抹一抹身子,换一套干净衣服,马上就去。贵上的绿呢大轿,不是我该坐的,不过却之不恭,请你关照轿班,空轿子跟着我去好了。"

于是先到张家暂息,将善后应办的大事,以及要求蒋益澧支持的事项,写了个大概,方始应约赴宴。

相见欢然,蒋益澧当面递了委札,胡雪岩便从身上掏出一张纸来,递了过去,上面写的是:"善后急要事项",一共七条:

第一,掩埋尸体,限半个月完竣。大兵之后大疫,此不仅为安亡魂,亦防疫疠。

第二,办理施粥,以半年为期。公家拨给米粮,交地方公正绅士监督办理。

第三,凡粮食,衣着、砖瓦、木料等民生必需品类,招商贩运,免除厘税,以广招徕。

第四,访查殉难忠烈,采访事迹,奏请建立昭忠祠。

第五,贼营拔出妇女,访查其家,派妥人送回。

第六,春耕关乎今年秋冬生计,应尽全力筹办。

第七,恢复书院,优待士子。

"应该,应该!"蒋益澧说,"我无不同意。至于要人,或者要下委札,动公事,请雪翁告诉我,只要力之所及,一定如命。"

"多谢芗翁成全浙江百姓。不过眼前有件事,无论如何要请芗翁格外支持。"胡雪岩率直说道，"弟兄们的纪律一定要维持。"

蒋益澧脸一红，他也知道他部下的纪律不好，不过，他亦有所辩解："说实话，弟兄们亦是饿得久了——"

"芗翁，"胡雪岩打断他的话说，"饷，我负责；军纪，请芗翁负责。"

蒋益澧心想，胡雪岩现在直接可以见左宗棠，而且据说言听计从，倘或拿此事跟上面一说，再交下来，面子就不好看了。既然如此，不如自己下决心来办。

于是他决定了两个办法：一是出告示重申军纪，违者就地正法；二是他从第二天开始，整天坐镇杭州城中心的官巷口，亲自执行军法。

这一来，纪律果然好得多了。善后事宜，亦就比较容易着手，只是苦了胡雪岩，一天睡不到三个时辰，身上掉了好几斤的肉，不过始终精神奕奕，毫无倦容。

左宗棠是三月初二到省城的，一下了轿，约见的第一个人就是胡雪岩。

"惨得很！"左宗棠脸上很少有那样沮丧的颜色，"军兴以来，我也到过好些地方，从没有见过杭州这样子遭劫的！以前杭州有多少人？"

"八十一万。"胡雪岩答说。

"现在呢？"

"七万多。"

"七万多？"左宗棠嗟叹着，忽然抬眼问道，"雪翁，不说八万，不说六万，独说七万多，请问何所据而云然？"

"这是大概的估计。不过,亦不是空口瞎说。"胡雪岩答道,"是从各处施粥厂、平粜处发出的'筹子'算出来的。"

"好极!"左宗棠大为嘉许,"雪翁真正才大心细。照你看,现在办善后,当务之急是哪几样?"

"当务之急,自然是振兴市面。市面要兴旺,全靠有人肯来做生意。做生意的人胆子小,如果大人有办法让他们放心大胆地到杭州来,市面就会兴旺,百姓有了生路,公家的厘金税收,亦会增加。于公于私,都有莫大的好处。"

"这无非在整饬纪律四个字,格外下功夫,你叫商人不要怕,尽管到杭州来做生意。如果吃了亏,准他们直接到我衙门来投诉,我一定严办。"

"有大人这句话,他们就敢来了。"胡雪岩又问,"善后事宜,千头万绪,包罗太广,目前以赈抚为主,善后局是否可以改为赈抚局。"

"不错!这个意见很好。"左宗棠随即下条子照办,一切如旧,只是换了个名字。

赈抚局的公事,麻烦而琐碎,占去了胡雪岩许多的工夫,以致想见一次左宗棠,一直找不到适当的时间。

这样迁延了半个月,专折奏报克复杭州的折差,已由京里回到杭州,为左宗棠个人带来一个好消息,"内阁奉口谕:闽浙总督左宗棠自督办浙江军务以来,连克各府州县城池。兹复将杭州省城、余杭县城攻拔,实属调度有方。着加恩赏太子少保衔,并赏穿黄马褂。"此外,蒋益澧亦赏穿黄马褂,"所有在事出力将士,着左宗棠查明,择优保奏。"

消息一传,全城文武官员,够得上资格见总督的无不肃具衣冠,到总督行辕去叩贺,左宗棠穿上簇新的黄马褂,分班接见,慰勉有加。看到胡雪岩随着候补道员同班磕头,特别嘱咐戈什哈等在二堂门口,将他留了下来。

等宾僚散尽,左宗棠在花厅与胡雪岩以便服相见。一见少不得再次致贺,左宗棠自道受恩深重,对朝廷益难报称,紧接着又向胡雪岩致歉,说克复杭州有功人员报奖,奏稿已经办好,即将拜发。其中并无胡雪岩的名字,因为第一次保案,只限于破城将士,以后奏保办理地方善后人员,一定将他列为首位。

胡雪岩自然要道谢,同时简单扼要地报告办理善后的进展,奉"以工代赈,振兴市面"八个字为宗旨,这样一方面办了赈济,一方面做了复旧的工作。左宗棠不断点头,表示满意。然后问起胡雪岩有何困难?

"困难当然很多,言不胜言,也不敢麻烦大人,只要力所能及,我自会料理,请大人放心。不过,人无远虑,必有近忧。如今已经三月下旬了,转眼'五荒六月',家家要应付眼前。青黄不接的当口,能够过得过去,都因为有个指望,指望秋天的收成,还了债好过年。大人,今年只怕难了!"

一句话提醒了左宗棠,悚然而惊,搓着手说:"是啊!秋收全靠春耕。目前正是插秧的时候,如果耽误了,可是件不得了的事!"

"大人说这话,两浙的百姓有救了。"

"你不要看得太容易,这件事着实要好好商量。雪翁,你看,劝农这件事,该怎么样做法?"

"大人古书读得多,列朝列代,都有大乱,大乱之后,怎么帮乡下人下田生产,想来总记得明明白白?"

"啊,啊,言之有理。"左宗棠说,"我看,这方面是汉初办得好,薄太后的黄老之学,清静无为,才真是与民休息。就不知道当今两宫太后,能否像薄太后那样?"

胡雪岩不懂黄老之学,用于政务,便是无为而治,也不知道薄太后就是汉文帝的生母。不过清静无为、与民休息这两句成语是听得懂,便紧接着他的话说:"真正再明白不过是大人!要荒了的田地有生气,办法也很简单,三个字:不骚扰!大人威望如山,令出必行,只要下一道命令,百姓受惠无穷。"

"当然,这道命令是一定要下的。雪翁,你且说一说,命令中要禁止些什么?"

"是!"胡雪岩想了一下答说,"第一,军饷的来源是厘金,是殷实大户的捐献,与种田的老百姓无干。今年的钱粮,想来大人总要奏请豁免的,就怕各县的'户书'假名追征旧欠。那一来,老百姓就吓得不敢下田了!"

"那怎么行?"左宗棠神色凛然地,"若有此事,简直毫无心肝了,杀无赦!"

"第二,怕弟兄们抓差拉夫。"

"这也不会。我早就下令严禁,征差要给价。如今我可以重申前令,农忙季节,一律不准骚扰,而且还要保护。"左宗棠问道:"还有呢?"

"还有就是怕弟兄们杀耕牛!"

"那也不会,谁杀耕牛,我就杀他。"

"大人肯这样卫护百姓,今年秋收有望了。至于种子、农具,我去备办,将来是由公家贷放,还是平价现卖,请大人定章程。好在不管怎么样,东西早预备在那里,总是不错的!"

"不错,不错。请你去预备,也要请你垫款。"左宗棠说道,

306

"除了钱以外，我这里什么都好商量。"

"是!"胡雪岩答道，"我是除了钱以外，什么事都要跟大人商量，请大人做我的靠山。"

"那还用说，要人要公事，你尽管开口。"

"有件事要跟大人商量。湖州府属的丝，是浙西的命脉，养蚕又是件极麻烦的事，以蚕叫'蚕宝宝'，娇嫩得很，家家关门闭户，轮流守夜，按时喂食，生客上门都不接待的。如今蒋方伯正带兵攻打湖州，大军到处，可能连茶水饭食都不预备，可是这一来，蚕就不能养了。还有，养蚕全靠桑叶，倘或弟兄们砍了桑树当柴烧，蚕宝宝岂不是要活活饿死?"

"噢!"左宗棠很注意地，"我平日对经济实用之学，亦颇肯留意，倒不知道养蚕有这么多讲究。照你所说，关系极重，我得赶紧通知蒋芗泉，格外保护。除了不准弟兄骚扰以外，最要防备湖州城里的长毛突围乱窜，扰害养蚕人家。"

"大人这么下令，事情就不要紧了!"胡雪岩欣慰地说，"江南是四月里一个月最吃重，唱山歌的话:'做天难做四月天'，因为插秧，养蚕都在四月里，一个要雨，一个要晴。托朝廷的鸿福，大人的威望，下个月风调雨顺，军务顺手，让这一个月平平安安过去，浙江就可以苦出头了!"

"我知道了，总想法子如大家的愿就是。"说到这里，左宗棠眉心打了个结，"倒是有件事，雪翁，我要跟你商量，看看你有没有高招，治那一班蠹吏!"

"蠹吏"二字，胡雪岩没有听懂瞠然不知所答。及至左宗棠作了进一步的解释，才知道指的是京里户部与兵部的书办。

"户部与兵部的书办，盼望肃清长毛之心，比谁都殷切。在他们看，平了洪杨，就是他们发财的机会到了。正月廿一，

307

曾老九克了天堡城，金陵合围，洪秀全已如釜底游魂。李少荃的淮军，攻克常州，亦是指顾间事。常州一下，淮军长驱西进，会合苦守镇江的冯子材，经丹阳驰援曾九，看起来可以在江宁吃粽子了。"

"没有那么快！"胡雪岩接口便答。

这一答，使得左宗棠错愕而不悦，"何以见得？"他问。

胡雪岩知道自己答得太率直了。左宗棠有句没有说出来的话：莫非论兵我还不如你？因而很见机地改口："大人用兵，妙算如神，我何敢瞎议论。不过，我在上海那两年，听到看到，关于李中丞的性情，自以为摸得很透。常州如果攻了下来，他未必肯带兵西进。因为，他不会那么傻，去分曾九帅一心想独得的大功。"

"啊！"左宗棠重重一掌，拍在自己大腿上，"你也是这么想？"

"只怕我想得不对。"

"不会错！"左宗棠叹口气，"我一直也是这么在想，不过不肯承认我自己的想法，我总觉得李少荃总算也是个翰林，肚子里的货色，虽只不过温熟了一部《诗经》，忠君爱国的道理总也懂的，而况受恩深重，又何忍辜负君父灭此大盗，以安四海的至意？如今你跟我的看法不约而同，就见得彼此的想法都不错。论少荃的为人，倒还不致巴结曾九，只为他老师节制五省军务，帘眷正隆，不免功名心热，屈己从人。至于他对曾九，虽不便明助，暗底下却要帮忙，助饷助械，尽力而为，所以金陵克复的日子，仍旧不会远。"

"是的。这是明摆在那里的事。江宁合围，外援断绝，城里的存粮一完，长毛也就完了。照我看，总在夏秋之交，一定

308

可以成功。"

"那时候就有麻烦了。你先看这个——"

说着左宗棠从怀中掏出一封信来,厚甸甸的,总有十来张信笺。他检视了一下,抽出其中的两张,递了给胡雪岩。

这两张信笺中,谈的是一件事,也就是报告一个消息。说兵部与户部的书办,眼看洪杨肃清在即,军务告竣,要办军费报销,无不额手相庆。但以湘淮两军,起自田间,将领不谙规制,必不知军费应如何报销?因而有人出头,邀约户兵两部的书办,商定了包揽的办法,多雇书手,备办笔墨纸张,专程南上,就地为湘淮两军代办报销。一切不用费心,只照例奉送"部费"即可。在他们看,这是利人利己的两全之计,湘淮两军必乐于接纳,所以不但已有成议,而且已经筹集了两万银子,作为"本钱",光是办购置造报销的连史纸,就将琉璃厂几家纸店的存货都搜空了。

"这个花样倒不错!"胡雪岩有意出以轻松的姿态,"不过这笔'部费'可观。我替殉节的王中丞经手过,至少要百分之一。"

"就是这话啰!"左宗棠说,"我要跟你商量的就是这件事。我前后用过上千万的银子,如果照例致送,就得二十万银子。哪里来这笔闲钱,且不去说它,就有这笔闲钱,我也不愿意塞狗洞。你倒想个法子看,怎么样打消了它!"

"打消是容易,放句话出去挡驾就是。可是以后呢?恐怕不胜其烦了!军费报销是最噜苏的事,一案核销,有几年不结的。大人倒仔细想一想,宝贵的精神,犯得着犯不着花在跟这些人打交道上头?"

"不!"左宗棠大不以为然,"我的意思是,根本不要办报销。军费报销,在乾隆年间最认真,部里书办的花样也最多。不过此一时,彼一时,那时是'在人檐下过,不敢不低头',如今我又何必低头?户部也没有资格跟我要账!"

这话说得太霸道了些。诚然,湘军和淮军的军费,都是在地方自筹,户部并没有支付过,但在地方自筹,不管是厘金、捐募,总是公款,何至于户部连要个账都没有资格?胡雪岩不以左宗棠的话为然,因而沉默未答。

"雪翁,"左宗棠催问着,"有何高见,请指教!"

这就不能不回答了,胡雪岩想了一下答道:"那不是大人一个人的事。"

"是啊!不过事情来了,我可是脱不了麻烦。"

"就有麻烦,也不至于比两江来得大。"

这一说,左宗棠明白了,"你的意思是,策动曾相去顶?"他问。

这是指曾国藩,他以协办大学士兼领两江总督,也算入阁拜相,所以称之为"曾相",胡雪岩正是此意,点点头答说:"似乎以曾相出面去争,比较容易见效。"

"我也想到过,没有用。曾相忧谗畏讥,胆小如鼠,最近还有密折,请朝廷另简亲信大臣,分任重责。你想,他怎么肯不避嫌疑,奏请免办报销?何况时机亦还未到可以上折的时候?"

"难处就在这里。"胡雪岩说,"军务究竟尚未告竣,贸贸然奏请免办报销,反会节外生枝,惹起无谓的麻烦。"

"可是消弭隐患,此刻就得着手。倘或部里书办勾结司员,然后说动堂官,再进而由军机奏闻两宫,一经定案,要打消就难了。"

胡雪岩觉得这番顾虑,决不能说是多余,而且由他的"书办勾结司员"这句话,触机而有灵感,不暇思索地答说:"既然如此,不妨在第一关上就拿书办挡了回去。"

"嗯,嗯!"左宗棠一面想,一面说,"你这话很有意味。然而,是如何个挡法呢?"

"这等大事,书办不能做主,就如大人所说的,得要勾结司官,司官给他们来盆冷水,迎头一浇。或者表面上敷衍,到紧要关头,挺身出来讲话,只要有理,户部堂官亦不能不听。"

"话是有理。难在哪里去找这么一位明大体、有胆识的户部司官?"

"不一定要明大体、有胆识。"胡雪岩答说,"只要这位司官,觉得这么做于他有利,自然就会挺身而出。"

"着!"左宗棠又是猛拍自己的大腿,"雪翁,你的看法,确是高人一等,足以破惑。"略停一下,他又说道:"听你的口气,似乎胸有成竹,已经想到有这么一个人了。"

"是的,就是杭州人。"

"杭州人,"左宗棠偏着头想,"在户部当司官的是谁? 我倒想不起来了。"

"这个人是咸丰二年的进士,分发户部,由主事做起,现在是掌印郎中了,他叫王文韶。大人听说过此人没有?"

左宗棠凝神了一会,想起来了:"似乎听人提起过。"他问,"他的号,是叫夔石吗?"

"正是。王夔石。"

"此人怎么样? 很能干吧?"

"很能干,也很圆滑,人缘不错。加以户部左侍郎沈桂芬是他乡试的座师,很照应这个门生,所以王夔石在户部很红。"

"既然人很圆滑,只怕不肯出头去争!"左宗棠说,"这种事,只有性情比较耿直的人才肯做。"

"大人见得是。不过,我的意思不是鼓动王夔石出头去力争,是托他暗底下疏通。我想,为了他自己的前程,他是肯效劳的。"

"何以见得? 雪翁,请道其详。"

照胡雪岩的看法,做京官若说不靠关系靠自己,所可凭借者,不是学问,便是才干。当翰林靠学问,当司官就要靠才干。这才干是干济之才,不在乎腹有经纶,而是在政务上遇到难题,能有切切实实的办法拿出来。至少也要能搪塞得过去。王文韶之所长,正就是在此。

可是,做京官凭才干,实在不如凭学问。因为凭学问做京官,循资推转,处处得以显其所长。翰林做到兼日讲起注官,进而"开坊"升任京堂,都可以专折言事,更是卖弄学问的时候。也许一道奏疏,上结天知,就此飞黄腾达,三数年间便能戴上红帽子。而凭才干做官,就没有这样便宜了!

"为啥呢? 因为英雄要有用武之地。做部里司官,每天公事经手,该准该驳,权柄很大。准有准的道理,驳有驳的缘故,只要说得对,自然显他的才干。可是司官不能做一辈子。像王夔石,郎中做了好多年了,如果升做四品京堂,那些鸿胪寺、通政司,都是'聋子的耳朵',没有它不像样子,有了它毫无用处。王夔石就有天大的本事,无奈冷衙门无事可做,也是枉然。"胡雪岩略停一下又说:"司官推转,还有一条出路就是考御史。当御史更是只要做文章的差使,王夔石搞不来。而且他也不是什么铁面无情的人,平时惟恐跟人结怨,哪里好当什么都老爷?"

"我懂了!"左宗棠说,"王夔石是不愿做京官,只想外放?"

"是的。外放做知府。做得好,三两年就可以升道员。"胡雪岩笑笑说道,"做外官,就要靠督抚了!"这一下,左宗棠心领神会,彻底明了。因为做外官靠督抚,没有比他更清楚的。清朝的督抚权重,京官外转府道,督抚如果不喜此人,从前可以"才不胜任"的理由,奏请"调京任用",等于推翻朝旨。乾隆初年,虽曾下诏切责,不准再有这样的事例,可是督抚仍旧有办法可以不使此人到任,或者奏请调职。至于未经指明缺分,只分省候补任用的,补缺的迟早,缺分的优瘠,其权更操之督抚。

因此可以想像得到,王文韶如果志在外官,就必得与督抚结缘。而能够设法搞成免办平洪杨的军费报销,正是可遇而不可求的良机。因为这一来,湘淮将领,无不感戴;而天下督抚,就眼前来说,两江曾国藩、闽浙是左宗棠自己、江苏李鸿章、直隶刘长佑、四川骆秉章、湖广官文、河南张之万、江西沈葆桢、湖北严树森、广东郭嵩焘,哪一个都花过大把银子的军费,能够免办报销,个个要见王文韶的情,等他分发到省,岂有不格外照应之理?

想到这里,左宗棠心头的一个疙瘩,消减了一半,"王夔石果然是能干的,就得好好抓住这个机会,普结天下督抚之缘。"他又回想了一下胡雪岩的话,发现有件事令人惊异,便即问道:"雪翁,你到京里去过没有?"

"还不曾去过。"

"那就怪了! 你没有上过京,又是半官半商,何以倒对京官的推迁升转,如此熟悉?"

"我本来也不懂。前年跟王夔石在上海见面,长谈了好几夜,都是听他说的。"

"原来如此！不过能说得清源流，也很难得的了。"左宗棠又问："你跟王燮石很熟？"

"是的。"胡雪岩又说，"不过并无深交。"

"看你们谈得倒很深。"

"有利害关系，谈得就深了，交情又另是一回事。王燮石没有什么才气，也没有什么大志，做人太圆滑，未免欠诚恳。我不喜欢这个人。"

左宗棠觉得胡雪岩这几句话，颇对自己的胃口，同时对他的本性，也更为了解，确是个可以论大事、共患难的人。因而不断点头，表示心许。

"大人的意思是，"胡雪岩问道，"让我写封信给王燮石，请他从中尽力？"

"是的。我有这个意思。不过，我怕他一个人的力量不够，四处去瞎撞木钟，搞得满城风雨，无益有害。"

"他一个人的力量，诚然不够，不过事情的轻重，他是识得的。他的本性也是谨慎小心一路，绝不至于飞扬浮躁，到处瞎说。大人这样说，我信上格外关照，叫他秘密就是。"

"能这样最好。"说到这里，左宗棠向左右吩咐："拿'缙绅'来！"

缙绅是京师书坊刻的一部职官录，全名叫做"大清缙绅全书"。由"宗人府"开始，一直到各省的佐杂官儿，从亲王到未入流，凡是有职衔的，无不有简历记载。左宗棠索取缙绅，是要查户部的职官。

翻到"户部衙门"这一栏，头一行是"文渊阁大学士管理户部事务倭仁"。左宗棠顿时喜孜孜地说："行了！此事可望有成。"

314

"喔,"胡雪岩问道,"大人参透了什么消息?"

"这倭相国是蒙古人。他家一直驻防开封,所以跟河南人没有什么两样。河南是讲理学的地方,这倭相国规行矩步,虽然有点迂,倒是不折不扣的道学先生。先帝对此人颇为看重,所以两宫太后亦很尊敬他。能得此老出头说话,事无不成之理。"

"那么,"胡雪岩问道,"这话可以不可以跟王夔石说?"

"这些情形,王夔石比我们清楚得多。说亦可,不说亦可。"左宗棠又说,"这倭相国与曾相会试同榜,想来他亦肯帮帮老同年的忙的。"

"既然如此,何不由大人写封信给曾相,结结实实托一托倭中堂?"

"这也是一法。我怕曾相亦有道学气,未见得肯写这样的信。"

"是!"胡雪岩口里答应着,心中另有盘算。兹事体大,而又不与自己相干。甚至左宗棠亦不必太关切。天塌下来有长人顶,曾氏弟兄所支销的军费,比左宗棠所经手的,多过好几倍。要办军费报销,曾氏弟兄,首当其冲,自然会设法疏通化解。如今自己替左宗棠出主意,不须太起劲。不求有功,先求无过,最为上策。

这样一转念,步子便踏得更稳了,"为求妥当,我看莫如这么办,先写信透露给王夔石,问问他的意思,看看能不能做得到? 要做,如何着手,请他写个节略来!"

"这样做再好都没有。可是,"左宗棠怀疑地问,"他肯吗?"

"一定肯! 我有交情放给他。"

"你不是说,你们没有深交吗?"

"放交情"是句江湖上的话,与深交有别,左宗棠不懂这句话,胡雪岩便只好解释:"我是说,王燮石欠下我一个情在那里,所以我托他点事,他一定不会怕麻烦。"

"那就是了。此事能办成功,与你也有好处,曾相、李少荃都要见你的情。"说罢,左宗棠哈哈一笑。

这一笑便有些莫测高深了。胡雪岩心想,大家都说此公好作英雄欺人之谈,当然也喜欢用权术。他说这话,又打这么一个莫名其妙的哈哈,莫非有什么试探之意在内?

继而转念,不管他是不是试探,自己正不妨借此机会,表明心迹。因而正色说道:"大人!我跟王燮石不同。王燮石是想做官上头飞黄腾达,我是想做大生意。因为自己照照镜子,不像做官的材料。所以曾相跟李中丞见不见我的情,我毫不在乎。他们见我的情,我亦不会去巴结他们的。如今,我倒是只巴结一个人!"说到这里,他有意停了下来,要看左宗棠是何反应。

左宗棠当然要问;而且是很关切地问:"巴结谁?"

"还有谁?自然是大人。"胡雪岩说,"我巴结大人,不是想做官,是报答。第一,大人是我们浙江的救星,尤其是克复了杭州。饮水思源,想到我今天能回家乡,王雪公地下有知,可以瞑目,不能不感激大人。第二,承蒙大人看得起我,一见就赏识,所谓'士为知己者死',不巴结大人巴结谁?"

"言重,言重!你老哥太捧我了。"左宗棠笑容满面地回答。

"这是我的真心话。大人想来看得出来。"胡雪岩又说,"除此以外,我当然也有我的打算,很想做一番事业,一个人如果要想有所成就,一半靠本事,一半靠机会。遇见大人就是我的一个机会,当然不肯轻易放过。"

"你的话很老实,我就是觉得像你这路性情最投缘。你倒说与我听听,你想做的是什么事业?"

这一问,很容易回答,容易得使人会觉得这一问根本多余。但照实而言,质直无味。胡雪岩虽不善于词令,却以交了嵇鹤龄这个朋友,学到了一种迂回的说法,有时便觉俗中带雅。好在他的心思快、敏捷可济腹笥的不足。此时想到了一个掌故,大可借来一用。

"大人总晓得乾隆皇帝南巡,在镇江金山寺的一个故事?"

左宗棠笑了。笑的原因很复杂,笑的意味,自己亦不甚分明。不称"高宗"或者"纯庙",而说"乾隆皇帝"是一可笑;乾隆六次南巡,在左宗棠的记忆中,每次都驻驾金山寺,故事不少,却不知指的是哪一个,是二可笑;"铜钱眼里翻跟斗"的胡雪岩,居然要跟他谈南巡故事,那就是三可笑了。

可笑虽可笑,不过左宗棠仍持着宽容的心情。好比听稚龄童子说出一句老气横秋的"大人话"那样,除笑以外,就只有"姑妄听之"了。

"你说!"他用一种鼓励的眼色,表示不妨"姑妄言之"。

胡雪岩当然不会假充内行,老老实实答道:"我也不晓得是哪一年乾隆皇帝南巡的事,我是听我的一个老把兄谈过,觉得很有意思,所以记住了。据说——"

据说:有一次乾隆与金山寺的方丈,在寺前闲眺,遥望长江风帆点点。乾隆问方丈:江中有船几许? 方丈答说:只有两艘,一艘为名,一艘为利。

这是扬州的盐商,深知乾隆的性情,特意延聘善于斗机锋的和尚,承应皇差的佳话。只是传说既久,变成既俗且滥的一个故事。胡雪岩引此以喻,左宗棠当然知道他的用意,是说他的事业,只是"做大生意"图利而已。

然而,他没有想到,胡雪岩居然另有新义,"照我说,那位老和尚的话,也不见得对。"胡雪岩很起劲地举手遥指:"长江上的船,实在只有一艘,既为名、亦为利!"

"噢!"左宗棠刮目相看了,"何以见得?"

"名利原是一样东西。"胡雪岩略有些不安地,"大人,我是瞎说。"

这比"既为名、亦为利",企求兼得的说法,又深一层了。左宗棠越感兴味。正待往下追问时,但见听差悄悄掩到他身边,低声问道:"是不是留胡老爷便饭?"

"当然。"左宗棠问道,"什么时候了?"

"未正!"

未正就是午后两点,左宗棠讶然,"一谈谈得忘了时候了。"他歉然地问,"雪翁,早饿了吧?"

"大人不提起,倒不觉得饿。"

"是啊!我亦是谈得投机,竟尔忘食。来吧,我们一面吃,一面谈。"

于是午饭就开在花厅里。左宗棠健于饮啖,但肴馔量多而质不精,一半是因为大劫以后,百物皆缺,亦无法讲求口腹之欲,席中盛馔,不过是一大盘红辣椒炒子鸡。再有一小碟腊肉,胡雪岩知道是左宗棠的周夫人,远自湖南寄来的,客人非吃不可,而且非盛赞不可,所以下箸便先挟腊肉。

腊肉进口,左宗棠顾不得听他夸赞周夫人的贤德,急于想重拾中断的话题,"雪翁,"他说,"你说名利原是一样东西,这话倒似乎没有听人说过,你总有一番言之成理的说法吧?"

"我原是瞎说。"胡雪岩从容答道,"我常在想,人生在世应该先求名? 还是先求利? 有一天跟朋友谈到这个疑问,他说别的他不知道,做生意是要先求名,不然怎么叫'金字招牌'呢? 这话大有道理,创出金字招牌,自然生意兴隆通四海,名归实至。岂非名利就是一样东西?"

"你把实至名归这句话,颠倒来说,倒也有趣。"左宗棠又问,"除了做买卖呢? 别处地方可也能用得上你这个说法不能?"

"也有用得上的。譬如读书人,名气大了,京里的大老,都想收这个门生,还不曾会试,好像就注定了一定会点翰林似的。"

说到这里,胡雪岩记起左宗棠数上春官,铩羽而归,至今还是一个举人,所以听见人谈中进士、点翰林,心里便酸溜溜地不好受,自己举这个例,实在不合时宜。好在他的机变快,就地风光,恰有一个极好的例可举。

"再譬如大人。"他说,"当年我们远在浙江,就听说湖南有位'左师爷',真正了不起! 大人名满天下,连皇上都知道,跟贵省的一位翰林说:叫左某人出来给我办事。果其不然,不做官则已,一做便是抚台。从来初入仕途,没有一下子就当巡抚的。大人的恩遇,空前绝后。这也就是名归实至的道理。"

这顶高帽子套在左宗棠头上,顿时使他起了与天相接之感,仿佛在云端里似地,飘飘然好不轻快! 不自觉地拈着花白短髭,引杯笑道:"虽蒙过奖,倒也是实情。一介举人而入仕便是封疆大吏,这个异数,老夫独叨,足令天下寒儒吐气! 雪翁,来,来,我敬你一杯!"

就这杯酒交欢之间，左宗棠与胡雪岩的情谊又加深了，深到几乎可以推心置腹的地步。因而说话亦越发无所隐讳顾忌。谈到咸丰曾向湖南一位翰林表示，"叫左某人出来给我办事"时，胡雪岩问说，这位翰林可是现任广东巡抚郭嵩焘？

　　"正是他！"左宗棠的声音不自觉地高了，似乎有些激动似的。

　　这使得胡雪岩不免困惑。因为他曾听说过，郭嵩焘救过左宗棠。对于自己有恩的故交，出之以这种的异样口吻，听来真有些刺耳。

　　左宗棠也是善于察言观色的人，而且心里也有牢骚要吐，所以很快地接下来问："他跟我的渊源，想来你总知道？"

　　"知道得不多。"

　　"那么，我来说给你听。是咸丰八年的事——"

　　咸丰八年春天，湖南永州镇总兵樊燮，贪纵不法，又得罪了势焰熏天的"左师爷"，因而为左宗棠主稿上奏，严劾樊燮，拜折之时，照例发炮。骆秉章坐在签押房里听见声音，觉得奇怪。看时候不是午炮，然则所为何来？

　　听差的告诉他说："左师爷发军报折。"

　　左宗棠在骆秉章幕府中，一向这样独断独行，因而又有个外号叫"左都御史"——巡抚照例挂两个衔：一个是兵部右侍郎，便于管辖武官；一个是右副都御史，便于整饬吏治，参劾官吏。而"左师爷"的威权高过骆秉章，称他"左都御史"是表示右副都御史得要听他的。这一次参劾樊燮，骆秉章事前亦无所闻。此时才要了奏折来看，措词极其严厉，但也不是无的放矢，譬如说樊燮"目不识丁"，便是实情。既已拜折，没有追回来的道理，也就算了。

其时朝廷正倚任各省带兵的督抚,凡有参劾,几乎无一不准,樊燮就此革了职。只以左宗棠挟有私怨,大为不服,便向湖广总督衙门告了一状,又派人进京向都察院呈控,告的是左宗棠,也牵连到骆秉章,说湖南巡抚衙门是"一官两印"。

这是大案,当然要查办。查办大员一个是湖广总督官文,另外一个是湖北乡试的主考官钱宝青。官文左右已经受了樊燮的贿,形势对左宗棠相当不利。幸亏湖北巡抚胡林翼,与官文结上一层特殊的关系——官文的宠妾是胡老太太的义女,所以连官文都称胡林翼为"胡大哥"。这位胡老太太的义女,常对官文说:"你什么都不懂!只安安分分做你的官,享你的福;什么事都托付给胡大哥,包你不错。"官文亦真听她的话,所以胡林翼得以从中斡旋,极力排解,帮了左宗棠很大的一个忙。

"总而言之,郭筠仙平地青云,两年之间,因缘时会,得任封疆,其兴也暴,应该虚心克己,以期名实相称。不然,必成笑柄,甚至身败名裂!我甚为筠仙危。"说到这里,左宗棠忽然忍俊不禁了,"曾相道貌俨然,出语亦有很冷隽的时候。前几天有人到营里来谈起,说郭筠仙责备'曾涤生平生保人甚多,可惜错保了一个毛寄云'。这话传到曾相耳里,你道他如何?"

"以曾相的涵养,自然付之一笑?"

"不然。曾相对人说:'毛寄云平生保人亦不少,可惜错保一个郭筠仙!'针锋相对,妙不可言。"

左宗棠说完大笑。胡雪岩亦不由得笑了。一面笑一面心里在想,郭嵩焘做这个巡抚,可说四面受敌,亏他还能撑得下去!看起来是一条硬汉,有机会倒要好好结识。

左宗棠却不知怎么,笑容尽敛,忧形于色,"雪翁,"他说,"我有时想想很害怕!因为孤掌难鸣。论天下之富,苏、广并称,都以海关擅华洋之利。如今江苏跟上海有曾、李,广东又为曾氏兄弟饷源。郭筠仙虽然官声不佳,但如金陵一下,曾老九自然要得意。饮水思源,以筹饷之功,极力维持郭筠仙,亦是意中之事。照此形势,我的处境就太局促了!雪翁,你何以教我?"

这番话,左宗棠说得很郑重、很深,胡雪岩亦听得很用心、很细。话外有话,意中有意,是有关左宗棠的前程,也可能有关自己利害的一件大事,不宜也不必遽尔回答,便以同样严肃的神色答道:"大人看得很远,要让我好好想一想,才能奉答。"

"好!请你好好替我想一想。"左宗棠又说,"不足为外人道。"

"当然!"胡雪岩神色凛然,"我不能连这个道理都不懂。"

"是,是,"左宗棠歉疚地,"我失言了。"

"大人言重。"胡雪岩欠一欠身子,"等着见大人的,只怕还很多,我先告辞。"

"也好!"左宗棠说,"以后你来,不必拘定时刻,也不一定要穿公服。还有,刚才我跟你谈的那件事,不必急,且看看局势再说。"

九

局势的发展,许多方面都出人意表。第一,常州在李鸿章部下郭松林、刘铭传、周盛波、张树声及常胜军戈登合力猛攻之下,于四月初六克复。接着久守镇江的冯子材进克丹阳。大家都以为这两支军队会师以后,一定乘胜西趋,直扑金陵,为曾国荃助攻。哪知李鸿章尽管朝旨催促,却以伤亡过重,亟须整补为名,按兵不动。这是为左宗棠、胡雪岩所预料到的,李鸿章不愿分曾国荃一心想独得的大功,有意作态。

第二,是"天王"洪秀全忽然下了一道有如梦呓的"诏令",说"即上天堂,向天父天兄,领到天兵,保固天京"。过了两天,"天王"服毒自尽,实现了他"上天堂"的诺言。接位的是洪秀全的十六岁儿子,名叫"洪天贵福",称号唤做"幼天王"。

消息外传,都知道曾国荃成大功在即,颇有人高吟杜少陵的"青春作伴好还乡",作乱后重整家园之计。而京里重臣、京外督抚,有良心、肯做事的,亦都在默默打算,曾国荃一下金陵,太平天国十余年的积聚,尽萃于"天王府",足可用来裁遣将士,恢复地方。固然,金陵所得,必是用于江南及湘军,但应解的协饷,可以不解,就等于增加了本地的收入。

像左宗棠就是打着一把如意算盘,认为曾国荃一克金陵,广东便将复成浙江的饷源。他曾跟胡雪岩谈过,到那时候,要专折奏,派他到广东去会办厘捐。胡雪岩口头一诺无辞,其实不当它一回事。在他看来,此事渺茫得很,只是不便扫左宗棠的兴,所以只是唯唯敷衍而已。

　　在李鸿章所拨借的炮队协攻之下,曾国荃所部在五月底攻占了"龙膊子",其地在江宁城外东北的钟山之巅,居高临下,俯瞰全城。此地一失,"忠王"李秀成束手无策了。

　　曾国荃用兵,独得一"韧"字,苦苦围困到这般地步,要韧出头了,更不肯丝毫怠慢,下令各营,由四面收束,直往里逼,逼近城下,昼夜猛攻。而真正的作用是,借无时或已的炮声,遮掩他挖掘地道的声响。

　　金陵围了两年,曾国荃从朝阳门到钟阜门,挖过三十多处地道,有时是"落磐",挖地道的士兵随死随埋,丛葬其中。有时是为长毛所发觉,烟熏水浇,死者论百计。有一次快成功了,地道内的士兵,忽然发现一枝长矛刺了下来,其实是长毛行军休息,随意将矛一插,而官军轻躁没脑筋,使劲将那枝矛往下拉,长毛始而大骇,继而大喜,掘地痛击,功败垂成,死了四百人之多,都是朱洪章的部下。

　　朱洪章是贵州人,也是曾国荃部下高级将领中,惟一的非湖南人。因为孤立其间,不能不格外卖力,免得遭受排挤。曾国荃亦很看重他,一直保到提督衔记名总兵,派他经理营务处。此时再挖地道,由他与记名提督河南归德镇总兵李臣典共同负责。

　　从六月初八开始,日夜不停,挖了七天才挖成,填塞炸药,可以作最后的攻击了。曾国荃问部下诸将:哪一营"头敌",哪一营"二敌"?

诸将默无一言。便按官职大小，个别征询。官阶最高的是萧孚泗，已经补上福建陆路提督，他依旧沉默，便只好问李臣典了。

李臣典倒愿打头阵，但要朱洪章拨一两千精兵给他。朱洪章表示："既然如此，不如我来当头。"事情便这样定局，还立了军令状，畏缩不前者斩！

六月十六日正午，由朱洪章下令施放炸药。地道中的炸药有三万斤之多，进口之处用巨石封固，另外以极粗的毛竹伸入地道，内用粗布包炸药填塞，作为引线。引线点燃以后，但闻地底隐隐如雷声，却不爆发。天空中的骄阳，流火烁金一般，炸药决无不燃之理，万千将士挥汗屏息，等得焦灼不堪。这样过了一个钟头之久，地底连那隐隐雷声都消失了。

过去亦常有不能引发炸药的情事，这一次看起来又是徒劳无功。各营将士，无不失望，正准备先撤退一批部队，分班休息时，突然间，霹雳之声大作，仿佛天崩地裂似的，太平门的一段城墙，约有二十多丈长，随烟直上，耸得老高，成为闻所未闻的奇观。

这有个说法。明太祖建都南京，洪武二年始建都城，征发大量民夫，花了四年功夫，方始完工，周围六十一里，不但比北平城周四十余里，西安城周二十四里都大，而且亦是世界第一大城。

南京城不但大，而且高，平均都在四十尺以上。大与高之外，最大的特色是坚，城以花岗石为基，特别烧制的巨砖为墙，砖与砖之间，用石灰泡糯米浆水砌合。全城告成，再以石灰泡糯米浆水涂敷，所以在城外随便指一处敲击，都会显出白印。五百年来刀枪不入，水火不侵的城墙，毕竟还敌不过西洋的炸药，只是被炸以后，砖砖相砌，过于坚牢，所以才会造成二十余丈长的整段城墙，飞入空中的奇观。后来知道，这段城墙飞出一里多外，裂成数段落地，砸死了数百人之多。

在当时，朱洪章奋身向前，左手执旗，右手操刀，大呼上城。于是九门皆破，有所谓"先登九将"，除朱洪章、李臣典、萧孚泗以外，还有记名总兵武明良、熊登、伍维寿、提督张诗日、记名按察使刘连捷、记名道员彭毓橘。

捷报到京，自然要大赏功臣。据说文宗在日，曾有诺言：平洪杨者封王。但清朝自三藩之后，异姓不王，甚至封公爵的亦没有。因此，亲贵中颇有人反对实现文宗的诺言，形成难题。最后是慈安太后出了个主意，将一个王爵，析而为四，曾国藩功劳最大，封侯；其次是曾国荃，封伯；接下来是一个子爵、一个男爵，封了李臣典和萧孚泗。

朝旨一下，朱洪章大为不服。论破城当日之功，他实在应该第一，首先登城，生擒伪勇王洪仁达，占领"天王府"。而曾国荃奏报叙功时，却以李臣典居首。据说，当朱洪章占领"天王府"，看守到黄昏时分，李臣典领兵驰到，自道"奉九帅之命接防"。于是"天王府"归李臣典控制，看守到第二天上午八点钟，光天化日之下，"天王府"无缘无故起火，烧得精光。事后曾国荃奏报，搜索"天王府"除了一颗伪玺以外，什么都没有了。

李臣典叙功居首的奥妙是如此！朱洪章在"先登九将"中甚至不如萧孚泗还落得一个五等爵末位的"一等男"，他所得的恩典，是"无论提督总兵缺出，尽先提奏；并赏穿黄马褂，赏给骑都尉世职"，虽亦不薄，但名列第三，太受委屈。

一口气咽不下，朱洪章去找"九帅"理论。曾国荃大概早有防备，应付之道甚绝，他说："我亦认为你应居首功。但叙功的奏折，是由我老兄拜发，听说是他的幕友李某捣鬼。"说着，从靴页子里拔出一把雪亮的刀子，倒持着递向朱洪章，"你去宰了那个姓李的。"

　　朱洪章为之啼笑皆非。但李臣典亦如黄粱一梦，锡爵之恩，黄马褂、双眼花翎之荣，竟不克亲承宠命，恩旨到时，已经一命呜呼。据曾国荃奏报，说他攻城时，"伤及腰穴，气脉阻滞"，因而于七月初二日不治出缺。却又有人说，李臣典死在"牡丹花下"——破城之日，玉帛子女，任所取携，李臣典一日夜之间，御十数女子，溽暑不谨，得了"夹阴伤寒"，一命呜呼！当然，这是私下的传说，反正死因如出于床笫之间，真相是再也不能水落石出的。

　　萧孚泗封男爵，亦有一段故事。

　　当城破无可为计时，李秀成在乱军中带着一个亲信书童，出通济门往东南方向逃走，目的是越过茅山，经溧阳、长兴到湖州，与由杭州遁走的长毛会合。

　　走到一处叫方山的地方，撞见八个樵夫，其中有人认识他，却确不定，便冒叫一声："忠王！"

　　李秀成一看行藏被人识破，便长跪相求："哪位领路带我到湖州，我送三万银子酬谢。"

　　说着，他与他的书童都将袖子抹了上去，但见四条手臂上，戴满了金镯子，另外有一匹马，驮着一只箱子，看上去并不大，可是压得马的腰都弯了，可以想见其中装的是金银珠宝。这八个樵夫见此光景，大起贪心，一方面想侵吞李秀成的钱财,一方面还想报功领赏。于是这八个人将李秀成主仆骗入山下的"涧西村",公推一个姓陶的去向官军报信,目的地是驻扎太平门外的李臣典营中,因为姓陶的有个同族弟兄是李臣典的部下,托他转报,比较妥当。

姓陶的经过钟山,又饿又渴,想起这里是萧孚泗的防区,营中有个伙夫,因为供应柴草的关系而熟识,不妨到他那里歇脚求食。

姓陶的得意忘形,休息闲谈之间,透露了生擒李秀成的经过。这个伙夫便转告亲兵,亲兵转报萧孚泗,姓陶的便注定要做枉死鬼了。

一番密密嘱咐,将姓陶的好酒好肉款待,萧孚泗,自携亲兵二十多人,烈日下疾驰到涧西村,将李秀成手到擒来,价值十余万银子的金银珠宝,亦归掌握。姓陶的被一刀斩讫,借以灭口。不过萧孚泗总算还有良心,没有杀那个伙夫,给了他五颗上好的珠子,一匹好马,暗示他连夜"开小差",走得越远越好。

萧孚泗之得封男爵,就以生擒李秀成之功。曾国荃到后来才知道真相,吩咐赏那八家樵夫,每家一百两银子。结果为亲兵吞没大半,只拿出去一个"大元宝"——五十两银子,由八家均分。

如果李秀成真是为萧孚泗凭一己之力所生擒,这份功劳,就真值得一个男爵了。因为"天京"虽破,"幼天王"未获,只说已死在乱军之中,对朝廷似难交代。幸好有个李秀成,论实际,其人之重要又过于"幼天王",差可弥补元凶下落不明之失。

其时曾国藩已由安庆专船到江宁,抚循将士,赈济百姓以外,另一件大事,就是处置李秀成,委派道员庞际云、知府李鸿裔会审。这李鸿裔,就是曾国荃向朱洪章所说"捣鬼"的"李某"。

从六月廿七到七月初六,十天的功夫,审问的时间少,李秀成在囚笼写"亲供"的时候多,每天约写七千字,总计约七八万言。却为曾国藩大删大改,所存不过三分之一,方始奏报。其中谈到城破以后,洪秀全两个儿子的下落,说是"独带幼主一人,幼主无好马,将我战马交与骑坐。""三更之后,舍死领头冲锋,带幼主冲由九帅攻倒城墙缺口而出。君臣数百人,舍命冲出关外,所过营塞、叠叠层层、壕满垒固。幼主出到城外,九帅营中,营营炮发,处处喊声不绝。我与幼主两下分离,九帅之兵,马步追赶,此时虽出,生死未知。十六岁幼童,自幼至长,并未骑过马,又未受过惊慌,九帅四方兵进,定然被杀矣,若九帅马步在路中杀死,亦未悉其是幼主,一个小童,何人知也?"

这段供词,与曾国藩奏报"幼逆已死于乱军之中",有桴鼓相应之妙,不道弄巧成拙,反显删改之迹——"幼天王"未死,逃到湖州了。

在曾国潘封侯的同时,又有恩旨赏赉东南各路统兵大帅及封疆大臣:亲王僧格林沁,加赏一贝勒;湖广总督官文,赐封一等伯爵,世袭罔替;江苏巡抚李鸿章一等伯爵;陕甘总督杨岳斌、兵部右侍朗彭玉麟赏给一等轻车都尉世职,并赏加太子少保衔;四川总督骆秉章、浙江提督鲍超,一等轻车都尉世职;西安将军都兴阿、江宁将军富明阿、广西提督冯子材,均赏给骑都尉世职。

东南大员,向隅的只有左宗棠和江西巡抚沈葆桢,上谕中特别交代:"俟浙赣肃清后再行加恩。"这虽是激励之意,但相形之下,未免难堪。尤其是李鸿章封爵,使得左宗棠更不服气。往深一层去想,曾国藩节制五省军务,江西、浙江亦在其列,这两省既未肃清,就是曾国藩责任未了,何以独蒙上赏?

再有一件事,使左宗棠气恼的是,江宁溃败的长毛,只有往东南一路可逃,因而湖州一带,本来打得很顺利的,忽然增加了沉重的压力。如果事先密商,曾国荃定于何时破城,进兵围剿的策略如何,都能让左宗棠知道,先期派兵填塞缺口,伏路拦截,又何至于让溃败的长毛,如山倒堤崩般涌过来? 然则曾军只顾自己争功,竟是"以邻为壑"了!

朝中当国的恭王,以及上获信任、下受尊重,确能公忠体国,为旗人中贤者的军机大臣文祥,却不知东南将帅之间,存着如此深刻的矛盾。紧接着大赏功臣的恩诏之下,又有一道督责极严的上谕,让左宗棠看了,更不舒服。

上谕中说:"江宁克复,群丑就歼,无逸出之贼",这几句话,便使左宗棠疑心,曾氏弟兄奏报克复江宁的战功,不知如何铺张扬厉,夸大其词? 因此对于后面:"着李鸿章将王永胜等军,调回长兴,协防湖郡;左宗棠当督率各军,会合苏师,迅将湖州、安吉之贼,全行殄灭,克复坚城,勿令一贼上窜"的要求,越起反感。

"你看,"他对胡雪岩说:"曾氏兄弟,不但自己邀功,还断了别人的建功之路。照字里看,大功已经告成,浙江可以指日肃清。湖州长毛如毛,攻起来格外吃力,即使拼命拿下来,也讨不了好。因为有曾氏兄弟先人之言,说江宁的'群丑就歼,无逸出之贼',朝廷一定以为我们虚报军功。你想,可恨不可恨?"

胡雪岩当然只有劝慰，但泛泛其词，不能发生作用，而谍报一个接一个，尽是长毛的某"王"、某"王"，由皖南广德，窜入浙江境界，越过天目山，直奔湖州的消息。最后来了一个消息，是难民之中传出来的，飞报到杭州，左宗棠一看，兴奋非凡。

　　这个报告中说："幼天王"洪福瑱，在江宁城破以后，由"干王"洪仁玕、"养王"吉庆元、"誉王"李瑞生、"扬王"李明成"保驾"，六月廿一那天，到达广德。然后由守湖州的"堵王"黄文金，在五天以后亲迎入湖州城内，并且已得知"忠王"李秀成为官军所获的消息，所以改封洪仁玕为"正军师"。

　　这一下，左宗棠认为可以要曾氏弟兄的好看了，当即嘱咐幕友草拟奏搞，打算飞骑入奏，拆穿曾国藩所报"幼逆已死于乱军"中的谎言。而正当意气洋洋，解颜大笑之际，胡雪岩正好到达行辕，听得这个消息，不能不扫左宗棠的兴，劝他一劝。

　　"大人，这个奏折，是不是可以缓一缓？"

　　"何缓之有？元凶行藏已露，何敢匿而不报？"左宗棠振振有辞地说。

　　胡雪岩知道用将帅互讦，非国家之福的话相劝，是他听不入耳的，因而动以利害，"我们杭州人有句俗话，叫做'自搬石头自压脚'，大人，你这块石头搬不得！"他说，"搬得不好，会打破头。"

　　"这是怎么说？"

　　"大人请想，这样一奏，朝廷当然高兴，说是'很好！你务必拿幼逆抓来，无论如何，不准漏网。抓到了，封你的侯'，大人，抓不到呢？"

　　"啊，啊！"左宗棠恍然大悟，"抓不到，变成元凶从我手中漏网了!"

胡雪岩是有意不再往下说。像左宗棠这样的聪明人,固然一点就透,无烦词费,最主要的,还是他另有一种看法使然。

他这一次上海之行,听到许多有关曾氏兄弟和李鸿章的近况,皆由曾李的幕友或亲信所透露。有许多函札中的话,照常理而论,是不容第三人入耳的,而居然亦外泄了!这当然是曾李本人毫无顾忌,说与左右,深沉的只为知者道;浅薄的自诩接近大僚,消息灵通,加枝添叶,说得活龙活现,无端生出多少是非,也没来由地伤害了好些人的关系,因为如此,胡雪岩对左宗棠便有了戒心。

他在想,这位"大人"的口没遮拦,也是出了名的。如果自己为他设计,离间曾李之间的感情,说不定有一天,左宗棠会亲口告诉别人如何如何。这岂非"治一经、损一经",无缘无故得罪了曾李,就太犯不着!

而左宗棠有他这句话,已经足够。当时很高兴,一叠连声地说:"吾知之矣!吾知之矣!"

这样的回答,在胡雪岩却又不甚满意,他希望左宗棠有个具体的打算说出来,才好秉承宗旨,襄助办事。因而追问一句:"大人是不是觉得愚见还有可采之处?"

"什么愚见?你的见解太高明了!"左宗棠沉吟着说道,"不过,在我到底不是翻手为云覆雨的人,而况李少荃一向为我——"

他也没有再说下去,只是知道他平日言论的人,都能猜想得到,李鸿章一向为他所藐视。如今与他修好,仿佛有求于人似的,未免心有不甘。

胡雪岩认为从正面设词规劝,与在私底下说人短处不同,即令密语外泄,亦是"台面上"摆得出去的话,并无碍于自己的名声,因而决定下一番说词,促成左李的合作。

"大人,"他有意问道,"如今惟一的急务是什么?"

"你是指公事,还是指我自己的事?"

"公事也是如此,大人的私事也是如此。一而二,二而一,无大不大的一件大事是什么?"

"自然是肃清全浙。"

"是,肃清全浙只剩一处障碍,就是湖州。拿湖州攻了下来,就可奏报肃清。那时候,大人也要封侯拜相了。"

"拜相还早,封侯亦不足为奇。果然膺此分茅之赏,我是要力辞的。"

胡雪岩不知道他这话是有感而发,还是故作矫情,反正不必与他争辩,惟有顺着他的语气想话来说,才能打动他的心。

"大人这一着高!"他翘着大拇指说,"封侯不希罕,见得富贵于我如浮云,比曾相李中丞都高一等了。不过,朝廷如无恩命,大人又怎能显得出高人一等的人品?"

"这话倒也是。"左宗棠深深点头。

左宗棠终于松了口,胡雪岩也就松了口气。至于如何与李鸿章合作,就不用他费心了,一切形势,左宗棠看得很清楚,而且谈用兵,亦不是他所能置喙的。他只提醒左宗棠一点,会攻江宁,李鸿章忤了朝旨,目前急图补救,所以即使左宗棠不愿与他合作,他自己亦会派兵进窥湖州,表示遵从朝廷所一再提示的,"疆臣办贼,决不可有畛域之分"的要求。

左宗棠亦实在需要李鸿章的支援。

第一是兵力。湖州已成为东南长毛的渊薮,残兵败将集结在一起,人数超过左军好几倍。而且逼得急了,会作困兽之斗,决不可轻视。

第二是地形。湖洲四周,港汊纵横,处处可以设伏邀击,本是易守难攻之地。当年赵景贤孤城坚持,因势制宜,将地形的利用,发挥到了极致。如今长毛守湖州的主将黄文金,亦非弱者,且假"幼主"洪福瑱的名号以行,指挥容易。而且湖州所贮存的粮食,据报可以支持一年,这又比赵景贤当时的处境好得多了。

这进取湖州的两大障碍,都不是左宗棠独力所能克服的,而亦惟有李鸿章可以帮助他克服这两大障碍。论兵力,有苏军的协力,才可以完成对湖州的包围——当然不是像曾国荃攻金陵那样的四面包围。如果采取这样的方略,即使兵力部署上能够做得到,亦是不智之举。从古以来,围城往往网开一面,因为不放敌人一条生路,必然作生死的搏斗,就算能够尽歼敌人,自己这方面的伤亡,亦一定是惨重无比。反过来看,留下一个纵敌的缺口,正可以激起敌军的恋生之念,瓦解他的斗志。何况在预先安排好的敌人逃生路上,可以处处设伏,反为得计。

论地形,湖州外围的第一要隘是北面出太湖的大钱口。当年赵景贤雪夜失大钱,导致湖州的不守。以今视昔,情势不殊,要破湖州须先夺大钱。而夺大钱,苏军渡太湖南下,比左军迂道而北要方便得多。同时最大的关键是,攻大钱必须要用水师,而这又是左军之所短,苏军之所长。

李鸿章当然要用他之所长,尽力有所作为,既以弥补常州顿兵之咎,亦以无负锡封爵位之恩。左宗棠自与胡雪岩深谈以后,默默打算,自己这方面地利、人和都不及李鸿章,如果不能大包大揽,放下诺言,限期独力攻克湖州,就不能禁止李鸿章驰驱前路,自北面攻湖州。两军不能合作,便成争功的局面。李鸿章争不过无所谓,自己争不过,让李鸿章喧宾夺主,那就一世英名付之流水了。

他想来想去,因人成事,利用李鸿章相助,是为上策。自己只要尽到了地主的道理,客军不能不处处情让,即使苏军先攻入湖州,李鸿章亦总不好意思,径自出奏。只要光复湖州的捷报由自己手中发出,铺叙战功,便可以操纵了。

打定了主意,暂且做一个能屈能伸的大丈夫,左宗棠亲自提笔,写了一封极恳切的信给李鸿章,在商略扫荡东南余孽的策略中,透露出求援之意。李鸿章亦很漂亮,答应将他部下的"郭刘潘杨四军",全数投入湖州战场。

郭刘潘杨——郭松林、刘铭传、潘鼎新、杨鼎勋四军,是淮军的中坚。其实李鸿章投入湖州战场的,还不止这四军,另有以翰林从军的刘秉璋,与曾国藩的小同乡,江南提督黄翼升的水师,亦奉委派,分道助攻。李鸿章的心思与左宗棠大致相同,有意大张声势,将进攻湖州一役,看得不下如金陵之复,一方面像押宝似的,希望能俘获"幼逆",掘得"金穴",一方面亦是有心扫扫曾军的兴头。

在湖州的长毛,号称二十万,至少亦有六折之数,左李两方,正规军合起来不下八万,加上随军的文员、夫役,总数亦在十万以上。彼此旗鼓相当,发生恶战是意中之事。但胜负已如前定,而且长毛败退的情况,大致亦在估计之中。因为由于地形的限制,进取的方向,只能顺势而行。左宗棠所部由湖州东南、西南两方面进逼,苏军则由东北、西北分攻,并从正北进扼大钱口,以防长毛窜入太湖。湖州的东面,是东南最富庶的地区,有重兵防守,而且东到海滨,并无出路。在湖州的长毛,惟一的出路,只是向西,如能冲过广德,则江西有李世贤、汪海洋,都是长毛中有名的悍将,能会合在一起,或者还有苟延残喘的可能。

战场如棋局,不但敌我之间,尔虞我诈,就是联手的一方,亦在钩心斗角——李鸿章毕竟还是下了一着专为自己打算的棋,将刘铭传的二十营,陆续拔队,指向浙皖之交,名为进攻广德,断贼归路,其实是想拦截黄文金,俘"幼逆",夺辎重。

湖州终于在七月二十六克复了。

如事先所估计的,黄文金果然开湖州西门遁走。大队长毛分三路西窜,到了广德,又分两路,一路向皖南,一路是由黄文金带着"幼逆",由宁国过西天目山,经开化、玉山窜入江西境内。刘铭传窜追不舍,其他各军为了争功,亦无不奋勇当先,连追五日五夜,长毛溃不成军,黄文金死在乱军之中了。

但是洪福瑱却还是下落不明。比较可靠的传说是由江西南下,打算与窜至广东、福建边境的李世贤、汪海洋会合。然后西趋湖北,与"扶王"陈德才联结,自荆襄西入陕西,在关中另起一个局面。这当然是一把如意算盘,但即令打不成功,这样窜来窜去,如与安徽、河南的捻匪合流亦是大可忧之事。因此,朝廷对两次三番,穷追猛打,而竟未能捉住"幼逆",置之于法,深为恼火。

更恼火的是左宗棠。"全浙肃清"的折子已经拜发,而洪福瑱未获,就不能算克竟全功,一时还难望分茅之赏。

辨明了"十万"之说,再论纠参部下的责任,言词更为犀利:"至云杭城全数出窜,未闻纠参,尤不可解。金陵早已合围,而杭州则并未能合围也。金陵报'杀贼净尽',杭州报'首

336

逆实已窜出'也!"仅是这两句话,便如老吏断狱,判定曾国荃有不容贼众逸出的责任,而曾国藩有谎报军情的罪过。但在结尾上,却又笔锋一转,故弄狡猾:"臣因军事最尚质实,故不得不辩。至此后公事,均仍和衷商办,臣断不敢稍存意见,自重愆尤。"这段话是所谓"绵里针",看来戒慎谦和,其实棱角森然,句句暗隐着指责曾国藩的意思在内。

这通奏折发出,不过半个月便有了回音。由恭王出面的"廷寄",措词异常婉转,不说一时还不能封左宗棠的爵,却说"左宗棠自入浙以来,克复城隘数十处,肃清全境,厥功甚伟。本欲即加懋赏,恐该督以洪幼逆未灭,必将固辞,一俟余孽净尽,即降恩旨"。是很明显地暗示,左宗棠封爵,不过迟早间事。

关于他与曾国藩的争辩,亦有温谕:"朝廷于有功诸臣,不欲苛求细故。该督于洪幼逆之入浙,则据实入告,于其出境则派兵跟追,均属正办。所称此后公事仍与曾国藩和衷商办,不敢稍存意见,尤得大臣之体,深堪嘉尚。朝廷所望于该督者,至大且远,该督其益加勉励,为一代名臣,以孚厚望。"

上谕中虽未责备曾国藩,但是非好恶,已表现得很清楚。而许左宗棠以"一代名臣",更是上谕中难得一见的字样。总之这一场御裁的笔墨官司,左宗棠占尽上风,而与曾国藩的怨,自然也结得更深了。

曾左结怨,形诸表面的,是口舌之争,暗中拼命抵拒的,是地盘之争。而又像在夹缝中受挤,又像首当其冲的是曾国荃。

曾国荃的本职是浙江巡抚。用兵之时,为了鼓励将帅,不按建制任职,此省大员在他省领兵,事所常有。但战事告一段落,情形就不一样了。

照常理而论,曾国荃即令破江宁以后有过失,到底百战功高,应该让他赴浙江巡抚本任,才是正办。无奈左宗棠以闽浙总督兼署浙巡,绝无退让之意。而曾国藩为曾国荃告病,虽由于忧谗畏讥,以急流勇退作明哲保身之计,其实亦是看透了老弟有"妾身不分明"的隐衷,估量他决不能到任,不如自己知趣。

在朝廷却又有左右为难之苦。一方面东南军务结穴于湖州克复、全浙肃清,不能不敷衍左宗棠的面子;一方面却又觉得真个让一位伯爵解甲归田,不是待功臣之道。因此,对于曾国荃告病,一直采拖延着不作明确的处置,希望曾左之间,能够消释嫌怨,言归于好,由左宗棠出面奏请交卸抚篆,饬令曾国荃到任。

这是个不能实现的奢望。朝廷看看拖着不是回事,决定成全曾国藩的心愿,许曾国荃辞职。可是空出来的浙江巡抚这个缺,由谁替补?却颇费斟酌。

朝廷也知道左宗棠的意思,最好是让蒋益澧由藩司升任,而浙江藩司一缺,则由左宗棠保荐。无奈蒋益澧的资望还浅,并且这样处置,在曾国藩的面子上太难看。朝廷调和将帅,决不肯轻易予人以偏袒某人的印象,所以左宗棠的意愿是不考虑的了。

要考虑的是:第一,新任浙江巡抚确需清廉练达的干才,因为洪杨所蹂躏的各省,浙江被祸最惨,善后事宜亦最难办,非清廉干练,不足以胜任。第二,此人要与左宗棠没有什么恩怨,而又能为曾国藩,甚至李鸿章所支持,然后浙江的善后事宜,才能取得邻省的援助。第三,大乱已平,偃武修文,浙江巡抚是洪杨平后委派的第一员封疆大吏,也是恢复文治的开始,

338

所以此人最好科甲出身。如果有过战功,更为理想。

结果选中了一个很理想的人。此人名叫马新贻,字谷山,先世是回回,从明太祖打天下有功,派在山东卫所当武官,定居曹州府菏泽县,已历四百余年之久,因此,马新贻除了信回教以外,彻头彻尾是个山东土著。

在马新贻的新命传至浙江的同时,江西来了一个重要而有趣的消息,"幼逆"洪福瑱终于落网了。

收束平洪杨的军务,却还有相当艰巨的戡乱大任,需要部署。

恭王、文祥的计议,犹有三处叛乱要平服,才能臻于太平盛世。这三处叛乱是:第一,南窜的洪杨余孽;第二是扰乱中原的捻匪;第三是荼毒生灵、为患西陲的回乱。

幸好人才之盛,冠绝前朝,恭王与文祥决定托付四个人去平这三处的叛乱。

第一个仍然是曾国藩。在十月初一曾国荃功成身退,率领裁撤的湘军回湖南的同时,朝中有一道廷寄递到江宁,说"江宁已臻底平,军务业经藏事,即着曾国藩酌带所部,前赴皖鄂交界,督兵剿贼,务期迅速前进,勿少延缓。"这所谓"贼",便是捻匪。

捻匪原以皖北为老巢,自经僧王全力攻剿,流窜到湖北、河南一带。张洛行虽死,他的侄子张总愚亦非弱者,加以陈玉成的旧部赖文光由关中回窜,因为"天京"已破,成了丧家之犬,自然而然地与捻匪合流,大为猖獗。朝廷深知僧王的马队,追奔逐北,将捻匪撵来撵去的打法,并非善策,一旦疲于奔命,为捻匪反扑,非大败不可。同时,又因为僧王的身份尊贵,连西宫太后都不能不格外优容，是位极难伺候的王爷，指授方略，则"将在外君命有所不受"，稍加督责又怕惹恼了他，索性独断独行。因此，倒不如设法让他交卸军权，回京享福，才是公私两便之计。

能代僧王指挥数省的，只有一个曾国藩。不仅威望足够，而且他那"先求稳当，次求变化"，以静制动，稳扎稳打的作风，亦正可救僧王之失。至于筹饷之责，朝廷也想到了一个必不可少的人。

这个人就是李鸿章。上谕派他接替曾国藩，暂署两江总督，江苏巡抚则调慈禧太后的恩人，漕运总督吴棠署理。上谕中虽未明言，曾国藩带兵驻扎皖鄂交界，后路粮台由李鸿章负其全责，可是这样部署的用意是很明白的，第一，曾、李师生，"有事弟子服其劳"，天经地义；第二，李鸿章带兵，曾国藩替他筹过饷，如今曾国藩带兵，自然该李鸿章筹饷；第三，两江最富，是海内最主要的一处饷源，所以谁当两江总督，都有筹饷的责任。

这样的安排，就大局而言，不能算错，只是委屈了曾国藩，便宜了李鸿章与吴棠，可也就顾不得那么许多了。

再有一个是杨岳斌。他是与彭玉麟齐名的水师名将，本名杨载福，因为同治皇帝这一辈，玉牒谱系上第一字为"载"，不免有犯讳的不便，所以改名岳斌。当江宁未克复以前，他已升任陕甘总督，打算赋以敉平回乱的重任。回乱不仅生于陕甘，也生于云南与新疆。云南将次平服，而新疆方兴未艾，朝廷寄望于新封子爵的鲍超，特降温旨，认为新疆平乱，"非得勇略出群如鲍超者，前往剿办，恐难壁垒一新"，所以命曾国藩传旨鲍超，在他回籍葬亲的两月假期一满，"即行由川起程，出关

340

剿办回乱。"恭王和文祥知道鲍超好名,特地拿乾嘉名将杨遇春,与他相提并论,很灌了一番米汤。

上谕中说:"从前回疆用兵,杨遇春即系川省土著,立功边域,彪炳旂常。鲍超务当督率诸军,肃清西陲,威扬万里,以与前贤后先辉映。该提督忠勇性成,接奉此旨,必即遵行,以赴朝廷委任。"话说得很恳挚,而命曾国藩传旨,亦有暗示他帮着催劝之意。无奈曾国藩对湘军的急流勇退,明哲保身,早有定算。鲍超是他的爱将,当然要加意保全,所以只是照例传旨,并不劝驾。

再有一个朝廷寄以重望的,便是左宗棠。他是现任的闽浙总督,由江西瑞金为鲍超所败,而窜入福建境内的李世贤、汪海洋两大股,顺理成章地该由他负责清剿。

左宗棠不是怕事的人,对此亦自觉当仁不让,义不容辞。可是朝廷一连串的处置,却使他既气又急,愤愤不平。

首先大失所望的是,浙江巡抚派了马新贻,蒋益澧落了空,也就等于是他失去了浙江这个地盘。其次是李鸿章调署两江,名位已在己之上,使他很不舒服。复次是在江西的陕甘总督杨岳斌,奉旨迅即到任,朝廷责成浙江每月拨给陕甘协饷十万两,并先筹措八万银子,作为杨军的开拔费用。

为此,左宗棠的肝火很旺,每日接见僚属,大骂曾国藩、李鸿章和郭嵩焘。这样骂了几天,怒火稍减,想想既不肯辞官归田,就得有声有色地大干一番。军务是有把握的,就是饷源越来越绌,得要找个足智多谋的人,趁马新贻未曾到任以前,好好筹划妥当。

这个人自然非胡雪岩莫属。"雪翁",他说,"你看,挤得我无路可走了! 你算算看,我该到哪里筹饷? 哪里都难!"

两个人将十五行省一个一个地算。除开穷瘠的省份,有饷可筹的富庶之地,都已为他人早着先鞭:江苏、安徽是两江辖区,曾李师弟的势力,根深蒂固;江西沈葆桢,对待曾军的前例,足以令人望而却步;山东、山西供应京饷,而且两省巡抚阎敬铭、沈桂芬清刚精明,都不是好相与的人;湖北食用川盐,在沙市设局征盐厘,收入相当可观,可是官文是督抚中惟一的一个旗人,有理无理,皆受朝廷袒护,不容易打得进去;至于天府之国的四川,有骆秉章在那里,愿念旧日宾主之谊,自然不好意思唱一出"取成都"。

　　"福建穷得很,我能筹饷的地方,只有贵省与广东了。广东该给我的饷不给,可恨郭筠仙,心目中只认得曾涤生、李少荃。此恨难消!"左宗棠停了一下又说,"至于马谷山,听说倒还讲理,不过既是曾涤生所保,又是李少荃的同年,不见得肯助我一臂。雪翁,你看我该怎么办?"

　　胡雪岩默然。因为他觉得自己的处境很难,左宗棠的知遇要报答,而浙江是自己的家乡,为左宗棠设谋画策,可不能挨地方父老的骂。

　　胡雪岩一向言词爽利,而且不管天大的难事,一诺无辞,像这样迟疑不答的情形,可说绝无仅有。左宗棠微感诧异,不免追问缘故。

　　"不瞒大人说,我很为难。大人现在只有浙江一个地盘,粮饷当然出在浙江,筹得少了不够用,筹得多了,苦了地方。说起来是我胡某人出的主意,本乡本土,我不大好做人。"胡雪岩又说,"如果大人兼署浙江巡抚,我还可以出出主意,截长补短,见机行事,总还兼顾得到。现在换了马中丞,我又是分发江西的试用道,是大人奏调我在浙江当差。大人一离浙江,我

342

当然不能再问浙江的公事,善后局的差使亦要交卸,何况其他?"

他一路说,左宗棠一路点头,等他说完,做个"少安毋躁"的手势答道:"你刚才所说的情形,我完全清楚,我们要好好谈谈。万变不离的宗旨是:雪翁,你仍旧要帮我的忙。怎么个帮法,我们回头再商量,现在先谈你的难处。诚如所言,我现在只有浙江一个地盘,粮饷只有着落在浙江,而且要定一个确数,按月一定汇到,连日子都错不得一天。雪翁,凡事先讲理,后讲情,情理都站得住,还争不过人家,我当然也有我的手段。"

胡雪岩不知他最后这几句话,意何所指? 只能就事论事,问一声:"大人预备定一个啥数目?"

"你看呢?"左宗棠放低了声音说,"我们自己人,我告诉你实话:我的兵,实数一万八千,不过筹饷要宽,照两万三千人算。"

胡雪岩的心算极快。士兵每人每月饷银、军粮、器械、弹药,加上营帐、锅碗等等杂支,平均要五两银子;两万三千人就是十一万五千两。另加统帅个人的用途,文案、委员的薪水伙食,送往迎来的应酬费用,每个月非十五万银子不可。

这笔巨款,由浙江独力负担,未免太重,胡雪岩便很婉转地说道:"闽浙一家。福建拨给浙江的协饷,前后总计,不下三百万两之多。如今福建有事,当然要帮忙。而况大人带的又是浙江的兵,理当由浙江支饷。不过,浙江的情形,大人是再明白不过的,如果能够量出为入,事情就好办了。"

成语是量入为出,胡雪岩却反过来说,倒也新鲜,左宗棠便捻着八字胡子,含笑问道:"何以谓之量出为入? 倒要请教。"

"譬如一碗汤,你也舀,他也舀,到嘴都有限……"

"啊!"左宗棠抢着说道,"我懂了!我亦本有此意。第一,陕甘的协饷,决不能答应;第二,广东解浙江的协饷,有名无实,我要奏请停拨。"说到这里,他眼珠打转,慢慢地笑了,笑得极其诡秘。

这一笑,大有文章。胡雪岩觉得非搞明白不可,便有意套问一句:"广东的协饷是个画饼,虽不能充饥,看看也是好的。"

"不然!奏请停拨,就是要让朝廷知道,这是个画饼。雪翁,"左宗棠突然兴奋了,"你看老夫的手段!画饼要把它变成个又大又厚,足供一饱的大面饼。你信不信?"

"怎么不信?"胡雪岩紧接着问,"大人变这套戏法,可要我做下手?"

"当然!少了你,我这套平地抠饼,外带大锯活人的戏法就变不成了。"

"大锯活人"四字,虽是戏言,却也刺耳,胡雪岩便用半开玩笑的语气问道:"大人,你要锯哪一个?"

"哪一个?"左宗棠有种狞笑的神色,"锯我那位亲家。"

胡雪岩骇然。他早知左宗棠跟郭嵩焘有心病,而此心病,不但未能由时光来冲淡,反有与日俱深之势。但何至于说出"大锯活人"这样的话来?因此一时愣在哪里做声不得。

左宗棠的脸上,也收起嬉笑之态,变得相当认真,眼睁得好大,嘴闭得好紧,但眼神闪烁,嘴唇翕动,竟似心湖中起了极大的波澜似的。这就使得胡雪岩越发贯注全神,要听他如何"大锯活人"了。

"雪岩!"左宗棠第一次改口,以别字相呼,表示对胡雪岩以密友看待，"你的书读得不多，我是知道的，不过'世事洞明皆学问'，照这一层来说，我佩服你。"

"不敢当。"胡雪岩有些局促，但也很率直，"大人有什么话要说，尽管吩咐，拿顶'高帽子'套在我头上，就有点吃不消了。"

"你我之间，何用耍什么送高帽子的手段？我的意思是，我的为人，我的处世，只有你能明白五分，还有五分，你不但不明白，或许还会大不以为然。这就因为你少读书，如果你也多读过一点书，就会明白我那另外五分，而且谅解我不得不然，势所必然！"

原来如此，胡雪岩倒有些受宠若惊了，"大人，"他说，"你老跟我谈'大学之道，在明明德'，我是不懂的。"

"我不跟你谈经，我跟你谈史。雪岩，我先请问你两句成语'大义灭亲'、'公而忘私'怎么讲？"

胡雪岩无以为答，觉得也不必答，老实回复："大人不要考我了。就从这两句成语上头，谈你老的打算。"

"我不是考你，我的意思是，我的行事，照世俗之见，或许会大大地骂我。不过，我的行事，于亲有亏，于义无悖；于私有惭，于公无愧。这都非世俗之见所能谅解，而只有读过书的人，才会在心里说一声：左某人命世之英，不得不然。"

这段话很掉了几句文，不过胡雪岩也大致还能听得懂，而且听出意思，他对郭嵩焘要下辣手了！所想不通的是，他有何辣手可对郭嵩焘？

他的疑问，立刻得到了解答。左宗棠起身坐在书桌前面，伸毫铺纸，很快地画成一幅地图，在那些曲线、圆点之中，写上地名，胡雪岩看出是一幅闽粤交界的形势图。

"李世贤在漳州。漳州是九月十四沦陷的,总兵禄魁阵亡,汀漳龙道徐晓峰殉难。李世贤大概有八千多人,不可轻敌。"左宗棠又指着长汀、连城、上杭这三角地带说:"汪海洋在这一带。照我的看法,他比李世贤更凶悍。然而,不足为虑,贼不足平!雪岩,你这几年总也懂得一点兵法了!你看李、汪二贼的出路在哪里?"

这一下好像考倒了胡雪岩。他仔细看了半天,方始答说:"他们是由西面江西逃过来的,往东是出海,有好长一段路,再说没有船也出不了海。北面呢,大人带兵压了下来,啊,"胡雪岩恍然大悟,很有把握地说:"这两个长毛的出路,只有南面的广东,嘉应州首当其冲!"

左宗棠深深点头,拈髭微笑,"对,"他说,"嘉应州首当其冲!到了那时候充饥的就不是画饼了!"

语中有深意。左宗棠没有说下去,胡雪岩不便问——怕自己猜错了,冒昧一问,是大人的失言。

谁知左宗棠毫不忌讳,真的拿胡雪岩当可共极端机密的心腹看待,"郭筠仙一直担心曾涤生'驱寇入粤',他没有想到'驱寇入粤'的是他的亲家。"他说:"雪岩,到那时候,又另是一番局面了。"

胡雪岩不自觉地打了个寒噤,觉得左宗棠的手段真是太辣了些!虽然,这正是他所猜想到的,但测度是测度,听别人亲口证实,感觉又自不同。

"雪岩,"左宗棠问道,"你倒说说看到那时候是怎么样的一番局面?"

"是。"胡雪岩想了想说,"到那时候,朝廷当然借重大人的威望,拜钦差大臣,节制福建、浙江、广东三省的军务。郭中丞——"他没有再说下去,意思是郭嵩焘在左宗棠"大锯活人"的摆布之下,非吃足苦头不可。

"不错,此亦是势所必然之事。到那时候,雪岩,我不会再累浙江了,不怕郭筠仙不乖乖替我筹饷。不过,"左宗棠沉吟了好一会,"也说不定!郭筠仙愚而好自用,怕他仍旧执迷不悟。"

"果然如此,大人又怎么办?"

"那就不能怪我了!可惜!"

前后两句话不接气,胡雪岩再机敏也猜不透他的意思,只以此事于减轻浙江的负担,关系甚大,不能不追问:"大人,可惜些什么?"

"可惜,我夹袋里没有可以当巡抚的人物。"

这是说,如果将来郭嵩焘不能替左宗棠筹得足够的饷,他不惜攻倒他派人取而代之。这样做法,却真是"公而忘私"、"大义灭亲"了。

"到时候看吧!言之还早。"左宗棠对着他手绘的地图凝视了好一会,突然拍案而起,"对,就是这么办!"

接着,左宗棠谈了他的突如其来的灵感。他指着地图为胡雪岩解释,自己的兵力还不够。倘或想用三面包抄的办法,将长毛向广东方面挤,相当吃力。万一有个漏洞填塞不住,长毛一出了海,不管在福建或浙江的海面,自己都脱不了干系,岂不是弄巧成拙?

因此,左宗棠想请李鸿章的淮军助以一臂。克复湖州之役,彼此合作得还满意,如今再申前请,想来李鸿章不至于拒绝。

"不过,这话我不便开口。"左宗棠说,"如果是我出面相邀,就得替客军筹饷,譬如他派一万人,一个月起码就得五六万银子,再加上开拔的盘缠,第一笔就非拨十万银子不可,实在力有未逮。倘或朝廷有旨意,让淮军自备粮饷,来闽助剿,我们至多备五万银子作犒赏,面子上也就很好看了。雪岩,你说,我这把如意算盘如何?"

"是好算盘。不过淮军自备粮饷,恐怕李中丞不肯。他出饷,我们出粮,李中丞就没话好说了,因为他的军队闲摆在那里,一样也是要发饷的。至于请朝廷降旨,只有请福建的京官在京里活动。"

"那怕不行。"左宗棠摇摇头,"福建京官,目前没有身居高位的,说话不大有力量。闽浙唇齿相依。浙江在京的大老,雪岩你倒想想看,有什么人可托?"

"浙江在京的大老,自然要数许六大人。不过,他的吏部尚书交卸了。倒是他的大少爷,在南书房很红。还有他一位侄少爷,是小军机,专管军务——"

"对!对"不等胡雪岩话完,左宗棠便抢着说,"这条路子再好都没有,请你替我进行。许家杭州望族,你总有熟人吧?"

"他家的人很多,我倒认得几位。不过像这样的大事,也不好随便乱托人。"胡雪岩想了一会说,"大人,我想到上海去一趟,去看许七大人。一面拿大人交办的事托他,一面想拿许七大人搬到杭州,出面来办善后。"

左宗棠想了一下,觉得胡雪岩这个办法极好——所谓"许七大人"就是小刀会刘丽川起事之时的江苏巡抚许乃钊,如今逃难在上海。他的胞兄,也就是胡雪岩口中的"许六大人"许乃普,以吏部尚书致仕,因为闹长毛不能南归,在京里是浙江同乡的"家长"。而且科名前辈,久掌文衡,京中大老,颇加尊礼。许乃普的长子许彭寿,是李鸿章的同年,也是道光二十七年丁未这一榜的会元。许乃普还有个胞侄许庚皋,在"辛酉政变"中出过大力,如今是极红的"小军机"——军机章京领班之一,熟谙兵事,精于方略,对军务部署有极大的发言权。所以走这条路子,路路皆通,必要时还可以请许彭寿以同年的交情,写封切切实实的信给李鸿章,更无有不能如愿之理。

至于将许乃钊请回杭州来主持善后,这也是一着非下不可的好棋。因为马新贻一到任,胡雪岩有不得不走之势,而要找替手,最适当的人选就是许乃钊。第一,他做过封疆大吏,科名是翰林出身,名副其实的"缙绅先生";第二,马新贻不仅是许乃钊的后辈,而且与他的胞侄许彭寿同榜,以"老世叔"的身份去看马新贻,照例应受"硬进硬出"——开中门迎送的礼遇,这样为地方讲话就有力量得多了;第三,许乃钊公正廉洁,德高望重,足以冠冕群伦。

因此,左宗棠欣然接纳胡雪岩的建议,而且自己表示,要亲笔写封很恳切的信,向许乃钊致意。

谈完了公事谈"私事",而私事也就是公事:胡雪岩的出处。左宗棠打算将他调到福建,但不必随他一起行动,专驻上海,为他经理一切。胡雪岩毫不迟疑地答应了下来。

从第二天起,左宗棠便照商定的步骤,积极开始部署。除了战报以外,一连拜发了好几道奏折。第一道是,浙江的兵饷军需,十分困难,自顾不暇,应该拨给陕甘的协饷,请饬户部另筹改拨。第二道是,请饬新任浙江巡抚马新贻,从速到任,至于马新贻未到任前,浙江巡抚请由藩司蒋益澧"护理"。第三道是,奉旨拨解杨岳斌的"行资"八万两,于无可设法之中,勉强设法筹拨半数。

第四道奏折与浙江无关——每到夏秋之交，户部照例催各省报解"京饷"，京饷不止于发放在京八旗禁军的粮饷，举凡王公大臣，文武百官的廉俸；大小衙门办公的经费；宗庙陵寝的祭祀费用以及专供两宫太后及皇帝私人花用，每年分三节呈上的"交进银"，无不出在京饷之内，所以协饷可欠，京饷不可欠。福建欠海关税银十万两，茶税二万两，上谕催解："务于十二月内，尽数解齐。倘仍饰辞宕延，致误要需，即由户部查照奏定章程，指名严参。"

虽奉这样的严旨，左宗棠仍要欠上一次，因为非如此，不足以表示福建之穷，必须浙江接济。当然，欠有欠的方法，不是硬顶可以了事的。左宗棠的方法是，哭穷之外，将他闽浙总督应得的"养廉银"一万两，由票号汇到户部，作为京饷报解。

第五道是请停止广东解浙的协饷。主要的作用是借此机会让朝廷知道，广东的协饷，对浙江来说是个"画饼"。所以，停止的理由，不过"现在浙省军务肃清，所有前项协饷，自应停止"这样一句话，而"停止"以前的账目，却算得很清楚，从同治元年正月到这年八月，连闰共计三十三个月。广东应解浙江协饷三百三十万两，可是实收仅二十八万。其中由厘金所拨者是二十二万两。曾国藩奏道，广东厘金开办起至这年八月底止，共收一百二十万，是则浙军"所得不过十成之二"。

第六道是部署到福建以后的人事。奏折的案由是"办理饷需各员，请旨奖励"，附带请求调用。其中当然有胡雪岩，他本来是"盐运使衔"的"江西试用道"，左宗棠奏请"改发福建以道员补用，并请赏加按察使衔"，这报奖的文字，看来并不如武官的"请赏戴花翎"、"请赏加巴图鲁称号"来得热闹起眼，其实是帮了胡雪岩很大的一个忙,因为由"试用道"改为"以道员补用",只要一准,立刻可以补任何实缺,而"赏加按察使衔",便可以署理臬司,成为实缺道员要上层楼的"监司大员"。在左宗棠来说,这一保,起码等于三年的劳绩。

不过左宗棠拜发这道奏折时,胡雪岩并不知道,因为他人已到了上海。拿着左宗棠的亲笔函件去见"许七大人",谈得十分融洽。将左宗棠所托之事,一一办妥。只不过耽搁了两夜,陪老母谈一谈劫后的西湖,与古应春盘桓了半天,便即原船回到杭州。

回到杭州,第一个要想见他的不是左宗棠,而是藩司"护理抚篆"的蒋益澧,他早就派人在阜康钱庄留下话,等胡雪岩一到,立刻通知,以便会面。

"雪翁,"与胡雪岩见着了面,蒋益澧哭丧着脸说,"你非帮我的忙不可!大帅交代下来了,浙江每个月解福建协饷二十万两,按月十二号汇出,迟一天都不准。这不是强人所难吗?"

听得这话,胡雪岩也吓一跳。洪杨之乱,浙江遭劫特深,满目疮痍,百废待举,何来每月二十万两银子,供养入闽之师?当时估计,每月能凑十万两银子,已经至矣尽矣,不想左宗棠狮子大开口,加了一倍,而且日子都不准拖,这就未免太过分了。

"雪翁,"蒋益澧又说,"于公于私,你都不能不说话,私,老兄在大帅面前言听计从;公,俗语说的'羊毛出在羊身上',真是逼得非解这个数目不可,只有让地方受累。雪翁,你也于心不忍吧!再说,我到底不过是藩司。"

最后这句话,才是蒋益澧真正的苦衷。目前巡抚的大印握在手里,令出即行,办事还容易;等马新贻一到任,认为协饷数目太大要减,他当藩司的,不能不听命。而另一方面左宗棠又是一手提拔他的恩主,且有承诺在先,不能不维持原数。这一下岂非挤在夹缝里轧扁了头?

想了一会,胡雪岩觉得这个麻烦非揽下来不可,便点点头说:"好的。我来想办法。"

"这一来有救了!"蒋益澧如释重负,拱拱手问说:"雪翁,谅来胸有成竹了。是何办法,可以不可以先闻为快?"

"当然,当然!原要请教。"胡雪岩答说,"第一,我想请左大人酌减数目。"

"酌减?"蒋益澧问,"减多少?"

"总得打个七折。"

"打个七折,每月亦还得要十四万两。"蒋益澧说,"如今军务肃清,我这个藩司不必带兵打仗,要在本分上做点事。你看——"

蒋益澧细数他该做的事,最有关国计民生的要政,便是兴修水利。浙江全境皆是土田,近山者瘠,近水者腴。兼以蚕丝之利,首重栽桑,而桑树的栽培灌溉,与水田的要求,没有什么两样。所以自古以来,在浙江做官,而遗爱在民,久留在思的,无不是因为在水利方面大有成就之故。

浙江的水利重在浙西,浙西的水利又重在海塘。乾隆六次南巡,都以巡视浙江海塘为名,可以想见其关系的重大。海塘欲求完固足以捍御海潮,须用石塘。洪杨作乱以来,海宁一带的石塘没有修过,日渐坍圮,现在要及时修复,估计费用须上百万银子。迫不得已,只有先办土塘,暂且将就。

"就是办土塘,亦要三十万银子。土塘料不贵,人工贵,大

352

乱之后,壮丁少了,就是人工贵。"蒋益澧说,"雪翁,这件事我亦要跟你好好商量,怎么得筹一笔款子,拿海塘修一修?万一海塘溃决,可是件不得了的事,一想起来,我真连觉都睡不着。"

听蒋益澧这样表示,即令是矫饰之词,胡雪岩亦觉得十分可敬。"三代以下惟恐不好名",他的本心不必问。只听他的语气是想做好官,正不妨与人为善,趁此机会捧他一捧、扶他一扶,拿他逼到好官的路上,亦正是地方之福。

想到这里,他毫不迟疑地答道:"请放心。我来策划一下,大家量力捐办,不是难事。"

"那就再好没有。"蒋益澧很欣慰地,"还有西湖的疏浚,也不能再拖了。西湖水利,关乎杭州、海宁的水田灌溉,明年春天以前,一定要整理好,这也得好几万银子。雪翁,你倒想,我这个藩司难做不难做?有啥开源之道,真要好好向你请教。"

"如今只有在盐上动脑筋。"胡雪岩答说,"倘能照我的办法,可以救得一时之急,一年半载,福建军务,告个段落,浙江不必再负担协饷,那时候就轻松了。"

"我也是这么想。不过,盐法我不大懂,大帅倒是内行。"

"左大人是内行?"胡雪岩很惊异地问。

"这也无足为怪的。雪翁,你莫非不知道?大帅是陶文毅公的儿女亲家。"

"啊!啊!原来如此!"

胡雪岩恍然大悟,左宗棠对盐法内行,渊源有自。在他廿六岁时,两江总督陶澍在江西阅兵事毕,请假顺道回湖南安化原籍扫墓。经过醴陵,县官照例"办差",布置公馆时,请主讲醴陵渌江书院的左宗棠,做了一副对联,陶澍一见,激赏不已,问知县官,出自左宗棠的手笔,当时便请来相见。

果然,一谈到浙江的盐务,左宗棠立即表示,在他交卸浙江巡抚兼职以前,有几件必办的事,其中之一就是整顿浙江盐务,改引行票,打算从同治四年正月起,先试办一年。

"我的办法,一共四款:第一是缉私;第二是革浮费;第三是减价;第四是清查煎盐的灶户。至于盐课收入,全数提为军饷。除去开销每个月至少有十万银子,够我一半的数目了。"

这就是说,左宗棠援闽之师,每个月要浙江负担二十万两的饷银。与蒋益澧的话,完全相符。胡雪岩很沉着,暂且放在心,先谈盐务。

"大人这四款办法,后面三条是办得到的,就是缉私有些难处。浙盐行销松江,松江是江苏地面,鞭长莫及。这一层可曾想过?"

"当然想过。"左宗棠答道,"我正要跟你商量,你不是跟我提过,有个松江漕帮的首脑,人很诚朴能干吗? 他肯不肯帮帮浙江的忙?"

"此人姓尤,只要大人吩咐,他一定乐于效劳。"胡雪岩问道,"就不知道这个忙怎么帮法?"

"自然是带队伍缉私。"

胡雪岩是明知故问,等左宗棠有了答复,因话答话,故意摇摇头说:"这怕办不到。他本人是个'运子',不是官儿的身份。说到规矩,见了把总都要尊称一声'总爷'。大人请想,他怎么带队伍? 就算他肯带,分拨过去的官兵,也不服他的指挥。"

"这话倒也是。"左宗棠踌躇了,"不过,若非带队伍缉私,又有什么可以借重他之处？"

"漕帮的底蕴，大人向来深知。尤某的手下，都听他一句话，如果有个名义，对松江一带的缉私，成效是一定有的。"

"喔，我明白了。"左宗棠想了一会说，"这样办也没有什么不可以，让尤某自己去招人，当然也不能太多，招个两三百人，保尤某一个官职，让他管带。这件事，我交代盐运使去办。尤某那里，请你去接头。至于饷银公费，一概照我营里的规矩，由盐务经费里面开支。"

胡雪岩很高兴，这不但为尤五找到了一条出路，而且于公事亦有裨益，所以欣然应诺。然后谈到蒋益澧所托之事，亦就是浙江按月协解福建饷银的数目。

"从前浙江靠福建协饷，前后用过三百万之多。如今浙师援闽，饷银自然应该由浙江接济。大人是怎么个主意，请交代下来，好趁早筹划。"

"我已经跟芗泉谈妥当了，浙江每个月接济我二十万。"

"二十万不多，只恨浙江的元气丧得太厉害！"胡雪岩故意沉吟了一会，然后突如其来地问，"大人是不是打算到了福建，要奏调蒋杨两位去帮忙？"

这话问得左宗棠莫名其妙，立即答说："我并没有这样的打算。而且蒋杨两位，也巴结到盐司大员了，一则福建无可位置；二则，朝廷也未见得会准。再说，我又何苦为马谷山铺路，腾出这么两个紧要缺分，好方便他援引私人？"

这番回答，原在胡雪岩意料之中，尤其是最后一点，更有关系——蒋益澧留任浙江藩司，并保杨昌浚为浙江臬司，原是左宗棠所下的一着"先手棋"，用来钳制马新贻，保护他在浙江的饷源，岂肯自我退让？而胡雪岩所以明知故问，亦正是因话答话,好引入正题的一种手法。

"这就是了! 但愿蒋杨二公,安于其位,就等于大人仍旧兼摄浙江抚篆一样。不过,大人,我有句话,只怕忠言逆耳。"

"不要紧,你我无话不可谈。而况你必是为我打算的好话。"

"是,我是替大人打算,细水长流,稳扎稳打。"胡雪岩很从容地答说,"浙江的收入不但有限,而且没有确数可以预估。地丁钱粮,已经奉旨豁免;盐课收入,总要明年春末夏初,才有起色,米捐要看邻省肯不肯帮忙;靠得住的,只有厘金,市面越来越兴旺,收数自然越来越多,但也要看经手人的操守。至于支出,第一是善后。第二是海塘,都要大把花银子。大小衙门,文武官员的经费俸禄,更不能不筹,地方上总也还要养些兵。大人倒想一想看,倘或每个月先凑二十万银子解粮台,藩库一清如洗,什么事都动不了,蒋芗泉这个藩司,怎么还当得下去?"

"这,"左宗棠呆了半响,方始说下去,"这也不至于如你所说的那样子艰窘吧?"

"当然。我是说得过分了一点。不过,大人,请你也要替马中丞想一想,人家刚刚巴结到方面大员,自然也想做番事业。如果处处捉襟见肘,动弹不得,那时候怎么办? 只有逼蒋芗泉,逼蒋芗泉就是逼大人。"胡雪岩停了一下又说:"从前江西沈中丞是曾中堂一手提拔的,本省的厘金说截留就截留,朝廷也不曾责备他耽误了曾家弟兄的'东征'。马中丞为人虽不如沈中丞那样子刚烈,然而也不是肯得过且过的人。"

提到沈葆桢与曾国藩交恶的往事,左宗棠不能不起警惕之心。他是最讲究利害关系,冷静思量,马新贻的脚步站得很稳,亦无弱点可攻,果然为此有所争执,自己不见得能占上风。而且一闹开来,蒋益澧首当其冲,他一调离了浙江,每月又何有二十万银子可得?

转念到此,便心平气和地问道:"那么,雪岩,你说呢?我该怎么办?"

胡雪岩率直答道:"只有减个数目。"

"减多少呢?"左宗棠问。

"这我就不敢说了。"胡雪岩答道,"惟有请大人交代下去,官兵弟兄先委屈些,只要局面一好转,必然补报。"

"好!"左宗棠点点头,"我也不忍太累浙江,就照你的意思,让粮台重新核算,减到减无可减为止。不过,雪岩,我的处境你是知道的,一直孤立无援,总要打开一条出路才好。"

"是!"胡雪岩毫无表情地应声。

"你要大大地帮我的忙!"左宗棠问道,"你看,我的出路该怎么打?"

"大人不是已有成算了吗?"

那是指谋取广东而言。左宗棠微微皱着眉说:"驱郭不难,难在孰可取代?芗泉的资望,当方面之任,总嫌不足。万一碰个钉子,我以后就难说话了。这一层关系很大,没有把握以前,我不便贸然动手。然而,这话又不能向芗泉透露。"

胡雪岩很用心地听着,细细体会,辨出味外之味,蒋益澧如果想当广东巡抚,还得另外去找一份助力。这也就是说,只要朝中有奥援,保证左宗棠将来举荐时不会驳回,他是乐于出奏的。

想到这里,便又自问:是不是该帮帮蒋益澧的忙?这个忙帮得上帮不上?前者无须多作考虑,能让蒋益澧调升广东巡抚，于公于私都大有好处。至于帮得上忙、帮不上忙，此时言之过早，反正事在人为，只要尽力，就有希望。

想停当随即说道："大人是朝廷柱石，圣眷一直优隆。我在上海听京里的人说起，恭王很看重大人，醇王尤其佩服。想当初，曾中堂可以保他督办军务有关省份的巡抚，如今大人又为什么不可以？至于说到芗泉的资望，由浙藩升粤抚，亦不算躐等。马中丞不就是个现成的例子？当然，广东因为粤海关的收入与内务府很有关系，情形与他省不同。但是，只要京里有人照应，亦不是没有希望的事。"

"就是这话啰，要京里有人照应！芗泉在这一层上头，比较吃亏。"

"就眼前烧起冷灶来，也还不晚。"

左宗棠深深看了他一眼，沉吟又沉吟，终于说了句："你不妨与芗泉谈谈！"

"是！"

"他的事要靠你。"左宗棠又说，"我更少你不得。你在我这里，既不带兵，又不管粮台，可是比带兵管粮台更要紧。雪岩，等我一走，你也要赶紧动身，长驻上海，粮台接济不上，要饷要粮要军装，我就只靠你一个人了！"

这份责任太重，胡雪岩顿感双肩吃力，可是说什么也不能有所犹豫，便硬着头皮答一声："是！大人请放心！"

"有你这句话，我真的可以放心了。"左宗棠舒了口气，然后问道，"你有什么事，要我替你办的？我预备月底动身，还有半个月的功夫。有话你趁早说。"

胡雪岩早就想过了，左宗棠一走，虽是蒋益澧护理巡抚的大印，有事仍旧可以商量得通，然而究竟不如托左宗棠来得简捷有力。这半年的相处,自己从无一事求他,如今却不能再错过机会了。更何况是他先开口相问,倘再不言,反显得矫饰虚伪,未免太不聪明。

有此了解,便决定"畅所欲言",先使个以退为进的手法,"想求大人的事情很多,"他说,"又怕大人厌烦,不敢多说。"

"不要紧,不要紧!"左宗棠连连摆手,"一向都是我托你,欠你的情很多,你尽管说。"

"是!"胡雪岩说:"第一件,从前的王中丞,死得太惨。当时蒙大人主持公道,查明经过,据实参奏。不过这一案还没有了,想请大人始终成全。"

"喔,"左宗棠有些茫然,因为事隔两年有余,记忆不清,只好问说,"这一案怎么没有了?"

"就是同治元年四月里,大人所奏的'讯明王履谦贻误情形'那一案——"

"啊,"左宗棠被提醒了,"你等一下。"

他掀开马褂,从腰带上去取钥匙——钥匙表示权威,大而至于"神机营"、"内务府",被指定为"掌钥",即表示赋予首脑之任。小而至于一家大户人家的管家——或者像《红楼梦》中的王熙凤,都以掌管钥匙为实权在握的鲜明表示。只是钥匙甚小,不足以显示其权威的地位,所以多加上些附丽之物。通常都是"以多取胜",弄些根本无用的钥匙拴在一起,甚至弄个大铁环串连,拎在手里"哐啷哐啷"地响,仿佛"牢头禁子"的用心,只要拎着那串钥匙一抖动,就足以慑服群囚。

可是,真正能见钥匙之重的,却往往只有一枚,左宗棠亦是如此,他只有一枚钥匙,用根丝绳子穿起,挂在腰带上。此时往外一拉,以身相就,凑近一个书箱,打开来取出一大叠红簿册,胡雪岩遥遥望去,只见上面写着四个大字"奏稿留底"。

检到同治元年四月的那一本,左宗棠戴上墨晶老花眼镜细看了一遍,方始发问:"雪岩,你说此案未了,未了的是什么?"

"请大人再检当时的批回,就知道了。"

批回一时无从检取,左宗棠答说:"想来你总清楚,说给我听吧!"

"是!"胡雪岩倒有些为难了。

因为当王有龄苦守杭州时,主要的饷源是在绍兴,而在籍团练大臣王履谦,却不甚合作。同时绍兴有些擅于刀笔的劣绅,包围王履谦,视王有龄以一省大吏征饷为不恤民困,勒索自肥,无形中官民之间竟成了敌对的局面。

因此,绍兴府知府廖宗元的处境极其困难,当长毛由萧山往绍兴进攻时,官军的炮船与团练竟发生了冲突。兵力悬殊,寡不敌众,廖宗元的亲兵被杀了十二个,廖宗元本人亦被打破了头。这本来是应该由王履谦去弹压排解的,而居然袖手旁观。不久,绍兴沦陷,廖宗元殉难,而王履谦则先期逃到宁波,出海避难在福建。绍兴不该失而失,以及王履谦的处处掣肘,不顾大局,使王有龄深恶痛绝,在危城中寄出来的血书,表示"死不瞑目"。胡雪岩亦就因为如此,耿耿于怀,一直想为王有龄报仇雪恨。

当然,就是胡雪岩不作此想,朝廷亦会追究杭州沦陷的责任,不容王履谦逍遥法外。第二年——同治元年春天,闽浙总督庆瑞奉旨逮捕王履谦,解送衢州的新任浙江巡抚左宗棠审问,复奏定拟了充军新疆的罪名。朝旨准如所请,算是为王有龄出了一口气。

可是这一案中,首恶是绍兴的富绅张存浩,诬赖廖宗元所带的炮船通贼,以及杀亲兵、打知府,都是他带的头。左宗棠在复奏中说,"张存浩等因廖宗元催捐严紧,挟忿怀私,胆敢做出那些不法之事,罪不容赦。应俟收复绍兴府后,严拿到案,尽法惩处。"

如今不但绍兴早已光复,而且全浙亦已肃清。可是严拿张存浩到案一节,却无下文。胡雪岩所说的"这一案未了",即是指此而言。

而此刻他的为难,却是一念不忍。论到乱世中人与人的关系,谁负了谁,谁怎么亏欠谁,本就是难说的一件事。事隔数年,而彼此又都是大劫余生,似乎应该心平气和,看开一步了。

他这临时改变的心意,左宗棠当然不会猜得到,便催问着说:"既然你托我的事很多,就一件一件快说吧!不要耽误工夫。"

这一下他不能不说实话了。口中谈着,心中又涌现了新的主意,所以在谈完原来的想法以后,接着又说:"张存浩虽可以请大人宽恩饶他,可也不能太便宜他。我在想,他也应该将功赎罪,罚他为地方上做些公益。大人看,是不是可行?"

"当然可行。"左宗棠问道,"此人家道如何?"

"从前是富绅。现在的情况,听说也不坏。"

"那好!我来告诉芗泉,转知绍兴府,传他到案,责令他量力捐输,为地方上做件功德之事。"

"能这样,于公于私都过得去了。至于两次殉难的忠臣义士,善后局采访事迹,陆续禀报,亦要请大人早日出奏,安慰死者。"

"当然。这件事我在动身以前,亦是要做好的。"左宗棠又说,"你再讲第二件。"

第二件是公私牵连,彼此有关的大事,胡雪岩从马新贻的新命下达,浙江政局开始变动之初,就希望不再代理藩库,无奈蒋益澧不肯放他,略一提到,便连连拱手,要求"继续帮忙"。胡雪岩最重情面,不能不勉为其难。

"如今不同了。"胡雪岩谈过前半段的衷曲,接着又说,"大人命我长驻上海,要粮要饷要军械,缓急之际,惟我是问。这个责任太重,没有余力再为浙江藩库效劳了。"

所谓"效劳",就是青黄不接之际,得要设法垫款。左宗棠当然明白他的意思,但却有不同的看法,"雪岩,浙江藩库每个月要拨我十四万协饷,由你的钱庄转汇粮台。照这样子,你代理浙江藩库,等于左手交付右手,并不费事,何必坚拒呢?"他停了一下又说,"依我看,你代理浙江藩库,对我有利无害,有款子收入,随时可以拨解。如果前方有急用,你调度也方便。"

"不!"胡雪岩说,"第一,我既蒙大人奏调,归福建任用,就不便再代理浙江的藩库;其次,惟其管了大人这方面的供应,我要跟浙江划分得清清楚楚。万一将来有人说闲话,也不至于牵涉到大人的名誉。"

"承情之至! 你真是处处为我打算。既然你一定坚持,我关照芗泉就是。"

得此一诺,胡雪岩如释重负。因为整个情况,只有他看得最清楚,援闽之师的协饷虽已减去六万,对浙江来说,仍是极重的负担。新任巡抚莅任后,自必有一番新猷展布,纵不能百废俱举,光是整修海塘,便须一笔极大的经费。眼前霜降已过,河工是"报安澜"的时候,一开了年,可就要立刻动手了!

不然从"桃花泛"开始,春夏之交,洪水大涨,可能招致巨祸。那时的藩库,岂是容易代理的?

当然,海塘经费他可以表示无力代垫,但如马新贻说一句"那么福建的协饷请胡道台的钱庄垫一垫",不论于公于私,他总是义不容辞的吧? 事实确是如此,而且即使不代理浙江藩库,他亦仍得为左宗棠垫款。只是同为一垫,说法不同。

在浙江来说,既是代理藩库,理当设法代垫;在左宗棠来说,胡雪岩是为浙江垫款,他不必见情。这一来落得两头不讨好。倘或浙江解不出协饷,跟他情商代垫,那是私人急公好义,马新贻会感激,左宗棠亦会说他够朋友。而最要紧的是,浙江藩库向他的钱庄借款,有担保、有利息,不会担什么风险。

"还有什么事? 你索性此刻都说了吧?"

"不敢再麻烦大人了。"胡雪岩笑嘻嘻地说,"其余都是些小事,我自己料理得下来。"

话虽如此,胡雪岩经管的公事太多。自己的生意,除钱庄以外,还有丝茶,加上受人之托,有许多闲事不能不管。如今政局变动,又受左宗棠的重托,要长驻上海。在浙江的公私事务,必得趁左宗棠离浙,马新贻未到任这段期间内,作个妥善的安排。因而忙得饮食不时,起居失常,恨不得多生一张口,多长一双手,才能应付得下来。

在这百忙里,左宗棠还是时常约见,有一天甚至来封亲笔信,约他第二天上午逛西湖,这下,胡雪岩可真有些啼笑皆非了! 但亦不能不践约,只好通宵不睡,将积压已久,不能不办,原来预定在第二天上午必须了结的几件紧要事务,提前处理。到曙色将透之时,和衣打个盹,睡不多久,一惊而醒,但见是个红日满窗的好天气,急急漱洗更衣,坐上轿子飞快地直奔西湖,来赴左宗棠的约会。

轿子抬过残破的"旗营",西湖在望,胡雪岩忽然发现沿湖滨往北的行人特别多。当时唤跟班去打听,才知道都是去看"西洋火轮船"的。

胡雪岩恍然大悟,并非有逛西湖的闲情逸致,只是约他一齐去看小火轮试航——这件事胡雪岩当然也知道。早在夏天,就听左宗棠告诉过他,已觅妥机匠,试造小轮。他因为太忙,不暇过问,不想三四个月的功夫,居然有了一艘自己制造的小火轮。这是一件大事!能造小轮船,就能造大轮船,胡雪岩的思路很宽也很快,立刻便想到了中国有大轮船的许多好处。越想越深,想得出了神,直到停轿才警觉。

下轿一看,是在西湖四大名刹之一的昭庆寺前。湖滨一座帐篷,帐外翎顶辉煌,刀光如雪。最触目的是夹杂着几名洋人,其中一个穿西装,一个穿着三品武官服色,大帽子后面,还缀着一条假辫子。胡雪岩跟他们很熟,这两个洋将都是法国人,一个叫日意格,已改武就文,被委充为宁波新关的税务司,所以换穿便服。另一个叫德克碑,因军功保到参将,愿易服色,以示归顺,颇为左宗棠所器重。

看到湖中,极粗的缆绳系着一条小火轮,已经升火待发。胡雪岩亦随众参观,正在指点讲解时,左宗棠已经出帐,在文武官员肃立站班的行列中,缓缓穿过,直到湖边站定,喊一声:"请胡大人!"

胡雪岩被唤了过去,行完礼,首先道歉:"没有早来伺候。"又笑着说:"曾中堂、李中丞都讲究洋务,讲究坚甲利兵,现在都要落在大人后头了。"

这句话恭维得左宗棠心花大开,"我就是要他们看看!"他摸着花白短髭点头，"所以我特意要请你来看，只有你懂得我的用意。"

胡雪岩不敢再接口，因为随口恭维，无甚关系。一往深处去谈，不知道左宗棠到底有什么主意，而且他自己对此道亦还不甚了解，不如暂且藏拙为妙。

好在此刻亦不是深谈的时候，主要的是要看。一声令下，那条形式简陋的小火轮，发出"卜卜卜"的响声，激起船尾好大一片水花。但机器声时断时续，就像衰迈的老年人咳嗽那样，有些上气不接下气的模样。

这时在湖边屏息注视的官员、士兵、百姓，不下上万之多，都为那条只响不动的小火轮捏把汗，惟恐它动不了。四名负责制造的机器匠，更是满头大汗，不断地在舱中钻进钻出，忙了好半天，终于听得机器声音响亮了起来，而且节奏匀净。然后蓦地里往前一冲，胡雪岩情不自禁地说了句："谢天谢地，动了！"

动是动了，却走不快，蹒蹒跚跚，勉强拖动而已。费了有两刻钟的功夫，在湖面上兜了个圈子，驶回原处。承办的一名候补知府，领着戴了红缨帽的机器匠来交差，脸色很深沉的左宗棠，仍旧吩咐，赏机器匠每人二十两银子。

大家看左宗棠不甚满意，都觉得意兴阑珊，胡雪岩也是如此。站班送走了左宗棠，急急赶回城去忙自己的公私事务。哪知到得傍晚，左宗棠又派了戈什哈持着名片来请，说的是："大帅要等胡大人到了才开饭。"

到了行辕，很意外地发现两位客卿都在，此外就是一个姓蔡的通事。胡雪岩先见左宗棠，然后与德克碑、日意格行礼，彼此一揖，相将入席。左宗棠虽是主人，仍据首座，左右两洋将,胡雪岩下首相陪,蔡通事就跟戈什哈一样,只有站立在左宗棠身后的份儿了。

"办洋务要请教洋人。"左宗棠对胡雪岩说,"我请德参将与日税务司下船看过,说仿制的式样,大致不差,机器能够管用,就很难为他们了。不过,要走得快,得用西洋的轮机。德参将正好有本制船的图册,你不妨看看。"

"是!"胡雪岩试探着问:"大人的意思是?"

"你先听听他们的说法。"左宗棠答非所问,然后略略回头,嘱咐蔡通事:"你问他们,我想造轮船机器,他们能不能代雇洋匠?"

于是蔡通事用法语传译。德克碑与日意格立即作答,一个讲过另一个讲,舌头打卷,既快且急,显得十分起劲。

"回大帅的话,"蔡通事说道,"德参将与日税务司说,不但可以代雇洋匠,而且愿意代办材料,设厂监造。如果大人有意,现在全浙军务告竣,德参将打算退伍回国,专门为大人奔走这件事。"

"喔!"左宗棠点点头,向胡雪岩深深看了一眼。

胡雪岩会意,随即向两位洋客提出一连串的问询,最着重的是经费。德克碑与日意格亦只知大概,并不能有问必答。不过洋人倒是守着中国"知之为知之,不知为不知"的古训,决不模棱两可地敷衍。因此以胡雪岩的头脑,根据已知的确实数字,引申推比,亦能获知全盘的概算。

这一顿饭吃到起更方散。左宗棠送走洋客,留下胡雪岩,邀到签押房里坐定,第一句话就说:"雪岩,我想自己造兵轮。"

胡雪岩吓一跳,"这谈何容易?"他说,"造一个船厂,没有五十万银子下不来,造一条兵轮总也得二三十万银子——也不能为造一条兵轮设个船厂，不说多，算造十条，就是两三百万。闽浙两省，加上两江，也未见得有这个力量。"

"不错！不过，你不要急，等我说完。你就知道我的打算不但办得通，而且非如此打算不可。雪岩，"左宗棠顾盼自喜地说，"李少荃的学问，是从阅历中来的，不过这几年的事。他点翰林，不过靠一部诗经熟。我做学问的时候，只怕他文章还没有完篇。说到汪洋大海中的艨艟巨舶，我从道光十九年起，就下过功夫——"

这年林则徐在广东查毁鸦片，英国军舰犯境，爆发了鸦片战争。也就是这一年，陶澍病殁在两江总督任上，左宗棠迁居陶家，代为照料一切，得能遍读印心石屋的遗书，凡唐宋以来，史传、别录、小说，以及入清以后的志乘、载记、官私文书，凡是有关海国故事的，无不涉猎。所以谈到"汪洋大海中的艨艟巨舶"，他不算全然外行。

"如今洋人的火轮兵船，于古无征，不过举一反三，道理是一样的。海船不可行于江河，不然必致搁浅。可笑的是，衮衮诸公，连这点浅近的道理都不懂，以致为洋人玩弄于股掌之上！说起来，李少荃的洋务，懂得实在也有限。"

这番话在胡雪岩听来，没头没脑，无从捉摸，他跟左宗棠的关系，已到熟不拘礼的程度，当即老实问道："大人指的是哪件事？"

"不就是咸丰末年跟英国买兵轮那件事吗？"

"喔，我想起来了，是有那么一回事。当时杭州被围，后来杭州失守，我在宁波生一场大病，一切都隔膜了，只知有这样一件事，对来龙去脉，完全不清楚。"

"我很清楚。这宗公案的始末经过，我细看过全部奏折。

可以约略跟你说个大概,是英国人李泰国与赫德捣鬼,英国代办中号火轮三只,小号火轮四只,船价讲定六十五万银子,李泰国擅作主张,一加再加,加到一百零七万银子。至于火轮到后,轮上官兵薪饷、煤炭杂用,每个月要用十万银子。这还不算,火轮上的官兵,都要由英国人管带——”

“我打句岔,”胡雪岩截断了话问,“这为了什么?”

“喏,你看看这个就知道了。”

左宗棠真是有心人,已将前几年购买英国兵轮的有关上谕与奏折,抄辑成册,这时随手翻开一篇,递给胡雪岩,让他自己去细看。

这一篇抄的是同治二年五月间,总理各国事务大臣恭亲王,及文祥等人会衔的奏折,一开头就说:

> 窃臣等前以贼氛不靖,力求制胜之方,因拟购买外洋炮船,以为剿贼之资,于咸丰十一年五月间专折奏明,奉上谕:“东南贼势蔓延,果能购买外洋炮船,剿贼必可得力,实于大局有益。”等因,钦此。遵即咨行各该督抚。
>
> 旋据两江督臣曾国藩复奏,“购买外洋船炮为今日救时第一要务。”

读到这里,就不必再往下看了。胡雪岩说道:“如用于剿贼,只须能航行长江的小炮艇,何至于要花到一百万银子?”

“就是这话啰!衮衮诸公昏聩不明,于此可见。你再看这一篇!”

左宗棠指给胡雪岩看的是,同治二年八月下旬曾国荃的一道奏折,说的是:

查前年廷旨购办轮船七号,不惜巨资,幸而有成,闻皆将到海口矣!惟近见总理衙门与洋人李泰国商定往复。除轮船实价百万之外,所用西人兵士每月口粮七万余两,每年大率不下百万两,俱于海关支扣。窃计国家帑藏空虚,倏而岁增巨款,度支将益不给。

当始议购买之时,原以用中国人力,可以指挥自如,且其时长江梗塞,正欲借此巨器,以平巨寇。自今夏攻克九洑洲,仰仗皇上威福,江路已通,江边之城,仅金陵省会,尚未恢复。然长江水师,帆樯如林,与陆军通力合作,一经合围,定可克期扫荡。

臣窃见轮船经过长江,每遇沙渚回互,或趋避不及,时有胶浅之虞。盖江路狭窄,非若大海之得以施展如意。譬犹健儿持长矛于短巷之中,左右前后,必多窒碍,其势之使然也。平时一线直行,犹且如此,临阵之际,何能盘旋往复,尽其所长?是大江之用轮船,非特势力少逊,究亦有术穷之时。今会其入江,实有不藉彼战攻之力。若顿诸海口,则又安闲无所事事。

看到这里,亦可以掩卷了。购造大轮船,非是为了剿匪。当曾国荃上此奏折时,金陵将次合围,苏州亦正由李鸿章猛攻之中,大功之成,已有把握,曾国荃自然不想有人来分他的功。而况他所作的譬喻,如"健儿持长矛于短巷之中,左右前后,必多窒碍",衡诸海轮行江的实况亦甚贴切。朝廷正以李泰国狡诈,难以与谋,得此一奏,当然会毅然决然地,打消此议。

"然而,今昔异势,"左宗棠说,"福建沿海,非兵轮不足固疆圉、御外敌。雪岩,你以为如何?"

"是! 大人见得远。"胡雪岩答说,"督抚担当方面军务。如今内乱将平,外患不可不防。倘或外人由闽浙海面进犯,守土之责,全在大人。如果不作远图;虽不至于闹出叶大人在广东的那种笑话来,可也伤了大人的英名。"

所谓"叶大人"是指"不战不和不守,不死不降不走",客死在印度的两广总督叶名琛。拿他作比,稍觉不伦,但就事论事,却是前车可鉴。左宗棠很起劲地说:"你说得一点不错!益见得我责无旁贷,雪岩,我决计要办船厂。"

"只要经费有着,当然应该办。"

"经费不必愁。当初购船,是由各海关分摊,如今当然仍照旧章。不过,闽浙两海关,格外要出力。"

"那是一定的。不过——"胡雪岩沉吟着不再说下去了。

左宗棠知道,遇到这种情形,便是胡雪岩深感为难,不便明说的表示。可是他也知道,到头来,难题在胡雪岩也一定会解消。最要紧的是,让他无所顾忌,畅所欲言。

因此,他出以闲豫的神态,"不必急,我们慢慢谈。事情是势在必行,时间却可不限。"他神秘地一笑,"等我这趟出兵以后,局面就完全掌握在我手里了。要紧要慢,收发由心。"

这最后两句话,颇为费解。就连胡雪岩这样机警的人,也不能不观色察言,细细去咀嚼其中的意味。

看到左宗棠那种成竹在胸,而又诡谲莫测的神态,胡雪岩陡然意会。所谓"要紧要慢、收发由心",是指入闽剿匪的军务而言。换句话说,残余的长毛,他不但自信,必可肃清,并且肃清的日子,是远是近,亦有充分的把握,要远就远,要近就近。

这远近之间,完全要看他是怎么样一个打算。勤劳王事,急于立功，自是穷追猛打，克日可以肃清。倘或残余的长毛有可以利用之处，譬如借口匪势猖獗，要饷要兵，那就必然"养寇自重"了。

想到这里，就得先了解左宗棠的打算。"大人，"他问，"预备在福建做几年？"

"问得好！"左宗棠有莫逆于心之乐，然后反问一句，"你看我应该在福建做几年？"

"如果大人决心办船厂，当然要多做几年。"

"我也是这么想。"

"做法呢？"胡雪岩问，"总不能一直打长毛吧？"

"当然，当然！釜底游魂，不堪一击，迁延日久，损我的威名。不过，也不必马到成功。"说到这里，左宗棠拈髭沉思。脸上的笑容尽敛，好久才点点头说："你知道的，广东这个地盘非拿过来不可。兵事久暂，只看我那位亲家是不是见机。他肯急流勇退，我乐得早日克敌致果，不然就得多费些饷了。你懂我的意思吗？"

"懂！"胡雪岩说，"我就是要明白了大人的意思，才可以为大人打算。"

"那么，如今你是明白了？"

这是提醒胡雪岩该作打算了。他精神抖擞地答说："只要广东能听大人的话，事情就好办了。我在想，将来大人出奏，请办船厂，像这样的大事，朝廷一定寄谕沿海各省督抚，各抒所见。福建、浙江不用说，如果广东奏复，力赞其成，大人的声势就可观了。"

"正是！我必得拿广东拉到手，就是这个道理。南洋沿海有三省站在我这面，两江何敢跟我为难？"

"两江亦不敢公开为难,必是在分摊经费上头做文章。说到办船厂的经费,由海关洋税项下抽拨,是天经地义的事。北洋的津海关,暂且不提。南洋的海关,包括广东在内,一共五大关:上海的江海关、广州的粤海关、福建的闽海关跟厦门关、我们浙江的宁波关。将来分摊经费,闽、厦两关以外,粤海关肯支持,就是五关占其三。浙江归大人管辖,马中丞亦不能不买这个面子。这一来,两江方面莫非好说江海关一毛不拔?"

"对了!你的打算合情合理。其间举足轻重的关键,就在广东。雪岩,我想这样,你把我这个抄本带回去,参照当年购船成例,好好斟酌,写个详细节略来。至于什么时候出奏,要等时机。照我想,总要广东有了着落,才能出奏。"

"是的,我也是这么想。"胡雪岩说,"好在时间从容得很,一方面我先跟德克碑他们商量,一方面大致算一算经费的来源。至于筹备这件大事,先要用些款子,归我想办法来垫。"

"好极!就这么办。不过,雪岩,江海关是精华所在,总不能让李少荃一直把持在那里!你好好想个法子,多挖他一点出来!"

"法子有。不过,"胡雪岩摇摇头,"最好不用那个法子!"

"为什么?"

"用那个法子要挨骂。"

"这你先不必管。请说,是何法子?"

"可以跟洋人借债。"胡雪岩说,"借债要担保。江海关如说目前无款可拨,那么总有可拨的时候。我们就指着江海关某年某年收入的多少成数,作为还洋债的款,这就是担保。不过,天朝大国,向洋人借债,一定有人不以为然。那批都老爷群起而攻,可是件吃不消的事。"

这番话说得左宗棠发愣,接着站起身来踱了好一会方步,最后拿起已交在胡雪岩手里的"抄本",翻到一页,指着说道:"你看看这一段!"

指的是恭亲王所上奏折中的一段,据李泰国向恭王面称:"中国如欲用银,伊能代向外国商人借银一千万两,分年带利归还。"可是恭王又下结论:"其请借银一千万两之说,中国亦断无此办法。"

"大人请看,"胡雪岩指着那句话说,"朝中决不准借洋债。"

"彼一时也,此一时也!"说到这里,左宗棠突然将话锋扯了开去,"雪岩,你要记住一件事,办大事最要紧的是拿主意!主意一拿定,要说出个道理来并不难。拿恭王的这个奏折来说,当时因为中国买船,而事事要听洋人的主张,朝中颇有人不以为然,恭王已有打退堂鼓的意思,所以才说中国断无借洋债的办法。倘或当时军务并无把握,非借重洋人的坚甲利炮不可,那时就另有一套话说了。第一,洋人愿意借债给中国,是仰慕天朝,自愿助顺;第二,洋人放债不怕放倒,正表示信赖中国,一定可以肃清洪杨,光复东南财赋之区,将来有力量还债。你想想,那是多好听的话,朝廷岂有不欣然许诺之理?"

这几句话,对胡雪岩来说,就是"学问",心诚悦服地表示受教。而左宗棠亦就越谈越起劲了。

"我再跟你讲讲办大事的秘诀。有句成语,叫做'与其待时,不如乘势'。许多看起来难办的大事,居然顺顺利利地办成了,就因为懂得乘势的缘故。何谓势?雪岩,我倒考考你。你说与我听听,何谓势?"

"这可是考倒我了。"胡雪岩笑道,"还是请大人教导吧!"

"有些事,我要跟你请教,有些事我倒是当仁不让,可以教教你。谈到势,要看人、看事、还要看时。人之势者,势力,也就是小人势利之势。当初我几乎遭不测之祸,就因为湖广总督官文的势力,比湖南巡抚骆秉章来得大,朝中自然听他的。他要参我,容易得很。"

"是的。同样一件事,原是要看什么人说。"

"也要看说的是什么事,"左宗棠接口,"以当今大事来说,军务重于一切。而军务所急,肃清长毛余孽,又是首要,所以我为别的事说话,不一定有力量,要谈入闽剿匪,就一定会听我的。你信不信?"

"怎么不信? 信,信!"

"我想你一定信得过。以我现在的身份,说话是够力量了。论事则还要看是什么事,在什么时候开口。时机把握得恰到好处,言听计从。说迟了自误,说早了无用。"左宗棠笑道,"譬如攀我那位亲家,现在就还不到时候。"

"是的。"胡雪岩脱口说道,"要打到福建、广东交界的地方,才是时候。"

左宗棠大笑。笑完了正色说道:"办船厂一事,要等军务告竣,筹议海防,那才是一件大事。但也要看时机。不过,我们必得自己有预备,才不会坐失时机。你懂我的意思了吧?"

胡雪岩不但懂他的意思,而且心领神会,比左宗棠想得更深更远。结合大局,左宗棠的勋名前程,和他自己的事业与利益,了解了一件事:左宗棠非漂漂亮亮地打胜仗不可! 这是一个没有东西可以代替的关键。

由于这个了解,他决定了为左宗棠办事的优先顺序。不过,这当然先要征得同意,因而这样说道:"大人的雄心壮志,

374

我都能体会得到。到什么时候该办什么事,我亦大致有数,事先会得预备。如今我要请问大人的是,这趟带兵剿匪,最着重的是什么?"

这句话将左宗棠问住了。想了一会答道:"自然是饷!"

"饷我可以想法子垫。不过,并不是非我不可。各处协饷,能够源源报解,何必我来垫借,多吃利息?"

"啊,我懂你的话了。"左宗棠说,"工欲善其事,必先利其器。兵坚而器不利,则能守而不能攻。我要西洋精良兵器,多多益善。雪岩,这非你不可!"

"是!愚见正是如此。"胡雪岩欣慰地答说,"我替大人办事,第一是采办西洋兵器,不必大人嘱咐,我自会留意。至于炮弹子药,更不在话下,决不让前方短缺。第二是饷,分内该拨的数目,不管浙江藩库迟拨早拨,我总替大人预备好。至于额外用款,数目不大,当然随时都有;如果数目太大,最好请大人预先嘱咐一声,免得措手不及。此外办造船厂之类,凡是大人交代过的,我都会一样一样办到。请大人不必费心,不必催,我总不误时机就是。"

"好极了!"左宗棠愉悦异常,"汉高成功,功在萧何。我们就这样说了。你尽管放手去做,一切有我担待。"

十

左宗棠在同治三年十月底，交卸了兼署浙江巡抚的职司，在杭州全城文武官员，鸣炮恭送之下，启程入闽督师。

在此以前，援闽之师分三路出发。西路以帮办福建军务的浙江按察使刘典所部新军八千人为主力，会同记名按察使王德榜的两千五百人，由江西建昌入汀州；中路记名提督黄少春，副将刘明灯两部共四千六百人，由浙江衢州，经福建浦城、建宁入延平；东路由署理浙江提督高连升会同候补知府魏光邴，领兵四千五百人，过钱塘江由宁波乘轮船，循海道至福州登陆。

这三路军队的目标都是闽南：李世贤踞厦门之西的漳州，丁太洋在福建、广东、江西三省交界的武平，而汪海洋则在闽南的东西之间流窜。左宗棠的打算是，决不能让他们出海，由北、西、东三面收紧，压迫敌人南窜。

福建之南就是广东。两广总督毛鸿宾与广东巡抚郭嵩焘，见此光景，心知不妙。左宗棠如果驱贼入粤，则援闽之师，随贼而至，会形成长毛与"友军"交困的窘境，所以非常着急。

可是由两员副将方耀、卓兴所率领的粤军，不过八千之众。福建延建邵道康国器，虽是广东人，新统一军，亦多粤籍，却不能算粤军，因为是左宗棠的部下，并不听命于广东大吏。

毛鸿宾与郭嵩焘迫不得已，一面派方耀、卓兴入闽会剿，明阻长毛，暗挡左宗棠；一面打算奏请起用守镇江的名将冯子材督办东江军务，自求振作。

当援闽之师未到以前，福建陆路提督林文察已与李世贤接过仗。林文察是台湾彰化人，咸丰八年以助饷剿淡水的土匪，授职游击，做了武官。他所统率的台勇擅用火器，慓悍善战，助林文察当到总兵，获得"巴图鲁"的名号。王有龄被困杭州时，曾奉命援浙，而阻于衢州。以后归左宗棠节制，很立了些战功，补实为福建福宁镇总兵，不久擢升为福建陆路提督，随即提兵回台，在他家乡平乱。

乱党的首领，是原籍漳州龙溪的戴潮春，他是中国历史上阴魂不散的老牌乱党白莲教的余孽。在彰化名义上办团练，实际上与长毛是勾通的。

咸同之交，浙江沦陷，在福建的官军，多调闽北浙南。戴潮春认为是起事的好机会，三月间由其党羽林戆晟在大墩起事，五天以后，占领彰化，台湾兵备道孔昭慈被杀。戴潮春自称"东王"，"南王"是林戆晟，此外还有"西王"与"北王"。下面的官职有"大国师"、"左右丞相"、"六部尚书"等等。

这个略仿太平天国建制，沐猴而冠，仿佛戏台出将入相的场面。由于东南战局正在紧要关头，朝廷只应粮道丁日健的力请，派了六百人去攻剿，因而得以维持一时。及至同治二年秋天，左宗棠收复浙江，已有把握，才派林文察回台，号召旧部。福建巡抚徐宗干，亦派久官台湾的丁日健领兵赴援，并授为台湾兵备道，督办全台军务。

于是到了十一月初，彰化收复，继攻下斗六。到了年底，戴潮春被擒于张厝庄，林戆晟败死于四块厝，局面可以算是稳定下来了。

不过肃清残余乱党,亦很费力,尤其是当李世贤占据漳州以后,戴潮春的余党准备接应会合,图谋再举。左宗棠深恐李世贤、汪海洋等人出海,正就是为此。

林文察见此光景,深感为难,一方面要防止死灰复燃,放不得手;另一方面以福建陆路提督为一省最高武官的地位,对于收复漳州、汀州等地,责无旁贷。仔细考虑下来,还是应该回福建,因为能够消灭李世贤,彰化的乱党便失去凭借与指望,不战而自溃。

打定主意,仓猝内渡,同船只带了两百亲兵。他与李世贤交过手不止一次,不敢轻敌。原意到了福建,先作部署,然后出击。哪知李世贤早有准备,在万松关设下埋伏,专等他入网。

而林文察则又改变了主意。因为他自感兵力孤单,一路收容了许多散兵游勇,杂凑成军。如果粮饷充裕,时间从容,而又有得力的帮手,当然可以将此辈渐渐练成劲旅,否则就只有利用他们急于追求出路,或者怀忿报仇的心理,淬厉士气,作背城借一之计。林文察老于兵事,默察情势,认为不得不速战速决。拖下去徒耗粮饷,且难部勒,将不战自溃。

本来左宗棠的檄令,是责成他"力保泉厦",这是很难的任务,因为漳州以东,直到厦门、泉州,地势平衍,易攻难守,何况彼此兵力众寡悬殊。就方略讲,应该以攻为守;就利害关系来看,以少攻多,虽然吃力,但与其守而败,不如攻而败。因此,在十月初便由泉厦而进,在万松关上扎营。

万松关又名万松岭,在漳州以东二十五里的凤凰山上,为由泉厦渡江入漳的孔道。扎营刚定,李世贤派一队人马来攻,用意在试探虚实，哪知副将惠寿不中用，竟让长毛踩了营盘。林文察迫不得已，退扎叫做玉洲的地方，隔了两天出队攻击，小胜而回。

就在这时候又接到左宗棠的劄子，指示他"深沟高垒，勿浪战求胜。俟浙军到后，协力规复漳州。"林文察这时不能不听命了，驻营在万松岭上，静候援军。另由水师总兵曾玉明，在九龙江近海澄县地方的海口镇，结扎水营，以为犄角之势。

这样守到十月底，左宗棠还未进入福建境内，而先行出发的浙军，三路合围之势，将次形成。李世贤原来是在万松关以西设下埋伏，专候林文察入网。见他按兵不动，而浙军又已入闽，不能不急着打开一条出路，因而在十一月初三，发动突袭。

突袭分水陆两路进行。袭击水营的长毛，皆以烟煤擦脸，有意扮成狰狞可怖的鬼相，同时亦作为"自己人"的识别。曾玉明的水师，猝不及防，除了用炮艇上的小炮轰击以外，其余各营，都垮了下来。

在西面万松关上的林文察所部，本是越拖越坏的散兵游勇，听说后路被袭，未战先乱。副将惠寿，游击许忠标，压不住阵，只有溜之大吉。林文察却不肯逃，结果中枪阵亡。溃散下来的乱兵，勉强集结在九龙江东岸，算是保障泉州门户。

三月以后，左宗棠到了浦城，正式进入福建境界，预定就以此为行辕。行辕所收到的第一件战报，便是林文察兵败殉职。

这不是马到成功的征兆，左宗棠大为不悦。在他看林文察是挫了浙军的锐气，也伤了他的威名，虽非死有余辜，却是决不可原谅的。因而出奏时，便不肯专叙此事，只用一个"督师行抵浦城，现筹剿办情形"的案由，在折子中斥责林文察不听调度,致有此失。幸亏高连升一军已由福州赶到闽南,泉厦可保无虞。至于林文察的恤典,申明另案奏请,但可想而知的,恤典不会优厚。

不过局势很快地稳住了。左宗棠最担心的,就是李世贤向东南横窜入海,所以只要高连升一军,能自福州南下,及时拦堵,先挡得一阵,等苏军郭松林、杨鼎勋领兵航海而来,肃清腹地便有十足的把握了。

为此,左宗棠定下东守北攻西压的策略,最先收复闽南偏北的龙岩,接着会同粤军方耀所部,收复闽粤交界的永定。

这两场胜仗才下来,士气大振,指挥更加灵活。左宗棠开始"驱贼入粤"。首先是由毗连江西的汀洲、连城一带,将汪海洋部下的长毛,往南撵向与广东交界的武平、上杭一带。其时援闽苏军已陆续到达,与浙军高连升、黄少春所部,划分防区,而以进取漳州为目标。苏军守漳州之南,浙军守漳州之北。这一来,李世贤出海之路是彻底被阻断了。

到了四月中旬,浙苏各军由南北同时出击,会攻漳州。到了四月廿一,漳州克复,可是李世贤却开西门而走,与汪海洋会合在一起,成为"困兽"了。

当时的形势是:东南方面泉、厦、漳沿海一带,兵力最厚;西北永定有七千余人防守;东北的漏洞,亦已及时防补;惟有西面最弱,左宗棠几乎毫无布置。

西面就是广东的大埔、饶平一带,虽有粤军方耀防守,可是决非李世贤、汪海洋的对手,是谁都看得出来的。然则,左宗棠之意何居,明眼人自然看得出来。

这个明眼人是远在京城里的军机章京领班许庚身。在五月十二那天,他看到发下来的一个奏折,大为诧异。这个奏折

380

是李鸿章所上，作用是在表功，所以案由是"援闽苏军，会合浙军分路进逼，于四月二十一日克复漳州府城"。奏报进攻情形中，有一句话说"侍逆李世贤潜开西门而遁"，这与同时收到的左宗棠的战报，情况不符。

左宗棠的奏折，案由是"进逼漳西大捷，现筹办理情形"。并未提到漳州克复，更未谈到李世贤由漳州西门而遁，只说"李逆世贤经官军叠次击败，势日穷蹙。图由漳北小路绕犯安溪，以抄官军后路。其计未成，又图勾结同安土匪，内讧滋事。经郭松林抽带所部两营驰赴同安，会同道员曾宪德将西塘、上宅、浒井各乡匪巢洗荡。"

再看拜折的日期是四月廿六，拜折的地点是福建省城。福州离漳州不过两三日路程，廿一克复漳州，在福州的左宗棠不应该到廿五还不知道。如果已经知道，廿六拜折何以不报捷？

这是莫大的一个疑窦，但稍作参详，不难明白。左宗棠只为李世贤"漏网"，不肯报捷。先说他想"绕犯安溪"，又想"勾结同安土匪"，最后说由郭松林如何如何，是打算将李世贤"漏网"的责任，轻轻推到郭松林头上。

至于左宗棠想"整"郭松林的缘故，亦可以推想得到。原来从林文察阵亡以后，福建陆路提督一缺便补了福山镇总兵郭松林，虽为署任，总是升官。而如没有左宗棠的奏请苏军援闽，这个武将中最高职衔的提督，未见得轮到郭松林。照左宗棠的想法，郭松林的升官，既由援闽而来，而所升的官，又是福建的缺分，则不论感恩图报，还是循名责实，都该照建制归隶他的部下。无如郭松林虽经福建巡抚徐宗干一再催促，始终不肯到任。以福建的武官在福建打仗，却自居于客将的地位，在左宗棠是颇难容忍的。只是当郭杨两军航海南来之前,李鸿章特为声明,郭松林不履任,他亦"不劝驾"。左宗棠曾经同意,此时不便出尔反尔!但又有所憾于郭松林,因而此时先作一个伏笔,一方面隐约其词地表示,追击李世贤是郭松林的责任;另一方面可以看将来的情况,果真同安土匪一时不易收拾,便可正式奏请将郭松林留在福建——以本省的提督剿本省的土匪,天经地义,名正言顺,朝廷不能不准,李鸿章不能不放,郭松林不能不留。

了然于左宗棠暗中的勾心斗角,再来看李鸿章的"援闽获胜,会克漳州府"一折,才会恍然大悟,除表功邀赏以外,还有预先为苏军留下卸责余地的作用。因为折中铺叙战况,对于郭杨两军的防区及部署,说得特别详细,一则谓:"东山在漳州城南十里,系通漳浦大路,郭松林以八营扼之。又十里为镇门,系东山、海澄、石码适中之地,杨鼎勋以五营扼之。海澄县为两军后路,有山径可通漳浦,复派三营分布县城内外,防贼抄袭。"

再则谓:"总兵刘连捷、臬司王开榜在西北,提督高连升、黄少春等军在东路。自苏军扼扎东山,南路已断。"

三则谓:"败逆向南靖一路纷逃,各营追剿数里,当会同高、黄等军,折回东南,将东关外放子桥、东岳庙及附近南门新桥各贼垒一律荡平。"处处可以看出,郭杨两军无论防守还是攻剿,都以担当漳州南面为主,东面其次。然则李世贤开西门而遁,责任谁属,不问可知。

这样反复研判下来,许庚身认为左宗棠是在玩弄可怕的权术。从军兴以来,各省带兵大员,以驱贼出境为惯技。而左宗棠则似乎有意以邻为壑,包藏着什么祸心,此非早作纠正不可。

因此,他向恭王与文祥等人,指陈利害,奏明两宫太后,拟发"廷寄"。首先指出李鸿章已有奏报,漳州克复,"侍逆潜开西门而遁"。接下来便说:"漳州虽经克复,而渠魁仍未授首,必将与汪逆合谋,计图复逞。现在东南两路局势既尚稳固,东北一路亦有刘明灯等联络扼守,而西面之漳浦、云霄、诏安、平和等城,均为贼踞,该逆必思由此路窜走,已无疑义。粤省饶平、大埔一带,虽有方耀等军防守,尚恐兵力不敷分布,左宗棠等仍当分拨劲旅,绕赴西路,会同粤军,迎头拦截,杜其窜越之路。"

到此地步,左宗棠知道撵走郭嵩焘的时机成熟了。在此以前,他曾为蒋益澧下过一次伏笔,并用李鸿章作为陪衬,来提高蒋益澧的地位。这一伏笔,下在九月初,瑞麟与郭嵩焘交恶之时,而于"恳请收回节制三省各军成命"的奏折中,附带一提:"恐两广兵事,尚无已时,若得治军之才如李鸿章、蒋益澧其人,祸乱庶有豸乎!"意思是最好将李鸿章调为粤督,而以蒋益澧升任粤抚。这是隐约其词的试探,朝廷即令没有明确的反应,但蒋益澧可当方面之任的印象,却已在西宫太后与军机大臣的脑中留下了。

此时当然还不能明保蒋益澧升调广东,而是用夹片的方式,在"陈明广东兵事饷事"中,攻郭保蒋。首先就说:"广东一省兵事实足观,而饷事亦不可问。军兴既久,各省兵事或由弱转强,粤则昔悍而今弩矣!各省饷事或由匮而渐裕,粤则昔饶而今竭矣!"光是这两句话,便将近两年的督抚一起攻击在内。当然,郭嵩焘的责任应更重于瑞麟,因为他在任之日比瑞麟久。

接着便专责饷事,而此正是巡抚的职责。其中并无一语提及郭嵩焘的名字,而大部分的攻击却集中在郭嵩焘身上,特别提到广东富饶之区的潮州厘税。

左宗棠是这样指责的:"臣抵大埔,接晤潮郡官绅士民,询及潮郡厘税,合计杂货之厘、洋药之厘、汕头行厘、船捐,每年所得,共止三万余两,是一年所入,不足六千人一月之饷也。潮州为粤东腴郡,而厘税之少如此,外此已可类推。"

这是有意歪曲事实。从钱江创设就货征税的厘金以来,最难办的就是广东。郭嵩焘莅任之初,就曾会同总督毛鸿宾奏明。广东办厘的情形,有异于他省,主要的原因是洋人的牵掣。广东的形势,"澳门据其西,香港绕其东,所有省河扼要海口,其地全属之洋人,而香港尤为行户屯聚之地。一二大行店皆移设香港,以图倚附夷人,便其私计,一切劝捐抽厘,从不敢一一过问。其有意规避捐输者,亦多寄顿香港,希图幸免。统计出入各货,凡大宗经纪,皆由香港转输。是他省但防偷漏之途,而粤东兼有逋逃之薮。"

其次是广东的风气与他省不同。广东的士绅,往往包揽税捐。厘金开办之初,亦由劣绅承包,任令侵渔中饱,而公私交受其病。其后收为官办,则原来包厘的劣绅,因为失去特权,心有不甘,从中煽动捣乱,聚众捣毁厘局之事,不足为奇。官府胆怯怕事,不敢惩办祸首,反而撤去委员,或调动府县地方官,以求妥协。结果是越迁就,越棘手。

从郭嵩焘到任后,以剔除中饱,讲求合情合理的宗旨整顿厘捐,颇有成效,从未设局的琼州府、廉州以及惠州的河源等地,次第开办。至于潮州,就广东而言,偏处东隅,久成化外,直到汪海洋逼近广东边境时,方由潮嘉惠道张铣,设法开办。

384

数目虽少,但总是一个开端。潮州的民风,因势利导,好话说在前面,无事不可商量,强制硬压,则偏不服从。张铣的意思是,只要潮州肯承认厘捐,以后可以陆续增加。而况贼势方急,官府与绅民之间,为此先起争执,是件极危险的事。这个看法,郭嵩焘深以为然。但左宗棠有意抹煞事实,只强调每年只收得三万银子,却不说这三万银子来之不易,而只要能收此三万,以后三十万亦有希望。

最恶毒的是,左宗棠又夸大广东海关的收入:"闻海关各口所收,每岁不下二百万两,其解京之数,无从稽考。此项若能由督抚设法筹办,于正供固期无误,而于该省筹饷大局,实裨益匪浅。特此为二百年旧制,非外臣所敢轻议。"

接下来便是保蒋益澧了。他说:"臣率客军入粤,偶有闻见,自不敢不据实直陈。至兵饷兼筹,任大责重,非明干开济之才,不能胜任。浙江布政使蒋益澧,才气无双,识略高臣数等。若蒙天恩,调令赴粤督办军务,兼筹军饷,于粤东目前时局,必有所济。"

这就是所谓力保。力保之"力",端在一句话上:"才气无双,识略高臣数等。"以节制三省军务的总督,如此推崇,分量实在太重了。

左宗棠以诸葛武侯自命,目空一切,竟这样降心推崇,也实在不类他的为人。因此有人传出来一个内幕,说是闽浙总督衙门主章奏的幕友,受了蒋益澧一万银子的红包,力主加这"才气无双,识略高臣数等"十个字。如果流言属实,算起来是一字千金。

不过,行贿之说,虽不可知,但就事论事,却非有此十字不可。蒋益澧的才具如何,军机大臣大都了解,无不以为他难当方面之任。是故虽经左宗棠在奏折中暗示,他可代郭而为粤抚,并利用李鸿章作陪衬,来抬高他的身价,朝廷却始终装聋作哑。现在左宗棠的这十个字,分量之重,如雷贯耳,那就装不得聋,作不得哑了。

不过,装聋不许,却可装傻,朝廷有意不理左宗棠的暗示,只如他表面所请,在同治五年正月初八降旨:"着浙江布政使蒋益澧,驰赴广东办理军务,兼筹粮饷。"

当保荐蒋益澧的奏折拜发之时,左宗棠对克复汪海洋所盘踞的嘉应州,已有把握。在十二月十二发动总攻,一仗大捷,汪海洋为乱枪所杀。十天以后,克竟全功。左宗棠在年底拜折:"收复嘉应州城,贼首歼灭净尽,余孽荡平。"

这一下等于肃清了长毛余孽,左宗棠本人班师回任,各军遣归本省。然则蒋益澧"驰赴广东",办何"军务"? 筹何"粮饷"? 如果有力者作此一问,蒋益澧的新命,就可能撤消。左宗棠当然早就计议及此,于是借题发挥,对郭嵩焘逼得更紧了。

所借的题目是"高连升带所部赴任"。高连升的本职是"广东陆路提督"。如今左宗棠节制三省军务的任务告一段落,自回本省,则高连升亦应在广东履任。提督到职,除本标亲兵以外,无须另带人马,而左宗棠却嘱咐高连升尽携所部赴新任。表面上的理由是大乱初平,民心不定,"以资镇压",实际上是有意给广东出难题,因为高连升所部有五千人,每月至少亦要三万多银子的饷银,当然归广东负担。

可是,广东欢迎高连升,却不欢迎高连升的部队。于是左宗棠上奏指责广东,大发牢骚,说是"臣扪心自问,所以为广东谋者,不为不至,而广东顾难之。欲臣一概檄饬高连升所部旋闽。兹则臣所不解也。如谓高连升军饷仍应由闽支领,则试为广东筹之,应解协闽之饷,约尚有三十余万两,此次资遣各省难民及嘉应州、镇平县赈恤平粜米粮及臣均拨鲍超一军军米价银,应由广东解还归款者亦约五万余两。即以此款悉数移充高连升军饷,以闽饷济闽军,约足一年之需。一年之后,诸患渐平,陆续裁撤此军,亦未为晚。"

各省协饷,哪一省亏欠哪一省,是笔永远算不清的账,反正能打仗就有理,打胜仗更有理。左宗棠对这一层了解得最透彻,所以能够侃侃而言,气壮更显得理直。

左宗棠的折报,常在最后发议论,此折亦不例外。因为打击郭嵩焘的缘故,殃及广东,亦被恶声:"伏思海疆之患,起于广东,中原盗贼之患,亦起于广东。当此军务甫竣之时,有筹兵筹饷之者,应如何惩前毖后,以图自强?若仍以庸暗为宽厚,以诿卸为能事,明于小计,暗于大谋,恐未足纾朝廷南顾之忧也。合无请旨敕下广东督抚熟思审处,仍檄高连升带所部赴任之处,出自圣裁。"

这个奏折,像以前所保蒋益澧的奏折一样。左宗棠幕府中得了红包的人,密抄折底,寄达浙江。蒋益澧虽是粗材,但毕竟也还有高人告诉他说高升之期已不在远,蒋益澧喜不可言,随即刻印了广东巡抚的封条,准备打点上任了。

这个奏折最厉害之处,是在借瑞麟以攻郭嵩焘。事由瑞麟一咨而起,左宗棠的咄咄逼人的笔锋,在前面亦都指向瑞麟。这是暗示,如果攻郭无效,便要转而攻瑞了。瑞麟在广东的政绩如何,朝中大臣,尽人皆知。而恭王与文祥,较之道光、咸丰两朝若干用事的满洲权贵,虽不知高明多少,但亦认为瑞麟必须保全。因为第一,军兴以来,督抚十分之九为汉人,此是清朝开国以来所未有之事,眼前亦仅只湖广、两广是旗人。倘或左宗棠对瑞麟参劾不已,逼得朝廷非调不可,一时却没有适当的旗下大员,可以承乏。其次,瑞麟有慈禧太后的奥援,动他不得。第三,瑞麟虽是庸材,但很听话。尤其内务府的经费,跟粤海关有很大的关连,能有个听话的粤督在广州,诸事方便。

因此,朝廷就必须安抚左宗棠,不但为了保全瑞麟,亦因为由"恐未足纾朝廷南顾之忧"这句话而起了警惕。所以上谕中责备瑞麟,措词相当严厉:"左宗棠凯旋后,粤省安插降卒,搜诛土匪,善后之事方多,正当留扎劲兵,以资镇压。瑞麟既咨催高连升赴广东提督本任,何以反令左宗棠将其部曲檄饬回闽?倘闽军凯撤,而降卒土匪又复滋生事端,重烦兵力,该署督其能当此重咎耶?"

接下来便是悉如左宗棠所请:"高连升所部五千余人,计每月饷需不过三万余两。即着左宗棠檄饬该提督带所部赴任,月饷由瑞麟、郭嵩焘按月筹给,不准丝毫短少蒂欠,致有掣肘之患!"

瑞麟受这顿申斥,当然很失面子,但前程是保住了,保不住前程的是未受申斥的郭嵩焘。

朝廷的意思是决意保全瑞麟,牺牲郭嵩焘来换取左宗棠的"忠诚"。不过上谕于"用人行政",动辄申明"一秉大公",而广东军务的贻误,督抚同罪,不该一个被黜、一个无事。所以运用"打而不罚","罚而不打"这个不成文的"公平"之理,对瑞麟严加申饬是已打不罚,而对郭嵩焘之不"打",正是将"罚"的

388

先声。

不过七八天的功夫，有关广东的政局，一日连发两谕，一道是由内阁"明发"，"着郭嵩焘来京，以蒋益澧为广东巡抚"；另一道是仅次于"六百里加紧"的紧急军报的"廷寄"，分饬浙江、广东及福建，写的是：

马新贻奏，巡视海口情形，酌议改造战船。粤省军事已定，藩司蒋益澧应否前往各一折。官军搜捕洋盗，全赖船械得力，方能奏效。马新贻见拟改造红单广艇三十号，合之张其光原带广艇十只，共计四十号，分派温州等处各要口。并购买外国轮船一两只，以为游击搜剿之用，所筹尚属周妥，均着照所请行。仍着马新贻督饬沿海各将弁，就见有师船，认真巡缉，搜捕余匪，以靖地方，毋得稍涉疏懈。本日已明降谕旨，授蒋益澧为广东巡抚。即着蒋益澧赶紧交卸起程，前赴新任。蒋益澧经朝廷擢膺疆寄，责任非轻，到任后务将军务吏治及筹饷各事宜，力加整顿，以期日有起色。毋得稍蹈因循积习，致负委任。将此由五百里各谕令知之。

左宗棠驱逐郭嵩焘是为了想占得广东这个地盘。这个目的在表面看，算是达到了，其实不然。

朝廷接纳左宗棠对蒋益澧的力保，虽说是要挟之下，不得不然，但到底集众人之力对付独断独行的左宗棠，毕竟有其深谋远虑的过人之处。没有多久，明眼人都可以看得出来，到头来是朝中用事的人，棋高一着。

第一，朝廷已有初步的打算，还要重用左宗棠，因而借他力保蒋益澧这件事上，特加词色，以为笼络；第二，广东的富庶，早就有名，而且一向是内务府公私需索之地。十多年来，洪杨荼毒遍东南，但广东受灾极轻。不过早年为了筹饷，广东督抚不得不迁就膺专阃之寄的曾国藩的保荐。事平以后，情况不同，收权之时已到。但一则碍着曾国藩，再则以郭嵩焘的出身与居官的绩效，如无重大过失，不能随便调动，尤其是有瑞麟在，相形对比，如说要整饬广东吏治，首先该调的应该是瑞麟而不是郭嵩焘。即令退一步来看，至少亦该瑞郭同调，否则谕旨中一再申明的"用人行政，一秉大公"等等冠冕堂皇的话，就变成欺人之谈了。

难得左宗棠力攻郭嵩焘，却好可用来作为收权的途径。黜郭不易，要黜蒋益澧容易得很。因为论他的出身资望与才具，都不适方面之任，将来一纸上谕，轻易调动，决不会有人说闲话。

再有层好处，便是有蒋益澧的比照，瑞麟当两广总督，便显很够格了。所以八月间降旨，瑞麟的两广总督真除，由署理变为实授。

同一天——同治五年八月十七，另有两道上谕：一道是陕甘总督杨岳斌奏"才力不及，病势日增，恳请开缺"，调左宗棠为陕甘总督。

另一道说："杨岳斌于人地不甚相宜，办理未能有效，眷顾西陲，实深廑系。左宗棠威望素著，熟谙韬略，于军务地方，俱能措置裕如，因特授为陕甘总督，以期迅扫回氛，绥靖边陲。"是特为表明，赋左宗棠以平服西北的重任。

照历来的规制，封疆大臣的调动，往往先将预定的人选召赴到京，陛见称旨，方始明发上谕，然后"请训"出京。如果不经这一番程序,直接降旨调补,那么新任就该自请陛见请训,意思是此一调动,必含有除旧布新的整顿之意在内。朝廷的希望如何,必先探询明白,所以应该请训。当然,亦有例外,例如军情紧急,不容耽误,便可在上谕中明示:"即赴新任,毋庸来京请训。"对左宗棠的新命,即是如此。

不过,这是表面的看法,实际上另有文章。因为左宗棠由东南旧任赴西北新任,绕道京师,由山西入秦陇,并不算太费事。何况回乱势缓,已经历相当时日,与防患将然,深恐一发不可收拾,愈早扑灭愈好的情况不同。而所以阻止他赴京请训,只为左宗棠的手段,军机处及各部院都领教过了,要饷要人,需索不已。一旦到京,非满足他的要求不到任,岂不麻烦?所以索性不要他上京。

调任的上谕到达福州时,已在二十天之后,其时左宗棠正在大办"保案"。肃清福建广东残匪,出了力的人,固然个个有份,不曾出力的,亦千方百计,夤缘请托,希冀在保案上加个名字。一时福州城内"冠盖云集",热闹非凡。及至传出左宗棠调督陕甘的消息,在福建候补,已搭上了线,可以借军功升官补缺的人,无不大为失望,因为靠山虽然未倒,却已移了地方,无可倚恃了。

胡雪岩这时也在福州。左宗棠为了酬谢他在上海接济军火粮饷的功劳,特地备好一个"附片",等他到了,方始随折拜发。这个"附片"是专保胡雪岩加官。不列入名单而单独保荐,称为"密保",效用与开单"明保",大不相同,措词当然极有分量,说是:"按察使衔福建补用道胡光墉,自臣入浙,委办诸务,悉臻妥协。杭州克复后,在籍筹办善后,极为得力。其急公好义,实心实力,迥非寻常办理赈抚募绩可比,迨臣自浙而闽而粤,叠次委办军火军糈,络绎转运,无不应期而至,克济军需。"是故恳请"破格优奖,以昭激励,可否赏加布政使衔"。

加官自是胡雪岩所希望的。不过,使他特别兴奋的,还不在布政使这个衔头,而是加了布政使衔,便可改换顶戴。原衔按察使——臬司是正三品,戴的是亮蓝顶子,布政使——藩司是从二品,便可以戴红顶子了。

捐班出身的官儿,戴到红顶子,极不容易。买卖人戴红顶子,更是绝无仅有的事,除非像乾隆年间的盐商那样出自特恩,但亦只有一两个人。是故饮水思源,想起将有得戴的红顶子,虽出自左宗棠的保荐,但没有王有龄,何有今日?因而又特地到王有龄的老家去了一趟——赡恤王氏遗属,是胡雪岩逢年过节的第一件大事。这次登门,完全是感念旧情,哭奠一番。

本来还想亲谒墓门,无奈有件大事在办,忙得不可开交,只好等公事完了再说。

这件大事就是打算自己造轮船。左宗棠的意志强毅,蓄志之事,非见诸实行,不能甘心。当时奉命入闽督师,不能躬亲料理,却并未搁下,委托了一个他最信任的人,就是胡雪岩。

有关跟洋人打交道的事,胡雪岩必求教于古应春。他的路子很广,认为造轮船不必找日意格、德克碑。方今泰西各国,讲到轮船、铁路、火器的精良,美国有后来居上之势。同时美国人不似英国人的狡猾、法国人的蛮横、德国人的顽固、日本人的阴险,比较易于相处。

可是胡雪岩另有看法,外国在华势力,英国最大,法国其

392

次。要制抑英国的势力，只有利用法国。美国与英国同种，所以与美国合作，等于帮助英国扩张势力。同时，日意格与德克碑是原始创议之人，无故背弃，道义有亏。

其实胡雪岩还有一层没有说出来的意思。古应春与他多年相处，亦能揣摩得到——左宗棠与李鸿章争权夺利，几已成不两立之势，李鸿章办洋务，倚总税务司英国人赫德为重，然则左宗棠如果再请教英国人，将会逃不了仍由赫德经手。而赫德与李鸿章互为表里，说不定会向总洋务的恭王与文祥建议，制造轮船事务以由两江经办为宜，那一来岂不是给李鸿章开了路？

因此，古应春不再有何主张，只实心实力地作胡雪岩跟日意格、德克碑打交道的助手——实际上只跟日意格一个人接头，因为德克碑已经退伍回国了。一切建船厂的计划、图样及预算，都由德克碑在法国托人办理，寄给日意格，再找胡雪岩、古应春洽谈。一年多下来，已经策划得很周详了。

到得左宗棠由广东班师，胡雪岩立即陪着日意格到了福州。左宗棠一看图说详明，非常高兴，亲自去视察日意格所建议的设厂之地。地在福建海口、马尾罗星塔一带，水清土实，宜于开槽建坞。兼以密迩省城，稽查方便，所以一看便即中意。

剩下来的事，就是筹划经费。造厂买机器、雇募师匠，预算开办费要三十多万银子，厂成开工，材料薪水，每月须银五六万两，一年就是六七十万，预计两年以后造出第一艘船，要花下去一百五十万银子。不过以后就可以省了，五年通计，不过三百多万。

这三百多万银子，从何筹集，当然煞费周章。左宗棠的意思是先办起来再说，只要有一百万银子，能应付得了头一年，此后欲罢不能，不愁朝廷不想办法。如果朝廷拿不出办法，好在有胡雪岩，一定可以想出一条维持得下的路子来。

因而粗粗计算，福建海关及本省厘税，提用之权在自己手里；浙江分属自己管辖，不会袖手；广东蒋益澧是自己一手提拔，更当效劳。有此三处财源，尽可放手办事了。

因此，左宗棠在五月中旬，便先奏陈"拟购机器，雇洋匠，试造轮船大概情形"。同时应诏陈言，以为剿捻宜用车战。平回则千里馈粮，转运艰难，应该采用屯田之策。

复旨对车战、屯田之议，不见得欣赏。试造轮船则以为"实系当今应办急务"，所需经费，准予在闽海关关税中酌量提用。如果不够，准再提用福建厘金。同时指示："所陈各条，均着照议办理。一切未尽事宜，仍着详悉议奏。"

有此一旨，左宗棠便密锣紧鼓地干了起来，一面关照胡雪岩通知已调汉口江汉关税务司的日意格，与在安南的德克碑，商酌一切细节。

日意格是七月初，冒暑到达福州的。第一件事是勘察船厂地址，择定马尾山下，潮平之时水深亦达十二丈的地方设厂。然后议土木、议工匠、议经费，大致妥当，订立草约，担保人照胡雪岩的建议，由法国驻上海的总领事白来尼担保。当然，这个差使必然又落在胡雪岩肩上。

到了八月下旬德克碑直接由安南到达福州，与左宗棠晤见之下，对于所订草约，并无异词，但对所选定的建厂地点，却有意见，认为马尾山下是淤沙积成的一块陆地，基址不够坚固。因而左宗棠决定邀请白来尼、日意格到福州作客，作一个最后的，也是全面的商议，作成定案，正式出奏。

主意既定,先写信找胡雪岩到福州来谈。正在起劲的时候,忽然奉到调督陕甘的上谕。在左宗棠虽觉突兀,但稍一细想,便知事所必然,势所必至,并非全出意外。同时想起历史上许多平定西域的史实,雄心陡起,跃跃欲试,相当兴奋。

在胡雪岩却是件非常扫兴的事,而且忧心忡忡,颇有手足无措之感。因此,到总督衙门向左宗棠道贺时,虽然表面从容,一切如常,但逃不过相知较深的人的眼光。

其中有一个是他的小同乡吴观礼。此人字子俊号圭庵,本来是一名举人。才气纵横,做得极好的诗。由于胡雪岩的推荐,入左宗棠幕府,深得信任,担任总理营务处的职司,是闽浙总督衙门惟一参赞军务,可说是运筹帷幄的一位幕友。

吴观礼对左宗棠所了解的,是胡雪岩所不能了解的,这就因为是读书多少的缘故。看到胡雪岩的眉宇之间有落寞之色,当然也就猜想得到他内心的想法。

"雪岩,"吴观礼问道,"你是不是怕左公一去西北,你失掉靠山?"

话问得很率直,胡雪岩也就老实答道:"是的! 以后无论公私,我都难了!"

"不然! 不然!"吴观礼大为摇头。

照吴观礼的看法,出关西征,总得三年五载,才能见功。这当然是一次大征伐,但情势与剿捻不同。捻匪窜扰中原,威胁京畿,在朝廷看,纵非心腹之患,但患在肘腋,不除不能安心。所以督兵大臣,心得克日收功。事势急迫,不容延误。

西征则在边陲用兵,天高皇帝远,不至于朝夕关怀,其势较缓,公事自然比较好办。至于私事,无非胡雪岩个人的事业。有近在东南的左宗棠,可资荫庇,处处圆通。一旦靠山领兵出关,远在西陲,鞭长莫及,缓急之际呼应为难。吴观礼认为亦是过虑。

"你要晓得,从来经营西北,全靠东南支持。此后你在上海的差使,会更加吃重,地位也就更非昔比。事在人为。"吴观礼拍拍胡雪岩的肩说,"你没有读过《圣武记》,不知道乾隆年间的'十大武功'。经营边疆,从前都是派亲贵或者满洲重臣挂帅,如今派了我们左公,是件非同小可的事。洪杨以来的元戎勋臣,曾相高高在上,左李两位其次,从此以后,只怕曾左要并称了。"

最后一句话,点醒了胡雪岩,满腔忧烦,顿时一扫而空。靠山虽远,却更高大稳固。了解到这一层,就不必发什么愁了。

"多承指点。"胡雪岩很高兴地说,"索性还要费你的心,西北是怎么个情形,请你细细谈一谈。"

"我们先谈造轮船。"左宗棠极坚决断地说,"不管朝廷催得怎么紧,要我赶快出关,这件事非在我手里先定了局,我不会离开福建。"

"是的。"胡雪岩问道,"定局以后,交给哪位?"

"着!你问在要害上了。我蓄志三年,辛苦数月,才能有此结果。倘或付托非人,半途而废,我是不甘心的。这一层,我还在考虑,眼前还要请你多偏劳。"

"那何消说得。不过,我亦只能管到大人离福建为止。"

"不然。我离开福建,你还是要管。"左宗棠说,"管的是船厂。这件事我决不能半途而废,为李少荃所笑。而且我不知道盘算过多少次,这件事办成,比李少荃所办的洋务,不知道

396

要好过多少倍。"

这就很明白的了，左宗棠是出于争胜之心。他的好胜心是决不因任何人的规劝而稍减的。胡雪岩知道自己难卸仔肩，非"顶石臼做戏"不可了。不过，刚才那句"问在要害"上的话，并无答复，还得追问。

"大人这么说，我当然只有遵命。"胡雪岩说，"就不知道将来在福建还要伺候哪位？"

"不要说什么伺候的话。雪岩，你最聪明不过，没有什么人不能相处的。惟其我付托了这个人，更得借重你——"

左宗棠没有再说下去，胡雪岩却完全懂了他的意思，他所付托的，是个很难"伺候"的人。这就更急着要问："是哪位？"

"沈幼丹。"

原来是丁忧回籍守制的前任江西巡抚沈葆桢。这在胡雪岩却真有意外之感。细想一想，付托倒也得人。不过以本省人做本省官，而且必是大官，为法例所不许。兼以丁忧，更成窒碍。不知左宗棠是怎么想的？他只有付之默然了。

"我知道你的想法，我给你看个奏稿。"

奏稿洋洋千言，畅论造船之利，最后谈到主题：

> 臣维轮船一事，势在必行，岂可以去闽在迩，忽为搁置？且设局制造，一切繁难事宜，均臣与洋员议定，若不趁臣在闽定局，不但头绪纷繁，接办之人无从咨防；且恐要约不明，后多异议，臣尤无可诿咎。臣之不能不稍留三旬，以待此局之定者，此也！惟此事固须择接办之人，尤必接办之人能久于其事，然后一气贯注，众志定而成功可期，亦研求深而事理愈熟。再四思维，惟丁忧在籍前江西

抚臣沈葆桢,在官在籍,久负清望,为中外所仰。其虑事详审精密,早在圣明洞鉴之中。现在里居侍养,爱日方长,非若宦辙靡常,时有量移更替之事。又乡评素重,更可坚乐事赴功之心。若令主持此事,必期就绪。商之英桂、徐宗干亦以为然。臣曾三次造庐商请,沈葆桢始终逊谢不遑。可否仰恳皇上天恩,俯念事关至要,局在垂成,温谕沈葆桢,勉以大义,特命总理船政,由部颁发关防,凡事涉船政,由其专奏请旨,以防牵制。其经费一切,会商将军督抚随时调取,责成署藩司周开锡,不得稍有延误。一切工料及延洋匠、雇华工、开艺局,责成胡光墉一手经理。缘胡光墉才长心细,熟谙洋务,为船局断不可少之人,且为洋人所素信也。

"好!我就交给你了!"左宗棠站起身,一面走向书案,一面说道,"现在要跟你谈第一件大事了!"

十一

　　他的第一件大事,便是西征。而凡有大征伐,首先要筹划的是兵、饷二事。左宗棠连日深宵不寐,灯下沉思,已写成了一个筹划的概略,此时从书案抽斗中取了出来,要胡雪岩细看。

　　这个节略先谈兵,次筹饷。而谈兵又必因地制宜。西北与东南的地势,完全不同。南方的军队,到了西北,第一不惯食麦,第二不耐寒冷。因此,左宗棠在东南转战得力的将领部队,特别是籍贯属于福建、广东两省的,都不能带到西北。

　　带到西北的,只有三千多人,另外他预备派遣原来帮办福建军务,现已出奏保荐帮办陕甘军务的刘典回湖南,召募三千子弟兵,带到西北。这六千多人,左宗棠用来当作亲兵。至于用来作战的大批部队,他打算在本地招募,要与"关中豪杰"共事业。

　　看到这里,胡雪岩不由得失声说道:"大人,照你老人家的办法,要什么时候才能平得了回乱?"

　　"你这话,我不大懂。"

　　"大人请想,招募成军,不是一朝一夕的事。练成精锐,更是谈何容易? 这一来,要花一两年的功夫。"

　　"岂止一两年?"左宗棠说道,"经营西域,非十年不足以收

399

功。"

"十年?"胡雪岩吓一跳,"那得——"

他虽住口不语,左宗棠也知道,说的是要费多少饷。笑笑说道:"你不要急!我要在西北办屯垦,这是长治久安之计。就像办船厂一样,不能急功图利。可是一旦见效,你就知道我的打算不错了。"

"是!"胡雪岩将那份节略搁下,低着头沉思。

"你在想什么?"

"我想得很远。"胡雪岩答说,"我也是想到十年八年以后。"

"着!"左宗棠拊掌欣然,"你的意思与我不谋而合。我们要好好打算,筹出十年八年的饷来。"

胡雪岩暂且不答,捡起节略再看,大致了解了左宗棠在西北用兵的计划。他要练马队,又要造"两轮炮车",开设"屯田总局"——办屯垦要农具、要种子、要车马、要垫发未收成以前的一切粮食杂用,算起来这笔款子,真正不在少数。

"大人,"胡雪岩问道,"练马队、造炮车,是致胜所必需,朝廷一定会准。办屯垦,朝廷恐怕会看作不急之务吧?"

"这,你就不懂了。"左宗棠说,"朝中到底不少读书人,他们会懂的。"

胡雪岩脸一红,却很诚恳地说:"是!我确是不大懂,请大人教导。"

于是左宗棠为胡雪岩约略讲述用兵西域的限制。自秦汉以来,西征皆在春初,及秋而还。因为第一,秋高马肥,敌人先占了优势;其次就是严寒的天气,非关内的士兵所能适应。

"就是为了这些不便,汉武帝元朔初年征匈奴,几乎年年打胜仗,而年年要出师,斩草不能除根,成了个无穷之累。"左宗棠一番引经据典以后,转入正题,"如今平回乱,亦仿佛是这个道理。选拔两三万能打的队伍,春天出关,尽一夏天追奔逐北,交秋班师,如当年卫霍之所为,我亦办得到。可是,回乱就此算平了吗?"

"自然没有平。"胡雪岩了然了,"有道是'野火烧不尽,春风吹又生。'只要花大功夫拿那块地彻底翻一翻,野草自然长不出来了。"

"一点不错!你这个譬喻很恰当。"左宗棠欣慰地说,"只要你懂我的意思,我就放心了。你一定会把我所要的东西办妥当。"

这顶"高帽子"出于左宗棠之口,弥觉珍贵,然而也极沉重。胡雪岩知道左宗棠的意思是要他负筹饷的主要责任。凝神细想了一会,觉得兹事体大,而且情况复杂,非先问个明白不可。

"大人,将来要练多少营的队伍。"

"这很难说,要到了关外看情形再说。"

第一个疑问,便成了难题。人数未定,月饷的数目就算不出来。胡雪岩只能约略估计,以五万人算,每人粮饷、被服、武器以及营帐锅碗等等杂支,在五两银子以内开支,每月就要二十五万两。

于是他再问第二问:"是带六千人出关?"

"是的。大概六千五百人。"左宗棠答说,"三千五百人由闽浙两省动身,另外三千人在湖南招募成军以后,直接出关。"

"行资呢? 每人十两够不够?"

"我想,应该够了。"

"那就是六万五千两,而且眼前就要。"胡雪岩又问第三问,"大人预备练多少马队?"

"马队我还没有带过,营制也不甚了然。只有自初步打算,要练三千马队。"

"那就至少要有三千匹马。"胡雪岩说,"买马要到张家口,这笔钱倒是现成的,我可以垫出来。"

"怎么? 你在张家口有钱?"

"是的。"胡雪岩说,"我有十万银子在张家口,原来打算留着办皮货、办药材的,现在只好先挪来买马。"

"这倒好。"左宗棠很高兴地说,"既然如此,我立刻就可以派委员去采办了。"

"是! 大人派定了通知我,我再派人陪着一起去。"胡雪岩又问,"两轮炮车呢? 要多少?"

"'韩信将兵,多多益善'。塞外辽阔,除精骑驰骋以外,炮车轰击,一举而廓清之,最是扫穴犁庭的利器!"

听这一说,胡雪岩觉得心头沉重。因为他也常听说,有那不恤民命的官军,常常拿炮口对准村落,乱轰一气。窝藏在其中的盗匪,固然非死即伤或逃,而遭受池鱼之殃的百姓,亦复不少。

左宗棠所部的洋枪洋炮,多由胡雪岩在上海采办。推原论始,便是自己在无形中造了孽,为了胡雪岩的购办杀人利器,胡老太太不知道劝过他多少次。胡雪岩十分孝顺,家务巨细,母命是从,惟独谈到公事上头,不能不违慈命。好在胡老太太心地亦很明白,知道不是儿子不听话,实在是无可奈何。因此,只有尽力为他弥补"罪过",平时烧香拜佛,不在话下,夏天施医施药施凉茶,冬天舍棉衣、散米票,其他修桥铺路,恤老

402

怜贫的善举,只要求到她,无不慷慨应诺。

但是,尽管好事做了无其数,买鸟雀放生,总抵偿不了人命。所以胡老太太一提起买军火,便会郁郁不乐。胡雪岩此时听左宗棠说得那么起劲,不由得便想起了老母的愁颜,因而默不作声。

"怎么?"左宗棠当然不解,"你是不是觉得我要造两轮炮车,有困难?"

"不是。我是在想,炮车要多少,每辆要多少银子,这笔预算打不出来。"

"那是以后的事。眼前只好算一个约数。我想最好能抽个二十万银子造炮车。"

"那么办屯田呢?请问大人,要筹多少银子?"

"这更难言了。"左宗棠说,"好在办屯田不是三年五载的事,而且负担总是越来越轻。我想有个五十万银子,前后周转着用,一定够了。"

"是的。"胡雪岩心里默算了一会,失声说道,"这样就不得了! 不得了!"

"怎么?"

"我算给大人听!"胡雪岩屈指数着,"行资六万,买马连鞍辔之类,算他一百二十两银子一匹,三千匹就是三万六千。造炮车二十万。办屯田先筹一半,二十五万。粮饷以五万人计,每人每月五两,总共就是二十五万,一年三百万。合计三百五十四万,这是头一年要筹的饷。"

这一算,左宗棠也愣住了。要筹三百五十四万两的饷,谈何容易?就算先筹一半,也得一百七八十万,实在不是一笔小数目了。

"而且我想,西北运输不便,凡事都要往宽处去算。这笔饷非先筹好带去不可!大人,这不比福州到上海,坐海轮两天功夫就可以到,遇有缓急之时,我无论如何接济得上。西北万里之外,冰天雪地之中,那时大人乏粮缺食,呼应不灵,岂不是急死了也没用?"

"说的是,说的是!我正就是这个意思。雪岩,这笔饷,非先筹出来不可。筹不足一年,至少也要半年之内不虞匮乏才好。"

"只要有了确实可靠的'的饷',排前补后,我无论如何是要效劳的。"

接着,胡雪岩又分析西征军饷,所以绝不能稍有不继的缘故。在别的省份,一时青黄不接,有厘税可以指拨,有钱粮可以划提,或者有关税可以暂时周转,至不济还有邻省可以通融。西北地瘠民贫,无可腾挪,邻省则只有山西可作缓急之恃,但亦有限,而且交通不便,现银提解,往往亦须个把月的工夫。所以万一青黄不接,饥卒哗变,必成不可收拾之势。

这个看法,亦在左宗棠深思熟虑的预见之中。因而完全同意胡雪岩的主张,应该先筹好分文不短,一天不延的"的饷",也就是各省应该协解的"甘饷"。

谈到这一层上头,左宗棠便很得意于自己的先见了。如果不是撵走了他的"亲家"郭嵩焘,便顶多只有福建、浙江两个地盘,而如今却有富庶的广东在内。要筹的饷,自然先从这三省算起。

三省之中,又必先从福建开始。福建本来每月协济左宗棠带来的浙军军饷四万两,闽海关每月协济一万两。从长毛余孽萧清以来,协浙的四万两,改为协济甘肃,现在自是顺理成章归左宗棠了。至于海关的一万两,已改为接济船厂经费。此事是他所首创,不能出尔反尔,这一万两只得放弃。

其次是浙江。当杨岳斌接任陕甘总督,负西征全责时,曾国藩曾经代为出面筹饷,派定浙江每月协解两万。上年十月间左宗棠带兵到广东,"就食于粤"的计划既已实现,在胡雪岩的侧面催促之下,不得不守减除浙江负担的诺言。在浙江等于每月多了十四万银子,马新贻是很顾大局的人,自请增拨甘饷三万两,每月共计五万银子。

"浙江总算对得起我。马谷山为人亦很漂亮,每月五万银子协饷,实在不能算少了。不过,"左宗棠停了一下说,"有两笔款子,在浙江本来是要支出的,我拿过来并不增加浙江的负担,你看如何?"

"这要看原来是给什么地方?"

"一笔是答应支持船厂的造船经费,每月一万两。现在设厂造船,全由福建关税、厘金提拨,这一万两不妨改为甘饷。"

这是变相增加福建负担的办法。胡雪岩心里好笑,左宗棠的算盘,有时比市侩还精,但只要不累浙江,他没有不赞成之理。因而点点头说:"这一层,我想马中丞决不会反对。"

"另一笔协济曾相的马队,也是一万两。照我想,也该归我。雪岩,你想想其中的道理。"

"曾相从前自己定过,江苏协济甘饷,每月三万。听说每月解不足。大人是不是想拿浙江的这一万两,划抵江苏应解的甘饷?"

"是呀!算起来于曾无损,为什么不能划账?"

就事论事,何得谓之"与曾无损"?胡雪岩本想劝他,犯不上为这一万两银子,惹得曾国藩心中不快。转念又想,若是这样开口一劝,左宗棠又一定大骂曾国藩,正事便无法谈得下去。因而将到口的话又缩了回去。

这下来就要算广东的接济了。广东的甘饷,本来只定一万。造船经费也是一万,仿照浙江的例子协甘,共是两万。左宗棠意思,希望增加一倍,与福建一样,每月四万。

"这一定办得到的。"胡雪岩说,"蒋中丞是大人一手提拔,于公于私,都应该尽心。事不宜迟,大人马上就要写信。"

"这倒无所谓,反正蒋芗泉不能不买我的面子,现在就可以打入预算之内。"

"福建四万、浙江七万、广东四万、另加江海关三万,目前可收的确数是十八万,一年才两百十六万。差得很多。"

"当然还有。户部所议,应该协甘饷的省份,还有七省。江西、湖北、河南三省,等我这次出关路过的时候,当面跟他们接头;江苏、河南、四川、山东四省的甘饷,只有到了陕西再说。我想,通扯计算,一年两百四十万银子,无论如何是有的。"

"那,我就替大人先筹一半。"胡雪岩若无其事地说。

"一半?"左宗棠怕是自己没有听清楚,特意钉一句,"一半就是一百二十万银子。"

"是,一百二十万。"胡雪岩说,"我替大人筹好了带走。"

"这,"左宗棠竟不知怎么说才好了,"你哪里去筹这么一笔巨数?"

"我有办法。当然,这个办法,要大人批准。等我筹划好了,再跟大人面禀。"

左宗棠不便再追着问。他虽有些将信将疑,却是信多于疑。再想到胡雪岩所作的承诺,无一不曾实现,也就释然、欣然了。

"大人什么时候动身,什么时候出关?"

"我想十一月初动身,沿途跟各省督抚谈公事,走得慢些,总要年底才能到京。"

"到京?"胡雪岩不解地问,"上谕不是关照,直接出关。"

"这哪里是上头的意思?无非有些人挟天子以令诸侯。他们怕我进京找麻烦,我偏要去讨他们的厌。动身之前,奏请陛见。想来两宫太后决不至于拦我。"左宗棠停了一下又说,"至于出关的日期,现在还不能预定。最早也得在明年春天。"

"那还有三四个月的功夫。大人出关以前,这一百二十万一定可以筹足。至于眼前要用,二三十万银子,我还调度得动。"

"那太好了! 雪岩,我希望你早早筹划停当,好让我放心。"

这又何消左宗棠说得?胡雪岩亦希望早早能够定局。无奈自己心里所打的一个主意,虽有八成把握,到底银子不曾到手。俗语说的"煮熟了的鸭子飞掉了",自是言过其实,但凡事一涉银钱,即有成议,到最后一刻变卦,亦是常有之事。一百二十万两不是个小数目,西征大业成败和左宗棠封爵以后能不能入阁拜相的关键都系于此,关系真个不轻。倘或功败垂成,如何交代?

兴念及此,胡雪岩深深失悔,何以会忘却"满饭好吃,满话难说"之戒?如今既不能打退堂鼓,就得全力以赴加紧进行。

所苦的是眼前还脱不得身,因为日意格、德克碑与中国官场打交道,大至船厂计划,小至个人生活,都要找他接头。在左宗棠,对洋人疑信参半。而有些话怕一说出来,洋人戆直,当场驳回,未免伤他的身份与威望,因而亦少不得胡雪岩这样一个居间曲曲转达的人。

这就难了！左思右想，一时竟无以为答，坐在那里大大发愣。这是左宗棠从未见过的样子，不免诧异，却又不好问。主宾二人，默然相答，使得侍立堂下的戈什哈亦惊愕不止，因为平日总见左宗棠与胡雪岩见了面，谈笑风生，滔滔不绝，何以此刻对坐发呆？

于是，有个左宗棠亲信的戈什哈上前问道："可是留胡大人在这里便饭？"

这下使胡雪岩惊醒了，"不，不，多谢！"他首先辞谢，"我还要到码头去送客。"

"送什么人？"左宗棠问。

"福州税务司布浪。"

"喔，他到上海去。"

"是的。"胡雪岩答说，"是驻上海的法国总领事白来尼找他谈公事。"

"谈什么公事？"左宗棠问道，"莫非与船厂有关？"

胡雪岩灵机一动，点点头答说："也许。"

"那可得当心。"左宗棠说，"洋人花样多。日意格、德克碑办理此事，起先越过他们总领事，直接回国接头，白来尼当然不高兴。而此刻一切合同，又非白来尼画押不可，恐怕他会阻挠。"

"大人深谋远虑，见得很是。我看——"胡雪岩故意踌躇着，"办不到的事。算了！"

"怎么？"左宗棠问，"什么事办不到？"

"我想最好我也走一趟，盯住布浪。只是这里不容我分身。"

左宗棠摸着花白短髭,沉吟了一会,徐徐说道:"速去速回,亦自不碍。"

听得这话,胡雪岩精神一振,"是!"他立即答说,"我遵大人吩咐,速去速回。如果布浪谈的公事与轮船无关,不过三五天工夫,就可以回福州。"

"好!"左宗棠说,"你就请吧!我还有好些大事,跟你商量。尤其是那一百二十万银子,一天没有着落,我一天心不安。"

胡雪岩这一次不敢再说满话了,只答应尽速赶回。至于在福州,惟一不放心的日意格与德克碑有萌退之意,深恐事生周折,斡旋无人,以致决裂。而左宗棠却劝他不必过虑,同时拍胸担保,必定好言相劝,善为抚慰。如果有什么意见不能相合之处,自会暂且搁下,等胡雪岩回到福州以后再说。

得此保证,胡雪岩才算放心。回到寓处,匆匆收拾行装,赶到码头,与布浪同船,直航上海。

到上海第一件事是访古应春密谈。

古应春近年又有新的发展,是英商汇丰银行的买办,照英文译名,俗称"康白度"。在银行中是华籍职员的首脑,名义上只是管理账目及一切杂务,其实凡与中国人的一切交涉,大至交接官场,小至雇用苦力,无不惟买办是问。而中国人上外国银行有业务接头,更非找买办不可。因此,古应春在汇丰银行权柄很大。他又能干而勤快,极得洋东信任,言听计从,这就是胡雪岩所以首先要找他的缘故。

"我要请几家外国银行的'档手'吃饭。"他一开口就说,"你倒替我开个单子看!"

"小爷叔,"古应春问道,"是不是为船厂的事?"

"不是! 我要跟他们借钱。"

平时向外国银行借钱,十廿万银子,只凭胡雪岩一句话,就可以借到。如今特为要请洋人吃饭,可见得数目不小。古应春想了一下,拿出一本同治四年的洋商行名簿,翻到"银行"这一栏问道:"是不是十家都请?"

胡雪岩看这十家外国银行:

一,阿加剌银行　　　二,利中银行　　三,利商银行

四,汇泉银行　　　　五,麦加利银行　六,汇隆银行

七,有利银行　　　　八,法兰西银行　九,汇丰银行

十,丽如银行

这一着,他倒踌躇了。因为通称外国银行,而国籍不同,尤其英法两国,一向钩心斗角,各自扩张势力,如今为了左宗棠设厂造船,更加不和。如果请在一起,彼此猜忌,不肯开诚布公相见,岂不是白费功夫?

于是他问:"分开来请如何?"

"当然可以。不过,小爷叔,照我看,只请有用的好了。一次弄妥当了,其余的就不必理了。"

"那么,你说,哪些是有用的呢?"

古应春提笔在手,毫不考虑地在五、七、九三家银行上面一钩。这也在胡雪岩意中,因为汇丰银行在古应春是必不会少的,既有汇丰,便有麦加利与有利两家,因为这两家是英国银行,与汇丰的渊源较深。

但是,汇丰银行却并非纯然英国银行。它原名"香港上海银行有限公司",同治三年创设总行于香港,资本定为港币五百万元,由英国的怡和洋行、仁记洋行、美国的旗昌洋行,以及

410

德国、中东的商人投资。华商亦有股份加入，古应春即是其中之一，而且以此渊源，得以充任上海分行的买办。

香港上海银行的上海分行，较总行迟一年成立，派来的总经理名叫麦林，是英国人。与古应春是旧识，久知他干练可靠，且又是本行的股东，因而延揽他出任买办。古应春接事后第一个建议是"正名"。香港上海银行的名称，照英文原名直译，固无错误，但照中国的习惯，开店不管大小，总要取个吉利的名字。用地名，而且用两个地名作为银行的名称，令人有莫名其妙之感。如果"香港上海银行"之下，再赘以"上海分行"四字，更觉不伦不类，文理不协，难望成为一块"金字招牌"。

麦林从善如流，接纳了古应春的意见，依照中国"讨口彩"的习俗，取名香港上海汇丰银行，简称汇丰银行或汇丰，无论南北口音，喊起来都很响亮。而且南北口音，都无甚区别。不比麦加利银行的麦加二字，在上海人口中便与北方人不一致。

古应春的第二个建议是，股东的国籍不同，彼此立场不同，就会意见分歧，形成相互掣肘，无可展布的不利情况。所以主张以英国为主体，逐渐收买他国股份，同时联络友行。厚集势力，相互支援。亦为麦林所欣然接纳。

汇丰所联络的两家友行，当然是英国银行，亦就是麦加利与有利两行。有利是上海资格最老的外国银行，创设于咸丰四年。它是英国的海外银行之一，总行设在伦敦，在印度孟买及上海都有分行。

麦加利银行是英皇发布敕令，特许在印度、澳洲、上海设立分行的股份有限公司。总行设在伦敦，咸丰七年在上海开设分行，广东人称它为"喳打银行"，喳打是英文"特许"一词的音译。可是上海人却嫌喳打二字拗口，索性以它第一任总经理麦加利为名,叫它麦加利银行。

麦加利银行完全是为了便利英商在印度、澳洲、上海的贸易而设,所以跟胡雪岩在阜康钱庄的同行关系以外,还有"销洋庄"生意上的往来。

"这三家银行当然有用。"胡雪岩踌躇说,"只怕还不够。"

"还不够?"古应春这时才发觉,谈了半天,是怎么回事,还没有弄明白,只凭彼此相知既久,默契已深,猜测着谈论,毕竟是件可笑的事,因而扼要问道:"小爷叔,你要借多少银子?"

"至少一百二十万。"

"这是银行从来没有贷放过的一笔大数目。"古应春又问,"是替谁借? 当然是左大人?"

"当然!"

"造轮船?"

"不是! 西征的军饷。"

即令是通晓中外,见多识广的古应春,也不由得愣住了,"向外国人借了钱来打仗,似乎没有听说过。"他很坦率地说,"小爷叔,这件事恐怕难。"

"我也知道难。不过一定要办成功。"古应春不再劝阻了。胡雪岩从不畏难,徒劝无效。他知道自己惟一所能采取的态度,便是不问成败利钝,尽力帮胡雪岩去克服困难。

于是他问:"小爷叔,你总想好了一个章程,如何借,如何还,出多少利息,定多少期限。且先说出来,看看行得通行不通?"

"借一百二十万,利息不妨稍为高些。期限一年,前半年只行息,下半年按月还本,分六期偿还。"

"到时候拿什么来还?"

"各省的西征协饷。"胡雪岩屈指算道,"福建四万、广东四万、浙江七万,这就是十五万,只差五万了。江海关打它三万的主意,还差两万,无论如何好想法子。"

"小爷叔,你打的如意算盘。各省协饷是靠不住的!万一拖欠呢?"

"我阜康钱庄担保。"

"不然!"古应春大摇其头,"犯不着这么做!而且洋人做事,讲究直截了当。如果说到阜康担保的话,洋人一定会说:'钱借给你阜康钱庄好了。只要你提供担保,我们不管你的用途。'那一来,小爷叔,你不但风险担得太大,而且也太招摇。不妥,不妥!"

想想果然不妥,很能服善的胡雪岩深深点头,"外国银行的规矩,外国人的脾气,你比我精通得多。你看,是怎么个办法?"他说,"只要事情办通,什么条件我都接受。"

"洋人办事跟我们有点不同。我们是讲信义通商,只凭一句话就算数,不大去想后果。洋人呢,虽然也讲信义,不过更讲法理,而且有点'小人之心',不算好,先算坏,拿借钱来说,第一件想到的事是,对方将来还不还得起? 如果还不起又怎么办? 这两点,小爷叔,你先要盘算妥当,不然还是不开口的好。"

"我明白了。第一点,一定还得起,因为各省的协饷,规定了数目,自然要奏明朝廷。西征大事,哪一省不解,贻误戎机,罪名不轻。再说,福建、广东、浙江三省,都有左大人的人在那里,一定买账。这三省就有十五万,四股有其三,不必担心。"

"好,这话我可以跟洋人说,担保呢?"

"阜康既然不便担保,那就只有请左大人自己出面了。"

"左大人只能出面来借,不能做保人。"

"这就难了!"胡雪岩灵机一动,"请协饷的各省督抚作保。先出印票,到期向各省藩司衙门收兑。这样总可以了吧?"

"不见得!不过总是一个说法。"古应春又说,"照我看,各省督抚亦未见得肯。"

"这一层你不必担心,左大人自然做得到。'挟天子以令诸侯'的花样,他最擅长。"

"好的。只要有把握,就可以谈了。"古应春说,"我想,请吃饭不妨摆在后面。我先拿汇丰的大板约出来跟小爷叔见个面,怎么样?"

"大板"是"大老板"的简称,洋行的华籍职员,都是这样称他们的"洋东"。汇丰的"大板"麦林,胡雪岩也曾会过,人很精明,但如上海人所说的很"上路",凡事只要在理路上,总可以谈得成功。所以胡雪岩欣然表示同意,不过还有些话要交代明白。

"老古,"他说"我的情形本来瞒不过你,这年把你兼了汇丰的差使,对我个人的情形有些隔膜了。我如今是个'空心大老倌',场面扯得太大,而且有苦难言。福建这面,现银接济跟买军火的垫款,通扯要亏我二三十万。浙江这面,代理藩库的账,到现在没有结算清楚。有些账不好报销,也不好争,因为碍着左大人的面子。善后局的垫款,更是只好摆在那里再说。这样扯算下来,又是二三十万,总共有五十万银子的宕账在那里,你说,怎么吃得消?"

"有这么多宕账!"古应春大吃一惊,"转眼开春,丝茶两市都要热闹,先得大把银子垫下去。那时候,小爷叔,阜康倘或周转不灵,岂不难看?"

"岂止难看？简直要命！"胡雪岩紧接着又说，"说到难看，年内有件事铺排不好，就要显原形。我是分发福建的道员，本不该管浙西的盐务，不过浙江总算闽浙总督管辖，勉强说得过去。如今我改归陕甘总督差遣了，将来必是长驻上海，办西北军火粮饷的转运。浙西盐务，非交卸不可。要交卸呢，扯了十几万的亏空，怎好不归清？"

"这就是说，年内就要十几万才能过门。"

"还只是这一处，其他还有。一等开了年，阜康总要五十万银子才周转得过来。如果这笔借款成功，分批汇解，我可以先用一用。一到明年夏天，丝茶两市结束，货款源源而来，我就活络了。"

古应春松了口气。"好！"他毅然决然地说，"我一定想法子，拿这笔借款弄成功。"

"有你，一定可以成功。老古，我还有点意思，说给你听。第一，这件事要做得秘密，千万漏不得一点风声，不然，京里的'都老爷'奏上一本，坏事有余。我告诉你吧，这个做法连左大人自己都还不知道——"

此言一出，古应春大为诧异，"那么，"他忧虑地说，"到谈成功了，如果左大人说'不行'，那不是笑话！"

"你放心！决不会闹笑话，我有十足的把握，他会照我的话做。"

"好！再说第二件。"

"第二件，我想托名洋商。其实，有人愿意放款，也不妨搭些份头，多赚几个利息。"

"这要看情形，如今还言之过早。"

"只要你心里有数就是。"胡雪岩说，"左大人的功名，我的事业,都寄托在这笔借款上了。"

为了保持机密,古应春将麦林约在新成立的"德国总会"
与胡雪岩见面,一坐下来便开门见山地谈到正题。麦林相当
深沉,听完究竟,未置可否,先发出一连串的询问。

"贵国朝廷对此事的意见如何?"

"平定回乱在中国视为头等大事。"胡雪岩透过古应春的
翻译答说,"能够由带兵大臣自己筹措到足够的军费,朝廷当
然全力支持。"

"据我所知,中国的带兵大臣,各有势力范围。左爵爷的
势力范围,似乎只有陕西甘肃两省,那是最贫瘠的地方。"

"不然。"胡雪岩不肯承认地盘之说,"朝廷的威信,及于所
有行省。只要朝廷同意这笔借款,以及由各省分摊归还的办
法,令出必行,请你不必顾虑。"

"那么,这笔借款,为什么不请你们的政府出面来借?"

"左爵爷出面,即是代表中国政府。"胡雪岩说,"一切交
涉,要讲对等的地位。如果由中国政府出面,应该向你们的
'户部'商谈,不应该是我们在这里计议。"

麦林深深点头,但紧接着又问:"左爵爷代表中国政府,而
你代表左爵爷,那就等于你代表中国政府。是这样吗?"

这话很难回答。因为此事正在发动之初,甚至连左宗棠
都还不知道有此借款办法,更谈不到朝廷授权。如果以讹传
讹,胡雪岩便是窃冒名义,招摇辱国,罪名不轻。但如不敢承
认,便就失去凭据,根本谈不下去了。

想了一会,含含糊糊地答道:"谈得成功,我是代表中国政
府;谈不成功,我只代表我自己。"

"胡先生的词令很精彩,也很玄妙,可是也很实在。好的,我就当你中国政府的代表看待。这笔借款,原则是我可以同意。不过,我必须声明,在我们的谈判未曾有结论以前,你们不可以跟任何另一家银行去谈。"

"可以,我愿意信任你。"胡雪岩说,"不过我们应该规定一个谈判的限期。同时我也有一个要求,在谈判没有结果以前,你必须保守秘密。"

"那是彼此都应该接受的约束。至于限期,很难定规,因为细节的商谈,往往需要长时间的磋商。"

"好!我们现在就谈细节。"

这等于已确定麦林是作了借款的承诺,连古应春都笑了,"小爷叔,"他说,"我看交涉是你自己办的好,我只管传译。麦林很精明,也只有精明的人才能让他佩服。"

于是即时展开了秘密而冗长的谈判。前后三天,反复商议,几于废寝忘食。麦林原来就佩服精明的人,此时更为胡雪岩的旺盛企图心所感动,更为胡雪岩的过人的精力所压倒,终于达成了协议。

这一协议并未订成草约,亦未写下笔录,但彼此保证,口头协定,亦具有道义上的约束力量,决无翻悔。商定的办法与条件是:

第一,借款总数,关平一百二十万两,由汇丰银行组成财团承贷。

第二,月息八厘,付款先扣。

第三,由胡雪岩、古应春介绍华商向汇丰银行存款,月息明盘四厘、暗盘六厘。

第四,各海关每月有常数收入,各税务司多为洋人,因此,借款笔据,应由各海关出印票,并由各省督抚加印,到期向各海关兑取。

第五,自同治六年七月起,每月拔本二十万两,半年清偿。

这五条办法中,第三条是洋商与胡雪岩、古应春合得的好处,明盘四厘,暗盘六厘,即是中间人得二厘的佣金。这也就是说,洋商向中国人借了钱,转借与中国官场,四厘入,八厘出,所得四厘好处,各半均分。

至于印票必出自海关,是麦林坚决的主张。因为他虽相信胡雪岩与左宗棠,却不相信有关各省的督抚,到时候印票如废纸,无可奈何。而海关由洋人担任税务司,一经承诺,没有理由不守信用。

这在胡雪岩却是个难题,因为除江海关每月协解三万两,可以情商上海道先出印票以外,其余各海关并协饷之责,就不见得肯出印票。想来想去只有一个办法,就是奏明朝廷,每月由各省藩司负责将应解甘饷,解交本省海关归垫。

幸好协饷各省都有海关,每月闽粤两海关各代借二十四万,浙海关代借四十二万两,加上江海关本身应解的十八万两,共计一百零八万两,所缺只有十二万。胡雪岩建议左宗棠要求湖北每月协饷两万,由江汉关出十二万两的印票,合成一百二十万整数。

这些办法,左宗棠完全同意。但等奏准,已在开春,丝茶两市方兴,正须放款,因而利息提高到一分三厘。这是从未有过的高利贷,于是流言四起,说胡雪岩从中渔利,尤其是李鸿章一派的人,不但展开口头的攻击,而且亦有实际的破坏行动。

这个行动很简单,却很有效,就是策动江海关税务司拒绝出具印票。一关如此，他关皆然，几于功败垂成。

经过胡雪岩的巧妙斡旋，这笔大借款还是做成功了。是为中国借外债的开始。而左宗棠的勋业，以及胡雪岩个人的事业，亦因此而有了一个新的开始。但福者祸所倚，"红顶商人"胡雪岩的结局，相当凄惨，种因亦在于此！